あの夜に想いを封じて

カーリー・フィリップス
飛田野裕子　訳

MIRA®

Cross My Heart

by Carly Phillips

Published by Harlequin K.K., Tokyo, 2009

謝辞

〝プロット・モンキーズ〟の仲間である、ジャネール、ジュリー、そしてレス、あなたたちはわたしにとってたんなる仕事仲間ではなく、友人であり姉妹です。

わたしとともにこの旅に出て、一歩一歩わたしの歩みを励まし、信じてくれたロバート・ゴットリーブ、ありがとう。

本書の執筆にあたってわたしを限界まで追いつめてくれた編集者のブレンダ・チンには、特別なお礼の言葉を捧《ささ》げなければ。わかっています、休むな、頑張れ、でしょう?

そしていつものように、わたしの家族、夫のフィル、娘のジャッキーとジェン、犬のバディとディラン、父と母に本書を捧げます。愛してるわ、みんな。あなたたちのおかげで毎日楽しく過ごせます。

この作品を書くために、わたしは自分の能力を信じ、精神力に頼り、まさしく気の遠くなるような作業にとり組まねばなりませんでした。その間、わたしを支えてくれた方たちに謝意を表します。〝プロット・モンキーズ〟のジャネール・デニソン、ジュリー・E・リート、レスリー・ケリー、あなたたちは最高の仲間、そして友人です。

すばらしいプロットを作りだす驚くべき才能の持ち主スーザン・カーニーは、わたしに惜しみなく知識を分け与え、どんなにばかげた質問にも辛抱強く答えてくれました。たとえばニューヨーク州で行方不明者の死亡を法的に確定できるとされる年数など、事実と相違している点は、あくまでストーリー構成上の必要に応じたものです。これはいわゆる〝不信の一時的停止〟、すなわち嘘《うそ》とわかっていても事実であると信じこませる、作家がよく使う手です。なんともありがたい方法です!

あの夜に想いを封じて

■主要登場人物

リリー・デュモント……………家事代行会社経営。偽名レイシー・キンケイド。
エリックとローナ………………リリーの両親。故人。
マーク・デュモント……………リリーの叔父。
タイラー（タイ）・ベンソン……私立探偵兼バーテンダー。
ダニエル・ハンター……………タイの親友。弁護士。
フロー……………………………タイの母親。リリーとハンターの里親。
モリー・ギフォード……………ハンターのライバル弁護士。
フランシー………………………モリーの母親。マークの婚約者。
ポール・ダン……………………リリーの遺産管財人。
アンナ・マリー・コンスタンンザ……ポールの妹。モリーの家主。裁判所書記官。

プロローグ

　空は漆黒の闇《やみ》におおわれていた。星も見えなければ月も出ていない。影をつくりだすひと筋の明かりすらなかった。タイラー・ベンソンはリリーと並んで絶壁の頂上へと向かっていた。そのうしろには友人のダニエル・ハンターが続いている。リリーはタイの手を握り、ときおりその手をぎゅっと握っては、自分の恐怖心を伝えている。そうしなければ、タイはいつもの冒険ごっこと同じように軽い気持ちで計画を実行に移すだろう。いつもより慎重に、分別を持ってことにあたってもらわなければ困る。

　これからタイはギアをドライブに入れて車をスタートさせ、ごつごつした岩があちこちに顔を出している眼下の湖に真っ逆さまに転落する直前に、車から脱出するのだ。しかるのち、リリー・デュモントが失踪《しっそう》したと報じられることになる。そして彼女の叔父の車が湖の底で発見される。あるいは発見されないかもしれない。車も遺体も何ひとつ。リリーはニューヨーク・シティを目指し、タイとハンターと三人で考えた新しい名前で生きていく。二度とふたたびタイと会うことはないだろう。

そうしなければ、リリーは里親であるタイの母親の家を出て、意地の悪い叔父のもとでいじめられて暮らさなければならなくなる。リリーはまだ十七歳だ。叔父のもとに帰されたなら、一年どころか一カ月ともたないだろう。叔父はリリーを少しも愛していない。叔父が愛しているのは、彼女に遺《のこ》された信託財産なのだとタイは考えている。

「急いで、ダニエル！」リリーは静寂を破ってハンターに声をかけた。うしろからついてくるハンターが暗闇の中で自分たちの姿を見失ってしまうのではないかと心配になったからだ。

「ハ、ハ、ハンターだよ」同じ里子として、兄のようでもあり友人でもあるダニエル・ハンターが、かろうじて聞こえるくらいの声でつぶやいた。

タイはにっこり笑った。ダニエルという名前ではなく名字で通すようにと彼にアドバイスしたのはタイだ。そうすれば、もう学校でみんなに〝ダニー・ボーイ〟と呼ばれてからかわれずにすむ。ハンターとタイは本当の兄弟も同然の仲だが、タイはあくまで自分は自分という姿勢を保ちたかった。それはハンターも同じなのだろう。だからこそ、タイが最後のひとときをリリーとふたりきりで過ごせるよう、ふたりと少し距離をあけているのだ。

リリー。タイにとっても、ハンターにとっても、愛《いと》しの少女だ。

ハンターはけっして口に出してそう言ったことはないが、タイにはわかっていた。だが、リリーがどう思っているかはわからない。リリーは大人ぶっているわりに、あまりに天真爛漫《らんまん》で無邪気すぎる。そういうところがタイは心配でならなかった。タイとリリーは恋人どうしというわけではないが、ふたりのあいだには〝特別な〟感情があった。

残念ながら、それがいかなる感情か確かめる時間は、もうふたりにはない。

タイはあり金をはたいてリリーのためにロケットを買った。自分のことを忘れないでほしいから。いつまでも、永遠に。そう考えると胃がきゅっと締めつけられる感覚を覚えて、タイはふいに足をとめた。

リリーが彼にぶつかった。「どうかした？　どうして立ちどまるの？　目的地はまだ先よ」

タイは大きく息をついた。「きみにあげたいものがあるんだ」そばには誰もいないとわかっていたが、ささやき声で言った。

タイのプレゼントのことを知っているハンターは、後方の距離を置いたところにいる。

タイはポケットに手を入れてゴールドの小さなハート形のロケットを取りだした。それを手のひらにのせて差しだすと、かっと顔が熱くなった。幸い、あたりが暗いので、頬が赤くなっているのをリリーに気づかれずにすんだ。

「さあ、これを」タイは小声で言った。リリーに贈り物をすることもさることながら、そのあまりにささやかなプレゼントが恥ずかしかった。

リリーは小さなロケットを受けとった。暗闇の中で目を凝らし、手のひらにのせたロケットを裏表ひっくり返し、じっと見つめた。リリーがどんな反応を示すかと、タイはそわそわ、もじもじ、落ち着かない。

「なんてきれいなの」ついにリリーが感極まったような声で言った。

タイは安堵《あんど》のあまりに大きく息を吐きだした。「あの、ぼく……」口べたなタイは、なんと言っていいのかわからなかった。

「わかってるわ」いつものごとく、タイが何も言わずとも、リリーはちゃんと気持ちを読みとってくれた。ゴールドのハートを片手にしっかり握り、両腕をタイの首にまわしてぎゅっと抱きしめた。

リリーの甘いシャンプーの香りを嗅《か》ぎながら、タイも彼女の柔らかな体をそっと抱きしめた。いっきにさまざまな感情があふれだし、感動が渦巻いた。

ついに伝え合うことができなかったふたりの思い、口にすることのなかった言葉のすべてが濃密にこめられた最後の抱擁だった。

タイは胸がいっぱいになり、何も考えられず、何も言うことができなかった。

リリーはふいに身を引くと、うつむいた。首にかけているネックレスに手をやり、手探りでどうにかハートのロケットをネックレスのチェーンに取りつけた。

「ありがとう」リリーはタイを見つめて、そっと言った。

タイはぎこちなくうなずいた。「いいんだ」

しばし沈黙が流れた。ふたりともじっとそのままそうしていたかった。だが、そうはいかない。いつ誰に見つかるとも知れないのだ。

「さあ、もう行かないと」ハンターがそばにやってきて言った。「ぐずぐずしていると、それだけ誰かに見つかる危険性が高まる」

タイはうなずいた。「そのとおりだ。さあ、行かなくちゃ」ようやくそう言った。

「そうね、そうしましょう」リリーが言い、三人は前進しはじめた。

下草をかき分けながら進んでいくと、数分後には絶壁の近くまで来た。一緒にガソリンスタンドでアルバイトをしているタイの友人が約束してくれたとおり、車が一台用意されていた。それを目にして、自分たちがこれからやろうとしていることがいよいよ現実味を帯びてきた。タイは吐き気に襲われ、必死にこらえた。

「この車、本当にマーク叔父さんのなんでしょうね？」ダークブルーのリンカーンの車体を撫《な》でながら、リリーが訊《き》いた。

タイはうなずいた。「ぼくの友だちがエンジンの点火装置をショートさせる方法を知っているんだ。前にそいつがやらかしたちょっとした悪さを、警察に通報しないでやったから、彼はぼくに借りがある。だから、これくらいのことなら朝飯前でやってくれるんだ」

タイはいろいろなところに、タイプもさまざまな友人をたくさん持っている。苦もなくここまでの準備をやってのけられたのは、そのおかげだ。

「わたしたちが本当にこんなことするなんて、信じられない」リリーが言った。

彼女は不安と恐怖に大きく見開いた目でじっとタイを見つめた。だが、恐怖心の裏には確固たる決意があることを、タイは知っていた。強い意志と度胸を持っているリリーを誇らしく思う。

「こうする以外、ほかにもう方法はないんだ」ハンターが諭すようにリリーに言った。

「わかってるわ」リリーは顔にかかった濃い茶色の髪を耳のうしろに撫でつけた。「わたしのためにここまでしてくれるなんて、本当にあなたたちには感謝しているわ」

「困ったときはお互いさまさ」ハンターが言った。

その陳腐な表現にタイは思わず笑いそうになったが、友人に恥をかかせないよう、やれやれといった顔で首を振るだけにしておいた。ハンターが吐く台詞《せりふ》はいつも〝くさい〟のだが、タイは気にならない。そもそもこの状況下で、ハンターの頭が自分やリリーよりも冴《さ》えているわけはないのだから。

「わたしたち、三銃士ですものね」リリーもにっこり笑い、すぐに調子を合わせた。

確かにそのとおり、リリーもハンターも三銃士のひとりだ。この計画に関《かか》わったのは三人だけ、そしてそれがお互いを結びつける永遠の絆《きずな》になるのだ。タイはそう考えながらジーンズの前ポケットに手を突っこんだ。

「そう、今夜、リリー・デュモントは死に、代わってレイシー・キンケイドが生まれる」

タイの声は震えていた。

リリーが不安や恐怖を抱くのもあたり前だ。彼女はこれからニューヨーク州北部の小さな町ホーケンズ・コーヴに別れを告げる。そして、夏のあいだタイがガソリンスタンドで働いて貯《た》めた金と、ハンターが町でたった一軒のレストランで稼いだわずかなチップを懐に、たったひとりでニューヨーク・シティに向かうのだ。

「今夜ここで何があったかは、誰にもしゃべるんじゃないぞ。絶対に」タイがふたりに言った。自分たちの計画のたとえ一部であれ、誰かに知られたり、事実を推測させるヒントを与えるようなことがあってはならないのだ。「わかったな?」リリーとハンターからの返事を促すように言った。心臓がどきどきして、今にも破裂しそうだった。

「わかった」ハンターが言った。

これで自分とハンターが永遠に秘密を守る誓いが交わされたことになる。

「リリー、きみは?」タイは念を押すように訊いた。生きていることが叔父に知られたときに、いちばん失うものが大きいのは、彼女本人なのだ。

リリーはうなずいた。「絶対にしゃべらないわ」タイを見つめたまま、首にかけたハート形のロケットをいじりまわしながら、そう答えた。

じっと見つめ合ったその瞬間、ほんの一瞬、世界はふたりだけのものになった。リリーの茶色の瞳をじっと見つめるうちに、タイはふいに、こんなことまでしなくてもなんとかなるのではないかという気がしてきた。このまま母親の家に帰って、ふたりでそっとリリーの部屋に戻り、ひと晩じゅうおしゃべりをしていればいい。離れ離れになる必要なんかない。

だが、その幻想をリリーが打ち破った。「あなたたちがしてくれたことは、一生忘れないわ」タイとハンターに向かって言った。

別れのあいさつに、リリーはまずハンターを抱きしめた。そのあいだタイはぎゅっと手を握ったり開いたりしながら、焦《じ》れったい思いで待った。

やがてリリーが向き直り、タイを引きよせた。タイは目を閉じ、こみあげる思いを必死に抑えて、今を最後とリリーを抱きしめた。

「気をつけて」やっとの思いで、ひと言それだけ言った。

リリーがうなずくと、彼女の柔らかい髪がタイの頬をくすぐった。「わたし、あなたのことをけっして忘れない。神にかけて誓うわ、タイ」タイにだけ聞こえるよう、耳元にささやいた。

1

ホーケンズ・コーヴの裁判所は町にとっても住民にとっても大事な場所だ。古い石造りの建物は、道案内をするときに欠かせない道標《みちしるべ》になる。裁判所のところで左に折れれば、右手に〈タバン・グリル〉と〈ナイト・アウル・バー〉が並んでいて、裁判所を右に折れれば角にガソリンスタンド、裁判所の向かいにはアイスクリーム・ショップといった具合だ。

ハンターは弁護士として公判が開かれるときには裁判所にしょっちゅう足を運び、公判が開かれないときは、裁判所の裏通りにある小さなオフィスで仕事をしている。不遇な子供時代を過ごしたハンターが今もなおホーケンズ・コーヴにとどまっているのを奇妙に思う者もいるだろうが、彼にとっては悪い思い出よりはよき思い出の記憶が勝っているうえ、親友であり唯一家族と呼べる人物がこの町に今でも暮らしているのだ。

ホーケンズ・コーヴを離れようと考えたことなど一度もない。だが、少しは生活に変化を持たせるため、住まいは職場から二十分のオルバニーに構えている。ニューヨーク州北部でかろうじて都会と言える町だ。

ハンターは午後四時に法廷から出ると、神聖なる建物の廊下をまっすぐ正面玄関に向かった。今日、むずかしい訴訟に勝利することができた。費用のかかる弁護士を雇うことのできない無実の罪に問われた男に弁護を依頼され、ハンターは最善を尽くした。そういう事件を担当することに、大いなるやり甲斐《がい》を感じる。金持ちや悪人の弁護を引きうけることもあるが、それはあくまで貧しい人々のために無償で仕事をするためだ。

何カ月ものあいだ休みなしで働いてきた今、あとはもう強い酒をきゅっと一杯やって、少なくとも丸一日は脳に完全休養を与えてやりたい。だが、裁判所の事務室の前を通りすぎるとき、ふと目にとまったのは鮮やかなピンクのハイヒールをはいた長い脚だった。そんなふうに派手な靴をこれ見よがしにはく女性といえば、ひとりしかいない。

「モリー・ギフォードじゃないか」そう言って、ハンターはロースクール時代のライバルのそばに行った。ふたりはオルバニー・ロースクールでトップ争いをした仲だ。勝ったのは彼女だと思うと、今でも苦々しい気分になる。

卒業後、モリーはほかの州で仕事に就き、ふたりは別々の道を歩むことになった。だが数カ月前にモリーがホーケンズ・コーヴに移ってきたので、ハンターはほとんど毎日のようにその信じられないほどすばらしい脚線美を拝めるようになった。だが、ホーケンズ・コーヴで生まれ育ったわけでもない彼女がこの町に越してきたことは、ちょっとした驚きだった。理由を訊《き》いてみると、母親のため、というような答えが返ってきただけだった。

モリーはそれまで話をしていた裁判所書記官から視線を移し、茶色の目をハンターに向けた。「あら、ハンター」にっこり笑って言った。「どうやら、おめでとうを言ったほうがいいようね」

すでにモリーが知っていることに驚きはしなかったが、やはりハンターはなんとなくうれしかった。彼女のほうからおめでとうを言ってくれなければ、今日の成果をきっと自分からしゃべっていただろう。ハンターは遠慮や謙遜《けんそん》とはあまり縁がない。女性の前でいい格好ができるとなればなおのことだ。

「なんでもあっという間に広がるんだな」

「勝利は常に噂話《うわさばなし》の種になるものよ。これからお祝いするんでしょう?」モリーは言った。

他人の成功を快く称《たた》えるというのがモリーの賞賛すべき一面だ。「ああ、そうしたいと思ってる」ハンターはモリーの目を見ながら書類提出カウンターに寄りかかった。「一緒に一杯どうだい?」

「だめなの」モリーは首を横に振った。美しい顔のまわりでブロンドの髪が柔らかく波打った。それを見て、ハンターの胸に一瞬、かつてのときめきがよみがえった。

ノーと言われてもショックなど受けなかった。自分が誘い、彼女が断る。ロースクール時代も、そんなやりとりを何度もくり返した。だが、断られても深追いしない理由は、ハンターは自分でちゃんとわかっている。モリーは確かに格別魅力的だが、魅力はそこその女性と気軽につき合うほうが、自分にとってははるかに楽だからだ。そういう女性はお手軽なセックスと飲んで食べて楽しく過ごすことしか求めてこない。

それでもやはりモリーを誘いたいという衝動には抗《あらが》いがたいものがある。そして今、こうして運命がふたたびふたりを引き合わせてくれたのだから、なんとかチャンスを与えてもらいたい——自分と彼女のためにも。なぜなら、ようやく自分もそのチャンスを与えられるにふさわしい男に成長したように思えるからだ。

「今回の言い訳はなんだい？　犬を風呂に入れなきゃならないとか？」ハンターは訊いた。

モリーはにっこり笑った。「そんなに楽しい用事じゃないわ。母のフィアンセが法律上の問題を抱えていて、わたしに相談に乗ってもらいたがっているの。そうだ、うっかりしてた」腕時計に目をやる。「急がないと、約束の時間に遅れちゃう。また今度誘ってちょうだい」そう言うと、強烈に男心をそそる香水の匂《にお》いを残して、急ぎドアから出ていった。

ハンターはうめいた。今夜はさぞや悶々《もんもん》とさせられることだろう。刺激的なあの香水の残り香だけが原因ではない。〝また今度誘ってちょうだい〟だと？　これまで一度たりともモリーの口からそんな言葉を聞いたことがない。これまでは、彼女が〝だめなの〟と言えば、それはあくまで拒絶の意思表示でしかなかった。いよいよモリーが自分になびきはじめたかと思うと、ハンターの胸は高鳴った。

彼は、デスクの向こうに座ってふたりの会話に聞き耳を立てていた書記官のほうに向き直って訊いた。「ということは、彼女のお母さんの結婚相手というのは、この町の住人なのかな?」アンナ・マリーに訊けば、必ず答えが返ってくるはずだ。

ホーケンズ・コーヴの裁判所で働いている人間の最古参といえば、書記官のアンナ・マリー・コンスタンザだ。町の要職を務めてきた一族の出身で、彼女の兄弟のひとりは市長、もうひとりは町政執行官、さらにもうひとりはオルバニーの権威ある法律事務所〈ダン＆ダン〉の共同経営者だ。

アンナ・マリーは裁判所における噂話の主たる発信源ではあるが、同時にまた所内の秩序を保つ役割も果たしている。彼女と兄弟たちは、町でもっとも古くからある下宿屋の一軒を所有し、アンナ・マリー自身がそこに住んで管理人を務めている。そしてハンターにとって幸いなことに、モリーがその下宿屋の一室を借りているのだ。裁判所の職員、そして下宿屋のあるじとして、アンナ・マリーは誰よりも地元住人たちのことをよく知っているはずだ。特にモリーに関しては。

「ええ、そのとおり。彼女のお母さまはこのすばらしい町に昔から住んでいる人物と結婚することになったんですよ」アンナ・マリーは身を乗りだした。「その幸運な男性が誰なのか、知りたいと思いませんこと?」明らかにその情報を分け与えたくてうずうずしているといったようすだ。

「誰だろうと考えていたところなんだ」ハンターは笑いながら言った。

「マーク・デュモントですよ。モリーのお母さまが結婚証明書を申請しに来たので、わかったのよ」アンナ・マリーはハンターを見つめ、自分が言ったことを相手にじゅうぶん把握させるために間を置いて、ゆっくりとうなずいた。

アンナ・マリーから聞かされた事実がのみこめてくると、ハンターの顔から笑みが消えた。若く、今思えば生意気だったころの思い出がいっきによみがえってきた。懸命に抑えこんできた昔の怒りがむくむくと頭をもたげ、ハンターはきつく拳《こぶし》を握りしめて必死にそれを押しもどした。

自分とデュモントとの関係を憶《おぼ》えているからといってアンナ・マリーを非難することはできない。町の住人ならリリーの失踪《しっそう》事件のことを知らない者はいない。おそらく車ごと絶壁から湖に転落したのだろうと誰もが思っている。遺体は結局発見されなかったが。

そしてまた、マーク・デュモントが姪《めい》の〝死〟を、彼女の親友であったハンターとタイのせいだと言っていることも知らぬ者はいない。マークはふたりを車の窃盗罪で起訴しようとしたが、その試みは成功しなかった。だが、州の司法行政組織にふたりを引き離すよう働きかけ、ハンターを里親であるフロー・ベンソンの家から追いだした。

ハンターは十八歳になるまでの一年間を、問題を抱えた青少年のための矯正施設で過ごすことになった。自分が受けた仕打ちに対する怒りと恨みから、何度も喧嘩沙汰《けんかざた》を起こし、危うく刑務所送りになりそうになったこともある。だが代わりに、実際の刑務所で服役体験をする〝恐怖による更生プログラム〟に参加させられ、そのプログラムが意図したとおり、ハンターはすぐさま自らが置かれている現実と自分自身の本当の姿を認識するようになった。更生への道をあと押ししてくれたのは、リリーの存在だった。

リリーはけっしてハンターが刑務所送りになることなど望まないはずだと気づいたのだ。自分が更生できたのは、リリー、タイ、そしてタイの母親のフローのおかげだと思いながらも、デュモントに対する憎しみは消えなかった。

今でもデュモントの名前を聞くだけで不愉快この上ない気分になる。「あのくそ野郎がどうして今になってモリーの助けなんか必要とするんだ？」ハンターは訊いた。

アンナ・マリーは唇をすぼめた。「だめだめ、これ以上のことは部外者には教えられません」

アンナ・マリーのわざとらしく怒ったような口ぶりに、ハンターは思わず笑った。ハンターとアンナ・マリーは互いに仕入れた情報を披露し合うのが大好きなのだ。「ミスター・デュモントから何かしらの訴えが正式に提出されているのかい？」

アンナ・マリーはにやっとした。「いいえ」

「それなら、たかが裁判所内のちょっとした噂話を教えるのに、部外者も何もないじゃないか」デュモントが今この時点で、なぜ弁護士の助けを必要としているのか、どうしてモリーを選んだのか、今度は誰を利用しようとしているのか、ハンターはどうしても知りたくなってきた。

「ごもっとも。なんとまあ、頭の回転の速いこと。訊きますけど、あなたはわたしには若すぎるとお思いになる?」いたずらっぽくハンターの腕を小突きながら、アンナ・マリーが訊いた。

「いや、あなたはぼくには若すぎると思うね。そのエネルギーにはとてもついていけそうもない」ハンターは笑いながら言った。アンナ・マリーが何歳なのか正確には知らないが、おそらく六十代の半ばだろう。さすがに流行には疎いが、元気そのものだ。

アンナ・マリーはカウンターをぴしゃりとたたき、くすっと笑った。

「なあ、いいじゃないか、知ってることを教えてくれよ」彼女の目の輝きを見れば、アンナ・マリーが秘密を打ち明けたくてうずうずしていることがわかる。

「そうね、そこまで言うなら……実はさっき、モリーが電話で話しているのを聞いたんですよ。どうやらマーク・デュモントは、姪御さんの信託財産の相続権を自分のものにするために申し立てをする準備をしているようなの」

「なんだと?」ハンターは耳を疑った。

「あれからもう十年近くになるもの。ミスター・デュモントは姪御さんが死亡したことを法的に認めてもらおうとしているんです。姪御さんが乗った車があの〝死者の漂う湖〟に転落して、結局遺体はあがっていませんからね」アンナ・マリーの言う〝死者の漂う湖〟とは、リリー・デュモントの死後、地元住民たちによって例の絶壁とその下に広がる湖につけられた名前だ。

リリー・デュモントの死。ハンターは考えただけで吐き気を覚えた。あれ以来、リリー、そしてあの運命の夜の出来事、自分がそこで果たした役割のことを思い出さない日は一日たりとてない。今でもリリーを恋しく思い、彼女との友情を惜しみ、彼女の笑い声が耳について離れないのだ。もう何年ものあいだデュモントの名前を聞くことがなかったのは幸いだった。ハンターはあの男の話題を避けに避けてきた。そして今日この日までは、それもうまくいっていた。デュモントのことは常にレーダーの探知範囲内にとらえていたが、リリーがかつて住んでいた家で暮らしているということ以外、特に注意を引くような動きは何もなかった。それがこのわずか五分のあいだに、モリーの母親と結婚しようとしているだけでなく、リリーが相続する信託財産として保管されている何百万ドルもの遺産をわがものにしようとしていることが明らかになったのだ。

あまりにタイミングが悪すぎる。デートの誘いに対するモリーの態度がようやく軟化の兆しを見せたと思ったとたん、またしてもデュモントという邪魔者が現れた。

あの男は変わっていない。これまではおとなしくじっと身を潜めていたが、タイとぼくが過去と決別する頃合《ころあい》を見計らって再浮上しようとしているのだ。かつてぼくたち三人は、あの男のせいで運命を狂わされた。ふたたびあの男と相まみえることになれば、三人のうちの誰ひとりとして無傷ではすまされまい。ハンターは直感的にそう感じとった。

タイラー・ベンソンは朝型人間ではない。九時から五時までの決まった勤めをするくらいなら、〈ナイト・アウル・バー〉で遅番を務めたほうがましだと思っていた。幸い、バーの経営者であり建物の所有者でもある友人のルーファスから階上のアパートメントを貸してもらっている。ルーファスのほうも、ときおりタイに店を手伝ってもらえるのをありがたく思っているようだ。友人のバーを手伝う以外にも、タイは裁判所の近くにある小さなオフィスで私立探偵業を営んでいる。自分がバーかオフィスのどちらかにいることは、町の住人たちみんなに知れ渡っているので、一箇所にじっとしている必要はない。タイは自由にのびのびやりたいようにやれる今の生活が気に入っていた。特に、誰にも迷惑をかけることなく、誰にも縛られることなく生計を立てられる点が。

そこそこの稼ぎはあるので、仕事を選ぶこともできる。楽に片づけることのできる仕事は、探偵の免許を取ったばかりのデレクにやらせることにしている。まだ町に来て間もないデレクにしてみれば、タイの名前を看板にして自分の実力を磨いていけるし、タイにとっても、小さな町でデレクと競争するより、いっそ自分のところで雇うほうが都合がいい。

実際のところ、仕事が急速に増えてきているため、事務をまかせるアシスタントと、さらにもうひとり探偵を雇い入れる必要が生じているくらいだ。

タイはサーバーからビールを注《つ》ぎ、先ほどからずっと帳簿をつけている男に差しだした。ちらりと時計に目をやった。午後の七時。十月は野球シーズン真っ盛りで、ヤンキース対レッドソックスの試合が行われる今夜は、あと三十分もすればこのバーも人であふれ返るはずだが、まだ今は、時がのんびりと過ぎていく。タイはあくびを噛《か》み殺した。

「あと五分もすれば、今味わってる退屈さが恋しくなるぞ」タイの昔からの友人、ハンターが向かい側のスツールに腰をかけながら言った。

タイはにやっと笑った。「今日は法廷で大活躍だったらしいが、そういう噂を聞いても、こっちはまるで元気が出ない」そう言って笑うと、最近ビールを卒業したハンターのお気に入りのマティーニをつくるボトルに手をのばした。

ハンターはそれを見て首を横に振った。「いや、ジャック・ダニエルがいい」

タイは驚いたように片方の眉をつりあげた。「優雅なカクテルをやめて強い酒に切り替えるとは、さては何かあったな。おまえの勝訴を祝っておめでとうを言おうとしてたというのに、ウイスキーを注文するとなると、どうやらお祝いムードとはほど遠いらしいな」

ハンターは浮かない顔をしている。明らかに今日の勝利のことではなく、ほかのことに気を取られているようすだ。

だが、何があったのか、いずれ話してくれるだろう。ハンターが問題を抱えると、たいていの場合、まずはひとりでさんざん悩んだあげくに、ようやく打ち明けるというのがいつものパターンだ。

「ぼくが里子としておまえたち親子のところにやってきたときのことを憶えてるか？」ハンターは訊いた。

ハンターがそんな話題を持ちだしたことに、タイは驚いた。「ああ、憶えてるさ。しかしもうずいぶん昔のことだし、あれからいろいろ変化があった。たとえば、あのころのおまえは今とは違っていた。ああ、ずいぶんと変わったものだ」

ダニエル・ハンターは十六歳のときに、誰にもいっさい心を開かない少年として仏頂面をさげてベンソン家にやってきた。自分のことを気にかけてくれる人間など世界にひとりもいないと、すでに頭から信じこんでいたのだ。だが、それは間違いだった。それから一年近くタイとその母親とともに暮らすうちに、すっかり家族の一員になっていった。

ハンターはうなずいた。「変わろうと努力してきたんだ。少しでもましになろうとな」

タイはハンターに目をやった。友人の気持ちはよくわかっている。ハンターは誠実で正義感に満ちた弁護士になって地域社会に溶けこもうと一生懸命に努力し、そして成功した。今夜のハンターは新品とおぼしき黒っぽい色のジーンズにラグビーシャツを着ている。彼が選ぶ服装は、その日の自分がこうありたいと思う姿をそのまま表現するものなのだ。

「欲しいものはなんでも手に入れた良家のお坊っちゃん風の格好をしてもよさそうなものを、外見からすると、いまだにストリート・キッズ気分のようだな」タイはからかうように言った。この気安さが、ふたりが長いあいだ固い絆《きずな》を保ってこられた所以《ゆえん》だ。「しかし、今さら昔の思い出話を始めるとは、いったい何があったんだ?」

「いろいろとな。この話を聞かせれば、ぼくだけでなく、きっとおまえだって昔のことをいやでも思い出すはめになる」

「おふくろがおまえを連れてきたときのことを思い出すよ」タイは昔を思い出しながら言った。

「おまえとはまったくの水と油だったな。ひょっとして、夜寝ているあいだに殺されるんじゃないかと思ったくらいだ」ハンターの苦笑いにタイの物思いは打ち破られた。

「運がよかったと思うんだな」タイは笑った。ハンターが初めてベンソン家にやってきた晩のことは、今でもはっきりと憶えている。

「おまえの家に預けられる前にいた里親のところでは、里親が部屋から出ていったとたんに、その家の息子に尻を蹴飛《けと》ばされた。おまえは枕《まくら》を投げつけてきて、〝なめんじゃねえぞ〟と言っただけだった」ハンターは昔を思い出しながら言った。

「でも、おまえはなめてたけどな」タイは笑った。

ふたりは外見もまったく違う。タイは長めにカットしたぼさぼさの茶色の髪に母親譲りのオリーブ色の肌をしているが、ハンターの髪は砂色で、肌は色白だ。だが、ふたりは強い絆で結ばれている。そして、その絆の根元にはふたりの共通点がある。ハンター同様、タイも容易に人を信じない。

約束を次々に破る父親の姿を見て育った子供がそうなるのは当然というものだろう。〝わかった、ちゃんと試合は見に行くさ。練習が終わったら、とタイは苦々しく思う。とにかく親があんなにギャンブルや競馬に入れこまなかったら迎えに行ってやるからな〟父まったくあてにならない父親だった。皮肉なことに、父親など頼りにならないとわかっていたはずのタイだったが、よもやそれ以上の仕打ちを受けることになるとは夢にも思っていなかった。

父親がバスケットの練習が終わったら迎えに行ってやると約束してくれたのは、タイが九歳の誕生日を迎えてから一週間めのことだった。真冬の空の下、駐車場にひとりぼっちで待たされているあいだも、タイはさほどのショックは受けていなかった。父親が約束の時間に遅れるのはめずらしいことではなかった。謝罪や言い訳を盛んに口にしながら、いずれは迎えにやってくるだろうと思っていた。だがいつまで待っても父親は現れなかった。ついにタイは最寄りの商店までとぼとぼ歩いていき、そこから母親に電話をかけた。母親はすぐさま迎えに来てくれた。そしてふたりは、父親が永遠に姿を消したことを知った。

父親のジョー・ベンソンは生涯で初めて置き手紙なるものを残していったのだ。以来、タイは人を信用したり、約束を信じたりすることができなくなった。そんなタイの気持ちが変化したのが、ハンター、そしてわずかに間を置いてリリーが家族に加わったときからだった。

その先の思い出をたどる前に、タイはハンターのほうに向き直った。「で、今夜、そんな昔の思い出にひたるはめになったのは、いったいまたどうしてなんだ？」タイはグラスにウイスキーを注いで、友人に差しだした。

ハンターは苦い顔で微笑《ほほえ》んだ。「おまえも一杯やれよ」

タイは片方の眉をつりあげた。「どうして？」

ハンターは顔を近づけ、低く抑えた声で言った。「リリーに関することなんだ」

その名前を聞いただけで、タイは胸苦しさを覚え、頭ががんがんしてきた。リリーが姿を消したあの晩から、タイにもハンターにも彼女からいっさい連絡はない。

「どういうことだ？」タイは返事を急《せ》かすように訊いた。

ハンターは大きく息を吸ってから口を開いた。「デュモントがリリーの死を法的に確定させ、彼女の信託財産を自分のものにしようとしているんだ」

そう聞くや否や、タイはじっくり内容を考えてみることもせず、いきなりカウンターに拳《こぶし》を打ちつけた。「あの野郎！」

長いあいだずっと抑えこんできた怒りと憎しみが、またもや胸の中で膨張しはじめた。

リリーをタイの人生に登場させたのはデュモントだったかもしれないが、その彼女を奪ったのもデュモントだ。それだけでも絶対許せないというのに、あの男はタイと出会う前のリリーにさんざんひどい仕打ちをしていた。

ハンターから聞いた話の内容をしだいに冷静に考えられるようになってくると、過去の出来事がまるで昨日のことのように思い出されてきた。頭の中で血管が激しく脈打ち、神経が剥《む》きだしにされたようにぴりぴりしてきた。父親が姿を消して以来、タイは自分のまわりに壁を築きあげていたのだが、最初に里子としてやってきたハンターに、なぜかその壁にひびを入れられた。続いてリリーがやってくると、ひびが入って脆《もろ》くなっていたせいか、壁はいっきに崩壊した。何年もかけて築きあげた堅牢《けんろう》な壁だったが、タイはリリーと出会ったことも、彼女のために胸を痛めたことも後悔する気にはなれなかった。

タイはたちまちのうちに他人に心を開くことを学んだ。一匹狼《おおかみ》から、たくさんの友人と最高のガールフレンドを持つ人間になったのだ。当時タイは、少なくともそんなふうに考えていた。もっとも、タイとリリーは、ひそかに抱き合っていた感情を表に出すチャンスにはついぞ恵まれなかった。おそらく、まだ年若いながらもふたりには分別というものがあったのだろう。今はまだ機は熟していない、自分たちの感情はまずはあくまで友情として育《はぐく》んでいくべきだ、と考えていたのだ。あのころのタイにはいかなる事態が自分たちを待ちうけているか知る由もなかった。やがて一通の手紙が届き、リリーをいじめていた横暴な叔父がふたたび姪を自分の監護下に置こうとしていることを知らされた。そこで三人はあの計画を実行に移す決心をしたのだ。

「信じられないな。リリーにひどい仕打ちをしておいて、よくも今さらずうずうしくそんなことができるもんだ」ハンターが言った。

タイは天を仰いだ。「ぼくらに未来を見とおす力があって、こういう事態になることがわかっていたらな」

ハンターは目玉をぐるりとまわした。「それが二度とあの晩の話はしないと断言していた男の台詞《せりふ》か？」

「うるさい」タイはつぶやくように言ったが、自分が口にした言葉に苛立《いらだ》っていた。

確かにハンターの言うとおりだ。二度とリリーの話をしなければ、彼女のことを完全に頭の中から追い払えると、愚かしくも考えていた。忘れられると信じていたのだ。

〝神にかけて誓うわ〟リリーがそっとささやいた言葉が記憶によみがえってきた。あの最後の晩、〝あなたのことをけっして忘れない〟と彼女は言った。タイもまた、どう努力してみても彼女のことを記憶から消せるわけがなかった。思い出せば辛《つら》いだけだとわかっていたにもかかわらず、実はリリーのことを考えずにはいられなかった。今もなお。

彼があげた野球帽をかぶってリリーが歩み去っていく姿を見送ったそのときから、タイは自分も一緒に行きたいという衝動に駆られていた。それから何日間も、リリーのあとを追っていこうかと悩みつづけた。だが結局、思いとどまることにした。彼のことを必要としている母親がいたからだ。リリーに続いて息子までもが姿を消したとなれば、母親がどんなに苦しむことだろう。続けざまに二度も母親に悲しみを味わわせるわけにはいかなかった。いや、やがて矯正施設に入れられることになったハンターのことも勘定に入れれば、立てつづけに三度だ。だが、あれからずっとリリーを恋しく思わない日はなかった。

数年後、タイはついに誘惑に屈した。ニューヨーク・シティにいる知り合いの探偵と連絡を取り、彼らの助けを借りてレイシー・キンケイドの消息を調べたのだ。その結果、彼女が元気に生きていることが、驚くほど簡単に明らかになった。

だがタイは、それ以上踏みこんで調べようとはしなかった。リリーと連絡を取ることもなかった。彼女が新しい人生を歩んでいることははっきりしたのだから、昔のことをほじくり返すことはない。きっぱり縁を切ろうと決めたのはタイ自身だったが、リリーも異を唱えることなくその指示に従ったのだ。成人年齢である二十一歳になって、もう叔父を恐れる必要がなくなってからも、リリーからはなんの連絡もなかった。それからさらに数年がたち、なんでも自分で決断できる一人前の女性になっているはずの今でも。

あのときの選択が正しかったのかどうか、ふと疑問が湧《わ》いてくる晩には、タイは自分にこう言い聞かせる。自分はリリーにのぼせあがっていただけ、いわゆる〝幼い恋〟だったのだ、と。家出をした十代の子供の捜索を依頼してくる親たちの多くも、息子や娘の家出の理由をたんなる思春期の気まぐれだと言っているが、それと同じようなものだ。リリーのことをずいぶんと美化して考えているに違いない。彼女の美しさ、肌の柔らかさ、いまだに忘れ得ぬ香《かぐわ》しい匂《にお》いも、すべてが幻影にすぎないのかもしれない。莫大《ばくだい》な遺産の相続人でありながら、その権利を奪おうともくろんだ叔父に家を追いだされ、ひとり寄る辺ない身で、助けてくれる誰かを必要としていたか弱い少女というリリーのイメージがそうさせるのだろう。

　タイは喜んで彼女を助ける役割を買ってでて、できるかぎりの力を貸そうと張りきっていたが、心の奥底では、リリーは案外しっかりしていて、それほど他人の助けを必要としているわけではないとわかっていた。彼女は都会に逃げ、そこでしっかりと生きのびた。つまり、タイが思いこもうとしているようなか弱いプリンセスではないということだ。それでよかったのだ。だからこそリリーはひとりで生きのびていくことができた。そしてタイ自身、しっかり者の母を扶養する必要もなく、今ではゆとりのある生活を送っている。

「とにかく、この問題はぼくらにとっても見すごせない」ハンターは言った。「顔色が悪いぞ。大丈夫か？」

　タイは咳払《せきばら》いをした。「ああ。しかし、どうしてデュモントのことがわかったんだ？」

「モリー・ギフォードから聞いた話がきっかけでわかったんだ」

「あのロースクール時代の友だちか？」

ハンターはうなずいた。「今日、たまたま裁判所で彼女に会ったんだ」

「まだデートに連れだせないでいるのか？」少なくとも誘ってはみたはずだと思いながら、タイは笑った。

「ああ。でも、進展はあったんだ。あいにくとタイミング悪く、彼女の立場が変化した。彼女の母親がデュモントと結婚するということは、あの男の動きをつかむための唯一の情報源が彼女ということになる」ハンターは明らかに、これから自分が担う役割が気に入らないらしく、もぞもぞとシートの上で身じろぎした。

「なんだと？　モリーの母親があの野郎と結婚するだと？」

ハンターは返事代わりにウイスキーをいっきに飲みほした。

「それじゃ、あの美人をあきらめなきゃならなくなるな」

「で、彼女は初めてぼくの価値を知ることになるのさ」ハンターはそう言ってウインクをした。得意げににやっと笑いながらも、事態の展開を喜んではいないのは明白だ。

タイは友人にもう一杯ウイスキーを注いだ。「でも、リリーのためにひと働きする気だろう？」

ハンターは軽く首を傾《かし》げた。「そうするほかないだろう？　ぼくたち三人は固い絆で結ばれているんだから。あのときも彼女のために力を貸したし、これからだって同じだ」

ハンターもまたリリーの身を案じているのだ。長いつき合いの中で、ハンターがリリーに対する報われぬ思いを口にすることはなかったし、彼女をめぐってハンターとタイが競うような事態にまでは、ついぞいたることはなかった。だが、リリーがホーケンズ・コーヴに戻ってくることは、デュモントのみならずふたりにとっても手放しで歓迎できることではない。

「じゃ、ぼくらの意見は一致だな?」タイが言った。「デュモントには財産を受けとる権利はない、と」タイは凝った筋肉をほぐそうと首を左右に曲げたが、効果はなかった。これから自分の人生が劇的に変わろうとしているのだ。

「そうだ。しかし、確かにおまえの言うとおりだな。あのとき、もっと先のことまで考えるべきだったんだ」ハンターは言った。「彼女の信託財産のことや、何年もたったらどういうことになるかということを。でも、ぼくらはそんなことは考えなかった。だから今になって、リリーは対処すべき問題を抱えることになったんだ」

その結果、リリーのみならず自分たちの人生も大きな影響を受けることになるとタイは考えた。

「リリーにこの状況を伝えるべきだ」ハンターが静かに、だがきっぱりと言った。

「レイシーだ。今はレイシーという名前で生きているんだから」タイはすでに、レイシーという女性に生まれ変わったリリーに会うための心の準備を始めていた。

「デュモントがリリーの死を法的に確定させて、彼女の両親が遺《のこ》した信託財産を勝手に使おうとしていることを、なんとかして彼女に知らせないと」

タイは頭がずきずきしてくるのを感じた。ハンターのその言葉で、自分の母親のしたことがいやでも思い出されたからだ。

ハンターもそれに気づいてタイに言った。「そういうつもりで言ったんじゃないんだ。わかるだろう」

タイは肩をすくめた。「でも、事実は事実だ。ぼくらはリリーがたんなる里子のひとりだと思っていたが、そうじゃなかった。うちのおふくろはデュモントから金をもらって彼女を引きとったんだから。裏でこっそりとな。デュモントはおふくろに金を渡して、姪が里子に出されるという仕置きに懲りて、おとなしく自分の言うことに従うようになるまで預かってくれと頼んだんだ」

「でも当時は、おまえのお母さんはデュモントの意図を知らなかった。たんに言うことを聞かない姪に手を焼いている男を助けてやって、おまえにもっといい生活をさせてやろうと思っただけだ。あいつがうまい話を提供したから、それを受け入れたまでさ」

タイはうなずいた。だが、母親のしたことがいまだに心にわだかまっている。本来リリーのものだったはずの金の一部をデュモントからもらい、それを自分たちが生活費として使ったことに、うしろめたさを感じずにいられない。

「おまえだって一生懸命頑張ったじゃないか。といっても、すべてを褒められるわけじゃないが。カレッジをドロップアウトしたのは、ぼくに言わせれば、おまえは自分で自分を罰したということなんだ。あんなことをして、いったい誰が喜ぶ？」

「あれはぼくのプライドの問題だったんだ。おかげで毎朝ちゃんと鏡に映る自分を見られるようになった」ふたりがこの話をするのはこれが初めてではないが、タイがはっきり自分の気持ちを口にしたのは初めてだ。ハンターはわかってくれていた、そう感じたからだ。

ハンターはうなずいた。「どうやら運命は、リリーが失ったものを取りもどすチャンスをおまえに与えてくれそうだ。彼女を捜しだして、相続権の申し立てをさせることだな」

タイはのびすぎた髪を指で梳《す》きながら、床屋に行かなければと考えた。そうしたどうでもいいことを考えて気を紛らわせたかった。

「ここは彼女にとっていやな思い出ばかりの場所だ」タイは友人のアドバイスどおり、自分にも強い酒を一杯注いだ。アルコール度の高い液体をすすると、喉が焼けるようだった。

「リリーはもう大人だ。忌まわしい思い出は残っていても、もう傷ついたりはしない」

「ぼくたちの誰もが乗り越えなければならない過去だな」タイはウイスキーの入ったグラスをゆっくりとまわした。

「彼女をすぐに見つけられそうか？」

「ぼくがいったん目標を定めたらどうなるか、わかっているだろう？」タイはわざとらしく余裕たっぷりに微笑み、グラスを掲げた。

つまり、一発で彼女を捜しだす自信があるということだ。リリーは今、レイシー・キンケイドという偽名を使って生きているが、社会保障番号は変わっていないし、納税書類もきちんと提出している。女性実業家として成功しているリリーを捜そうと思えば、彼女の叔父にすら簡単にできるだろう。ただデュモントにとっては、姪はあの運命の夜に暗い水の底に消えたと素直に信じたほうが都合がいいというだけのことだ。その点では、三人の計画は見事成功したと言える。

タイはすでに五年前にリリーの居所を探りあてているが、その後彼女が転居していないという保証はない。だが、タイは楽天的に考えていた。自分にはコネがあるし、なんといっても蛇《じゃ》の道は蛇《へび》だ。

ハンターもグラスを掲げた。「幸運を祈ってるよ」

「そうだな、まさしくあとは運頼みだ」タイはそう言ってグラスを傾け、ハンターと乾杯をした。

祝い事の象徴となるグラスとグラスが触れ合うかちんという音がした。だがふたりにとって、それは警鐘にしか聞こえなかった。

2

レイシー・キンケイドは新しい雇人にちらりと目をやった。話す英語は片言、ニューヨークであれどこであれ、いかなる半端仕事にも就いた経験はないという若いスペイン系の娘だ。だが、何がなんでも仕事を必要としている。その娘、セレナのまなざしから必死の思いを敏感に察知したレイシーは、ともかく彼女を雇うことにした。レイシーは初めて会ったセレナを自分の家のソファで眠らせてやった。かつて自分を助けてくれた女性、マリーナがしてくれたように。

レイシーは過去の記憶に脅かされそうになるといつもするように、首を横に振ってそれを退けた。大事なのは今現在であり、今の自分にとっていちばん大切なのは仕事だ。レイシーは自身がクライアントに依頼されたむずかしい仕事を担当していないときは、いみじくも〝雑用〟を意味する〈オッド・ジョブ〉と名づけた自分の小さな会社の従業員とクライアントの調停役も務めている。

「で、何が問題だとおっしゃるんでしょう?」レイシーは、毎週自分の会社のサービスを利用し、新しい顧客の開拓に大いに役立ってくれている得意客のアマンダ・グッドウィンに訊《き》いた。

「その人よ」アマンダはきれいにマニキュアの施された指先をセレナに向けた。「彼女、英語ができないんですもの。お掃除の腕はすばらしいけど、英語はだめだわ。ちょっと説明しておくことがあったから、わたしがスペイン語を使ったら、彼女、わっと泣きだして、あなたに電話したのよ」

レイシーはうなずいた。セレナは何かというとすぐに泣く。それが仕事の妨げになっている。「で、実際に彼女になんとおっしゃったんですか？　よければスペイン語でそのまま聞かせていただけます？」レイシーはなだめるようにセレナの肩に手を置きながら言った。

ニューヨーク・シティに来た当初に、レイシーはかなりスペイン語に磨きをかけていた。ハイスクールで習ったのが案外役に立ち、たちまちのうちに不自由なく使えるようになった。仕事を必要としていた彼女にはそれが幸いした。なぜなら、当時自分を雇ってくれた唯一の人物は、主に移民の若い女性を使ってハウス・クリーニング業を営むマリーナだけだったからだ。ハウス・クリーニングのことなど何も知らなかったレイシーだが、マリーナが夜の時間をさいて一から教えてくれたので、同時にスペイン語も学ぶことができただけでなく、ハイスクール中退者が受験する一般教育修了検定《GED》にも合格することができた。

ニューヨーク・シティに到着してから、彼女はレイシー・キンケイドを名乗り、叔父に見つかることを恐れてひたすらその名前で押しとおしてきた。のちに成人して事業を立ちあげようと考えはじめたときに、手続きは法にのっとって進めなければならないことに気づいた。表向きはあくまでレイシー・キンケイドを名乗っているが、法律上の書類にはリリー・デュモントの名が記されている。それを疑問に思う人間も、気にする人間もほとんどいない。しかも、もう今となっては叔父も彼女の行方を捜そうなどとは考えないだろう。

レイシーはクライアントに目をやり、何がいけなかったのかと静かに訊いた。

「犬に餌《えさ》をやらないようにと言いたかったの」足元に掃除用モップのようにうずくまっているポメラニアンを指差しながら、アマンダが言った。「だから、こう言ったの。〝ポル・ファボール・ノ・コマス・アル・ペッロ〟って」アマンダは腕組みをし、使用人と会話を交わせる自分の能力に明らかに自慢顔だ。

だが、アマンダのスペイン語を聞いてレイシーは思わず吹きだし、同時にセレナはレイシーにすら理解できないくらいの猛烈な早口のスペイン語で何やらまくしたてはじめた。たまたまそのうちの数語を聞きとることができたレイシーは、セレナがいかに怒り、傷ついているかを理解した。

「ほら、このとおりよ。いったい何がいけないっていうの？　彼女、どうしてこんなに怒るのかしら？」アマンダが訊いた。

レイシーは自分の鼻のつけ根をつまみ、それからアマンダのほうを向いた。「〝犬に餌を食べさせないように〟とおっしゃったつもりなんでしょうけど、今あなたがおっしゃったのは〝犬を食べるな〟という意味なんですよ。犬に餌を食べさせないでと伝えたいのなら、〝ポル・ファボール・ノ・レス・デス・コミーダ・アル・ペッロ〟と言わないと」レイシーはスペイン語の文法を思い出しながら言った。「セレナは自分がそんなことをする人間と思われたのかと思って憤慨したんです」レイシーはこみあげる笑いをのみこんだ。

普段は雇人に優しく接するアマンダは、恥ずかしさに赤くなり、告白した。「実は娘に教えてもらったの。学校でスペイン語を習っているものだから」

それでアマンダはセレナが過激な反応を見せたのは自分の間違いが原因だと納得し、一件落着となった。レイシーはセレナにスペイン語で状況を説明し、クライアントのほうに向き直った。

「お気になさらないで。スペイン語には〝餌を食べさせる〟に該当するちゃんとした動詞はないんです。だから、こんな誤解が生じてしまったんですわ」

「こんなことでわざわざ家まで来ていただいて、ごめんなさいね」アマンダは言った。

「とんでもない。どんな問題でもこんなふうに簡単に解決するといいんですけど」自分がいなくなってももう大丈夫か、セレナとアマンダに確認を取ったのち、レイシーは帰宅の途についた。

ドアのところで愛犬のディガーがちぎれんばかりに尻尾《しっぽ》を振って出迎えてくれた。帰宅した自分をペットが大喜びで迎えてくれるほどレイシーにとってうれしいことはない。

「ただいま」レイシーはそう言って愛犬の頭を撫《な》でた。

雑種の雌犬をうしろに従え、レイシーはベッドにバッグを放《ほう》って留守番電話の再生ボタンを押した。一件だけ録音されていたのは、最近知り合って親しくなった投資銀行に勤めるアレックス・ダンカンからのものだった。レイシーが顧客を紹介したことに対する礼の電話だった。アレックスにブロードウェイのショーを見に連れていってもらったり、高級レストランでの食事に誘われたり、高価なプレゼントをもらったりしていると、レイシーは両親が亡くなる前の生活に戻ったような気分になる。彼は、誰かに守られ、保護され、安心して贅沢《ぜいたく》を味わうという、レイシーがとうの昔にあきらめていた生活をもたらしてくれた。

アレックスは昔ながらの価値観にもとづいて、レイシーに家庭と家族を与えようとしてくれている。それこそ、両親を亡くして以来、彼女が切望してきたものだ。毎日学校から帰ると母親のローナが迎えてくれ、夜には父親のエリックが抱いてベッドまで連れていってくれた。ふたりを失ったことは彼女の心に深い傷を残し、彼女の世界を激変させた。人を疑うことを知らない純真な少女は、叔父のマークの保護下に身を委《ゆだ》ねたが、その叔父に裏切られたのだ。

タイとハンターをのぞいては、彼女は誰にも心を開かなかった。だが、人との深い関《かか》わり合いを望んではいた。誰かに愛されたかったし、毎晩一緒に過ごしてくれる人が欲しかった。アレックスはいい人間だ。最高の相手と言ってもいい。それでもまだ、自分のまわりに張りめぐらせた壁の内側に入れることはできない。アレックスからのプロポーズにも応《こた》えるわけにはいかない……。

まだ、今のところは。たとえいかに彼のことを思っていようと、いかに身を隠して生きることに疲れていようと、自分が失踪《しっそう》した人間であることを打ち明けるわけにはいかない。彼に恋していることすら口に出せなかった。しばらく前から彼とは深い関係になっているが、それでもまだよりいっそう深い絆《きずな》を確かめたい。

アレックスはレイシーの過去の艱難《かんなん》辛苦を理解し——すべてを知っているわけではないが——愛しているがゆえに、彼女を急《せ》かそうとはしなかった。そしてまた、愛情は時間をかけて育《はぐく》むものだとも考えていた。レイシーはまだ確信が持てないだけで、けっして自分との未来を拒否しているわけではない、と。

レイシーは軽くうめき声をあげると音声の消去ボタンを押し、ゆっくり熱いシャワーを浴びようと手早く服を脱いだ。今日の午後は忙しいワーキング・マザーのために食料品の買い物をし、五番街で何匹もの犬を散歩させ、それからセレナとアマンダのトラブルの仲裁をした。一日でいいから完全休養できる日が欲しいというのが、ずっと以前からのレイシーの願いだ。仕事の心配からも、アレックスに対する自分の気持ちをあれこれ分析してみることからも解放されたい。

三十分後、レイシーがパイル地のバスローブにくるまって、低く流れる音楽をバックグラウンドにキッチンで卵をかき混ぜていると、ドアベルが鳴った。すぐさま警戒心の強いディガーがわんわん吠《ほ》えながら玄関に走っていった。

レイシーはため息をついた。どうかアレックスではありませんようにと祈りながら、こんろの火を止め、フライパンを下ろした。

それから玄関に向かい、のぞき穴から外をのぞいた。アレックスの髪はブロンドで、いつもスーツにボタンダウンのシャツを着ている。ドアの外に立っている男性は濃い茶色のロングヘアで、着古したデニムのジャケットを肩にかけ、顔はというと妙に見覚えがある。

レイシーは目をしばたたかせ、もう一度その男の顔をじっと見つめた。すると、いっきに記憶がよみがえってきた。〝まあ、なんてこと。信じられない。タイだわ〟

震える手で玄関のドアを開けた。「タイなの？」われながら間抜けなことを訊いてしまった。どこで会おうと、彼の顔を見間違えるわけがない。記憶の中にあるだけでなく、夢でいつも会っているのだから。

タイは返事をするより先にうなずいた。ディガーがくんくんとタイの足先の匂《にお》いを嗅《か》ぎ、早くも甘えて脚に鼻をすりつけていた。

「ディガー、やめなさい！」レイシーは叱《しか》ったが、犬はまるで言うことを聞かない。常々男性を評価する際には、犬に対する態度を基準にしているレイシーは、タイが屈《かが》みこんでディガーの頭を撫でるのを見て微笑《ほほえ》んだ。タイはあのころと変わっていないようだ。今でも助けを必要としている人間を敏感に嗅ぎつける。レイシーはそう考えて、ホーケンズ・コーヴを離れたあともずっと胸に引っかかっている疑問を思い出した。あのころ自分はタイに対して狂おしいほどの欲望と恋心を抱いていたが、果たして彼も同じ思いだったのだろうか？　それとも自分もまたハンター同様、タイにとっては羽の下で庇護《ひご》してやらなければならない頼りない人間のひとりにすぎなかったのか？

ふとタイに目をやって、レイシーはすぐさま、今もなお彼が自分の心を揺り動かす力を持っていることに気づいた。タイと再会できたという喜びに胸がいっぱいになり、ふんわりと包みこまれるような温《ぬく》もりを感じたかと思うと、それはたちまちのうちに長年忘れていたあの腹部が疼《うず》くような感覚に変わっていった。

初対面の相手から親愛の情を示されてご機嫌のディガーは、もっと撫でてとせがむように前脚でタイの脚にすがりついた。

「さあさあ、もういいでしょう、このおてんば娘。ずうずうしい子だこと。いい加減にタイから離れなさい」レイシーはそう言って、犬をタイから引き離した。

「この犬は女の子なのかい？」タイは意外そうな顔で言った。

レイシーはうなずいた。「とても女の子と言えた体形じゃないけど。でも、とってもかわいいの」

「名前も、とてもじゃないけど女らしいとは言えないな」タイは笑いながら言った。

かつてよりも深みが増した彼のハスキーな声を耳にして、レイシーはぞくっとした。

「わたしが見つけたとき、この子はごみをほじくり返していたの。〝ほじくり返す《ディグ》〟だから、ディガーという名前にしたというわけ。この子、とてもお腹《なか》を空《す》かせてたのよ。家に連れて帰って餌をあげ、それから飼い主を捜そうとしたんだけれど、見つからなかったの」レイシーは肩をすくめ、ディガーの顎の下を掻《か》いてやった。「それ以来、大食いのこの子に食べさせてやるのが、もうたいへん」なんのかんのと言いながら、彼女はディガーがかわいくてしかたないのだ。犬の首輪から手を離し、〝行け！〟と声をかけると、ディガーは部屋の中に駆けこんでいった。

レイシーがわきにのいて場所をあけ、タイを中に通すと、目の前を通りすぎていく彼から温かみのあるセクシーなコロンの匂いがした。嗅ぎ慣れない、だが心地いいその匂いに、レイシーは一瞬はっとした。

自分も部屋の中に入ってばたんとドアを閉めると、タイがこちらを向いた。照れるようすもなく、好奇心もあらわにまじまじと彼女の全身に視線を這《は》わせる。レイシーは思わずバスローブの前をかき合わせたが、そのすぐ下は裸身だという事実は変わらない。

レイシーもつられてじっとタイを見つめた。最後の別れを告げたあのときも、タイはセクシーな若者だった。あれから十年のあいだに、彼はすっかり成熟していた。肩幅はさらに広くなり、顔はかつてよりほっそりしている。はしばみ色の瞳に宿る陰影は以前よりも濃くなっているような気がする。なんという男らしさ、惚《ほ》れ惚《ぼ》れするくらいに魅力的だ。タイの視線がレイシーの顔に戻ってきたとき、その口元にかすかな笑みが浮かぶのをレイシーは見逃さなかった。「きれいになったな」ようやくタイは口を開いた。

その褒め言葉に、レイシーは顔がかっと熱くなるのを感じた。〝あなたこそ、とってもすてきだわ〟そう言葉を返したくなるのをぐっとこらえ、どうして今になってタイが自分の前に現れたのだろうと考えた。

果たして自分の行く手にいかなる運命が待ちかまえているのか、いや、それよりも目の前にいる魅力的な男性は、自分にいかなる運命をもたらそうとしているのだろうか？

リリーは、ちょっと失礼するわと言って、別の部屋に通じるドアの向こうに姿を消した。おそらくそこがベッドルームなのだろうとタイは考えた。ゆっくりくつろいでいてと言い置いていったが、そのためには何よりもまずバスローブを着替えてくれなければ。ふんわりとした素材で体はおおわれているとはいえ、短めの裾《すそ》からは肌色の長い脚がのぞき、深くV字形にくれた胸元を見れば、その布の下に何があるかをいやでも想像してしまう。

それぞまさしく、先ほどアパートメントのドアが開けられ、自分が知っている昔のリリーをもう少し大人にしたような〝レイシー〟が現れてから、ずっとタイの頭から離れなかったことだ。かつてと同じ、だが微妙に違うリリー。より美しく、落ち着いた雰囲気を漂わせているが、どことなく近寄りがたいような気もする。

若いころ、タイはこの茶色の瞳と勇気を持った少女に魅せられ、欲望を抱いていた。リリーがいなくなって初めて、自分が本当に彼女を愛していることに気づいた。初恋、うぶな恋心、それがなんであれ、彼女を失ったことは大きな痛手だった。リリーとお互いの心を探り合う機会を逸したまま、以来、誰ひとりとして、何ひとつとして、タイにとって彼女ほど生きている実感を味わわせてくれる存在は見つからなかった。今こうしてリリーを前にして胸の中で飛び散る火花に何かしらの意味があるとするなら、彼女の存在が自分に与える影響はいまだに変わっていないということになる。

だが、すべては過去のことだ。彼女に対する自分の気持ちに素直になれば、やがて傷つくことになる。リリーはぼくとはまったく関わりのない新たな人生を築いている。彼女にホーケンズ・コーヴに帰ってくる意思があれば、とっくにそうしていただろう。だが、そうはしなかった。あのとき以来、ぼくと彼女はそれぞれ別の道を歩んできたのだ。

せっかく楽な生き方を見つけたというのに、ふたたび失恋するのはごめんだ。性的欲求が満たされれば愛などいらないという女たちとの気軽なつき合いに満足している。いつもさして楽しそうなようすをこちらが見せなくとも、そういう女たちは文句も言わない。最近では、〈ナイト・アウル・バー〉を手伝わないときに頻繁に顔を出すバーでウエイトレスをしているグロリア・ルービンとつき合っている。離婚経験者だが、自らの選択に少しも後悔していない女だ。息子と暮らしているので、自分の家に男を呼びたがらない。幸い、タイにはひとり暮らしのアパートメントがある。そこでお互いにとって都合のいい関係を築くことができたというわけだ。どこにでもありそうな男と女の関係。だが、それなりにうまくいっている。

タイは両手をポケットに突っこみ、今のレイシーの暮らしぶりが少しはわかってくるのではないかと居間を見渡した。彼女の部屋まで来るのに暗い階段を三階分上がってきたが、アパートメント内部の雰囲気はまずまず安全そうだし、かろうじて番犬を務めてくれそうな雑種犬が同居している。アパートメントの部屋はこぢんまりとしているというよりも独房並みの狭さと言ったほうが当たっているが、それなりに温もりを感じさせるくつろぎの空間に仕上げてある。部屋じゅういたるところに鉢植えが置かれ、壁には花模様の額縁入りのシンプルなポスターが何枚も飾られている。ソファにはカラフルなクッションが置かれ、それと揃《そろ》いのセンターラグがテーブルの下に敷かれていた。

違和感を覚えるのは、家族や友人の写真が一枚もないことだ。リリーが過去に置き去ったものは自分やハンターだけではないのだということに、タイは初めて気づいた。彼女はそれまでの人生と思い出さえも手放さざるを得なかったのだ。遺産や愛用の品といった物質的なものにもすべて背を向けた。生きるためにそうしなければならなかった。だからこそ今、リリーはホーケンズ・コーヴに戻って、自分が相続すべき財産を叔父に横取りされるのを阻止しなければならないのだ。

「お待たせしてごめんなさい」その声に物思いを破られ、タイは振り向いた。

リリーは体にぴったりフィットしたジーンズと無地のピンクのTシャツ姿で現れた。くっきりと浮かびあがっている体の曲線にタイは見とれた。まだ湿り気の残っている茶色の髪は陶器のようにすべすべした顔を縁取って肩まで垂れ、チョコレート・ブラウンの瞳はタイの記憶に残っているとおり、いかにも勘の鋭さを感じさせる輝きをたたえている。

「いや、いいんだ」タイは答えた。「こっちがいきなり押しかけたんだからね」

リリーはソファを身ぶりで示した。「さあ、座ってゆっくり話を聞かせてもらうわ。まさか、たまたま近所を通りかかったというわけじゃないでしょう?」

タイはリリーと並んでソファに腰を下ろし、膝に両肘をのせて前屈みの姿勢をとった。ここまで車を走らせてきた三時間のあいだに、どこからどう話をするべきかじゅうぶん頭の中でリハーサルはすませていたはずだが、いざとなると言葉が出てこなかった。「そうならいいんだが。実は、あまりいい話じゃないんだ」

「つまり?」リリーは落ち着いたようすで穏やかに訊いた。

「きみの叔父さんが結婚することになった」タイは言った。

リリーはぶるっと身震いをし、叔父の話題に嫌悪をあらわにした。

タイは思わず手をのばし、なだめるようにリリーの膝に手を置いた。だが、その意図に反して、リリーは膝をこわばらせた。わずかな接触が電気にでも触れたような衝撃をもたらした。

タイもまたぞくっとするような感覚が全身に走り、欲望に下腹が疼くのを感じた。くそ。かつての感覚が完全によみがえった。いや、いっそう強く感じられる。なぜなら大人になって知識と経験を積んだ今の自分には、そうした肉体的反応は表層にあるものだということがわかっているからだ。その下には、リリーに対する思いがいまだに深く深く根を張っている。彼女が自分の人生にとっては行きずりの相手にしかすぎないことを自戒しなければならない。自分が愛し、失ったほかの人々と同様、ほんのひととき互いの人生の航路が交わっただけなのだ。

父親が出奔したあと、タイはハンターとリリーに出会うまで心を閉ざして生きていた。ふたりに対しては心を開いたものの、結局リリーは自分を置いて去っていった。そうする以外に道がなかったのも事実だが、二十一歳という成人年齢に達してからは、戻ってくることもできたはずだ。これから彼女がぼくと一緒にホーケンズ・コーヴに戻るとしても、それは昔の絆を取りもどすためではなく、財産を相続する権利を主張するためでしかない。

となれば、またもや同じ悲しみと心の傷を抱えることにならないよう、リリーに対する接し方はおのずと昔とは違ったものでなければならない。タイはゆっくりとリリーの膝から手をのけた。

「叔父が結婚することが、わたしに何か影響を及ぼすのかしら？」リリーは伏し目がちにタイを見ながら、ようやく口を開いた。

「結婚することじたいは、どうでもいいことだ。しかし、あいつはきみの死を法的に確定させて、きみの信託財産を自分のものにしようとしているんだ」

リリーの目が大きく見開かれ、顔からは血の気が失われていった。小さなうめき声とともに目を閉じると、リリーは顔をのけぞらせて壁に頭をつけた。「なんて愚劣な男なの」

「控えめに言うとそんなところだな」タイはリリーの的を射た表現にくすっと笑った。

リリーの反応を目にして、タイはここに来たもうひとつの理由をどう説明すればいいか考えあぐねた。だが、リリーは一見か弱く見え、確かに助けを必要としてもいるが、内に秘めた強さがあるからこそ、こうしてひとり都会で生き抜いてこられたのだと自分を納得させた。

タイは咳払《せきばら》いをし、思いきって口を開いた。「つまり、きみはホーケンズ・コーヴに帰ってこなければならないということだ」

その言葉を聞いたとたんにリリーは目を開け、恐怖の表情を浮かべてタイを見た。「まさか。とんでもない」

最初は抵抗するだろうと予想はしていた。リリーにはじっくり事態を考える時間が必要だ。「それじゃ、みすみすあの男の手に財産を渡してしまってかまわないのか？」

リリーは肩をすくめた。「あんなものなくても、ちゃんとやっていけるもの」

タイは立ちあがり、狭いながらも明るい雰囲気の部屋の中を歩きだした。「確かにそうだろう。しかし、あの財産はやつのものじゃない。あれはきみの両親がきみに遺《のこ》したものだ。相続人のきみはちゃんとこうして生きている。遺産に手をつけずにおくのと、あの男に取られてしまうのとでは話はまったく別だ」

リリーは大きく息を吸った。頭を悩ませ、迷っているのは明らかだ。「あなたのお母さんはお元気なの？」

タイはリリーに警戒のまなざしを向けた。「話をそらそうとしても無駄だ」

「わかってるわ。でも、わたしにも考える時間が必要だわ。どうなの？　お母さんは元気にしてるの？」

タイはうなずいた。リリーの言うのももっともだ。「おふくろは元気にしている。ちょっと心臓に問題があるが、薬と食餌《しょくじ》療法のおかげで昔と変わらないよ」母親の話をするにあたって平静を心がけたが、最初に頭に浮かんできたのは、母親のフローとマーク・デュモントのあいだで行われた金のやりとりのことだった。

子供のころ、やけに母親の気前がよくなってきたと感じながらも、その裏にある事実はまったく知らなかった。二十歳の誕生日のプレゼントに車をもらって驚いたが、貯金で買ったという母親の言葉になんの疑いも抱かなかった。カレッジに進んだときも、自分が考えていたほどの奨学金を必要としなかったが、そのときも母親は貯金があるからと言っていた。今になって思えば、たったひとりの親の悪いところを見たくないという思いから、何かがおかしいと感じながら、その疑問から目をそむけていたのだ。

「フローはどう思ったのかしら……その……わたしがいなくなったことを」リリーは訊いた。「どんなに悲しませただろうと思うと、胸が痛むわ。彼女にしてみれば、自分の保護下にいたはずのわたしが死んでしまったということになるんですもの」リリーは目をうるませた。

タイはうなずいた。母親に対しては自分も同じ気持ちだった。「おふくろは自分を責めていた」正直に言った。「自分のせいであんなことになったんだと。もっとしっかりときみのことを見ているべきだったと後悔していた」

「申しわけないことをしたわ。わたしだってフローのことを愛していたのよ」リリーはそこで微笑んだ。「ハンターは？　彼はどうしてる？」

その話題ならずっと気が楽だ。「元気にしてるよ。すっかり堅物になっちまった。信じられないかもしれないけど、今や、やつはスーツに身を包んで働く弁護士さ」

「それじゃ、今では自分のために弁論で闘うこともできるようになったのね。よかった」

リリーはその知らせを聞いて喜び、旧友の成長ぶりを誇らしく思った。「で、あなたは？ 昔、わたしたちが話していたようにカレッジに行ったんでしょう？」期待をこめて訊いた。

当時、タイとハンターはひと部屋を共同で使い、リリーはフローが快適な小部屋につくりあげてくれたキッチンの奥の一画をベッドルームとして使っていた。ある晩タイはこっそり彼女のベッドに忍びこみ、ふたりで朝まで語り合ったのだ——フローがタイのカレッジ進学を望んでいることや、彼の将来の夢について。あのころのタイにとって最大の目標は、母親が誇りに思うような人間になって恩返しをすることだった。だが、その夢はついに実現することはなかった。

だが、それが本当に自分の望んでいたことなのか、たんに母親を喜ばせるためだけのものだったのか、いまだにタイにはよくわからない。リリーのタイに対する期待は、子供のころにふたりで思い描いていた未来の夢にもとづいたものだ。今の彼の人生は、それとは違った現実の上に成りたっている。

「カレッジには行ったんだ」タイは言った。「でも、途中で退学した」

リリーは唖然《あぜん》として、愛らしい口をぽっかり開けた。

「今はバーテンダーをやってる」

リリーは眉をひそめた。いったいどうして、という驚きと好奇心に満ち満ちた顔だ。

「それだけ？」

「バーテンダーは立派な職業だ。どうしてほかにも仕事を持たなきゃならないんだ？」

リリーは身を乗りだした。「だって、あなたはじっとしていることができない人だもの。ただバーでお客の相手をしているだけだなんて、さぞや退屈なはずだわ」それくらいのこと、わたしにはわかっているとばかりにきっぱりと言った。

確かにリリーの言うとおりだ。「実は私立探偵もやっているんだ。で、どうなんだ？ホーケンズ・コーヴに帰ってくるのか、こないのか？」

リリーは大きく息を吸ったかと思うと、タイの見ている前で、しっかりした大人の女性から疲れ果てた女へと変わった。「考える時間が欲しいわ。そう急かさないで。今のわたしに答えられるのはそれくらいだとわかってちょうだい」

「わかった」タイは理解を示して言った。確かに考える時間は必要だろう。ホーケンズ・コーヴまではニューヨーク・シティから車で三時間ほどだが、おそらくリリーが決断をくだすのに、もう一日や二日はかかりそうだ。

タイは立ちあがってドアに向かった。

「タイ？」リリーが犬を従えてタイのあとを追いながら声をかけた。

「なんだい？」タイがいきなり立ちどまって振り返ったため、リリーはつまずきそうになって彼の肩に両手を置いた。

タイが十年間抱きつづけてきた疑問が、その瞬間にすべて解けた。リリーの匂いは昔のように甘くなかった。より熱を持った刺激的で欲望をそそる匂いに変わっていた。じっと見つめ合ううちに、彼女の肌が輝きを放ち、頬が赤くなっていった。

リリーが唇を舐《な》めると、濡《ぬ》れた唇がいっそう妖《あや》しげなつやを放った。

思慮と欲望とが、官能的であると同時に厄介な感情の中で混ざり合う。

「これからどこに行くの？」

街で泊まるところを探してみたが、何かの大会が催されているらしく、手の届きそうなホテルはどこも満杯だった。いずれにせよ一泊するつもりで来たので、多少費用がかさんでもどこかに部屋を見つけなければならない。リリーに泊めてくれと頼むなど論外だ。

「車に戻るんだ。ホテルを探さないと」

「それなら……あの……ここに泊まればいいわ」リリーはソファを身ぶりで示しながら言った。

もちろん、その申し出を断るくらいの分別はタイも持っている。だが、たとえわずかでも、今しばし再会の時を分かち合いたいという気持ちにも抗《あらが》いがたい。

「ありがたい申し出だ」タイはちらりとソファに目をやって、どうかそこで心地よい眠りにつけますようにと心の中で祈った。なぜなら、リリーの部屋に泊まると決心したがゆえに、タイの気分は心地よさとはほど遠くなっていたからだ。

「よかった。もう少し思い出話をしたいもの」リリーの声は心なしか低くかすれているように聞こえた。

あるいは、それはタイの自意識過剰のせいだったのかもしれない。もしかしたら、遺産を横取りされるよりもはるかにまずい事態に陥ったのは間違いない。だがいずれにせよ、深刻な状況に直面しているのかもしれなかった。

リリーは眠れなかった。タイはディガーと一緒にソファで横になっている。不実な犬だ。いつもは飼い主のそばで眠るのに、今夜はベッドをともにする相手として客のほうを選んだ。かといって、タイのがっしりとした温かい体に鼻をすりつけて眠りたがっているディガーを責めることはできない。なぜなら本当は自分もそうしたいと思っているからだ。

ずっとタイのことが恋しくてたまらなかった。特にホーケンズ・コーヴを離れた当初はそうだった。その彼と再会して、これまでしっかりと閉めきっていた感情の水門が開いてしまった。今やリリーは感情の洪水に溺《おぼ》れそうになっている。だが、原因はタイだけではなかった。

家族の思い出もまた、切なく胸によみがえってきていた。両親を失ってぽっかりと心にあいた穴はけっして埋まることがなかった。あの冷たい叔父が心の痛みを癒《いや》してくれるわけもなかった。父親を亡くして意地悪な継母《ままはは》のもとに取り残されたシンデレラのように、リリーはまだ大人になりきらないうちに庇護してくれる存在を失ってしまったのだ。頼りになる祖父母の存在もなかった。

リリーが生まれたとき、両親はすでに若いとは言えない年齢に達していたため、祖父母はすでに他界していた。父親にはマークとロバートというふたりの兄弟がいたが、どちらとも親しい関係ではなかった。独身のマークが唯一身近にいる肉親だった。ロバートはすでに結婚してカリフォルニアに移っていたので、両親が後見人に叔父のマークを選んだのもうなずける。少なくともマークとは、祝日などに何度か顔を合わせたことがあった。母方には親類はひとりもいない。母親はひとりっ子だった。

皮肉なことに、タイが相続権を主張しろと言っている財産は、母方から受け継がれたものだった。母親にとって唯一の相続人はリリーだ。その唯一の相続人が死亡したときには、父方の親族が相続できるよう条件がつけられていた可能性もあるが、正確なところはリリーにはわからない。両親が相続のことを話題にすることはめったになかった。父親は自分が経営している、主としてクラシックカーの修復を行う自動車修理工場で毎日忙しく働いていた。

ハリケーンのように気候が荒れたある日、両親が車の事故で亡くなると、叔父のマークが家に移り住んできて、父親の仕事も受け継いだ。家と土地を所有して一国一城のあるじになることに、叔父は大いに魅力を感じていた。わたしの国、わたしのお城であるはずだったのに、とリリーは苦々しく思い出した。

　マークは最初から、なんとしてもリリーを自分に従わせようとした。確かに最初のうちは優しい叔父を演じたので、リリーもすっかり騙《だま》されてしまった。自分を庇護してくれる存在をどうしても必要としていた、まだわずか十六歳の少女だったのだから、無理もない。

だがすぐに、叔父が酒飲みだということがわかり、酔っぱらいのそばには近づかないほうがいいと悟った。ある日の午後、いつもより早く学校から帰ってきたリリーは、叔父が誰かと電話で話しているのを耳にした。姪《めい》がまだ成人する前に、財産を管理する権利を自分に認めさせなければ、永遠にチャンスは失われる、と叔父は言っていた。姪が二十一歳になるまでに、自分のことを完全に信用させておけば、姪はなんでも言うとおりに書類にサインするようになる。そうすれば、信託財産の元本に手をつけることも可能になる、と。

　まだ十六歳ではあったが、それが叔父の自分に対する裏切りだということはリリーにもよくわかった。許しがたい背信行為だ。怒りと憎しみでいっぱいになった彼女は、これからはできるかぎり叔父を困らせてやろうと決心した。反抗的な態度をとるようになったリリーに対し、叔父は厳しく専横的に振る舞い、恐怖で彼女を支配しようとした。それでもなお姪が態度を改めないと、脅しにすぎないと思っていたまさかの行動に出た。

　リリーを里子に出したのだ。〝姪が懲りて改心するまで〟──叔父は表向きはそう言っていた。里親のところで辛《つら》い思いをすれば、自分のもとで暮らせるありがたさがわかるだろう。そうなれば、財産はもちろんのこと、ほかのすべてに関してもリリーを思うままに操れる。叔父はそう読んでいた。だが、タイとハンターのおかげで、そういう事態にはならなかった。叔父の思惑は見事にはずれたのだ。

当時のリリーは、自分の法律上の権利や財産についてとくに考えることはなかった。叔父から常々言い聞かされていたとおり、二十一歳になるまでは財産は自分のものではないと思いこんでいたからだ。そのころには、人生は自分で築くものという意識に目覚めると同時に、叔父にはできるだけ近づかないほうがいいという恐怖心も抱くようになっていた。財産は手つかずのまま残っているのだから、そのまま放っておいてもかまわないとすら思っていた。

過去を思い出しながら、リリーは頬を伝いはじめた涙を拭《ぬぐ》った。両親を始めとして自分が失ったものの大きさを考えると胸が痛み、その後の成り行きを思って怒りと憎しみで胃がよじれそうになった。両親からはプリンセスのように大事にされていたというのに、叔父からはただのもの扱いをされた。叔父の気まぐれであっさり自分の家から追いだされたのだ。

そう考えて、リリーは意を決した。両親が遺してくれたお金を〝必要〟としているわけではない。財産などなくてもやってこられたし、実際そんなもののことなどほとんど思い出すこともなかった。だが、両親が亡くなったためにあの性悪な叔父が得をするのは、絶対に許せない。父親の事業を受け継いでつぶしてしまったのもあの叔父だ。そのうえ、リリーが育った家の所有権まで主張していた。あんな男に何ひとつ渡してなるものか。

リリーはけっして執念深い人間ではない。一生懸命働き、努力して、誰にも恥じることのない立派な人生をちゃんと築きあげた。だからこそ、タイから初めて話を聞いたときには、ホーケンズ・コーヴに帰ることに乗り気になれなかった。だが、過去に叔父から受けた仕打ちを思い出すにつれ、これ以上あの強欲な叔父に自分のものを横取りされてなるものかという思いがふつふつと沸いてきた。

タイの言うとおりだ。ホーケンズ・コーヴに帰らなければならない。なんとしても。

3

リリーはベッドから出ると、古い友人のようにふんわりと足を包んでくれるお気に入りの室内履きをはいた。軽く夜食をとろうと、タイを起こさないように忍び足でキッチンに向かった。タイの寝姿を見て、あらぬ感情をかきたてられないよう立ちどまらずにそばを通過していった。何分にも相手は、長らく接していなかった、だがこれから改めて身近な存在になってほしいと思っている男性だ。

グラスにミルクを注ぎ、冷蔵庫から〝オレオ〟のクッキーを取りだし、冗談混じりに〝簡易台所《キチネット》〟と呼んでいる片隅に腰を下ろした。実際には、そこは小さなテーブルが置かれている玄関わきのちょっとしたスペースでしかない。

「一緒にいいかな?」クッキーを口に入れ、冷たいミルクに口をつけたとたんに、タイが声をかけてきた。

リリーの返事も待たずに、タイがテーブルのまわりに置かれたもう一脚の椅子に腰を下ろすと、ディガーが彼の足元にうずくまった。シャツも着ず、はいているジーンズのウエストのボタンもはずれている。キッチンから射《さ》しこんでくる弱い照明が影を投げかけるだけの薄暗い場所でも、タイがいかにたくましくセクシーな男性に成長しているかがわかった。

リリーはふいにからからに乾いてきたように感じられる唇に舌先を這《は》わせた。「起こさないように気をつけたつもりだったのに」

タイは首を横に振った。「眠れなかったんだ」

「わたしもよ。ご覧のとおり」リリーは夜食に目をやって言った。

「夜食のメニューは昔と変わらないんだね。今でもクッキーとミルク？」

リリーはゆっくりとクッキーをテーブルに置いた。「憶《おぼ》えてるのね？」夜遅く、フローのキッチンにこっそり入っていくところを、何度もタイに目撃されたことがある。あの家のなんと居心地のよかったことか。

「きみのことはなんでも憶えているさ」タイはハスキーな声で言った。

「たとえば？」何かに興味を示したときのリリーもまた、タイにとってはぞくっとするくらいに魅力的だ。

「たとえば、オレオはきみをほっとさせる食べ物だということ。冷蔵庫で冷やして硬くしておいて、それをミルクにひたして食べるのが好きなんだ。あまりふやけすぎないよう、クッキーをミルクにひたすのはおよそ五秒間。こんなふうに」タイはクッキーを手に取って冷たいミルクにひたし、リリーの口元に差しだした。

リリーが口を開けてクッキーにかぶりつくと、自分の好みどおり、オレオの半分はまだ硬さを残し、半分はすぐさま口の中でとろけていった。唇がタイの指先に触れた。その些《さ》細《さい》な接触に、思いがけず彼女は激しい胸の高鳴りを覚えた。

それを重く受けとめまいと、リリーは笑ってナプキンで口元を拭《ぬぐ》ったが、笑うどころか内心どぎまぎして、血管が脈打っているのが自分でもはっきりとわかった。太腿のあいだがずっしりと重くなるのを感じ、思わず口からもれそうになった快感のうめきを押し殺した。心和むはずの食べ物がなぜか淫《みだ》らな想像をかきたて、昔の友と共有している思い出に欲情をそそられた。

それがタイの意図するところだったのだろうか？　目を見ると、彼も同じ気持ちを抱いていながら、抑えているようにも思える。タイはすでに差しだした手も引っこめて身を引いている。身を寄せ合っても、何も意識することもこだわることもなかった昔が、リリーには懐かしく思えた。

かつてもふたりのあいだには特別な感情があったが、お互いにそれに触れることはなかった。若者にとって唯一の安定した絆《きずな》である友情にひびを入れたくなかったから、あるいは自分でもその感情がなんなのか把握しかねていたからかもしれない。おそらくあのころの自分たちは、セックスによってすべてが満たされるわけではないと無意識のうちに気づいていたのだろう。

正直に言えば、当時のリリーはセックスに憧《あこが》れていた。だが、ふたりは初恋の果実をもぎとるチャンスにはついぞめぐり合えず、プラトニックに相手を求めるだけで我慢していた。少なくともリリーは我慢させられていた。タイが本当に自分のことを好きだったのか、それとも彼女にとってヒーローであることを楽しんでいただけなのか、リリーにはわからなかった。

だが、お互いに成長した今、大人としての選択をすることができるし、その結果に責任を持つことができる。ほかの男性からのプロポーズにまだ返事をしていない自分の前にタイが現れ、その結果どういう事態に発展していこうと、きちんと対処できるはずだ。

「きみがホーケンズ・コーヴから姿を消したあとの話を聞かせてくれ」タイの言葉に、リリーは物思いと欲望の両方から解き放たれた。

明らかにタイはこれ以上感情を刺激し合うつもりはないようだ。リリーは失望と同時に安堵《あんど》も覚えた。「このアパートメントを見ればわかるでしょう。わたしはちゃんとやってきたわ」〝ちゃんと〟どころか、仕事ではじゅうぶんな成功をおさめている。

だが、そう答えながらも、この小さなアパートメントと自分の暮らしぶりにことさら自慢げに触れたのは、今夜二度めだということに気づいた。なぜなのか、わからない。彼女がどんな職業に就き、どんな生活をしようと、タイは見くだしたりばかにしたりするような人間ではない。そしてまた彼女自身も、見栄や虚勢を張るのは性分に合わない。そもそも、これまでに自分が独力で築きあげたものを心から誇らしく思っているというのに。

タイの存在が、いいことも悪いことも含めて過去を思い出させ、自分の人生が子供のころに思い描いていたのといかに違うものになったかを、いやでも思い知らされる。それは両親が望んでいたものとも違っていたはずだが、なぜそうなったかという理由や、その結果として自分がいかなる道をたどったかを知れば、両親もきっと誇りに思ってくれるだろう。それもまた、〈オッド・ジョブ〉が自分にとっていかに大事なものかということの理由のひとつだ。それはリリー・デュモントが生きているという証《あかし》を形で示すものなのだ。

タイはうなずいた。「確かにきみは立派にやってきた。しかし、どうやってここまで来たかは、ぼくにはわからない」

リリーは大きく息を吸った。過去のことにはあまり触れたくない。だが、かつてともにあの計画を実行に移した仲間であるタイには、多少は知る権利はあるだろう。また、誰かに話すことによって、いまだに胸に抱えている痛みがいくらかでも癒《い》えるかもしれない。「あ組んだ両手を見おろすと、あの暗い夜の出来事が自然に脳裏によみがえってきた。「あれから三十分ほど歩いて、ちょうど町から出たところで、偶然あなたの友だちに出会ったの。マーク叔父さんの車を盗んだあの人物とね。で、一緒に車に乗って、わたしのことを知る人は誰もいない、遠く離れた町まで行ったわ。それからわたしはバスに乗ってニューヨーク・シティまで来たの」

「すべて計画どおりに進んだんだな」

「ええ、そうよ」だが、その先のことは誰も計画などしていなかった。「バスに乗ってここに着いたのは翌日だった。あなたとハンターが用意してくれたお金が少しあったから、ひと晩YMCAに泊まって、その次の日はバス・ターミナルで寝たわ」

タイはぎょっとしたような顔をした。

リリーはそれを無視して先を続けた。「それから皿洗いをやって、なんとか生きのびたの。やがて、アパートメントの清掃をやっている人と知り合ってね。彼女は移民の若い女の子たちを使ってスペイン系のお客さんにクリーニングのサービスを提供していたの。そのころには、わたしの手は洗剤と水で荒れに荒れてしまっていたから、彼女にわたしを雇ってくれるよう頼んだの。もう安い料金や無料で泊まれる場所も尽きていたし、バス・ターミナルや鉄道の駅で寝ようとすると、買春の客やぽん引きがからんでくるし、困り果てていたところだったから助かったわ」

「ああ、リリー、まさかそんな目に遭っていたとは夢にも思わなかったよ」

心からの同情と嘆きがこめられたタイの言葉に、リリーは胸が熱くなった。だが、タイにはなんの責任もない。彼は自分を助けてくれた人間だ。その恩は一生忘れない。

タイはリリーの手を握りしめた。十年遅かったとも言えるが、それこそ彼女が今何よりも望んでいることだった。

「誰だってそんなこと予想もしていなかったわ」タイの手を握り返す。彼の手の温《ぬく》もりと力強さに励まされるように、話の先を続けた。「でも、そのあとはすべて順調にいったわ。わたしを雇ってくれたマリーナという名の女性のアパートメントの床でしばらく寝させてもらって、それから汚いけれど格安の貸し部屋を見つけたの」

「さぞひどい場所だったんだろうね？」

タイを悲しませたくなかったが、訊《き》いてきたのは彼だ。「そこは会社の持ち物で、壁にはごきぶりが這っていたわ」思い出すといまだに吐き気がしてくる。「それに、隣には酔っぱらいが住んでいてね。真夜中に廊下をうろつくのが好きな人だった。部屋のロックが壊れていたのに、何度頼んでも管理人は修理してくれなかったわ。自腹を切って鍵屋《かぎや》に頼む余裕はなかったから、夜になると番兵代わりにドレッサーをドアの前まで引きずっていったものよ」

「まさかそんな」タイは片手で顔を撫《な》でながら同じ言葉をくり返した。

リリーはそれにどう答えていいのかわからず、黙ったままだった。

やがてタイが訊いた。「で、今の生活はどうなんだい？」

それなら返事もずっと簡単だ。リリーは微笑《ほほえ》んだ。「〈オッド・ジョブ〉という会社を経営しているの。働く人たちのための家事代行業よ」誇らしげに言った。「十五人ほど人を雇っていて、仕事の量や従業員たちのやる気に応じて業務を分担させているの。犬の散歩、部屋の掃除、食料の買い出し、忙しい人たちに代わってどんな仕事でも引きうけているわ。長年のおつき合いの常連さんもいるから、料金の値上げをしても大丈夫だし、仕事はとても順調よ」

タイはにっこり笑った。「よくもそこまでやり遂げたものだな」

やらざるを得なかっただけだ。

「たいしたものだ。感心するよ」

その褒め言葉にリリーは驚きと同時に、ほのぼのとした満足感を覚えた。かといって、タイに同情してもらいたいわけでも、褒めてもらいたいわけでもなかったが。

「生きていくためにはそうするしかなかったというだけよ。で、あなたのほうはどうなの?」リリーは訊いた。

タイの昔からの目標だったはずなのに、どうしてカレッジを中退してしまったのかを知りたかった。それに母親のフローのことを話すときに口調が変わるのも気になる。微妙な変化だが、リリーにははっきりとそれがわかった。いったい何があるというのだろう。

「ねえ、聞かせて、タイ。わたしがいなくなってから、あなたとハンターがどんなふうに過ごしていたのかを」空白の時間を埋めたいという彼女の思いは強かった。

「その話はまた別の機会にしよう」タイはふと手元に目をやって、自分がリリーの手を握ったままだったことに気づいて驚いた。

リリーはタイに立ちあがらせてもらい、熱いキスをしてもらいたかった。タイの家で、彼からわずか一メートルほどしか離れていない空間で寝ていたころに、よく夢見ていたことだ。そしてさらにのちには、恐怖と孤独感に苛《さいな》まれる夜に、自分を慰めるために思い描いた夢でもあった。

タイの目の奥に渇望と欲望の光が宿っているのを目にするのは今夜が初めてではない。そしてまた、時よとまれと思ったのも、これが初めてではない。かつてふたりが一緒にいたころと同じように、お互いの存在以外のことはどうでもいいと思えてきた。

「さあ、もう遅い。少し眠らないと」タイはリリーの手を放して、椅子から立ちあがった。

タイが理性を働かせてくれたことにほっとしながらも、リリーは失望感に喉がつまりそうになった。理性など、明らかに自分は持ち合わせていない。「相変わらず仕切り役を務めるのが好きなのね」

何事においても主導権を握らなければ気がすまない性格を詫《わ》びることもなく、タイは肩をすくめただけだった。「きみはこれから大事な決断をくださなければならないんだから、ちゃんと睡眠をとっておかないと」穏やかな口調で言った。

「もう決断したわ」そうする以外に道はないと決心し、リリーは力強くうなずいた。

タイは片方の眉をつりあげた。「帰ってくるのか？」

リリーはごくりと喉を鳴らし、うなずいた。「でも、今すぐというわけにはいかないわ。いろいろ片づけておかなきゃならない用事もあるし」

「仕事のことか？」

「主にね。戻ってくるまで、わたしの代理を務めてくれる人が必要だもの」頭の中ではすでに、誰に連絡し、何を頼むかということを考えはじめていた。「それに隣近所の人たちにも心配かけたくないし。友だちとか——」リリーはアレックスのことを思いうかべた。彼女がふいに姿を消したら、きっとパニックを起こすに違いない。

アレックスが何も言わずにいなくなったりすれば、きっと自分も同じ思いだろう。彼との仲はたんなるデートの相手という以上のものだ。それをはるかに超えている。深いつき合いをしたのは彼が初めてではないが、心から好きになれた唯一の存在だ。確かに、何かが欠けているという物足りなさは感じていた。タイと一緒にいることによって、何が欠けているかがわかってきた。強烈に引きつける性的魅力だ。だが、物足りなさを感じているのは自分だけなのかもしれない。アレックスは今の関係にじゅうぶん満足しているように見える。

そしてまた、彼女の過去に、いつの日か姿を現し、人生を、心をかき乱しかねない存在があったなどとは、アレックスは夢にも思っていないだろう。リリーはタイにちらりと目をやって、アレックスに対するうしろめたさでいっぱいになった。

「で、そのほかには？」タイはリリーが言おうか言うまいか迷っているのを察して、訊いた。

だが、彼女は首を横に振った。「いえ、何もないわ。ただ、わたしが黙っていなくなったら心配する人たちがいるということ」

タイは軽い苛立《いらだ》ちを見せながらひと声うなった。「何もぼくは、泣き叫んでいやがるきみを無理やり引きずっていこうなんて思っちゃいない。気がすむまで時間をかけて用事をすませればいい。それに、もし連絡し忘れた人がいても、あとから電話をかけることだってできる」そこで言葉を切り、目を細めた。「もしかして、きみが口には出せない、誰か大事な相手がいるんじゃないか？」

「大事な相手？」この先の会話が波瀾《はらん》含みになることを感じて、リリーは言葉を濁した。

タイは額をさすった。「たとえばボーイフレンドとか、きみが直接会って話をしておかなければならない相手のことだ」心なしかタイの口調は冷ややかだった。

リリーは大きく息を吸った。「実を言うと、そういう人がいるの」たちまちのうちに、うしろめたさは消えていった。

「なるほど」タイはこわばった声で言った。

十年も離れ離れになっていたのだ。ほかにつき合う相手を見つけていたとしても、裏切ったということにはならないはずだ。にもかかわらず、リリーはタイの目を見て罪の意識を感じた。深い深い罪の意識を。

「アレックスという人」事実を率直に認めることで、アレックスの存在を自分自身に対して確認させようとした。「彼に事情を話さずにここを離れるわけにはいかないわ」

タイはほんの一瞬、首をわずかに傾《かし》げた。「きみにとって大事な相手と連絡を取るのを、誰もとめやしないさ」

リリーはごくりと喉を鳴らし、タイを傷つけてしまったという感覚に、なぜか胸の痛みを感じた。「ええ、そうね。それじゃ、あとのことはまた明日、相談しましょう」

タイは返事もせずに大股でリリーのそばを通りすぎ、ソファに戻った。横になるとすぐさまディガーがタイの脚の上に飛びのり、そこで丸くなった。

「いやな子ね」リリーは犬に向かってつぶやきながらベッドルームに戻り、うしろ手にドアを閉めた。

考えてみれば、当時、わたしは別れに際してタイに何を言い、何をしただろう。そう思うといい気はしなかったが、最近の自分が置かれている状況も、実はけっして快適とは言えない。ここまで来るのにどれだけ苦労したかを考えると、認めたくはない現実だ。だが、この落ち着かない気分をなんとか払拭《ふっしょく》したい。その大きな原因のひとつになっているのが、アレックスに対してどうしてものめりこめないということなのだ。

タイとわずか数時間一緒にいただけで、彼とアレックスに対する自分の反応の違いがはっきりとわかった。その違いに実は重大な意味があると感じて、リリーは身震いをした。ホーケンズ・コーヴに帰ることによって、きっとその意味が明確になるだろう。

十年前、彼女はすべてを置き去りにして、行く手に何が待ちかまえているか考えもせず、バスに乗ってニューヨーク・シティまでやってきた。おそらく明日、すべてが始まった場所に帰ることになるのだろうが、今回は行く手に何が待ちうけているかわかっている。そんなことを考えながら、リリーはひと晩じゅう、眠れぬまま寝返りを打ちながら朝を迎えた。

決心が鈍らなかった唯一の理由は両親のことがあったからだ。このまま自分がホーケンズ・コーヴに戻らなければ、両親が遺《のこ》してくれた財産はすべて失われてしまう。たいした額ではないかもしれないが、両親が法律上の手続きまでして彼女に権利を与えていってくれたものだ。逃げずに現実と向き合い、闘うのだ。そうしてこそ、ようやく過去を捨て去ることができる。

たとえその過去に、タイの存在があるとしても。

タイが目覚めてみると、体の上にはお世辞にもかわいいとは言えないリリーの犬がのっていて、開いたブラインドから陽《ひ》の光が射しこんできていた。よく眠れなかったが、それも無理はない。リリーから特別な存在の男性がいると聞かされたあげくに、くさい犬とべッドをともにしたのだから。

リリーが尼僧のような暮らしをしているだろうとは思っていなかった。自分とて禁欲主義者からはほど遠い生活を送ってきた。リリーを捜しだしたのは、彼女とのあいだに特別な関係を築きたいと思ったからでもない。それでもなお、リリーがほかの男と一緒にいるところを想像すると、タイの保護本能が強烈に刺激された。ほかの女性に対してはついぞ発揮されたことはないし、この数カ月ベッドをともにしているグロリアに対してすらまったく抱いたこともない。だが、この厄介な本能はずっと生きていたのだ。そしてリリーを見た瞬間、エンジン全開で突っ走りだした。リリーに対してそんな本能を発揮する権利など、自分にはないというのに。

タイはリリーが新しい人生を歩みだすのに手を貸し、彼女はそのまま新しい人生を生きていくことを選んだ。この十年、ホーケンズ・コーヴに帰ってくることはなかった。いっさい連絡もなく、遠く離れたところでひとり生きていたのだ。どのみち、いったん彼女が故郷に帰って個人的な問題を片づけたら、またニューヨーク・シティに戻ってくるというのが最善の道なのだ。彼女のボーイフレンド、仕事、そして人生にとっても。おそらくリリーの過去の清算にともなって、タイも過去とは決別して新たな道を歩むことになるだろう。万一、リリーとの再会によって、かつて抱いた彼女への恋心が再燃するようならば、そのときこそ心の中で彼女への決別を誓うべきだろう。きっぱりと。

まだドアの閉まっているリリーのベッドルームに目をやった。早くに目覚め、シャワーを浴びて着替えもすませてしまうと、今度は空腹を覚えはじめた。

ディガーはアパートメントの中をどこまでもついて歩いてくる。ロックがついていないバスルームにまで入りこんできて、シャワーから出たばかりでまだ濡《ぬ》れている脚を舐《な》めた。

「おまえに餌《えさ》をやりたいんだが、食べ物がどこにあるかわからないんだ」

「まずは散歩が先よ」着替えをすませたリリーがベッドルームから出てきた。

タイはおやっというように首を傾げた。「まだ寝てるのかと思った」

「五時には起きていたわ。それからシャワーを浴びて着替えて、ようやく六時半になってお寝坊さんのあなたが起きてきたというわけ」

ということは、自分がアパートメントの中をうろついている足音を聞かれていたということになる。「朝食はもうすんだのか?」

リリーは首を横に振った。「あなたは?」

「まだだ」

「それじゃ、一緒にディガーを散歩に連れていって、何か食べるものを買ってきましょうよ」

「名案だな」

リリーはディガーにリードをつけ、キッチンの引き出しからビニール袋を取りだし、ふたりと一匹は一階の玄関先まで階段を下りて、表の通りへと出ていった。ちょうど高層ビルの上に太陽が昇ってきたところで、外気はまだ冷たかった。

だが、ディガーはそんなことは気にならないらしい。リリーが手にしているリードを引っぱって走りだし、土の地面が顔を出して一本の木が立っている小さな一画に達すると、ようやく立ちどまった。

タイはやれやれとばかりに首を横に振って笑った。

「しょうがないのよ。犬って習慣性の生き物だから」リリーは言った。「ここはこの子のお気に入りの場所なの」

犬が用足しをすませると、タイがビニール袋の中身を捨てて掃除し、今度はのんびりぶらぶらと、ふたり並んで街の中を散歩した。目に映るものはどれもリリーには馴染《なじ》みのものばかり、すれ違う人々もほとんどは顔見知りだ。〈スターバックス〉のカウンター担当の店員も、角の新聞売りスタンドのオーナーも、彼女のことをよく知っている。散歩の途中で、リリーは自分が仕事をしたことのある建物をいくつか指し示し、ディガーの散歩仲間の犬たちの頭を撫でた。

そうすることによって、リリーは自分の暮らしぶりを伝えようとしているのだと、タイははっきりと感じた。そしてわかったことは、彼女が立派に自立し、この街での生活にじゅうぶん満足しているということだった。

タイは歩道で足をとめた。「きみにホーケンズ・コーヴに帰ると決心させたのは、なんなんだろう？　最大の理由はなんだい？」

リリーもタイと並んで立ちどまった。「理由はひとつだけじゃないわ」下唇を噛《か》みながら言った。「帰らないための理由もたくさんあるけど、それと同じくらい、帰らなきゃと思う理由もあるの」

「よかったら、そのうちのいくつかを教えてもらえないだろうか？」

タイは両手を額のあたりにかざして陽射しを遮りながら小首を傾げた。リリーの心の中に入りこみ、何が彼女の背中を押したのかを探りたかった。

「ほとんどはあなたがしゃべったとおりよ。両親のためにも、彼らが遺したものを叔父に横取りさせちゃいけないと思うの。自分のものをちゃんと自分の手に入れるために、立ちあがって闘わなきゃって。そして何よりも、叔父と対決することで、すべてを過去のものにすることができると思うから」

「まだ完全には過去を水に流せないでいたんだね？」タイはリリーの気持ちを察して言った。

リリーはうなずいた。「自分がいかにたくさんの人の人生を台無しにしてしまったか、忘れることはできないわ」

たくさんではなく、何人かの人生だ。たとえば、うちの母親、とタイは考えた。そもそもの始まりは母親の決断だった。複雑な事情がからんでいたとはいえ、母親はリリーを引きとることによって彼女の命を救った。同時に金も手に入れたが。

リリーのほうをちらりと見ると、彼女は眉を寄せ、暗い表情を浮かべていた。過去に対し、怒りよりも悲しみが勝っているのは明らかだ。タイは、きみがしたことは間違っていないと言ってやりたかった。

「でも、みんな、きみのことを好きだったんだ。だから自分がそうしたいと思ったことをやったまでさ。誰も強制なんかされなかった。きみだって、あのとんでもない計画がうまくいったなんて驚きだと思うだろう?」タイはあのとき味わったスリルを思い出してにっこり笑った。

リリーもぷっと吹きだした。「あれを大がかりな悪ふざけだったと言うのね」

タイは苦い思いで微笑んだ。リリーが実際に目の前から姿を消すまでは、確かにそれくらいの軽い気持ちでいたのかもしれない。

レイシーはシャツの下に隠れて見えないロケットをしきりにいじりまわした。その小さなアクセサリーをはずすのは、シャワーを浴びるときだけだ。うっかり落として排水溝に流してしまったら取り返しがつかない。昨夜、タイが現れたときにはロケットはつけていなかった。直前に熱いお風呂にゆっくり浸《つ》かったばかりだったからだ。今朝になって、いつもどおり首にかけた。ロケットをいまだに身につけている理由は感傷としか言いようがないが、なんとなく安心できるからでもある。

今日は特にそうだ。しばらく街を離れる準備に取りかかりながらも、その小さなアクセサリーが、かつてリリーだったころの自分を取りもどす手助けをしてくれているような気がする。

決断を実行に移すには、思ったより勇気が必要だった。レイシーはニューヨーク・シティに来てから一度もこの街を離れたことがない。よほど体の具合が悪いときをのぞいて、〈オッド・ジョブ〉を人手にまかせたこともない。自分の世界は〈オッド・ジョブ〉と顧客のニーズを中心にまわっている。その自分が、これから人生で二番めに大きな冒険に乗りだそうとしているのだ。

まずは、ニューヨーク・シティに帰ってくるまで安心して仕事をまかせられる人物を探さなければならない。そこでレイシーは、もっとも古くからの従業員のひとりであるローラに白羽の矢を立てた。彼女に最新の顧客リストとスケジュール表、そして従業員たちひとりひとりの性格や技能について情報を与えた。顧客に関する情報リストも用意した。

それから留守にするにあたってやっておくべき細々とした用事を片づけた。新聞を取りこんで郵便物をチェックしてもらうのは隣人に頼み、数人の親しい友人たちには、しばらくのあいだ連絡がなくても心配しないようにと伝えておいた。

最後に荷造りをし、そのあいだにタイがドッグフードの袋を車に積んだ。ちょっとした休暇を取って出かけるときに誰もがやることばかりだが、彼女の小旅行は〝普通〟とはほど遠いものだ。

最後までぐずぐず引き延ばしにしておいた電話をかけたのは、出発間際のことだった。アレックスへの連絡だ。タイが別の部屋でテレビを見ているあいだに、レイシーはすでに暗記しているアレックスのアパートメントの電話番号にかけた。

「ダンカンです」最初の呼び出し音でアレックスが応《こた》えた。

「わたしよ」レイシーは思わず電話を持つ手にきつく力をこめた。

「やあ、ベイビー。元気かい？　電話がかかってくるのは今夜かと思ってたよ」うれしそうな声でアレックスが言った。

普段は、昼のあいだにアレックスに電話をかけることはない。彼は仕事で忙しいし、レイシー自身、ひとつの場所に落ち着いていられることはまれだからだ。

「ええ、元気よ」深呼吸をしてみたが、気持ちを落ち着かせることはできなかった。「いえ、本当のことを言うと違うの。実は昨夜《ゆうべ》来客があってね。故郷の知り合いなの。それでわたし、しばらく故郷に帰って片づけてこなきゃならない用事ができてしまって。ええ、わかってるわ、連絡が遅くなってしまったけど、あなたならわかってくれると思って」

「わからないよ。だってぼくはきみの昔のことなんか何も知らないんだから。少なくとも、帰ってきたら、今度こそ詳しい話を聞かせてもらいたいものだね。ぼくらのあいだに秘密なんかあってはならないはずだ。なのにぼくは、きみについて知らないことだらけなんだから」アレックスはそこで咳払《せきばら》いをした。「きみが心を開いてすべてを打ち明けてくれなければ、なんとかきみを助けたいと思っても、何もできないじゃないか」

レイシーはごくりと喉を鳴らした。「ええ、そのとおりね。今度何もかも話すわ」彼女は約束した。だが、そんな話を長々聞かせるより、さっさと過去の決着をつけてきてしまったほうがはるかにいい。

「よし」アレックスはほっとしたように言った。「その客というのは、ぼくが知っている人かい?」レイシーが出かけていく前に、少しでも探りを入れておきたいらしい。

だが、彼女が故郷の人間について名前を挙げて話をしたことなど一度もないのは、お互いにわかっていた。「いいえ。話したことはないと思うわ――彼のことは」それ以上アレックスが詮索《せんさく》してこないようにと、祈るような思いでぎゅっと目を閉じた。

タイのことをアレックスに話したことなどない。タイに対する感情はいまだにあまりに生々しく残っているからだ。他人に、それも男性にはとても話す気にはなれない。

「その〝彼〟のことは、ぼくに話したことはないと言うんだな」アレックスは声を落とし、その口調にはこれまで聞いたことがないような怒りがこめられていた。「ぼくが気にするような相手なのか?」

かっていた。

「いいえ」レイシーはかぶりを振ったが、ふいに頭痛がしはじめた。「気にする必要は全然ないわ。ただの昔の友だちよ」そう言いながらも、真っ赤な嘘《うそ》だということは自分でわかっていた。

わたしはタイのことが気になっている。彼に対して改めて抱くようになったこの感情も。だが、今この状況で、そんなことを電話でアレックスに言えるわけがない。

ふと顔を上げると、戸口にタイが立っていた。会話を聞かれていたのだ。そう思うと吐き気がこみあげてきた。たった一日のうちに、自分の人生は収拾がつかないほど複雑になってしまった。

タイは何やら合図をするように片手を上げた。レイシーは電話の送話口を手で押さえた。

「外の車は違法駐車状態なんだ」タイは注意を促すように言った。

彼女はうなずいた。「すぐに行くわ」

タイは背を向けて出ていった。暗く、傷ついたような表情を彼女の目に焼きつけたまま。

「レイシー？」アレックスが苛々したようすで電話の向こうから声をかけてきた。

「ごめんなさい、ちゃんと聞いてるわ」

「こっちに帰ってきたら、〈ニックの店〉に行こう」アレックスはお気に入りのイタリアン・レストランの名前を挙げた。「それから〈ピーチ〉に顔を出すのもいいな」彼の姉がヴィレッジで経営しているスイーツの店のことだ。

「いいわね……楽しみだわ」あたりさわりなく答えたが、実際そう思っていた。これからタイの車に乗って、一緒に冒険の旅に出ることと比べれば、イタリア料理やしゃれたデザートは別世界のことのように思える。

〝ああ、どうしよう〟

「アレックス?」

「なんだい?」

アレックスに不快な思いをさせたまま電話を切りたくなかったが、どう取りなせばいいのかわからなかった。「帰ってきたらゆっくり話をしましょうね。いろいろなことについて」

せめても言えたのはそれくらいだった。今はこれで精いっぱいだ。

4

　タイが最後の荷物を積みおえるころには、リリーとディガーはホーケンズ・コーヴへと向かう予定の車の後部座席に座っていた。ディガーの性格はわかっているので、おそらく最初のうちは落ち着かないようすを見せるだろうが、やがてはシートの上で静かに丸くなって目的地までおとなしくしていてくれるだろうとリリーは考えた。助手席に移ってシートベルトを締めおえると、タイがどういう気分でいようと気にすまいと心に決めた。

　アパートメントを出てから、ふたりはひと言も口をきいていない。リリーは不安と緊張で胃が縮むような感覚を覚えた。後部座席では、思ったとおりディガーがシートの上をそわそわと行ったり来たりしている。

　タイはエンジンをかけ、シートベルトを締めた。「忘れ物はないね？」

　リリーはうなずいた。

「じゃ、準備はいいな？」

「ええ、完璧《かんぺき》よ」そう答えたリリーの声は震えていた。

そこでふいに、タイの手が自分の太腿に置かれたのでリリーは驚いた。てっきりよそよそしい態度をとられるものと思っていたからだ。

「偉いぞ」明らかに彼女を安心させるような口調で言った。

デニムのジーンズを通して、タイの大きな手の温《ぬく》もりが肌に熱く感じられた。彼に触れられると、その瞬間、体に電流でも通されたようなショックを受ける。リリーは太腿のあいだに染み入ってくる焼けるような感覚に、思わず息をのんだ。脚を組んでみたが、その感覚は薄れるどころかますます強まってくる。

逃げ場を求めてリリーは目を閉じた。その仕草の意味するところに気づいたのか、タイは手をのけ、車のギアを入れた。

そのあとリリーが憶《おぼ》えているのは、目を開けて時計に目をやったことだ。出発してからすでに二時間がたっていた。自分の感情を締めだそうと目を閉じたつもりが、いつの間にか眠ってしまっていたのだ。

みずみずしい緑で埋めつくされた光景が窓の外を飛ぶように過ぎていく。すでに高層ビルや、せわしなく行き交う人や車の姿は視界から消えていた。

リリーはもぞもぞとシートの上で身じろぎした。「今度ガソリンスタンドのところに来たら、そこでとめてちょうだい」

タイは『トップ・フォーティ』をやっているラジオの音量をさげ、彼女のほうを見た。

「おや、口をきいたぞ」

リリーは赤くなった。「わたしったら、すっかり眠ってしまって、ここまであなたにひとりで運転させっぱなしだったのね」

「いいさ。ディガーをこっちのシートに移して、彼女に相手をしてもらっていたんだ」タイはウインクをして視線を道路に戻した。

どうやら電話の会話のことは聞かなかったことにしてくれたようなので、リリーはほっとした。

次の休憩所までまだしばらく時間がかかりそうなので、リリーは脚を曲げて膝を抱きかかえ、タイのほうに身を寄せた。「ねえ、わたしがいなくなってから、あなたがどんなふうに過ごしていたか、聞かせてちょうだい」

タイはハンドルに片手をかけたまま彼女をちらりと見た。そのまま黙りこくっていたので、リリーは返事は期待できないのかもしれないと思いはじめた。

やがて、ようやくタイが口を開いた。「きみの叔父さんは大荒れだった」

リリーは身の縮む思いで、いっそう強く自分の膝を抱きよせた。

「きみが見つからないということは、あの財産に手をつけられないということだからな――口に出してそう言ったわけじゃないが。やつは怒り狂って、うちのおふくろのところに怒鳴りこんできた。〝あんたが監視を怠ったから、姪《めい》は逃げだして自殺してしまったたんだ〟と」

リリーはため息をついた。「で、どうなったの？」訊《き》くのが怖いような気もした。

ハンドルを握るタイの手に力がこめられた。「やつは裏で手をまわして、ハンターがぼくらの家にいられないようにした」タイはウインカーを点滅させた。「五百メートルほど先に休憩所がある。車をとめるから、用をすませてくるといい」

「ありがとう。ディガーにもきっと必要だわ」

またもや沈黙が続いた。どうやらタイは話の先を続けたくないらしい。

「そのあと、どうなったの？」リリーはどうしても知りたかった。

「ハンターは州立の矯正施設に送られたんだ」

リリーの目に涙があふれ、申しわけなさで喉がつまった。生きのびることに必死で、自分の失踪《しっそう》後、叔父がどういう行動に出るかなど考えもしなかった。もっとあとになって、ようやく考える余裕が出てきたときも、故郷に残してきた愛する人々に対して、叔父が手出しできるとは思わなかった。

ハンターはリリーにとっては愛する友であり、兄弟のような存在だった。当時のハンターは、当人は隠そうとしていたが、精神的に脆《もろ》く傷つきやすい少年だった。そしてタイを見習って、感情ではなく理性にもとづいた行動を取れるよう努力していた。

「ひどい状況になったの？」

タイは肩をすくめた。「ハンターがどんな人間か知っているだろう。ぼくらの誰かがそばについていて、なだめてやらなかったら、次から次に喧嘩《けんか》ばかりだ。結局、地元の矯正施設で教育プログラムを受けることになった」

リリーは身震いをした。現実は想像していた以上に厳しかったのだ。「あんな叔父、殺してやりたい」吐き捨てるように言った。

「きみが姿を現すだけでも、目的は達せるかもしれないぞ」そう言うと、驚いたことにタイは声をあげて笑った。

軽口をたたいて重い雰囲気を払おうとする彼の心遣いはありがたかったが、リリーは叔父に対する怒りと憎しみ、そして友が味わった苦難を思う悲しみと胸の痛みは、どうしても払拭《ふっしょく》できなかった。

だが、そのハンターも今では弁護士になっているとタイが言っていたことを思い出し、幾分気が楽になった。「ハンターはどうやって非行少年から弁護士になったの？」

タイはリリーと目を合わせた。「猛勉強の結果さ。目標をすえて、ひたすら頑張ったんだ」タイは誇らしげに言った。

タイの気持ちはよくわかる。リリーもハンターには頭のさがる思いだ。「もっと聞かせて」

「マーク・デュモントにも手を打つことができなかったことがある。というよりも、ハンターの運がよかったから、時間が経過するうちにデュモントもうっかり忘れてしまったんだろう。ハンターには不品行以外には少年犯罪の記録がなかったから、十八歳になったときに、それまでの経歴を記した公文書を封印することができたんだ。そしてカレッジからロースクールへと進んだ。学生向けローンで借りた金額は、今の彼の年収より多いくらいだが、立派な弁護士として働いている」

「立ち直ることができて、本当によかったわ」いつの間にか自分が体を前後に揺すっていることに気づいて、リリーは動きをとめた。「で、あなたは？　その後どうしてたの？」

タイに訊いた。

「あのあと、このガソリンスタンドの外にたっぷり五分はじっと座っていたな。ほら、早く行きたいんだろう？」タイはサービスエリアのほうを指差した。「犬はぼくが外を歩かせてくるから」

休憩所に着いたことすら、リリーは気づかなかった。抱えていた膝を下ろすと、バッグをつかんだ。「すぐ戻ってくるわ。でも、話の続きは聞かせてくれなくちゃだめよ」念を押すように言った。

「ぼくの話なんか、ハンターに比べればつまらないものさ。きみのその後の経験と比べても及びもつかない」リリーから目をそらしながら、タイは言った。

リリーはあることに気づいて、驚いて首を横に振った。「あなた、まさかうしろめたさを感じているんじゃないでしょうね？」タイに訊いた。「自分がわたしたちのような苦労をしなかったから、すまないと思っているんじゃない？　だから昨夜《ゆうべ》もその話を避けたし、今もわたしを車から追いだして話をそらそうとしているんだわ」

　タイは髪を手で梳《す》いて撫《な》でつけた。「きみは十年もよそで暮らしていた。今でもぼくの心を読めると思わないほうがいい」ふいにとげとげしい口調になって言った。「何しろぼくは、きみのお友だちのアレックスに存在を知らせるまでもない人間なんだから」

　リリーはその言葉に傷つきはしたが、今でもタイの心の中をのぞけることがはっきりとわかった。だがもちろん、タイはそんなことは認めたがらないだろう。自分がレイシーに軽んじられていると感じているのだ。つき合っている男にも、名前すら聞かせたことのない取るに足りない存在だと思われていると。

　リリーはタイの注意を促すために、軽く彼の手に触れた。「中には、あまりに大切に思っているからこそ、誰にも言わないということもあるのよ」

　けっして口には出さず、心の中で大事に大事に慈しむのだ。そう考えて、リリーは胸が熱くなった。

「あなたはわたしの命を救ってくれた人よ、タイ」リリーはわれ知らずのうちにシャツの中に手を入れ、タイからもらったロケットを取りだしていた。「わたしが神にかけて誓ったことは、本当のことなの」

タイは自分が貯《た》めた金で買った小さなゴールドのアクセサリーを見て、驚きに大きく目を見開いた。「よくそんな昔のものを」うなるように言った。

タイは若かった自分に気恥ずかしさを感じているのだろう。だが同時に、アレックスとの会話をもれ聞いて傷ついた痛みも消えたはずだ。それでいい。

「これがあったから、どんなに苦しくても辛《つら》くても乗り越えられたのよ」リリーは首にかけた大事な宝物をそっと撫でた。「あなたのおかげだわ」

はるか昔のあの晩、リリーはタイをけっして忘れないと誓った。今思えば、あれからどこに行こうと、誰といようと、彼女のそばには常にタイがいた——彼の力と勇気と優しさに支えられてきたのだ。

リリーはタイの頬に触れ、彼の顔を自分のほうに向かせた。「あなたのことを忘れたことはないわ。神にかけて誓うわ」そっとつぶやくとくるりと向きを変え、休憩所の中へと駆けこんでいった。

タイとリリーは町に到着するとすぐに、タイの部屋でハンターと落ち合うことになっていた。ふたりはバーの裏口から中に入った。〝レイシー〟となったリリーとハンターが会うのは初めてだったが、ふたりのあいだでぎこちないあいさつが交わされることはなかった。リリーはハンターをひと目見るなり、彼の腕の中に飛びこんでいった。

「また会えてすごくうれしいわ！」彼女は興奮した甲高い声で叫ぶように言った。

ハンターもしっかりとリリーを抱きしめた。「ぼくもだよ」ハンターは抱擁の腕を解くと、にっこり笑って彼女を見た。「きみは昔と変わらずきれいだ」

リリーは笑って、ハンターの肩に軽くパンチをくらわせた。「あなただって、すごくすてきよ」

「努力してるのさ」タイがつぶやいた。

自分がリリーと再会したときには、こんなふうに天真爛漫《らんまん》に喜んではもらえなかったが、なぜなのかはわかっているつもりだ。タイが会いに行くことをリリーは知らなかったので不意を突かれたからだ。そして、ようやく彼との再会を現実のものとして受け入れ、落ち着きを取りもどしたところで、叔父の結婚という爆弾情報を伝えられた。

タイはそう考えて自らを慰め、嫉妬心《しっとしん》を抑えようとしたが、どちらもあまりうまくいかなかった。普段はきわめて冷静に物事に対処することができる自分のはずなのだが。いや、今は状況が状況だ。

タイは咳払《せきばら》いをした。「さあさあ、おふたりさん、もういいだろう。これから計画を立てなければならないんだから」

リリーはふたりの顔を見比べた。「まるで昔に戻ったみたい。さあ、で、どうするつもり？」

タイは彼女に歩みよった。「まず最優先でやるべきは、信託財産相続の契約書を調べて、きみが財産を相続するためにはどうすればいいかを明らかにすることだ」今度はハンターに向かって言った。「そうだろう、弁護士さん？」

ハンターはうなずいた。「そのとおりだ。それについては、できるだけすぐにぼくが調べてみる。ぼくは刑事事件が専門だから、ちょっと誰かの助けがいるんだ」

「まあ、驚いた」リリーはハンターの専門分野を知って、ますます誇らしげに目を輝かせた。

その気持ちはタイも同じだった。

「まあ、ほとんどは些細《ささい》な事件さ」ハンターはそう言って笑った。

「あんまり謙遜《けんそん》するなよ」タイが言った。「ハンターはこの辺では有名なんだ。この州でも有数の法廷弁護士なんだから。彼のクライアントはニューヨーク州北部の基準から言っても、相当の大物揃《ぞろ》いだ」

ハンターはタイの大げさな褒め言葉に顔を赤らめた。「金のために引きうけているだけさ。そうすれば、腕のいい弁護士を雇う余裕のない人たちのために無料弁護ができるからね」

リリーは腕組みをして、なるほどというようにうなずいた。「本当にあなたを誇りに思うわ！　あなたがそんなふうに人助けをする人間になるなんて夢にも思わなかった」

ハンターの頬はいっそう赤くなった。「無料弁護を必要としている人たちを探しだしてくるのはタイなんだ。ぼくは尻馬に乗っているだけさ。タイがいたから、ぼくもそういうことをやるようになったんだと思う」

「わたしに言わせれば、あなたたち、ふたりとも最高よ」リリーはふたりに向かってにっこり微笑《ほほえ》んだ。「わたしのためにいろいろ調べてくれるなんて、ありがたいわ」ハンターに言った。「貯金でも取り崩さないと、わたしにはとても弁護士なんて雇えないもの」

「きみの叔父だという、あのげす野郎から信託財産を取りもどせば、それくらいのことは朝飯前になる」

リリーはうなずいた。「でも、友だちに頼んだほうがずっと安心だわ」

「来月、大事な公判が控えているんだが、少しくらいなら時間を捻出《ねんしゅつ》できるから、きみのために使うよ」ハンターはひょいとキッチンカウンターの上にのり、すっかりくつろいだようすだ。どうやらしょっちゅうここには来ているらしい。「で、ぼくが調査をしているあいだ、きみはどういうふうに過ごすつもりだい？」リリーに訊いた。

タイが片方の眉をつりあげてリリーを見た。「ぼくもそれを知りたいね」

リリーは肩をすくめた。「久しぶりだし、町のあちこちを見てまわろうかと思うの。気持ちを落ち着けて、故郷に帰ってきたという実感を味わいたいわ」

「気持ちはわかるんだが」タイは少々困ったような表情で言った。「しかし、昼の日中にそこらをのんびり歩かせるわけにはいかないな。きみが戻ってきたことが、マーク・デュモントに知られれば警戒されてしまう。しばらくのあいだはおとなしくしていてくれ。少なくとも、きみが生きているという話があいつの耳に届くまでは。生きているだけでなく、元気に、着々と事業を大きくしているということもね」

「十年間待ったのが無駄になったと知ったときのあいつの顔を見てみたいもんだ」ハンターは両手を揉《も》み合わせた。マーク・デュモントが身を滅ぼすところを見届けたいという思いは、ほかのふたりも同じだ。

ハンターの言葉を聞いてリリーは笑ったが、その声がかすかに震えているのにタイは気づいた。いかに気力を奮いたたせても、叔父と対峙《たいじ》する心の準備はまだできていないのだ。二、三日ゆっくり過ごせば、きっと勇気が湧《わ》いてくるだろう。

「で、どうやってこの秘密を叔父の耳に入れればいいの？　まさか、わたしがすたすた玄関先まで行って、ドアベルを鳴らし、〝マーク叔父さん、ただいま！〟なんて言うわけにはいかないでしょう」

タイはにやっと笑った。「そうかもしれないが、そのシーンを生で見られるなら、少々チケット代が高くても払うな」

「もっと目立たないようなやり方でやらないと」ハンターが言った。

「ということは、何かいいアイディアがあるのね？」リリーはハンターのそばに行くと、腰の端をキッチンカウンターにもたせかけた。

ハンターはうなずいた。「あるにはあるな」幾分もったいぶった口調で言った。「でも、まだ詳しいことは言えない。まあ、しばらくのあいだは、きみは身を潜めてゆっくりしていたまえ」

「ええ、そうするわ。今からさっそく。ちょっとこの建物の裏を歩いてきたいの。静かだし、人もいないようだから。ディガー、おいで」リリーが呼ぶと、床にうずくまっていた犬がそばに飛んできた。

リリーはディガーにリードをつけると、明らかにつくり笑いと思える笑みを浮かべてタイとハンターを見た。そして玄関ドアから出ていった。

引きとめようと、タイがあとを追った。

「好きにさせろよ」タイを引きとめるようにハンターが肩に手を置いた。「彼女の気持ちを理解しようとしても、ぼくたちには無理だ。しばらくゆっくり考える時間を与えてやることだ」

タイはきっとした顔でハンターのほうに向き直った。「おまえはいつからリリーのことをそんなによく理解できるようになったんだ?」

「おまえはいつから、そういう愚かなやきもち焼きになったんだ?」ハンターも応じた。

タイはうなった。「そんなにはっきりわかったか?」

「おまえのことはよくわかっているからな」ハンターは指先を髪に差しこんで撫でつけた。「ぼくにライバル心を燃やす必要なんかない。昔はぼくも彼女に特別な感情を抱いていたとはいってもな」ハンターが初めて正直に自分の気持ちを打ち明けたことに、タイは驚いた。

「昔はそうだったが、今は違うと？」

ハンターはうなずいた。

「ぼくと争いたくないからか？」タイは話が望ましくない方向に流れていくのを感じながら訊いた。

ハンターは首を横に振った。「そんなふうに思っていたときもあったかもしれない。まだ若かったころはな。でも、おまえに勝てる見こみなんかないとわかっていたし、勝とうなんて思ったこともない」そう言うと、仲間どうしがよくやるようにタイの肩をぴしゃりとたたいた。「だが、それももう昔のことだ。仮にぼくが今でもそういう感情を引きずっていたとしたら、邪魔になるのは友情で、自分の自信のなさじゃないだろうな」

ハンターの率直な言葉にタイはショックを受けた。親友であるタイの気持ちを察したうえで、自分も正直な気持ちを打ち明けたほうが、かえって相手を安心させることができると判断したのだ。「そういう心境にいたったのは、またどういうわけだ？」

ハンターはにやっと笑った。「ぼくの関心はもう別のところに向けられているんだ」

なるほど。タイはすぐに察した。「モリーか？」

「あれだけふられつづけて、いまだに自尊心がずたずたになっていないということは、ぼくも相当運がいいらしい」少々無理が感じられたがハンターは笑った。「これからもあきらめずにデートに誘ってみるよ」

「一度くらい強引にディナーにでも誘えばよさそうなものを」

ハンターは頭を掻《か》いた。「実を言うと、これまでの彼女の反応たるや、完全拒否だったんだ。それが最近になって、多少はぼくとの相性を探っているんじゃないかと思えるような態度を見せはじめたんだ。そこに、こうしてリリーが戻ってきた。それでもぼくには、モリーのそばにいたいという秘めたる思いがある」

タイは肩をすくめた。「事情を打ち明けることだな。モリーはわかってくれる」

「ああ。そして、めでたく天と地がひっくり返って、モリーは、なぜこれまでずっとぼくの誘いに〝ノー〟と言いつづけてきたのか、理由を教えてくれるかもしれないな。口では〝ノー〟と言いながら、表情では〝イエス〟と言っていたのはなぜかってことを」

タイは顔をのけぞらせて笑った。「つまり、おまえは自力では永遠にその謎《なぞ》を解けないというわけだ。まともな男なら女心を理解するなんてことはできっこないからな」

ハンターは微笑んだ。「確かにそうだ」だが、すぐに顔から笑みは消えていった。「だいいち、これからあの手この手でマーク・デュモントに関する情報を彼女から引きだきさなきゃならないんだから、そのうち完全に愛想をつかされるかもしれないな」そう言いながら冷蔵庫のところに行くと、コーラの缶を開けた。

「どのみち、おまえはやる気なんだろう？」タイは訊いた。

「ああ」ハンターはいっきに缶の半分ほどを喉に流しこんだ。「ぼくらは三銃士だからな。これからも、モリーがいったいどういう気持ちなのか、考えつづけるだけだ。どのみち失うものなんか何もないんだから。あきらめるつもりなどないが……。でも、正直言って、望み薄さ」コーラを飲みおえ、空になった缶をカウンターにたたきつけた。

タイは友人の気持ちを察して、胸が痛んだ。タイと同様に、ハンターも遊び相手には事欠かないが、これまで女性との関係が長続きしたためしがない。ようやく真剣な気持ちを抱ける相手が見つかったというのに、思いが叶《かな》う可能性はきわめて低そうだ。「それじゃ、こうしたらどうだろう。デュモントに関しては別の情報源を見つけることにして、モリーをこの件には巻きこまないようにするというのは？」

ハンターは首を振った。「本当に彼女に脈があるなら、とうにぼくの誘いを受け入れていたさ。とにかくリリーにはぼくらが必要だ。だから、それとこれとは別の話だと思ってくれ」ドアに向かいかけたが、途中で立ちどまって振り返った。「弁護士としてのぼくの協力以外に、リリーに何か助けが必要になったら、それはおまえにまかせるからな」

タイはうなった。ときにハンターは、子供っぽい一面を見せることがある。思っていることをすぐ口に出し、考えるのはあとまわしにするのだ。だからこそ、タイはハンターに兄弟のような愛情を感じるのだが。

タイはちらりとハンターに目をやった。「実際は、リリーの人生にはもうひとり助っ人《すけっと》役を務めたがっているアレックスという男がいるんだ」

ハンターは顔をしかめた。「なんだと？　くそ」

「ああ、まったく」あまり口が達者ではないタイには、それ以上言うべき言葉が見つからなかった。

ハンターは腕時計に目をやった。妻殺しの罪に問われた金持ちの弁護を引きうけ、勝訴したときに買ったゴールドのロレックスだ。その事件がきっかけとなって、人物に贔屓《ひいき》にされる売れっ子弁護士になったのだ。

「そろそろ行かないと」

「モリーと会うのか？」おそらく違うだろうと思いながらも、タイは訊いた。

だが、ハンターはうなずいた。「リリーが生きていることを知らせる相手としてはモリーが最適だ。まず間違いなく、彼女はそれをデュモントに伝えるはずだ。すべてはそこから始まる」

「彼女がすんなり信託財産相続の契約書をこっちに手渡すと思うか？」

ハンターは肩をすくめた。「さあな。うまくいけば、どこの法律事務所にその契約書が保管されているかくらいは教えてもらえるかもしれない」

「うまくいくといいな。何か進展があったら知らせてくれ。ぼくらの連絡先はわかってるな？」タイは言った。

「今、〝ぼくら〟と言ったな？　リリーはここに泊まるのか？」

タイはうなずいた。「彼女にホテルに泊まる余裕があるとは思わなかったから、予約も何もしてないし。それに、リリーだってひとりきりでいたくないだろうと思って」

「おまえらしいな。いつだってヒーローを演じる。なんでも決めるのはおまえだ。ただし、今回にかぎっては、それでいい。ひとつ屋根の下でふたりでゆっくり過ごせれば、過去に戻ってやり直しができるかもしれない。あるいは、まったく新たなスタートを切れるかも」

タイは左右に首を振った。「まずだめだ」かつてのリリーはタイの助けを必要としているか弱い女の子だった。だが、今では誰の助けも借りずにやっていける一人前の女性に成長している。都会で生き抜き、新たな人生を築きあげ、そしてそこで帰りを待っている男の存在もある。

「よく言うだろう。絶対だめだなんて絶対言うなって」ハンターはそう言って部屋を出ていくと、うしろ手にばたんとドアを閉めた。

ハンターはタイのアパートメントの外の廊下で立ちどまった。考えをまとめる時間が必要だった。

リリーが帰ってきた。この上なく元気そうだ。タイはあのころと同じように彼女に夢中だ。この自分はと考えると、答えはわかっている。リリーに会えたのはとてもうれしい。だが、彼女に対して抱いているのは、今ではあくまで友情だ。

その大事な友だちのためならどんなことでもする。友人としてだけでなく、弁護士としても。自分が目指しているのは、弱き者の味方たる弁護士だ。デュモントと対決するにあたって、弱き者とはリリーだ。かつて自分に言葉に尽くせないほどの苦しみを与えたあの男を、こてんぱんにたたきのめしてやるにやぶさかではない。だが、そうすることによってモリーを悲しませたくはない。

初めて会ったその日から、ハンターとモリーの歩む道はあくまで平行線をたどり、けっして交差することはなかった。ロースクール時代にさかのぼってみても、モリーはただひたすら勉学に打ちこむだけだった。その点では、成功を目指していたハンターも同じだった。絶対にロースクールをきちんと卒業して、ひとかどの人物になってみせると強い決意を抱いていた。それもこれも、父親からは、おまえには絶対にそんなことはできっこないと言われていたからだ。父親に捨てられ、母親に疎まれ、自分にとって唯一の家と言える場所をデュモントに奪われてしまったが、立派に目標を達成した。

多くの苦難を乗り越えて、成功をつかんだのだ。そして今、またもやあのデュモントによって、大切に思っている存在を取りあげられそうになっている。許してなるものか。これまで自分とモリーのあいだに絆《きずな》が結ばれる機会はついぞめぐってこなかった。今夜の自分の行動如何《いかん》によって、その機会は永遠に失われてしまうかもしれない。モリーよりもリリーとタイのほうが大事だというわけではない――ただ、家族を裏切ることだけはできないということだ。自分にとって家族と言えるのは、あのふたりしかいない。

途中、〈タバン・グリル〉に寄ってワインその他、ディナーのための食料をいろいろ買いこみ、モリーの住まいに向かって、玄関先までドライブウェイを歩いていった。

ハンターが予想していたとおり、モリーの家主であり裁判所の書記官でもあるアンナ・マリーがポーチの揺り椅子に座っていた。かなり白髪が交じっている髪をまとめてアップにしている。セーターを肩からはおり、九月のひんやりとした夜を楽しんでいるようだ。ついでにご近所から噂話《うわさばなし》のひとつももれてこないかと期待しているのだろう。アンナ・マリーが心待ちにしているそれを、これから自分が提供するのだ。

ハンターは通路を進み、モリーの部屋のドアの前で立ちどまった。「気持ちのいい晩だね」アンナ・マリーに声をかけてからドアベルを押した。

「少し冷えてきたわね。空気が冷たくなってきて」アンナ・マリーはぶ厚いセーターをしっかり体に巻きつけた。

「それなら、家の中に入ったらどうかな？」

「いえ、でも家の中にいたら――」

「流れ星を見逃してしまう？」ハンターは訊いた。

「まあ、そんなところですわ」年配の女性はハンターに向かってウインクをすると、また揺り椅子の背にもたれた。「こんなに遅い時間に、町で何をしているんです？　法廷に出ているか、お仕事をしている以外は、オルバニーのおしゃれなアパートメントにいるのがお好きなんでしょう？」

ハンターは笑った。「ぼくがどうしてここにいるか、あなたならもう先刻ご承知のはずだ。さてと、さっさと用事に取りかかろう」モリーの名前が記されているドアのベルをふたたび押した。

興味津々といったアンナ・マリーの視線が注がれる中、モリーがドアを開け、食料品が入った袋を片腕に抱えたハンターの姿を見て、目を丸くした。「まあ、驚いた」

「誘って断られるのはもういやだと思ってね」

モリーは笑みとも取れる表情を浮かべてうなずいた。それを見て、一瞬ハンターもうれしくなった。

ハンターは家の外壁に寄りかかって、体にぴったり合ったジーンズと長袖《ながそで》のシャツを着たモリーにしばし見とれた。法廷でのスーツ姿とは違って、オルバニーのロースクールで初めて出会ったころの彼女を思い出させる。自宅でひとりで過ごしているときとあって、いつもの鮮やかな色遣いはどこにも見られない。なるほど。これまた好奇心をそそられるモリーの新たな一面だ……。その好奇心を満たすチャンスがあるとすれば、さぞや楽しいだろう。

「もちろん、そうしたいと思ったら、あきらめずにしつこく誘ってもいいんだが。どうだろう、中に入れてもらえるかな？　それともこのまま、アンナ・マリーにただでこんなシーンを見物させておくのかい？」ハンターが振り返ってウインクしてみせると、アンナ・マリーは椅子を揺らしながら、よしてくださいなと言わんばかりに手を振った。

「そうまで言われたら、わたしに選択の余地はないわね」モリーはスクリーン・ドアを開けた。ハンターは中に入り、うしろ手にドアを閉めた。「正直に言うと、ときどき彼女が壁にグラスを押しつけて、こっちのようすをうかがっているんじゃないかと思うことがあるの」モリーは笑いながら言った。

「きみは彼女の好奇心をそそるようなエキサイティングな生活を送っているのかい？」ハンターは訊いた。

「知りたい？」モリーはいたずらっぽく笑って言った。「袋の中身はなんなの？」

「食料さ」

モリーはついてくるよう身ぶりで合図して階段を上がり、自分の部屋に入ると、小さなキッチン・スペースで足をとめた。

「きみがどんなものを好きかは知らないんだけど。何しろ一度もぼくにディナーをおごらせてくれたことがないからね。だから〈タバン・グリル〉でお薦め品をいろいろ買ってきたんだ」ハンターは袋の中から調理済みのステーキ・ディナー・セット、魚料理の主菜ティラピア、そしてチキンのマルサーラ風味を取りだした。「いちおう全種類揃っている」

ハンターはもはやタイの羽の下で庇護《ひご》されていたころのシャイで臆病《おくびょう》な少年ではなかった。だがときに、矯正施設で鍛えられる前の自分に戻ったように、ふと自信のなさや不安を感じることがある。

だが、モリーはハンターの気弱さから来る過剰な気遣いを笑ったりはしなかった。うれしそうにひとつひとつ料理を手に取って言った。「これをみんな少しずついただくことにするわ。あなたはどれが好き?」

モリーはあっさりとハンターの不安を払いのけ、ふたりは一緒に食事をとることになった。ハンターは彼女に家族のことや生活ぶりについて質問を投げかけたが、さすが弁護士のモリーは、ハンターの質問に、同じく彼に対する質問で応じた。ふたりはスパーリングの応酬をしながら楽しいひとときを過ごした。だが、デュモントの話題に触れるきっかけはつかめなかった。

「アンナ・マリーから聞いたけど、あなたはもうすぐわたしの義理の父親になる人のことを知っているんですってね」ついにモリーがその話題を持ちだしたのは、ハンターがテーブルから運んだ皿を彼女が洗っているときだった。

とりあえず突破口はつくられた。だが、ハンターは首を横に振って笑った。「噂話というのは、双方向性だってことを忘れてたよ」

モリーは首を傾《かし》げた。「どういう意味？」

「アンナ・マリーはぼくには、きみのお母さんが結婚するという話をうれしそうにしていた。その一方できみには、ぼくとデュモントの関係をしゃべっている」

「でも、わたしが聞いたのは、ただあなたと彼がかつては知り合いだったということだけよ。それに何か話を足したい？」

「いや、別に」ハンターは白いフォーマイカのカウンターに両手をついて体重をのせた。

「でも、きみがデュモントに関する情報を教えてくれるなら、ぼくも知っていることを教えてもいい」

今夜のディナーが、長年にわたるデートの約束獲得作戦の一環というよりは、デュモントに関する情報収集のためだということを、モリーが悟ったことは間違いない。

彼女の目が失望に曇った。「つまり、あなたがここに来たのは社交が目的ではないということね」モリーは布巾《ふきん》をカウンターに置き、ハンターのほうに向き直った。「わかる、ハンター？　あなたって最低」そっけなく言った。「確かにわたしたち、長いあいだデートをめぐって駆け引きめいたことを続けてきたかもしれないけど、あなたが自分の欲しいものを手に入れるために、こういう持ってまわったやり方をする人間だとは思わなかったわ」

　自分が思いを寄せている女性が相手でなければ、もちろんそんなやり方をするわけがない。そう思ったものの、ハンターはモリーに返す言葉が見つからなかった。何か言ったとしても、それでモリーの気持ちをなだめられる自信はない。

「で、デュモントについて、何が知りたいの？　さっそく今夜ここにやってくるくらいだから、さぞや知りたくてうずうずしていることなんでしょうね」モリーは嫌悪感もあらわに言った。

「きみはあの男に好感を持っているのか？」まずはこちらから質問をぶつけていってモリーの反応を探り、それから超弩級《ちょうどきゅう》の秘密を明かすつもりだ。

　モリーは肩をすくめた。「まああの人じゃないかしら。母の五番めの夫になる人だけど、わたしをその新家庭から追いださず、家族として受け入れてくれる初めての人だわ」

　リリーを家から追いだした男が、今度はモリーを家族に加えようとしているのだ。むちゃくちゃなやり方だ。モリーと母親との親子関係がどんなものなのかまったく見当がつかなかったが、これでおよそのところがわかった。ハンターの場合と同様、モリーにとっても、両親がいるからといって必ずしも幸せな生活が保証されていたわけではないらしい。

「どうしてそんなことを訊くの？」

ハンターは大きく息を吸いこんだ。「そうだな、つまり、ぼくとデュモントの過去の関《かか》わりについて話すことは、彼の評価を高めることにはならないということなんだ。でも、きみは彼に好感を持っているんだろう？」

「だから言ったでしょう、まあまあの人だと思っているだけよ。母を幸せにしてくれたし、わたしにもよくしてくれるわ。でも、彼がどういう人なのか、よく知らないの。母と彼とのいわゆるロマンスは、急スピードで進展していったから。まあ、わたしの母の場合、誰が相手でもそうなんだけど。あっという間に結婚までたどり着いてしまうの」

「きみのお母さんは……」次の質問をぶつけるにあたっては、言葉を選ぶのに少々デリケートな配慮が必要だとは思ったが、思いきって率直に訊くことにした。「きみのお母さんは裕福なのかい？」

モリーはいきなり笑いだした。だが、ハンターがいつも魅力を感じている楽しそうな笑い方ではなく、半分ふざけ半分あきれているような笑いだった。

「まさか、とんでもない。いえ、今の言葉は取り消すわ。うちの母はいつもお金持ちの男と結婚して、そこそこの慰謝料をもらって離婚し、そのお金がなくなると、また次の金持ち男を探すといった具合なの」

「デュモントがその次なる金持ち男なのか？」そんなはずはないと思いながらも、ハンターは訊いた。

モリーはうなずいた。「今はそうじゃなくても、亡くなったお兄さんから信託財産を相続することになってるの」

それでマーク・デュモントがモリーを自分の身近に置きたがっている理由がのみこめた。財産を手に入れるためには、モリーの法律家としての専門知識が必要だからだ。そのためにはフィアンセに、弁護士である娘との関係改善を促すのが最良の策だ。デュモントはモリーと、じきに妻になる女性を両方とも手なずけようとしているのだ。

モリーは息を吸って、鼻のつけ根を指先でつまんだ。

ハンターは彼女に歩みより、肩に手を置いた。手のひらに感じる彼女の肌が熱でも持っているように熱く感じられた。「大丈夫かい？」

「ええ。ちょっと頭痛がしただけ。よかったら、あなたとマークの関係について聞かせてくれないかしら。それと、なぜわたしの家族のことを根掘り葉掘り訊くのかも。以前はそんなことに関心なんかなかったはずだけど」モリーは真剣な口調で言った。

「関心ならいつだって持ってるさ」自分でもようやく聞きとれるくらいの小さな声で言った。「ただ、それをどう示せばいいのか、わからないだけだ」

「あら、お料理と議題を携えてここまでやってくるということは、あなたがわたしに関心を持っていることの何よりの証拠になってるわ」

モリーの返事を聞いてもハンターは驚かなかった。まさしく図星なのだから。「ぼくにチャンスを与えてくれないか。この類《たぐい》の人間関係を築くことに関しては、ぼくはプロとは言えないもんでね」

モリーは笑った。「裁判所で耳にした噂からすると、あなたにその道のプロは無理だと思うわ」

ハンターはふんとばかりに皮肉な笑みを浮かべようとしたが、実際には素直ににっこり笑ってしまった。「その噂の出所はきみだろう。それこそたんなる噂さ」

ハンターは女性とのあいだに感情的にのめりこむような関係を築いたことは一度もない。もちろんリリーをのぞいての話だ。だが、今思えば、自分はリリーを愛してはいたが、彼女に恋してはいなかったのだ。そう気づいてハンターはほっとした。リリーが助けを求めたら、いつでも飛んでいく。彼女のためなら、できることだったらなんでもする。ぼくらは昔からの強い絆で結ばれているからだ。

とはいえ、モリーに対して抱きはじめている感情は、リリーに対して抱いている感情よりも強い。なぜならその感情には未来があるからだ。傷つくことを恐れなければ、将来さらに大きく膨らむ可能性がある。今夜、ぼくはモリーを裏切った。今この瞬間、彼女に対して裏切り行為を働いている。ここに来たのは、リリーを助けるために情報が必要だったからだ。モリーが死んだと思っているリリーという女性のためなのだ。

皮肉なことに、リリーとモリーはよく似ている。きっといい友だちになれるに違いない。これほど複雑な状況でなければ、いつ、どこで知り合っても仲良くなれるだろう。

だが、実際にはそうはいかない。リリーが生きていることをモリーが知ったなら、事態はいっそう複雑になるだけなのだから。

5

ハンターはモリーのキッチンに座って、チャンスをくれと頼んでいた。女性との関係を築くのは苦手だからと。よくもそこまでずばりと言えたものだと思うが、実際はっきり口に出してそう言ったのだ。

モリーは片手をカウンターにのせて、当惑ともうひとつ別の感情が入りまじったような表情を浮かべている。そのもうひとつの感情とは、ハンターの希望的観測によれば〝未来への期待〟だった。

ふたりの未来への。

モリーはじっとハンターを見つめた。「今ここでわたしたちがやっていることがそれ？関係を築くということ？ねえ、正直に言うと、わたし、わけがわからないの」

ハンターは思わずうめいた。「座ってもいいかな？」すべてを話さなければ、モリーの疑問に答えることはできない。事情をすべて打ち明ければ、自分たちに何ができて、何ができないか、モリーが判断してくれるだろう。だが、話すとなれば長い話になる。

モリーがテーブルのそばに置かれた椅子を指し示したので、ハンターは鉄製の椅子に腰を下ろした。

モリーもう一脚の椅子を引き、ハンターに警戒ぎみのまなざしを注ぎながら、並んで隣に腰かけた。

自分の過去の話を他人にするなどめったにないことだ。ハンターは口を開く前にゆっくり気持ちを落ち着かせた。「ぼくは里親のもとで育ったんだ」ついに言った。

モリーの表情が柔らかくなった。「知らなかったわ」

ハンターは次に続く同情の言葉を覚悟して身を硬くした。この事実を女性に打ち明けると、たいていい返ってくるのはそれだ。ハンターはいやでいやでたまらない。哀れまれているような気がしてくるのだ。

テーブルを指先でとんとんとたたきながら、モリーはじっとハンターを見つめている。

「義理の父親から、学費は払うから寄宿舎に入れと言われるよりは、そっちのほうがいいかもしれないわよ」

ハンターは笑った。モリーのうそぶくような返答がありがたかった。やはりモリーは普通の女性とはひと味違う。これではっきりわかった。

「で、ひどい扱いを受けたってわけ？」モリーは訊《き》いた。

「そうでもない」ハンターは嘘《うそ》をついた。「特に最後の里親のところはね。〈ナイト・アウル〉で働いているぼくの友だちのタイに会ったことがあるだろう？」

モリーはうなずいた。「この前仕事が終わって仲間たちと一杯やりに行ったときに、紹介してもらったわ」

「彼はぼくの里親の息子で、ぼくらは兄弟のように暮らしていたんだ。彼の母親がぼくを受け入れてくれて、家族同様に扱ってくれた。もうひとり、その家にいた里子に対してもね。女の子だったんだが」ハンターはそこで一瞬言葉を切った。その先の話を聞かせたら、モリーがどんな反応を示すか、予想がついていたからだ。「その女の子の名前はリリー・デュモントというんだ」

「マークの姪《めい》？」モリーはすぐにデュモントとの関係に気づいて目を細めた。「亡くなったという推測される女の子なのね？」

「亡くなったと推測される女の子、だ」ハンターは核心に触れる準備として、モリーの言葉を訂正した。身を乗りだして先を続けた。「この町の住人たちのほとんどが知っている話だが、きみはここで育ったわけじゃないからね。さらに言えば、デュモントの口からぼくの名前を聞いたことがないなら、彼は明らかに何かを隠そうとしているということになる」

モリーは身をこわばらせて椅子の背にもたれた。「それなりの理由があるんでしょう。でも、彼は今ここにいないし、本人に直接訊くわけにいかないから、あなたが教えてくれればいいわ」あからさまに皮肉をこめた口調で言った。

すでにハンターのことを敵と見なしているのだ。

ハンターは冷たい鋼鉄でできた椅子のシートの端をきつくつかんだ。闘いに勝利する唯一最高の武器は真実だ。「デュモントの兄と義理の姉、つまりリリーの両親が車の事故で死んだことは知っているね？」

モリーはうなずいた。「広い土地と何百万ドルもの遺産を信託財産としてリリーに遺《のこ》し、マークを彼女の後見人に指名したそうね」

そこまでの事実認識は共通のものだ。だが、すぐその先からくい違ってくるはずだ。「叔父さんに引きとられたときのリリーは、怯《おび》えきった子供だった。両親を失ったばかりで叔父さんの愛情と庇護《ひご》を求めていた。それを叔父さんが与えてくれるだろうと思っていたら、彼の愛情と庇護の対象になったのは財産だったんだ」

ハンターはリリーの側から見た当時の状況を語った。ある晩遅く、タイと二人で裏庭につるされていた古タイヤのぶらんこで遊んでいるときに、本人の口から聞いた話だ。

モリーの顔を見てみると、まだ疑わしそうに警戒しているようすが見てとれた。

だがハンターはそのまま続けることにした。「まだ最初のうちに彼が示した愛情や優しさは、遺産に近づくためにリリーを手なずける手段にすぎなかったんだ。そこでなんとも残酷な運命のよじれが生じた。事実を知って怒ったリリーが反抗的になると……デュモントは厳しい態度をとるようになった。やがて仕置きだけではリリーを抑えつけられないと悟ると、力で彼女を屈服させてくれる里親のところに追いやった。彼女の〝死〟の原因は、叔父さんのところに戻されるという恐怖だったんだ」

「まさか」モリーは首を横に振った。

椅子の上で身じろぎしているモリーを見れば、信じまいと必死に抗《あらが》っているのが手に取るようにわかった。

「リリーは最初からむずかしい子供だったと、マークは言ってたわ。警察の言うことや、両親が死んだという事実も受け入れようとしなかったそうよ。どうにもマークの手には負えなくなったから、しかたなく施設に預けることにしたんだわ」

歪曲《わいきょく》されたストーリーにも、モリーがそれを信じているという事実にも驚きはしなかったが、ハンターは怒りと口惜しさに思わず歯をくいしばった。「デュモントのことはよく知らないと、さっききみは言ったな。それなら、ぼくの話を否定はできないはずだぞ」

モリーは椅子から立ちあがった。「そんなことないわ。リリーはわがままで手に負えない子だったとマークは言ってたもの。彼はずっと独身だったから、子供のことはよくわからなかった。それで困り果てて、里親に預けたのよ。でも、あとからひどく後悔の念に苛《さいな》まれて、また自分のところに引きとって、やり直そうとしていたら、リリーが彼の車を盗んで——」

「証拠はないはずだ」ハンターは言った。「リリーが何かを盗んだという証拠なんか、何もないんだ。はっきりしていたのは、彼の車が崖《がけ》から湖に転落し、だが車に乗っていたはずの人間の死体は上がらなかったということだけだ」

モリーはいきりたち、大きく目を見開いてハンターを見おろした。ハンターの話をなんとしても受け入れまいとしているのがはっきりわかる。なぜなら、ようやく手に入れたと思っていた脆《もろ》くて小さな宝物が粉々になってしまうかもしれないからだ。おそらくは彼女がずっと夢見てきた貴重な宝物だ。ハンターにはモリーのことが本人以上によくわかる。

「きみは弁護士だろう、モリー。だったら、デュモントの話を鵜呑《うの》みになんかできないはずだぞ」ハンターは言った。

モリーは片手で額をさすった。「時間が欲しいわ。二、三日よく考えてみないと」ハンターと視線を合わせることなく言った。

ハンターはゆっくりと立ちあがった。「考える必要なんかないだろう。ぼくの話の出所である本人に訊いてみればいいんだから」

モリーは顔から手を離した。「どういう意味?」

大きく息を吸うと、ハンターはモリーに驚くべき新事実を告げるべく自らを奮いたたせた。「リリーは生きているんだ。訊きたいことがあれば、本人に直接訊けばいい」

彼女はうさんくさい顔をするどころか、ハンターの言ったことを払いのけるようにあっさり首を振った。「いい加減なことを言わないで、ハンター。マークのことが好きじゃないようだけど、リリー・デュモントが実は生きていただなんて、そんなつくり話をしても通用しないわ。要するに信託財産が問題なのね。でも、マークがあの財産を相続する権利を主張するのを、法的に阻止することはあなたにはできないわ」

「そのとおりだ。ぼくにそんなことはできない。だが、リリーならできる」

「本気で言ってるのね」モリーはふたたび椅子に腰を下ろした。「リリーは生きているの？」

ハンターはうなずいた。

「彼女を見たの？」

「ぼくのこの目で。今は違う名前で暮らしているが、元気だし、立派にやっている」だがハンターは、その失踪《しっそう》計画に自分も荷担していたことには触れなかった。

「なんとまあ」モリーは言った。「驚いた」

ハンターはモリーが座っている椅子の背に手をかけた。モリーの体に触れないよう――本当は触れたかったが――そっと慎重に。「デュモントに、金を手に入れる夢は泡と消えたと教えてやるんだろう？」

モリーはまたもや額をさすった。「あなたから聞いたことは伝えるわ。わたしにできるのはそれくらいよ」

「何かいるかい？　水？　それともアスピリン？」

「何もいらないわ。ただ、ひとりになりたいだけよ」

ハンターはうなずいた。ぼくのせいで、ぼくが気にかけていることも含め、ひとりになって考えたいことがたくさんできたのだろう――もしモリーが、リリーが生きているという話を信じることにしたのなら。

モリーは階段の下までハンターを送った。「とんだサプライズ・デートだったわね」ハンターのためにドアを開けようとノブに手をのばしながら言った。

ハンター自身、満足しているわけではないが、今夜、少なくとも自分が知っている真実を打ち明けることはできた。モリーがその情報をどう扱うかは、彼女しだいだ。

「ぼくがいつも、もっときみのことをよく知りたいと思っていることはわかっているはずだね。デートに誘ったこともあるし」どうしても念を押しておきたくなった。

「でも、いつもあっさり引っこめていたわ。今夜は、ほかに話し合うべき問題があったから、押しが強かったんでしょう」

「ぼく自身の問題じゃない」

モリーは唇をすぼめた。「興味深いポイントだわ。確かに、リリーの問題ね」

「今はレイシーという名前で通っている」

「あなたはレイシーの弁護士なの？　信託基金や財産はあなたの専門じゃないはずだけ

ど」感情が排されたモリーの口調は弁護士そのもの、彼女が完全に内にこもったという証《あかし》だ。

ハンターは返事に窮してうなった。正式にリリーに雇われたわけではないが、彼以外にその役目をまかせられる相手はリリーにはいないだろう。「誰かの助けが必要になるかもしれないが、そのとおり、ぼくが彼女の弁護士だ」

モリーは腰に両手をあてた。「ということは、もしマークがこの件を訴訟沙汰《ざた》にするとしたら、わたしたちの立場は対立するということね」

彼女の言葉を聞き、ハンターは片方の眉をつりあげた。「彼には訴訟を起こすなんの論拠もない。その手に打って出る前に、きみもこの問題を全方向からよく検討すべきだ」

「わたしは依頼人に対しては、あらゆる方法と手段を提示するわ」モリーは硬い口調で言った。

モリーは傷ついている。裏切られたような気持ちになっている。そう感じたハンターは、彼女に寄りそいたいという衝動に駆られた。モリーに謝りたかったが、ここで少しでも譲歩の余地を見せれば、こちらの主張の根拠も疑われかねない。

狭い玄関ホールで、モリーはすぐそばに立っている。いつもと違って、やけにか弱そうに見える。ハンターは手をのばしてモリーの顔を上げさせた。「モリー?」

口のあいだからちらりと舌がのぞき、モリーが唇を湿した。ハンターは彼女にキスをしたかったが、できないことはわかっていた。

「何？」モリーはささやくような声で言った。

「その方法と手段を依頼人と相談するときに、彼がリリーの死を誰の責任だと考えているかを訊いてみたらどうだろう。それと、その後彼がどうしたかを」

モリーは答えなかった。

「明日、連絡する」ハンターはそう言うと、欲望のままに軽はずみなことをしないうちにと、モリーから手を離した。

彼女とのあいだの距離はかつてないほどに広がってしまった。なんという皮肉。リリーに抱いていた感情が恋ではなく愛だったと気づいて、これでようやくほかの女性とのあいだに関係を築くことができるとほっとしたのもつかの間、またリリーのことが原因でモリーに近づくことができなくなってしまったのだ。

モリーは無言のまま向きを変え、静かな足音を響かせながら階上の部屋へと階段を上がっていった。

ハンターも表の通りに向かって歩きだした。

アンナ・マリーもようやく家の中に入ったようだ。またどうでもいい会話を交わさずにすんだとほっとしたものの、おそらくアンナ・マリーは自分たちの会話に聞き耳を立てていたに違いないと気づいた。彼女の補聴器のバッテリーが切れていたか、いつものグラスを壁に押しつける技が効果がなかったことを祈るのみだ。さもなければ、この惨憺《さんたん》たる結果に終わったモリーとのデートのことを、みんなにしゃべるに違いない。そうなれば、明日の朝、九時十五分までには、自分の色男ぶりは周囲のみんなの知るところとなってしまう。

モリーはドアを閉めると壁に背を向けて、ぐったりともたれかかった。実を言えば、ハンターに対しては前から特別な感情を抱いていた。性的な匂《にお》いの漂うきわどい言葉の応酬を楽しんでいたとすら言える。ロースクール時代に彼の誘いに応じなかったのは、自分には使命があると思っていたからだ。

勉学に励み、弁護士として自立すると決心してからは、社交生活に費やす時間などなかった。自分の存在意義を確かめるため、さらには生活の糧を得るために常に男性とのつき合いを必要としていた母親と違って、モリーは自立した生活を目指していた。残念ながら、弁護士として成功をおさめるためには、異性とのつき合いはかえってマイナスになるのだ。

だが、新たな家族の絆《きずな》を結ぶためにホーケンズ・コーヴに移り住んできた今、モリーは人生に新しい要素を加えるのも悪くはないかもしれないと考えはじめていた。すなわち、男性とのつき合い、そしてセックス・ライフ。

ハンターとの。だが、彼がまわりに張りめぐらせている壁は自分と同じように高い。何度もデートに誘ってはきたが、強引だったことは一度もない。なぜなのか、ようやくわかった。里親のもとで育てられたからだ。モリーは身震いをした。彼の態度、物腰があくまで控えめなのもうなずける。ハンターのような育ち方をした人間が、他人に拒絶されることに平静でいられるわけがない。

モリー自身、自分から積極的に行動に出る自信などない。子供のころから母親との親密な関係を夢見てきた。わが子の日常に、友だちに、学校生活に関心を持ってくれる母親を望んでいた。好きな男の子のことや、悩みを聞いてくれる相手が欲しかった。だが、母親は自分のことに夢中で、最初の夫とのあいだに生まれた望まれない子供であるモリーのことなど、さして気にかけてくれなかった。モリーの父親はカリフォルニアでぶどう農園を経営している裕福な男性だが、ほとんど知らない相手と言ってもいい。すでに再婚して新しい家庭を持っている。

だが、マークと知り合ってからというもの、モリーに対する母の態度が変わり、優しくなってきた。ずっとそのままでいてほしい。それがモリーの切なる願いだ。モリーがハンターと協力して何事かを始めれば、マークは裏切られたと感じるだろう。せっかく手が届きそうになってきた家族の親密な関係が損なわれるのは間違いない。

そうなれば、彼女は突如として目の前に現れた泥沼に取り残されることになる。確かに姪のリリーに関してマークから聞かされている話にはおかしな点がある。ハンターの名前など一度も出てきたことはないし、タイラー・ベンソンのことも同様だ。だが、彼らはふたりとも、当時のリリーにとっては大きな存在だったはずだ。モリーは下唇を噛《か》みながら、マークに疑問を投げかけたら、果たしてどういう反応が返ってくるだろうと考えた。

それに、ついに山のようなディナー持参で、さらなる接近を仕掛けてきたハンターにも、疑問はつきまとう。マークに関する情報を引きだそうとする一方、リリーが生きていることをこちらに告げた。

この十年間、リリーはどこにいたのだろう。叔父が遺産を相続するのを阻止できる絶妙のタイミングで、ふいに姿を現した。なぜそんなことができたのだろう?

モリーは壁から離れて姿勢を正すと、電話のところに向かった。これからそちらに行ってもいいかと、母親とマークに訊いてみよう。とにかく質問をぶつけてみなければ、答えは返ってこないのだから。

午後も遅い時間帯の陽射《ひざ》しがアパートメントのブラインドの隙間《すきま》から射しこんでくるが、その明るい光もリリーのふさぎこんだ気分を和らげてはくれなかった。長いあいだずっとひとりで自由に生きてきた。いつでも自分の好きなように動くことができた。だがこの三日間、ただじっと座ってタイが仕事から帰ってくるのを待つだけの時間を過ごしてきた。確かにタイのアパートメントの裏で犬を散歩させるくらいのことはできるが、これほどの閉塞感と孤独感を味わったことはない。何もしないでじっとしているのは性に合わないが、そうすると約束してしまった。その代わりに、タイとハンターからは、ほんのしばらくのあいだだけだからと同じように約束してもらったが。

まだ今のところは、地元の住人たちにリリーの存在に気づかれて事情を説明する事態は避けたいというのが彼らの考えだ。だが、いずれそうせざるを得なくなるのはわかっている。叔父の弁護士であり、じきに彼の義理の娘になるモリーという人物と話をしたとハンターが言っていた。彼が友人だと言っているそのモリーに、リリー・デュモントが元気に生きていることを知らせ、それを叔父のマークに伝えてもらおうというのだ。叔父がどんな反応を示すか、やがてハンターの耳にも入ってくるだろうが、知らせを待つ身のリリーはどうしても不安と苛立《いらだ》ちを抑えられない。

リリーは仕事と、都会での日常生活が恋しかった。気を紛らわせるために、この数日、おそらくもう何年も散らかしっぱなしになっていたと思われる、独身男タイのひとり住まいのアパートメントの掃除に勤《いそ》しんだ。最初の日はまず埃《ほこり》を払い、掃除機をかけ、シンクに山積みになっていた皿を洗って片づけた。タイが整理整頓《せいとん》などしたことがないのは間違いない。二日めはクロゼットの整理、そして今日はまたすべての作業をもう一度くり返した。

思ってもみなかったことだが、そうした作業を続けるうちに、乱雑に散らかった独身男の住まいが、タイと同様に好ましく愛《いと》しく思えてきた。タイにつき合っている女性がいるのかどうかはわからないが――今はあまり考えたくもない――誰かひとりくらい、ときにはここに立ちよって片づけをしてくれる女性はいないのだろうかと考えた。リリーがここに来てから、電話も一本もかかってこない。留守番電話にクライアントからのメッセージは残されるが、それすら女性からのものはひとつもなかった。

リリーはベッドのわきに転がっていたタイのスエットを拾いあげて洗濯籠《かご》に入れ、手順どおりに掃除を続けた。普段、仕事として掃除をするときには、てきぱきと機械的に作業をこなす。たまたま運よくめぐり合った職業だが、リリーの性に合っている。手順に従って黙々と仕事をしていると気分が落ち着いてくるのだ。

このタイの住まいで同様の作業をしていても、同じ気分にはならないことがわかった。掃除をしているうちに、どうしてもタイに対する愛着を感じてしまうからだ。クライアントの家で仕事をしているときにはけっして味わうことのない経験だ。

しだいにタイの暮らしぶりがわかってきた。普段どんな服装をしていて、下着はどこのメーカーが好みかということも。タイが身につけるものに触れると、指先がくすぐったい。それもまた仕事では経験したことがない。タイのそばにいると、つい昔のことを考えてしまう。守られ庇護されて安全に暮らしていたころのことを。そしてまた、強烈な性的魅力を感じている自分にも気づかされる。ほかの誰にも抱いたことのない感情だ。アレックスに対してすら。

　ドアをノックする大きな音に、リリーははっとしてそちらの方向に目を向けた。タイは鍵《かぎ》を持っているし、ハンターなら外から声をかけてくるはずだ。ドアについている小さなのぞき穴から外をのぞくと、リリーは驚きのあまりに息をのんだ。

「マーク叔父さん」息を殺して言った。叔父と対面する覚悟などまだできていなかったが、かといって逃げるのもいやだ。もう昔とは違うのだ。

　リリーは深呼吸をしてドアを開けた。

「リリー」叔父は信じられないというような表情を浮かべて言った。

　リリーは胸の前で腕を組んでうなずいた。それに続く沈黙の中で、まじまじと叔父の姿に見入った。ずいぶんと年を取った。こめかみのあたりに白いものが交じり、やつれて頬がこけた顔には深いしわが刻まれている。

　ディガーが叔父の足元を嗅《か》ぎまわり、ズボンの裾《すそ》のあたりにしきりに鼻をすりつけている。

「この犬をどけてくれないか?」叔父は犬を避けるようにあとじさったが、ディガーは撫《な》でてもらいたくて、なおもしつこくつきまとう。

　マーク叔父が犬を嫌いだからといって、それで人間性が決まるわけではない。だがどのみち、そもそも叔父に人間性などというものがあるのかどうか、リリーはずっと疑問に思っていた。

自分から会話の口火を切ることもできたのだが、叔父のためにそんなことまでしてやる必要はないと、リリーのへそ曲がりの一面が顔を出した。わざと黙りこくったまま、居心地悪そうにしている叔父をじっと見つめた。

叔父は、頼むからと訴えるような目でリリーをちらりと見た。

リリーはため息をついた。「ディガー、来なさい」犬が言うことを聞かないので、首輪をつかんで無理やり引きよせ、自分の背後に導いた。それ以上ディガーがあいさつ代わりに叔父のまわりを嗅ぎまわらないよう、リリーは自らの体と半開きのドアの扉でブロックした。

「すまんな、リリー」

「今はレイシーよ」叔父にそう言いながら、新しい人生を生きている自分が昔よりパワフルになっているのが感じられた。

叔父の顔に困惑の色が浮かんだ。「名前はどうでもいいんだが、とにかく驚いたよ。信じられん。モリーからおまえが生きていると聞かされたんだが、しかし……」青ざめた顔で首を横に振った。「自分の目で確かめないことには」

「がっかりさせてごめんなさいね。でも、モリーの言ったとおりなの。このとおり、わたしは生きているわ。ぴんぴんしてね」リリーは叔父を外に立たせたまま、わざと戸口をふさいでいた。

マークはうつむいた。「わたしががっかりしただろうと考えるおまえの気持ちはわかるが、そんなことはないんだ。おまえが元気でいてくれてうれしく思っている。あれからどうしていたのか、話を聞かせてもらいたい」

「今さらどうでもいいことだわ」リリーはドア枠をしっかりとつかんだ。礼儀正しい会話を心がけるつもりはない。

「話がしたいんだ。中に入れてくれないか？」叔父は言った。

「ディガーが膝にのってもいいというのならね。とにかく人間が好きな犬だから」リリーは言った。

マークはあきらめ顔で首を振った。「わかった。それじゃ、ここで話そう」

やっぱり。リリーは思わずにんまりしそうになるのをこらえた。部屋の中で叔父とふたりきりになるなどとんでもない。そう思うのは自分の理不尽な思いこみかもしれないし、子供のころの記憶が残っているからなのかもしれないが、そんなことはどうでもいい。いずれにせよ、用心するに越したことはない。

「過去にはわたしもたくさんの過ちを犯した」叔父は手をのばしてリリーに触れようとしたが、思い直して引っこめた。「しかし、伝えておきたいんだが、今はもう酒は飲まない。おまえとの関係がうまくいかなかったのは酒のせいだとは思わないが、あんなもの、なんの助けにもならなかった。十代の娘の保護者になるというのがどういうことなのか、当時のわたしにはわからなかったんだ」

リリーは目を細めた。「どんなにばかでも、あの仕打ちを正当化する人間はいないと思うわ。特に、わたしのお金が欲しいからといって――」

「それはおまえの思いこみだ。わたしはそんなことを言った覚えはないぞ」

「面と向かってはね」リリーは唇をすぼめた。「わたしがこうして帰ってこなかったら、わたしの死を法的に確定させて、あの信託財産を自分のものにするつもりだったんでしょう?」そう考えると吐き気がこみあげてきた。

叔父は肩をすくめた。「あれはしかるべく定められた誰かが相続するべきものだ」

少なくとも叔父は否定はしなかった。

「それにおまえの両親は、おまえが死んだ場合には、わたしともうひとりの兄弟のロバートがあれを分割して相続するよう条件をつけていた。わたしはただそれに従おうとしただけだ」

またもや叔父はリリーの腕に触れようとし、今度は途中でやめようとしなかった。

リリーのうなじの血管が脈打った。叔父に触れられるより先に、素早く身を引いた。

その露骨な拒絶反応に、マークは表情をこわばらせた。

叔父は本当に自分のことを心配しているのか、それともただ芝居がうまいだけなのかとリリーは考えた。結論は、芝居がうまい、だった。

「金の話をしに来たわけじゃないんだ」マークは言った。

「それじゃ、何をしに来た?」驚いたことに、そのときふいに叔父の背後からタイが現れた。

生まれてこの方、リリーはこれほどの安堵《あんど》感を覚えたことはなかった。自分ひとりでもちゃんと叔父に対処できたが、タイがいてくれれば、これほど心強いことはない。

タイはマーク・デュモントのわきをすり抜け、部屋の中にいるリリーの隣にやってきた。デュモントにこのアパートメントまでやってきてリリーと対峙《たいじ》するだけの肝っ玉があったとは驚きだ。たまたま早く帰宅して、デュモントの出鼻を半分でもくじけたのは幸いだった。

「大丈夫かい?」タイは静かに訊いた。

リリーはこっくりうなずいた。

タイはひとまず安心して、リリーの腰に腕をまわしながらマーク・デュモントのほうに向き直った。うしろからディガーがふたりのあいだに割りこもうと、しきりに鼻で押してくる。やがてついに、ふたりの脚のあいだからディガーが顔をのぞかせた。

これでも番犬のつもりなんだな、とタイは内心苦笑いした。だが、犬は闘士というよりは人間に愛情を寄せるのが務めの生き物だ。ディガーが一緒にいれば、リリーの身に危険が及ぶことはないと信じたいものだ。リリーのことはなんとしてもぼくが守るつもりだが、こうしてまたしても、リリーはひとりで危機に立ち向かった。とはいえ、ぼくの姿を見て、明らかにほっとしたようすを見せはしたが。

すがりつくように寄りそってくるリリーの肌の柔らかさとしなやかさが感じられ、うっとりするような甘いフレグランスの香りが鼻を突く。デュモントを前にしてけっしてひるむことのなかったリリーを、タイは誇らしく思った。

デュモントは咳払《せきばら》いをした。「わたしがここに来たのは、リリーが――つまりレイシーが――本当に元気でいるのか、確かめたかったからなんだ」

「それじゃ、もう確かめたんだから、用はすんだな」デュモントの鼻先でさっさとドアを閉めようと、タイは一歩さがった。

「待ってくれ。もうひとつ用があるんだ」デュモントはスーツのポケットに手を入れ、長方形の封筒を取りだした。「招待状だ。二通ある。ひとつは、金曜の晩に開かれるわたしの婚約披露パーティ、もうひとつは来月行われるわたしの結婚式のだ」

リリーは震える両手で招待状を受けとった。明らかにショックを受けているらしく、封筒をきつくつかんでいる手の指先が白くなっている。

「返事は今すぐでなくともいい。とにかく、おまえが生きていることがわかってよかった。

昔のことはすまないと思っている。これからすべてをやり直すために、ぜひとも招待を受けてほしい」

「考えておくわ」リリーの返事に、タイは驚いた。

デュモントが目を見開いているところからするに、彼もまたリリーの対応に驚いているらしい。

「それだけでもありがたい。こんなわたしは、招待を受けてもらうにも値しないというのに。しかし、これから新しい家庭をつくって新たなスタートを切るつもりでいる。わたしたちの関係にも同じことが言えるようになればと思う」デュモントは視線をタイに移した。

「謝罪と招待の対象にはきみも含まれている」いささか堅苦しい口調で言った。

タイはただうなずいただけだった。デュモントの言うことに相槌《あいづち》など打つ必要はない。リリーの手前、そうしたほうがいいのかもしれないが、かまうものか。

沈黙が流れる中、デュモントは向きを変えて立ち去った。

「ふざけた野郎だ」タイはぶつぶつ言いながらドアを閉めた。

リリーもうなずいた。「十七歳のわたしを家から追いだしておいて、すべてを水に流せだなんて、よくも言えたものだわ」そう言う声は震えていた。

だが、里親に預けたことは、デュモントがやったことの中ではまだしも善行と言える。彼の悪意に満ちた仕打ちの数々によって、リリーたちは誰もが人生を狂わされたのだ。

「やつがやったことの中でも、ひとつだけいいことがある。やつのおかげで、きみとぼくは出会うことになったんだからな」重苦しい雰囲気を払おうと、タイは言った。

「そして、わたしの人生は変わった」リリーがタイのほうを向いて微笑《ほほえ》んだ。「今日もまた、あなたのタイミングは絶妙だったわ」リリーは大きく目を見開いてタイを見つめた。その瞳からはあのころのようなひ弱さは感じられないが、今も変わらず魅力的なまなざしだ。

「今日は午後じゅうずっと自動車局のデータを調べていたんだ」自動車局のデータはすべてコンピューター化されているが、役所にしては比較的アクセスが簡単なのだ。

タイは今、あるクライアントの失踪した夫の行方と、彼があちこちの州で偽名を用いて使っていると思われる小切手の洗い出しをしているところだった。タイがまだ人生に何かしらの期待を抱いていたとしたら、家出人や夫や妻を捨てた人間の追跡調査に追われる日々を過ごすうちに、愛だの恋だのといった感情にはさぞや懐疑的になるところだ。だが今のタイは、ただ心もとない気持ちで、警戒心をつのらせているだけだ。結局、リリーに傷つけられるはめになるのではないかと。一度ならず二度までも。

タイのそうした心理状態は典型的なものと言える。家庭を捨てた無責任な父親に植えつけられた、見捨てられ、拒絶されることに対する恐怖が、リリーに対して向けられているのだ。

「幸い、その作業にうんざりしたから、早めに帰ってきみを驚かせてやろうと思ったんだ」

だが本当は、アパートメントに残っているリリーが今何をしているだろう、ひとりきりで楽しかろうはずがないと、そればかり考えて、簡単にすむはずの仕事に何時間もかかってしまったのだ。

「とにかく、あなたが叔父を驚かせたのは間違いないわ。うしろからあなたの声が聞こえたときの叔父の顔を見せてやりたかった。真っ青だったわ」

タイはただ、姪が生きていると聞いて叔父がどういう反応を示すか、ただそれを待つだけの時間をリリーに過ごさせたくなかったのだ。この狭苦しいアパートメントから解放してやって、リリーに心からの笑顔を取りもどさせてやりたかった。その思いは今も続いているが、そのためには、まずはあの叔父の片をつけなければならない。

「ちょっと待っててくれ」タイはポケットから携帯電話を取りだし、デレクの番号にかけた。「タイだ」相手が電話に出ると言った。「ちょっと頼みがあるんだ。グレンズ・フォールズにいる友人のフランクに電話してほしいんだ。彼に今ぼくらが抱えている仕事を手伝ってくれるよう頼んでくれ。きみにはすぐさま取りかかってもらいたい仕事がある」フランク・モスカは隣町で探偵事務所を開いている。タイよりも手広く仕事をしているのでスタッフも多い。

「で、仕事の内容は、ボス？」

「マーク・デュモントの尾行だ。朝、昼、晩、ずっとだ。必要ならフランクのところから人手を借りてくれ。だが、誰に頼むかは知っておきたい」

「監視だな。わかった、すぐに取りかかる。書類仕事や行方不明者の捜索より、現場の仕事のほうがずっといい」

「書類仕事も捜索もぼくたちの仕事の一部だ。どっちも好きにならないとな」そう答えたが、本当はタイもデレクと同じ気持ちだ。デスクに座っているより、外で活動しているほうがずっといい。だが、デスクワークに向いている人間を新たに雇い入れるまでは、デレクがそうした業務をこなすしかないのだ。

「フランクのところから誰か引っさらってきて、事務所の留守番をさせよう」デレクは笑った。

「ヘッドハンティングはだめだぞ。いいか、デュモントを監視して、少しでもおかしいと思うことがあったら、すぐ連絡をくれ」タイは電話を閉じると、リリーのほうを向いた。

「またやるつもりなのね。わたしを守るために」

タイは顔が熱くなるのを感じた。「当然のことをやっているまでだ。疑うのはぼくの仕事だからね。特にあのげす野郎のことは」つぶやくように言った。「昔はあれだけ悪辣《あくらつ》な男だったのに、それが突如として悔い改めた爺《じい》さんみたいに振る舞うようになったとはな」

リリーはにやっとした。「活発に活動しているあなたの姿が見られるわね」キスをおねだりするように唇を突きだしながら、タイに微笑みかけた。

タイは一歩前に足を踏みだした。凍結されていた時はいっきに溶け去り、かつてリリーに抱いた欲望がふいに生々しくよみがえってきた。そして彼女の目を見れば、思いは自分と同じだということがわかった。直視してはならないとわかっていても、力強く長い歳月を生きのびてきた感情の存在を否定することはできない。

タイはそれを直視した。リリーと再会した瞬間から、自分はもう彼女にとって過去の人間だということがわかった。だが、これほどまでに狂おしい欲望に抗《かが》ってどうする？

結果がどうなろうと、それはあとで考えればいい。タイは身を屈め、初めて彼女の唇に唇を重ねた。くすぶっていた火がいっきに勢いを取りもどし、ふたりのあいだで燃え盛った。タイは強く、優しく彼女の唇を愛撫《あいぶ》した。それに応《こた》える彼女のもどかしげな動きを、タイは先を促すサインと取った。

リリーの口に舌をすべりこませ、思う存分彼女の感触を味わった。心地よさそうに喉の奥を震わせるリリーを目にして、タイは大波のように襲ってくる欲望に身を硬くした。柔らかく温かい彼女の体が刺激的に押しつけられる。あれほどに夢見たことがすべて満たされようとしている。いや、夢見た以上に。

そこで突如としてディガーが吠《ほ》えはじめ、ふたりの関心を自分のほうに向かせようと、太くて短い前脚で飛びかかってきた。理性を取りもどす最適のきっかけとは言えないものの、効果はあった。

タイは素早く身を引いた。まだ残り火がくすぶる靄《もや》の中にいたが、しだいに自分が置かれている状況がのみこめてきた。「これは――」

「とっくに期限切れになっていたこと」タイが今の本当の気持ちを言い表す間もなく、リリーが言った。

「そうだな」だが、果たしてその言葉の選択が正しかったのかどうかはわからなかった。おそらく間違いだったのだろう。何も必死になって言い訳をする必要はない。リリーにはニューヨーク・シティに、アレックスという名の男との新しい人生がある。自分にはなんの関《かか》わりもない人生だ。それをすべてわかっていながら、火の勢いにあおられていたときには、どうでもいいと思ったのだ。

どうでもよくはない。

リリーが笑った。震える声で。

彼女も後悔しているのだ。

「今のキスのことだけど、わたしたち、十年以上もああなることを夢見て、いったいどんな感じだろうと、さんざん想像をめぐらせてきたのよね。それが今ようやくわかったんだわ」リリーは向きを変えると背をのばし、すでにソファの上にたたんで置かれている毛布を、またもやたたみ直した。明らかにタイと視線を合わせるのを避けているのだ。

なるほど、とタイは考えた。自分も口には出さないが、あのキスについて、彼女も心の奥底では同じ思いを抱いているのだ。そう考えても、少しも気分はよくならなかったが。

「マーク叔父さんの招待を受けようかと思うの」クッションを膨らませながら肩越しにちらりとタイを振り返り、リリーは言った。

タイは驚きに目を丸くした。「冗談だろう」

リリーは首を横に振った。「わたしがここに帰ってきたのは、過去と向き合い、そして前進していくためなのよ。叔父の誠意が本物かどうか確かめる必要があるわ」

「あいつは最低の男だと、ぼくらの意見は一致していたはずだが」タイは言った。リリーが前進していくこともさることながら、彼女があの欲深な叔父や、まだ子供だった彼女に救いの手を差しのべようともしなかった親類たちと接するなど、考えるのもいやだった。

リリーは枕《まくら》を手に取り、胸元に抱えた。「そのとおりよ。今でもその意見は変わらないわ。でも、パーティには行かなきゃ。両親のために、そしてわたし自身のためにも」

「きみひとりで行かせるわけにはいかないな」

リリーの美しい顔に安堵の笑みが広がった。「そう言ってくれるのを期待してたの。あなたとわたし、カップルで参加というわけね？」〝カップル〟という言葉を口にしたとたん、頬を赤く染めた。

名字は知らないが、例のアレックスという名の男が今の言葉を聞いたら、さぞや機嫌を悪くするだろうとタイは考えた。だが、リリーには何も言わず、自分自身もその言葉をあまり真剣に受けとめまいとした。リリーがふたたびぼくを必要としている。それだけのことだ。たとえあのキスが想像をはるかに超えたすばらしいものだったとしても。

6

　十年ぶりに姪《めい》と再会したあと、マーク・デュモントは会って相談したいというポール・ダンからの電話を無視して仕事に向かった。あんな男と相談することなど何もない。汚い野郎だ。昔からずっとそうだった。それを言うなら、自分もポールとたいして変わらないのかもしれないが、少なくとも自分はいくらかでもましな人間になろうと努力はしている。そう考えてマークは自分を慰めた。あのポールという男はモラルに欠けている。自らを変えようなどという殊勝な考えは、あの男の頭にはいっさいないのだ。

　マークは姪のことを考えた。美しい女に成長していた。今日、姪に会ったとき、その顔にはもう吐き気を催させるような兄の面影は残っていなかった。そこにいたのは、ただの美しく気丈そうな若い女だった。だが、姪の後見人となった当時は、リリーを見るたびに自分が犯した過ちを思い出さずにいられなかった。

　犯した過ちは数あれど、特筆すべきは、リリーの母親ローナを兄のエリックに奪われたことだった。マークはローナに恋しているつもりだったが、その彼女が熱いまなざしを注いでいたのはエリックだった。いつでもどこでも人気者のエリック。何もかも、誰も彼もが、兄のエリックへとなびいていった。そしてエリックはローナを獲得し、クラシックカーを扱う事業で成功し、しかも結婚したのは金持ちの娘だった。マークはローナに恋をしているとき、彼女が財産を持っていることを知らなかったが、そのまま恋が成就していれば、なんというボーナスだったことだろう。もちろん、それは兄のエリックのものになった。もうひとりの兄のロバートは可もなく不可もなくそこそこ楽しそうに暮らしていたが、マークは仕事でも女でも失敗続きだった。

姪のリリーを見ると、思い出すのは自分が愛し、失った女性のことではなく、兄のことだった。ライバルだった兄。その兄を打ち負かすチャンスがかつて一度だけ訪れた。マークは失敗や過ちをいつも酒のせいにしていたが、今は事実を受け入れている。嫉妬《しっと》心に人生を支配され、ふたつの決断をした――酒を飲むことと、姪を破滅に追いやって財産を横取りすることだ。そう考えると、マークの喉元まで苦いものが上がってきた。だが少なくとも、彼は誤りを修正しようとしている。ポールにそんな気はさらさらない。

ポールがこの自分にいったいなんの用があるのかは知らないが、あの男の企《たくら》みに荷担する気は毛頭ない。何かしらリリーの信託財産に関係していることだけは間違いない。信託財産の管理と運用をまかされている管財人のポール・ダンが、長年にわたって不動産投資の収益から金をかすめとっていることに気づいたのは、酒を断って最初の数カ月が過ぎたころのことだった。人生を立て直し、身辺の状況がどうなっているのかを確かめようとしていた時期だった。

のんだくれのマークの目をごまかすことなど簡単だと高をくくっていたポールは、自分の不正行為がばれても、いざ相続が行われるときまでには金はちゃんと返すつもりだったと言いつのった。よくもまあ、それだけ白々しい嘘《うそ》が言えたものだ。出るところに出て、きちんと裁いてもらおうじゃないかとマークが脅すと、ポールのほうも脅しで応じてきた。あんたがわたしを訴えるというなら、こっちもあんたの嘘と、姪を虐待していたことをばらしてやると。かくして事態は行きづまった。なぜならまともな仕事と未来への展望を手に入れたマークにとって、なんとしても避けたいのがスキャンダルだったからだ。

お互いにとって失うものはあまりに大きかった。だからマークは沈黙を守ることにした。いずれ無事財産を手に入れたなら、あのうじ虫野郎はさっさとお払い箱にしてやる、そう考えていた。だが今や、おそらく自分が財産を相続する可能性は失われた。それを知られてフィアンセにふられでもしたら、未来への展望までおじゃんになる。

ポール・ダンに関して言えば、あの男をどうするかはリリーの問題になる。リリーが相続権を自分の手に取りもどせば、あの男が長年のあいだ、どういうことをしてきたかがわかるのは時間の問題だ。管財人であるポール・ダンと渡り合わねばならないのはリリーだ。

だが、そう考えてもマークは少しも慰められなかった。

わたしは聖人君子とはほど遠い。アルコール依存症から立ち直りつつあるが、ただの欠点だらけの男だ。リリーが死んだままでいてくれたら、どんなによかっただろうと思わずにいられない。

くそ、一杯やりたくなってきた。

マーク叔父の婚約披露パーティは、リリーが子供時代を過ごした屋敷で開かれることになっていた。叔父はもう長年その家に住み、書斎の暖炉の前に座って、リリーの母親が愛したキッチンで食事をとってきた。それもこれも、叔父の許すまじき行為のほんの一部だ。今、久方ぶりに自分が育った家に帰るための装いを考える段になって、リリーは余計にそうしたことが腹立たしく思えてきた。

ニューヨーク・シティではビジネスマンとデートをしていたので、上等でおしゃれな服も数着は持っているが、今回の旅には持ってきていない。そこで隣町のショッピングセンターにパーティ用の服を買いに行こうと考えた。するとハンターが、モリーに一緒に行ってもらえばいいと言いだした。じきに叔父の義理の娘になるはずの女性だ。

リリーは叔父との関係からモリーに警戒心を抱いていたが、親友のアドバイスは受け入れることにした。ハンターにしてみれば、たとえ今のような状況下であっても、きっとリリーとモリーは仲良くなれると確信を持っていたので、とにかくふたりを引き合わせることが先決だと考えていた。

そこにはハンターのふたつの意図が働いていると、リリーは気づいていた。ひとつは、叔父がどういう人間だったか——おそらく、それは今も変わっていない——をリリーに語らせ、その話をモリーに信じさせること。そしてもうひとつは、タイ同様ハンターも、リリーをひとりきりで買い物に行かせたくないのだ。ばかばかしい。ずっとひとりで生きてきたというのに。

だが、ふたりの気持ちもわからないわけではない。それに、久しぶりに女性の友だちとつき合うのも悪くなさそうだ。リリーはそう考えて、地元のショッピングセンターでモリーと待ち合わせるという案をのむことにした。実際のところ、リリーには親しい女友だちがほとんどいない。仕事をしているとはいえ、同年代の女性と知り合えるような職業ではないからだ。従業員たちもほとんどは英語があまり達者でない年下の女性ばかりで、友人の対象にはならない。かといって、クライアントの女性と友人づき合いをするのは、あまり賢明とは言えない。結局のところアレックスと会うとき以外、彼女はほとんどの時間をひとりで過ごしてきた。というわけで、ある意味ではモリーとの買い物が楽しみでもあった。

そして、それはリリーだけにかぎったことではなさそうだった。モリーの話をするときのハンターが、それまで見たこともないほど生き生きと目を輝かせ、さもうれしそうな笑みを浮かべるのに、リリーは気づいていた。ハンターはモリーに惹《ひ》かれている。その理由をリリーは知りたいと思った。さらには、モリーがリリーの大切な友人の気持ちを踏みにじるような女性ではないかどうかも確かめたかった。ハンターはこれまで、リリーにそれはそれは尽くしてきてくれた。そのあまりの過保護ぶりは、今となっては少々重荷に感じるほどだ。ハンターにも幸せになってもらいたい。叔父のマーク・デュモントとの関係がどうあれ、モリーがハンターを幸せにしてくれる女性であるなら文句はない。

モリーとはショッピングセンター内の〈スターバックス〉で会うことになっていた。派手な色遣いの服や靴が好きなブロンドの美人だとハンターから聞かされていたので、リリーはすぐにモリーに気づいた。鮮やかな赤のトップを着ているのがまず目につき、それだけでは百パーセントの確信は持てなかったが、続いてなんともユニークな赤いカウボーイブーツに目をとめて、彼女に間違いないと思った。

「モリー？」リリーは歩みよりながら声をかけた。

相手の女性がこちらを振り向いた。「リリー？」

リリーはうなずいた。「会えてうれしいわ。あなたのことはハンターからよく聞かされているのよ」

モリーはごくりと喉を鳴らした。「残念ながら、わたしもよ、とは言えないわ。わたしがあなたについて知っていることといえば――」

「叔父から聞かされていることね」

モリーはためらいがちにうなずいた。

「さあ、お買い物をしましょう」リリーは言った。しばらくおしゃべりでもしながら一緒に過ごせば、気まずさも解消して、お互いのことがよくわかってくるだろう。

リリーの思っていたとおりだった。ぎこちないあいさつで始まったふたりの交流も、買い物、ランチ、おしゃべりとスムーズに進んでいった。モリーはすばらしいユーモアのセンスを持った、温かくて楽しい女性だった。リリーはモリーと楽しく買い物をすませ、やがてふたたび〈スターバックス〉に戻って、カフェラテを前にテーブルで向かい合った。交わす会話は昔からの友人どうしというわけにはいかなかったが、少なくとも友好的なものだった。お互い、過去の話には触れなかったが、リリーにはそのほうがよかった。いずれ詳しい事情を説明しなければならなくなるのはわかっているが、それはまたあとのことだ。

モリーはラージサイズのカップを片手で包み、リリーを見た。「わたし、ショッピングって大好き」くつろいだようすで言った。

「わたしはあまりショッピングはしないの。買うのは必需品ばかり」リリーは言った。「仕事が忙しいから、買い物を楽しむ余裕がないのよ」

モリーは微笑《ほほえ》んだ。「倹約家なのね。わたしは浪費家なの。きっと子供のころに満たされなかったせいだわ。贅沢品《ぜいたく》が大好きなの。そんなにお金があるわけじゃないのに。クレジットカードさまさまだわ」彼女は笑いながらそう言った。

「神よ、感謝いたします」リリーもにやっと笑って言った。実はほとんどカードは使わず、常に現金払いを心がけていることは口に出さなかった。リリーは借金が大嫌いだ。長いあいだ食べるだけで精いっぱいの生活をしてきたせいで、買い物ではめをはずすことはめったにない。少しくらいの贅沢はできるようになった今でも、それは変わらない。

「正直に言って、あなたはわたしが想像していた人とは違っていたわ」モリーの率直なまなざしが、遠慮なくリリーを観察している。

どうやら、話題を過去に移すときがきたようだ。「わたしのおでこに〝問題児〟とレッテルが貼《は》られていないからかしら?」リリーは笑いながら言った。

モリーもにやりとした。「少なくとも、今はもう違うようね」

話が核心に入った。「昔からそうじゃなかったのよ。ところで、ハンターのこと、どう思う?」リリーは訊《き》いたが、話題をそらす意図はなかった。

モリーは眉根を寄せた。「いい人だとは思っていたわ」

「実際、いい人よ。あなただってそう思っていなければ、今ここでこうしてわたしと一緒にいないでしょう?」リリーは言った。いささか自分に対する印象を損ねる質問だったかもしれないが、モリーがハンターを信頼しているなら、叔父の口から聞かされた嘘だらけの話をすべて鵜呑《うの》みにするはずはない。

「あなたのことをもっとよく知らなければならない理由がたくさんあるの。そのすべてがハンターに関係しているわけじゃないわ」モリーは半ばうわの空で、テーブルにこぼれていたコーヒーをこすった。

関係しているのは叔父だ。「昔、何があったか知りたい？　それを知れば、ハンターのことがもっとよくわかるかもしれないわよ」

モリーはうなずいたが、目は油断なくリリーを見つめている。明らかに、これから聞かされる話を信じていいのかどうか迷っているのだ。

リリーはできるだけ短く簡潔に話をすることにした。自分の生い立ち、叔父との生活、タイとハンターと過ごした里子時代、そして州の命令で叔父のもとに帰されることになったとき、それを阻止しようと三人で練った計画。次々に語るうちに、ときに胸がつまり、声がかすれることもあった。

「まあ」モリーは驚愕《きょうがく》の表情でリリーを見つめた。「三人のティーンエイジャーがそれだけのことをやってのけたというの？」

「そのうちふたりは世渡りをしていくしたたかさを身につけていたし、残るひとりにはたくさんの仲間がいたから」リリーはナプキンをくしゃくしゃに丸めて、空になったカップに突っこんだ。

「ひとりでニューヨーク・シティに逃げていくなんて、よほど追いつめられていたのね」モリーはとうてい自分には理解できないとでもいうように、いささかそっけない口調で言った。「それに、あなたに手を貸したタイとハンターは大きな危険を冒したことになるわ。警察が車を発見して、窃盗事件と彼らを結びつけたりしたら――」

「そうはならなかった」

「でも、危険なことだということは、あのふたりにはわかっていたはずだわ」

「みんな若かったのよ。あのときの自分たちが、どこまで物事を計算して考えていたかもわからないわ」リリーは正直に言った。

自分たちがいかに愚かで、自らの行為が招く結果をいかに甘く見ていたか、思い出すのもいやだった。モリーの言うとおりだ。叔父にどれほど疑いのまなざしを向けられようと、タイとハンターがあれだけの計画をやってのけることができたのは、運がよかったとしか言いようがない。

「つまりわたしが言いたいのは、タイとハンターは、そんなことをしたらあなたがどうなるかをもっと配慮し、気遣うべきだったということ」モリーは空のカップを手にして立ちあがり、ごみ箱に向かった。

リリーも立ちあがり、ショッピングセンターへと引き返していくモリーのあとを追った。

「わたしたちはお互いにそれぞれのことを大事に思って気遣っているわ」

モリーの歩調に合わせて早足で歩いているうちに、ふいに彼女の機嫌が悪くなった理由がリリーにもわかってきた。モリーは、リリーとハンターとの関係を疑っているのだ。いい兆候だ。つまりモリーもハンターと同じ気持ちでいるということになる。だがまた、悪い兆候でもある。なぜなら、叔父のマークに関して、モリーがどちらの側についたのか、まだわからないからだ。ハンター、タイ、そしてリリーにとっても、モリーが中立では困るのだ。

「モリー？」

「え？」

「待って。ここでちょっと立ちどまって、話ができないかしら？」リリーは訊いた。

モリーはぴたりと足をとめると、胸の前で腕を組んだ。

「わたしがハンターに抱いている感情が気になるんだとしたら、その必要はないわ。わたしたちはただの友だちですもの」

モリーは首を横に振った。「別に気になんかしていないわ。ただ、あなたたちを結びつけている絆《きずな》がいかなるものかがわかったというだけのこと」

リリーは手をのばしてモリーの腕に触れた。「孤独な人間どうし、ときにそういう人間関係を築くものなのよ」

「かもしれないわね。でも、あなたのことを話すときの彼の目からは、特別な感情が感じられたわ」

「賭《か》けてもいいけど、それはあなたと一緒に買い物に行くようにと言ったときのハンターから、わたしが感じたものとは比べものにならなかったはずよ」リリーはにっこり笑った。

「これ、本当の話なの」

モリーはため息をついた。「ごめんなさい。わたし、普段は些細《ささい》なことにこだわったりしないのよ。でも、その、あまり男性と親しくつき合ったことがないし、確かにハンターはわたしをデートに――」

「何度も誘っているのよね。聞くところによると」リリーが口をはさんだ。

モリーは笑った。「そう何度もね。でも、わたしがノーと言うと、あっさり引きさがるの。まるでゲームをやっているみたい。たんに駆け引きを楽しんでいるだけという感じ」

「でも、あなたたちのどちらも積極的に勝敗をつけようとしなかった」

モリーはうなずいた。「そう、わたしの母親があなたの叔父さんと結婚することをハンターが知るまではね。それを知ると、さっそく彼はわたしの家の玄関先に現れたわ。どっさり食料と質問を抱えてね」そう言うと、ブーツをはいた足でいまいましげに床を踏みならした。「それまでは、けっして熱心にデートに誘ったことはなかったくせに」

「でも、あなたはいつも誘いを断っていたと言ったじゃない。わたしが知るかぎりでは、ハンターは――」リリーは思わず下唇を噛《か》んだ。自分にはハンターの秘密を明かす権利はない。

「あなたの知るかぎりでは、彼はどうだというの？　聞かせてほしいわ」モリーは催促した。

リリーは顔をしかめた。彼女が言おうとしていたのは、ハンターは劣等感を抱いているがゆえに積極的に人と交わろうとはしないが、自分を愛し、信じてくれる人間を心から必要としているということだ。だが、まだモリーという女性がどういう人間なのかよく知らない。果たしてハンターの過去を打ち明けるだけの信頼に値する相手なのだろうか？

大きく息を吸うと、リリーは言った。「ハンターは本当にすばらしい人よ。本人は否定したがっているけど、とても繊細なところがあるの。彼には心から信頼できる人間が必要だわ」とりあえず言えるのは、それが精いっぱいというところだ。「でも、彼が誰かに関心を示したとすれば、たとえそれがほんのわずかの関心であったとしても、彼は本気だということになるわ」

「十年も離れ離れに過ごしていても、彼のことはよくわかるというの？」モリーは訊いた。

リリーはうなずいた。「言ったでしょう、彼はわたしの家族なのよ」十年の歳月を経ても、その思いは変わらない。「だから遠慮なく言わせてもらうけど、あなたがただゲーム感覚で、彼に気のあるそぶりを見せているだけなら、もうやめてちょうだい。わざわざ傷ついたふりをするのもね。ハンターのことはそっとしておいて、彼が先に進めるようにしてあげてほしいの」

モリーは驚き、感心し、目をみはった。「あなたたちって、本当にお互いを守ろうとする気持ちが強いのね。すばらしいわ」

「あなたもハンターに関心があるはずよ」ここまで話したからには、ずばりと言ってもいいだろうとリリーは判断した。

「わたしたちの関係は複雑なの」モリーは答えた。

「複雑じゃない関係なんてあるかしら？　あなたがハンターに関心があって、彼を信頼しているというなら、わたしたちの過去についてもっと詳しく知る必要があるはずよ」

モリーは片方の眉をつりあげた。「たとえば？」

「わたしが失踪《しっそう》したあと、叔父のマークはわたしの信託財産に手を出せなくなったと気づいて激怒したの」

モリーの肩が緊張でこわばった。

だがリリーは手加減をしなかった。「怒った叔父は、怒りをぶちまける相手を必要とした。その対象とされたのがタイとハンターで、いちばんの被害を受けたのがハンターだった。叔父はハンターをタイの母親の家から追いだしたの」

「ハンターがそこにいられなくなったのはマークのせいだと、どうしてわかるの？」

リリーは無言のままだった。

「じゃ、車の窃盗に関してあなたがさっき言ったのと同じね――証拠はないと」

「そのとおりよ」リリーはにやっとした。「でも、わたしが話したことが真実だという可能性も認めるべきだわ。とにかく、これがわたしたちの言い分なの。マークと話して、彼に訊いてみて。それからハンターにも。彼はけっして嘘はつかないわ」

モリーの口元に笑みが浮かんだ。「わかった、やってみるわ」

ふたりは車をとめてある場所にいちばん近いショッピングセンターの出口に向かって歩きだした。リリーはモリーとじゅうぶんに話ができたという手応《てごた》えを感じていた。過去の真実も伝えたし、ハンターとモリーの関係を発展させる突破口も開けたように思える。かつてはハンターも自分に対して特別な感情を抱いていたかもしれないが、今はそれも完全に友情に変わっているのは確かだ。

リリーとモリーは駐車場に入った。

「あなたが乗ってきた車はどこにとめてあるの？」モリーが訊いた。

「あっちよ」リリーはタイの車がとめてある方向を指差した。

「わたしも同じ方向よ」

ふたりはそれぞれの車に向かった。平日の閉店間際の遅い時間、しかも小雨が降っているとあって、駐車場はがらんとしていた。あたりはすでに暗かったが、場内の照明が四方をあますことなく照らしている。

「今日買ったあの服、気に入った？」歩きながらモリーが訊いた。

「ええ。あなたが一緒にいて似合うと言ってくれなかったら、きっとあれを買う決心はつかなかったと思うわ」リリーは首を振りながら笑った。「初めて両家の親戚《しんせき》一同と会うんですもの。今からどきどきよ」

「わかるわ」

車が前方に見えてきた。リリーは今のうちに信託財産のことをモリーに訊いておきたかった。「ねえ、あなたが叔父の相談役を務めることになっている——」とそのとき、どこからともなく一台の車が現れてこちらに向かってくるのに気づき、リリーの思考は寸断された。

彼女は悲鳴をあげ、とっさにモリーを右手に広がる草におおわれた斜面に向かって突き飛ばし、自分もそちらに身を投げた。正体不明の車はタイヤを軋《きし》ませ、埃《ほこり》を舞いあがらせながら走り去っていった。あとに残されたふたりはショックのあまりに草地の上で震えていた。

「大丈夫？」リリーは息も切れ切れにあえぎながら声をかけた。心臓がどきどきしている。

「たぶんね。いったい今のは何？」モリーは脚を曲げ、しっかりと膝を抱えた。

リリーはわからないというように左右に首を振った。ふいにめまいに襲われた。「どこかの頭のいかれた人間が、無謀運転で人を追いかけて楽しんでいたんでしょう。あたりにいるのはわたしたちだけだったから、ターゲットにされたのよ。危なかった！」彼女は仰向けになって空を見あげ、心臓の鼓動がおさまるのを待った。

「どんな車だったか、何か特徴を憶《おぼ》えてる？」モリーがすぐそばに来て訊いた。

「あたりが暗くて、だから車も黒っぽい色に見えたということ以外に？　いいえ、憶えてないわ。でも、走り去っていくときに、ナンバー・プレートはニューヨークのものじゃないのがわかったわ。それだけ。あなたは？」リリーは首を傾《かし》げてモリーを見た。

「何も憶えてない」モリーは目を閉じ、ふうっと息を吐きだした。「まだ運転なんかできそうもないわ」

「わたしもよ」リリーも目を閉じ、つぶやくように言った。

「ここに買い物に来るときには、まさかこんな目に遭うとは夢にも思わなかった。あたり前よね？」モリーは笑ったが、その声は幾分うわずっていた。「事故とか思いがけない出来事はときに起きるものだけど、やっぱり気分のいいものじゃないわね」

「リリーとモリーのスリル満点の冒険物語というところかしら」リリーは身震いをした。あれが事故であろうとなかろうと、とにかくぎょっとさせられたことだけは確かだ。

　タイは食事を一緒にどうかという母親からの誘いを受けることにした。リリーが戻ってきた今、母親と話し合う必要がある。途中、助《すけ》っ人《と》の私立探偵の顔を見にオフィスに立ちよった。デレクはマーク・デュモントの監視についているので、タイ自身の仕事である失踪人の調査を代わってもらうために来てもらったのだ。それから母親の家に向かった。リリーを連れて帰ってきてからまだ一度も会っていないし、話をするのも気が重い。

母親は、息子がリリーの失踪にひと役買っていたことをいまだに知らない。マーク・デュモントと裏で取り引きをしていたとはいえ、うしろめたさに長年苦しんできた母親に、本当のことを話しても、少しも心の負担は軽くならないだろう。

母親は女手ひとつでタイを育ててあげた。本人も常々言っているように、ときに判断を間違えることはあっても、息子を育てるために精いっぱいのことをしてきたのだ。リリーが帰ってきた今、タイはそんな母親を違った目で見ざるを得なくなった。母親は息子である自分に対して秘密を貫きとおしてきた。そして考えてみれば、自分もまた母親に対してずっと隠し事をしてきたのだ。

家に着くと、母親はキッチンで何やら仕事をしていた。キッチンの内装はタイが子供のころとは違っている。キャビネットは当時の汚れた木製ではなく白いモダンなラミネート塗装のものに替わり、黄ばんだ安物の調理器具もぴかぴかのステンレス製になっている。装いが新たになったキッチンに足を踏み入れるたびに、タイは資金がどこから出てきたかということに意図的に目をつむらざるを得なかった。

「タイ！　来てくれてうれしいわ」母親は息子を抱擁で迎えた。

料理をしている最中だったという証《あかし》のエプロンをつけ、満面に笑みを浮かべている彼女は、タイにとっては愛する母親だ。タイもしっかりと抱擁を返した。

「わざわざぼくのために料理することなんかなかったのに。でも、うれしいよ」一歩さがってこんろを見ると、そこにはいくつもの鍋《なべ》が並んでぐつぐついっている。あたりに漂うおいしそうな匂《にお》いを嗅《か》ぐと、ほのぼのとした気持ちでいっぱいになった。

「今でもあなたのためにお料理をするのは大好きなのよ。あなたが好きな手作りのトマトスープにバターを塗った焼きチーズサンドをつくってあるわ」母親は微笑んだ。「でも、実を言うと、せっせとお料理をしているのは、あなたのためだけじゃないの」

そう言って急いでオーブンの中をのぞきに行った母親の頬が赤くなっているように見えたのは、気のせいだろうか？「どういうことだい？」

「お友だちが来ることになっているの」母親はこちらに背を向けたまま答えた。

「母さんが男友だちのために料理を？」タイは驚いて訊いた。

母親は昔からずっと、忙しくて男性とのつき合いなんかしている暇はないと言っていた。子供のころはその言葉を信じていたものの、心のどこかでは、母親がそう言うのは、息子が抱いている母親像を壊したくないからではないかと、長いあいだ疑ってきた。だが大人になった今は、母親が男性とつき合ったからといって動揺したりはしない。むしろ、母親が孤独に過ごすよりは、そうなったほうがずっといいと思っている。

「ドクター・サンフォードにお誘いを受けたから、お応えしたの。一度一緒に映画を見に行って、ディナーにも出かけたわ」

タイはうなずいた。「いい人だと話には聞いてるよ。本気なのかな？」

「かもしれないわね」母親はわざとさりげなく言った。スープを皿に注ぎ、せっせと食事をテーブルに運んでから、ようやくタイの隣に腰を下ろした。

「ふうん、よかったじゃないか」タイは言った。長いあいだひとりで過ごしてきたのだ。そろそろ誰か相手を見つけて当然だ。

母親は微笑んだ。「母さんもそう思ってるの。あなたにとっても、いいことじゃないかと。さあ、いつリリーを連れてきてくれるの？　早くあの子をしっかり抱きしめてキスしてやりたくて、もう待ちきれないわ」

その話題が出るのはわかっていたので、タイも覚悟はしていた。「彼女が元気にしているとわかって、母さんがほっとして早く会いたくてたまらないのはわかってるよ。でも、その前にまず、約束してほしいことがあるんだ」そう言ってから食事に手をつけた。母親の手料理はいつ食べてもおいしい。「これ、すごくおいしいよ」

「約束って？」話をそらされまいと、母親は訊いた。

「金のことは彼女に言わないでおきたいんだ」それについてはずいぶん考えてみたが、リリーとのあいだに嘘があってはならないとは思うものの、いまだに彼自身にとってもわだかまりになっている事実をリリーに告げて、彼女にいやな思いをさせてもなんの意味もない。

マーク・デュモントは学校専属の看護師として働いていたフローと知り合った。フローがシングルマザーであり、息子に物心両面でもう少し豊かな暮らしをさせてやりたがっていることを、人づてに耳にした。そこでデュモントはフローに、姪を引きとって、州政府認定の里子だと告げてもらいたいと頼んだ。そして見返りとして、息子の将来のために賢く投資するだけの資金を提供すると約束した。数年後、タイがその事実を知ったとき、母親は、あなたに不自由な思いをさせたくなかったからだと説明した。

「あのことを隠しつづけて、どんな利点があるというの？」フローは顔をしかめながら言った。

「リリーはすでに、両親が事故で死に、叔父さんに里子に出されたという過酷な現実とともに生きている。でも、母さんがその叔父さんと取り引きをして、法外な金を受けとっていたということは知らないんだ」

母親はナプキンをテーブルにたたきつけた。「いいこと、タイラー・ベンソン。母さんがリリーのことを実の娘のように愛していることは、あなたもよくわかっているはずよ。仮に彼女が一セントも持たずにわが家の玄関先にやってきたとしても、母さんはあの子をハンターと同じように愛して、世話をしたわ。州からわずかな養育費しか支給されなくてもね」そう言い放つ母親の顔は青ざめていた。

タイは母親の華奢《きやしや》な手に手を重ねた。「頼むから落ち着いて。そんなに興奮すると心臓に悪い」心臓に持病を抱える母親は投薬治療を受けているが、数年前に発作を起こして以来、タイは母親の健康状態には神経質になっている。

「母さんなら大丈夫よ」フローは言った。

皮肉なことに、母親が初めて発作を起こして手術を受けたのをきっかけに、当時カレッジの三年生だったタイは、デュモントからの金の流れを示す証拠となる記録を目にすることになった。母親が療養しているあいだ、代わって口座の管理をすることになり、学校専属の看護師の収入とは思えない額の金が預金されていることにすぐさま気づいた。

母親の見舞いに行って質問をぶつけたところ、母親はあっさり事実を話してくれ、秘密を打ち明けてほっとしたようすを見せた。事情がのみこめてくると、タイは自分の生活を支えているもの——母親が買ってくれ、支払ってくれたすべての品、すべての費用——が、実はリリーの金で賄われたものだという現実に直面することになった。そのせいでリリーと叔父の折り合いが悪くなったわけではないということもわかってはいたが、リリーは死を偽装してまで、たったひとりニューヨーク・シティに逃亡せざるを得なかったというのに、自分はのうのうと何不自由ない生活を送っていることが耐えがたく思えてきた。

「本当にめまいはしてないのかい？　ふらふらするとか？　どこか具合が悪くなってな

い？」タイは心配そうに母親を見つめながら訊いた。

「大丈夫よ」フローは言った。

「よかった」タイはその言葉を信じて、いちおう安心することにした。「金のために言っておくけど、何もぼくは母さんが金のためにリリーを愛していたとは思っていない。ただ、今この事実を知らせて、彼女に余計なストレスを与えることはないと思うんだ。それだけのことさ」じっと母親の目を見つめた。

フローはうなずいた。だが、まだ完全に顔色が戻ったわけではない。そこでタイは話題を変えることにした。

「さてと、それじゃ、ドクター・サンフォードのことをもう少し詳しく聞かせてもらいたいな」

「アンドリューは奥さんを亡くしてるの。子供はいないわ。そろそろ引退する時期だし、そのあとはあちこち旅行をしたいと考えているらしいわ。母さんもいい考えだと思うの」

フローは明るい声で言った。

タイはほっと安堵《あんど》のため息をついた。話題を変えたことで母親の顔に血の気が戻り、アンドリュー・サンフォードの話をすると生き生きしてきた。母親をこんなに幸せにしてくれる男性と、一度会っておくべきだろうかと、タイは考えた。

そのとき携帯電話が鳴り、タイはベルトに差しておいた電話を取った。「もしもし？」

「やあ、ベンソン、オシェアだ」

「何かあったのか?」ラス・オシェアはタイが調査中に知り合った警官だ。今ではポーカー仲間でもある。

タイが話をしているあいだに、母親はあと片づけを始めた。

「〈コーヴ〉で事故があったんだ」〈コーヴ〉というのは地元のショッピングセンターだ。タイの全身の筋肉に緊張が走った。「何があったんだ?」リリーに関《かか》わることに違いないと直感し、すぐさま訊いた。

「リリー・デュモントとモリー・ギフォードが危うく車に轢《ひ》かれそうになったんだ。どこかのばかが駐車場でスピード遊びをしたらしい。巡回中の警備員が駐車場を通りかかったときには、車は猛スピードで走り去るところだったそうだ。被害者の女性たちは怪我《けが》はないと言っている。間一髪で車をよけられたと。とにかくリリーの身に起こったことだから、あんたに知らせておこうと思ってな」

「恩に着るよ、ラス」タイはぴしゃりと電話を閉じると立ちあがった。「もう行かなきゃ、母さん」

「何かあったの?」フローは心配そうな顔で訊いた。

タイは首を横に振った。「今調査中の件で、ラスがちょっとばかり情報をくれたんだ」彼は嘘をついた。ようやく母親が元気を取りもどしたというのに、余計な心配をさせるわけにはいかない。どのみちリリーは無事だったとオシェアも言っていた。

だが、やはり自分の目で確かめたい。

フローは肩の力を抜いた。「それじゃ、母さんのことは気にしないで行ってらっしゃい。来てくれてうれしかったわ。できれば、もっと頻繁に顔を出してくれるといいんだけど」

タイはにやっと笑った。ちゃんと週に一度は会いに来ているし、電話はもっと頻繁にかけている。「ときどき思うんだけど、母親ってのは子供にあれをしなさい、これをしなさいと、際限なく注文をつけるためにこの世に存在している生き物なんだな」唇の片端をつりあげて笑った。「食事をごちそうさま。いつもどおり、おいしかったよ」そう言って母親の頬にキスをした。

フローは息子の肩に触れた。「愛してるわ、タイ。母さんがしてきたことは、すべてあなたのためによかれと思ったからなのよ」

「ぼくも愛してるよ、母さん。じきにリリーを連れてくるからね。彼女も母さんのことをしきりに気にかけているから」とりあえずマーク・デュモントの反応を見るまでは、リリーが帰ってきたことはあまり公にしたくなかっただけだ。

母親にいぶかられないよう、タイはのんびりとした足取りで家を出た。だが、ひとたび車に乗りこむと、アクセルを踏んで文字どおりリリーのもとに飛んでいった。

タイが帰ってからずいぶん時間がたっても、フローは昔の思い出にふけりつづけていた。紅茶を淹《い》れてキッチンに座りこんだまま、いいことと悪いことを含めて、自分のしたことをひとつひとつ思い出していた。

なぜリリーを引きとる代わりにマーク・デュモントからお金を受けとったのか、息子はいまだにじゅうぶん理解していない。本来里子になど出されるべきでないリリーを、なぜ里子として受け入れたのか、母親の真意を計りかねているのだ。だが、あの臨時収入があったからこそ、息子は何不自由なく暮らすことができた。あのお金のおかげで生計が立ったというだけでなく、ささやかな贅沢を楽しむことも、のちにはキッチンを改装することもできた。さらには咽喉炎《いんこう》といった一般的な疾患をカバーしてくれる健康保険にも入ることができたので、タイが腕を骨折したときや耳の感染症にかかったときも保険で治療が受けられた。特に、自分が心臓バイパス手術を受けたときには、保険が大いに役立ってくれた。もちろん、自分がある程度の時間、家にいて子育てができたのも、あのお金があったからだ。おかげでタイを、しょっちゅう外をうろついては問題を起こすような子にせずにすんだ。

とはいえ、デュモントの提案を受け入れるかどうかを、簡単に決断できたわけではない。だがあるとき、デュモント家の邸宅に立ちよって、大きな茶色の目と悲しげな表情をした少女が、ひとり敷地内を寂しそうにうろついているのを目にして、決心がついた。マーク・デュモントは、あの子供は自分がどんなに厳しく躾《しつけ》と仕置きをしてもいっこうに言うことを聞かない問題児なので、なんとかしてほしいと言っていた。だが、リリーをひと目見ただけで、それが嘘であるということがわかった。

少女は愛情を必要としていた。そしてフローは、息子を立派に育てるようにお金を必要としていた。デュモントの提案は誰にとってもメリットになるように思えた。さらにデュモントは、もうひとり本物の里子を引きとるようフローに勧めた。そうすれば、リリーを里子として受け入れることが、他人の目に自然に映るからだ。フローが仕事を持っていたため、州の福祉局は里子の斡旋《あっせん》を渋ったが、最終的には同意した。おそらくデュモントが裏から手をまわしたのだろうと、フローは内心疑っている。

だが、そんなことはどうでもよかった。ハンターとリリーのふたりの里子はフローを必要としていたし、フロー自身、ふたりは自分の手元で育てたほうがいいと感じていた。リリーの背景にいかに複雑な家庭環境があろうと、少なくとも叔父と暮らすよりはベンソン家の里子になったほうが幸せになれるはずだと。そのために自分がデュモントからお金を受けとることが、そう悪いこととは思えなかった。

それもリリーが失踪するまでのことだが。リリーがいなくなったあとは、どうしてあの晩、もっときちんと子供たちに目を配らなかったのだろうと、リリーを守れなかったことに罪の意識を抱くようになった。だが、すでに金の受け渡しはすんでいた。デュモントも自分の企みがフローの口からもれるのを恐れて、金を返せとは言わなかった。だが、ハンターをフローから取りあげた。策を弄《ろう》したデュモントのことを当局に訴えれば、息子も同じ目に遭うかもしれないと恐れたフローは、すべては自分の胸にしまっておくしかないと考えた。

その後もフローは息子によりよい服を着させ、より高い教育を受けさせるために金を使った。母親の秘密を知ったときのタイの怒りはすさまじいものだった。母親に買ってもらった車を売り払い、カレッジを退学してしまった。一時はフローも、息子を失うことになるのではないかと案じたが、タイは母親から離れていくことはなかった。なんといっても、ふたりは愛し合い、支え合う家族なのだ。昔も今も、これからも。

だがフローは、デュモントとの取り引きを知った息子が、そのことでずっと自分自身を責めていることを知っていた。フローの願いは、リリーが無事故郷に戻ってきたことをきっかけに、息子が自責の念から逃れて、素直に自分の幸せを求めるようになってくれることだ。彼にふさわしい幸せを。

7

　リリーは地面めがけてダイビングしたときに痛めた体を癒《いや》すために、温かい風呂に浸《つ》かりたかった。事故のすぐあとに現場に駆けつけてきたショッピングセンターの警備担当者から事情を聴取されたあと、まだ震えがとまらないまま、タイのアパートメントまでゆっくりと車を走らせた。タイに借りたスペアキーのセットを玄関わきに置かれた皿に放《ほう》ると、買い物袋を壁にもたせかけ、まっすぐバスルームに向かった。それから五分とたたないうちに、バスタブはショッピングセンターで買ってきたバブルソープの泡でいっぱいになっていた。

　温かい湯の中で泡に包まれ、ひんやりした陶製のバスタブの縁に頭をもたせかけて体の緊張を解いていく。気持ちよさげにうっとり目を閉じた瞬間、ばたんと玄関ドアが閉まる音がして、自分の名を呼ぶタイの声が聞こえてきた。

「ここよ！」リリーは叫び返した。おそらくタイはドアの外から話しかけてくるだろうとは思ったが、ひょっとしてと考えて視線を下に向けると、幸い自分の体は泡に包まれていた。完全にとはいかないまでも、じゅうぶんに。

ノックもしなければ、ひと声かけることもせず、タイはいきなりバスルームのドアを開けた。「ショッピングセンターでの事故の話は聞いたぞ」早口でしゃべりだした。「どこかの頭のいかれた人間がやったことよ」リリーは微動だにせず、じっとしていた。少しでも動けば、体をおおっている泡が消えてしまいそうだ。

「でも、怪我《けが》はなかったんだな?」

リリーはうなずいた。「ご心配はありがたいけど、わたしなら大丈夫。くたびれて、ちょっと体が痛むけど。でも大丈夫よ」

タイは戸口に立ちつくしたまま、じっと彼女を見つめている。その視線が首から下のほうに移ったかと思うと、とたんに表情が変わった。まるでたった今、リリーが入浴中、すなわち裸だということに気づいたとでもいうように。

もちろん、リリーも平然としていられたわけではない。かろうじて体は泡で隠されているが、裸の自分がタイの視線にさらされているのだ。そう思うと胸がずっしり重く感じられ、乳首が硬くなり、タイの視線が熱を帯びてくるにつれて、腿のあいだをあの甘美な感覚がくすぐりはじめた。

リリーはごくりと喉を鳴らした。「タイ?」

「なんだい?」ざらついた声で返事が返ってきた。

「あの、これでもう、わたしが大丈夫だってことはわかったでしょうから……」

「ああ、そうだな。じゃ、ぼくは退散するよ」タイは一歩、そして二歩とあとじさり、それからくるりと向きを変えてうしろ手にばたんとドアを閉めた。

リリーの心臓は激しく打っていた。胸の奥底に眠っていた感情と欲望が目覚め、彼女は大きく息を吸うと、頭まですっぽりと泡に沈めた。

タイはバスルームの外でドアにもたれたまま深呼吸をしたが、どきどきする心臓は少しも静まらなかった。ドアの向こうに裸のリリーがいる。その体をおおっているのは泡だけだ。ほんの少し泡からのぞいていた素肌をちらりと見ただけでも、生唾《なまつば》が湧《わ》き、欲望に下腹部が硬くなった。こうしてひとつ屋根の下で過ごすうちに、いったいどれほどの誘惑にさらされることになるのだろう。

そこで携帯電話が鳴り、タイは半ばほっとして電話を開いた。「はい」

「ハンターだ」

「何かあったのか？」タイは訊《き》いた。

「ぼくが扱っている事件の公判日程が、急に予定変更になったんだ。で、これから二、三週間は夜昼なく大忙しになる。リリーのために時間を割くことができなくなったなんて彼女に言いたくないけど、どうしようもない」

タイは手で髪を梳《す》いた。「日程が急に繰りあげになるなんて、そんなことあり得るのか？」もしかして、ハンターがリリーの代理人として動けなくなるよう、裏でデュモントが糸を引いたのではないか？

「日程の変更なんか、しょっちゅうさ。そういう世界なんだ。しかし、せいぜい半日休廷とか、日程延期が普通なんだが」ハンターはぶつぶつ言った。「でも、この点については、疑問は解消済みだ。アンナ・マリーに訊いてみたんだが、この日程変更の通知は正規の指示系統を経て、今日彼女のもとに届いたそうだ」

タイは顔をしかめた。そう簡単に信じるわけにはいかない。アンナ・マリーが買収されているという可能性はあるだろうか。町の名士たる一族の出身であることを考えれば、その可能性は低い。だが、少しばかり探りを入れても損にはならないだろう。そういうことなら、ぼくにとっては朝飯前だ。

日程の繰りあげの理由がまっとうなものであろうとなかろうと、どのみちハンターの両手はふさがってしまうのだ。アンナ・マリーを信用できる人物かどうかしつこく問いただして、ハンターを苛々《いらいら》させてもしかたない。

「気にするな」タイは言った。「リリーにはぼくから伝えておく。きっと、何も急ぐことはないと言うさ」

「それじゃ、ぼくがいなくてもおまえにやってもらえることをひとつ教えよう。リリーの両親は信託財産契約書の原本と遺言状をオルバニーの〈ダン＆ダン〉という法律事務所に預けている。信託財産を管理する管財人はポール・ダンだ」

タイは眉をひそめた。「アンナ・マリーの兄貴じゃないのか？」

「そうだ。それが何か関係あると考えているのか？」

「自分が何を考えているかなんて、わからない」タイはぶつぶつ言った。

「それはまたおかしなことを言うじゃないか。どうした、そっちで何かあったのか？」ハンターが訊いた。

タイはリリーに話を聞かれないようにとベッドルームに入ってドアを閉めた。「もう我慢できない」ベッドに腰を下ろした。「もうこれ以上、一秒たりとも彼女とひとつ屋根の下では暮らすわけにはいかない。さもないと、あとから絶対後悔するようなことをしでかすに決まってる」

ハンターはどっと声をあげて笑いだした。「おまえを悩ませているのは、それか？」

「ぼくの欲求不満を笑ってくれて、ありがとよ」

「リリーが帰ってくるまでは、グロリアとマンネリの関係で満足してたじゃないか。となると、たんなる欲求不満というよりは、何かほかに問題がありそうだな。たぶん、おまえに必要なのは、可能性を追求してみることだ」ハンターは言った。

リリーがニューヨーク・シティに帰ったときには、確実に傷心とともに取り残されるとわかっていながら？「とんでもない。いやなこった。さあ、もう切るぞ」

「ぼくから逃げることはできても、リリーから逃げることはできないぞ」ハンターは諭すように言った。「とにかくリリーに事情を伝えて、ぼくの代わりになる信託財産と不動産専門の弁護士を紹介したほうがいいかどうか訊いておいてくれ」

「わかった。それともうひとつ」

「なんだ?」

「おまえの友だちのモリーのようすを確かめたほうがいいんじゃないかな」タイは自分の苛立ちにばかり気を取られて、すっかり忘れていたショッピングセンターでの事故のことをハンターに伝えた。「警察がつかんでいる手がかりは、州外のナンバー・プレートをつけた黒っぽい車だったというモリーとリリーの目撃証言だけだ」

「怪我は?」

「ふたりとも無事だ。しかし――」

かちっと耳元で音がして、タイはハンターが電話を切ったことに気づいた。おそらく、今この瞬間には、すでにもうほかのところに電話をかけているのだろう。そう考えて、タイは笑った。電話の相手は、いまだに洟《はな》も引っかけてくれないモリー・ギフォードだ。こと女性に関するかぎり、ハンターとタイは最近では同じような境遇にある。言うなれば、同病相哀れむ関係だ。

だが、ハンターが詳しい話を聞かずにさっさと電話を切ってしまったので、タイはあの事故にはどこかくさいものを感じるという疑念を伝えることができなかった。母親の家から帰る途中、デュモントの監視についているデレクに電話してみたところ、デュモントはリリーとモリーが買い物に出かけている時間帯はずっと家にいたと言っていた。つまり、その情報はデュモントにとってアリバイということになる。だが、デュモントが誰か人を雇って汚い仕事をさせなかったという確証にはならない。

一週間のうちに二度までも、ハンターはモリーの部屋のドアをたたくはめになった。ただし今回は、どうしてもそうしなければならないちゃんとした理由がある。この目でモリーの無事を確かめなければならない。

駐車場で女性をふたりも轢《ひ》きそうになるとは、いったいどこの大ばか野郎の仕業だと考えながら、ハンターはドアをノックしたが、返事はない。そこでもう一度、どんどんとさらに大きな音をたててノックした。

「もう少しご近所の方たちを気遣ったらいかがかしら？」玄関ドアからアンナ・マリーが顔をのぞかせて言った。「いったい何事ですの？」

ハンターはうなった。「夕食の邪魔をしたのでないといいんだが」

「うたた寝しているところを起こされてしまったわ。今少し寝ておけば、夜更かしして『トゥナイト・ショー』を見られると思っていたのに。わたし、あの番組の司会をしているジョニー・カースンのファンなんですの」

「今はジェイ・レノに代替わりしているじゃないか」ハンターは言った。

「ええ、でもわたしはジョニーのほうが好きだわ」

「モリーはいるのかな?」ハンターは訊いた。

年配の女性は首を横に振った。「もういませんわ。さっき帰ってきたけど、ショッピングセンターで危うく車に轢かれそうになったとかで、ひどく動揺していたわ。あなたが来たのは、そのせいね」

「ああ、そうなんだ」町のゴシップの主たる発信源である人物が、すでに事故の話を知っていても、驚きでもなんでもない。

「でも、二十分ほどしてまた出かけて、まだ戻ってこないわ。ついていなかったわね。おいやでなければ、モリーが帰ってくるまで、ここでわたしと一緒にお待ちになる?」

「いや、いいんだ」ハンターは向きを変えて、ポーチの階段を下りはじめた。

「彼女がどこに行ったか、知りたくありません?」アンナ・マリーが声をかけてきて、ハンターの返事も待たずにさらに続けた。「モリーが電話で話しているのが聞こえたんですけど、彼女、お母さまとお食事に出かけたようですよ」

ハンターは前庭の芝生の上で立ちどまった。壁にグラスをつけて盗み聞きしていたのかと、危うく訊きそうになった。「それじゃ、あとで彼女に電話するとしよう」

「サラトガにある〈パレス〉に寄ったらいかがかしら。モリーはそこにいるはずよ。お母さまとマーク・デュモントと一緒に」アンナ・マリーはつけ加えた。「あのレストランが最近のお気に入りだと、モリーが言っていたもの」

アンナ・マリーはちゃんと聞きとったようだ。〈パレス〉はマンハッタンから移ってきたシェフがサラトガの中心部に開いた高級レストランだ。

ハンターくらいの身分では、そうしょっちゅう通うわけにはいかない店だ。そもそもモリーの家族の団欒《だんらん》を邪魔するわけにはいかない。「明日、モリーから話が聞ければいいんだ」ハンターの返事を聞いて、さらなるゴシップの種を仕入れられるかもしれないというアンナ・マリーの期待は裏切られた。

「それなら、どうぞお好きなように」アンナ・マリーは家の中に引っこもうとした。

「アンナ・マリー、ちょっと待ってくれ」ハンターは呼びとめた。

「なんですの?」

「あのバーバー事件のことだが」ハンターが無料弁護を引きうけている事件のことだ。公判が開かれる予定が変更されたために、なんとも都合よくリリーの代理人を務めることができなくなってしまった。

「なんでしょう?　マーサー判事からじきじきに日程変更の要請があったことはお伝えしたと思うけど」

「日程を繰りあげるよう、誰かが判事に圧力をかけたということはあり得るだろうか?」

アンナ・マリーは肩をすくめた。「そういうことはないと思うわ。最初に決められていた日程だと、判事の休暇の第一日めにあたってしまうもの」

「その休暇も急遽《きゆうきよ》決まったものじゃないのか?」

「判事の奥さまにお会いになったことは? 彼女から跳べと言われたら、わたしなら、〝どのくらいの高さに?〟と訊くわね」アンナ・マリーは大げさに身震いをしてみせた。「あんなにわがままで高圧的な方にはめったにお目にかかれませんわね。あの奥さまが休暇の日程を決めたんです。判事はもちろん一も二もなく同意なさいました」

だが、ハンターにはまだまだ疑問が残った。あいにく公判の準備で身動きが取れない。となれば、代わってタイに〝臭《にお》い〟がする周辺を嗅《か》ぎまわってもらうことにしよう。

「もう中に入ったほうがいい。外は冷えるから」

「わたしの血は熱く燃えているのよ」アンナ・マリーはにやっと笑った。

ハンターは笑いながら車に引き返した。すぐに携帯電話でタイに連絡するつもりだったが、車に乗りこんでも、まだモリーのことが気にかかった。だが、〈パレス〉に出かけていけるくらいなのだから、精神的に動揺しているだけなのだろう。そう考えて、ひとまず安心することにした。

タイと電話で話をし、車をスタートさせた。家に向かって車を走らせながらも、ふと気づくと、モリーは〈パレス〉のようなトレンディなレストランが好きなのか、それとも、ただたんに母親の好みに従っただけなのだろうかと考えていた。デュモントに関して言えば、あの男が近い将来妻になる女性を豪勢にもてなそうとするのは、別段驚くことではない。〈パレス〉はデュモントのようなげすな男が行きたがる、自分がそこにいるのを見せびらかしたくなるような店なのだ。勘定を支払う金があろうとなかろうと。

夜もまだ早い時間帯のあいだじゅう、タイが部屋の中を行ったり来たりしている足音がリリーの耳に届いていた。まだ叔父の尾行を続行中のデレクと電話で話している声も聞こえた。何を話しているのかはわからなかったが。善人ぶっている叔父にうさんくささを感じるが、ショッピングセンターでの出来事はたんなる事故のような気がする。叔父は確かに悪党だが、このわたしを車で轢こうとまでするだろうか？　リリーは首を振って、心の中でその説を退けた。

まだ眠くなるほど疲れてはいないのだが、タイとのあいだで燃え盛りそうになった感情を冷ますために、自分の部屋に引っこんでいることにした。タイにじっと見つめられると、体が反応してしまうのはどうしようもなかったが、意識のほうはそれとは切り離しておきたいと本気で考えている。問題は、どんなに努力しても、いっこうにそれができないことだ。

タイのそばにいると、あと先のことなど何も考えずにニューヨーク・シティ行きのバスに飛び乗った少女時代の自分のことを思い出す。すると、大胆になんにでもチャレンジできるような気分になってくる。穏やかで安定したアレックスとの関係に、ときに退屈を感じる自分を素直に認めようという気にもなる。直視したくないその現実に、リリーは身震いをした。アレックスとは婚約しているわけではないが、あらゆる意味で深い関係にある。結婚を考えるのは当然というくらいに。つまり、タイとベッドをともにしてはならないということだ。

だが、リリーはそのことばかり考えてしまう。いけないと自分に言い聞かせているたった今ですら、腿のあいだが疼《うず》く。この欲望を抑えなければと思う理由は、アレックスだけではない。自分にとって何より大事なのは仕事だ。朝になったら起きあがり、夜になったら翌日に備えて、疲れきった体を休ませるのも、すべて仕事のためだ。その仕事の場はニューヨーク・シティにある。このホーケンズ・コーヴではない。

だが、仕事も心の空洞までは埋めてくれない。それができるのは、これまでの自分の人生に欠けていた家庭、家族、安心して暮らせる環境、そしてもうひとつ、心から愛し合い、信頼し合える男性だ。

果たしてタイがその男性なのか、リリーにはわからない。タイが今、彼女のことをどう思っているのかすらもわからないのだ。タイはアレックスとは違って、彼女とのあいだに距離を置いている。それに、リリーが求めているものすべてを与えてくれるだけの力が彼にあるのかどうかもわからない。仮に欲望を満たし合えたとしても、自分が夢見ている人生や未来の展望まで共有できるとはかぎらない。

リリーは枕《まくら》をたたいて膨らませ、仰向けになって緊張を解こうとしたが、どうしてもタイを求める気持ちはおさまらない。だが、彼に対して抱いている欲望は、たんなるセックスだけではないということははっきりしている。タイは心の奥深くにまで入ってくることができる。これまでもずっとそうだった。そして自分も彼のことを、かたときたりとも忘れたことはない。彼に恋していたのは十七歳のときだった。十年後の今、彼が何を考え、どう思っているのかまったくわからなくなっている。答えを知りたい。

ニューヨーク・シティ行きのバスに乗ったあの少女に戻りたい。そしてそこから広がる自分の未来を見とおしてみたいのだ。

マーク・デュモントは床の上を行ったり来たりしていた。そこは、今ではすっかり自分のものと思いこむようになっている邸宅の舞踏室だ。だがもちろん、実際にはこの家は彼のものではない。リリーの信託財産に対してと同様に、この家に対しても自分はいかなる権利も持ち合わせていない。今はもう。

何年ものあいだ、感情をコントロールするためのカウンセリングとアルコール依存症の集いに通ったあげくに、このざまだ。愛するフィアンセと彼女との幸せな未来を含めて、望むものはなんでも手に入れられる人間に近づいてきたはずが、今やすべてを失いそうになっている。それもこれも、死んだはずの姪《めい》が生き返ってきたからだ。

マークはグラスにクラブソーダを注《つ》いだ。みんなが盛大にカクテルを飲みほすパーティで、アルコールなしですませるのは生やさしいことではない。だが、アルコール抜きのパーティなど、客をがっかりさせるだけだとフィアンセが言いはったのだ。本当は、がっかりさせるのがいやというよりは、あとから何を言われるかわからないと思っているのだろう。いずれにせよ、わたしにとっては我慢の一日になる。酒を飲みたいという欲求は依然として強い。

自分のまわりにあるものがすべて崩壊しそうになっている今、その欲求はよりいっそう強烈になってきている。

その家は、リリーの記憶に残っているよりも大きく、堂々としたたたずまいを見せていた。どんなにたくさんの人間が集まっていようと、両親を亡くしたあとと同様、リリーにとってはやはり寂しさを覚える場所だ。タイの車でかつてのわが家に向かう途中も、喉につまっているかたまりは膨れあがり、不安と緊張がつのっていった。

目を閉じると、両親が生きていたころの思い出がよみがえってくる――抱きしめてキスをしてくれた母親、学校から帰ってきたあとのミルクとクッキーのおやつ、一日外で働いてきた父親の帰りを待つ自分。父親にとっては、妻が金持ちであろうとなかろうと、どうでもよかったのだ。毎日一生懸命に働いていた。おそらく、妻より長生きしたいとは思っていなかっただろう。

「本当にいいんだな？」タイが訊いた。

リリーはちらりとタイに目をやって、無理やり笑みを浮かべた。あのタイがこうしてスーツとネクタイ姿でエスコートしてくれるのだ。真夜中の墓地の中にでも入っていける。

「わたしはもう大人よ」そう言って明るく笑った。

タイは首を振った。「ぼくはあんまり気が進まないな。このまま引き返そうか。どうせ誰にも気づかれやしないさ」

「いいえ、行くわ」だが、そう言ってくれるタイの気遣いはありがたかった。「ここで引き返してしまったら、せっかくのあなたの正装姿を誰にも見てもらえないじゃない」

パウダーブルーのシャツに黒いスポーツジャケットを着たタイは、まさしく自分を救出に駆けつけてくれた騎士だ。これほどセクシーで男らしいタイの姿は、夢の中でも見たことがない。

「それはどうも」タイは憮然《ぶぜん》とした顔で言うと、リリーのほうに首を傾けた。「きみだってそんなにきれいでゴージャスなんだから、そうだな、やっぱり行こう」

タイの褒め言葉を聞いて、リリーはぞくっとした。ちゃんと気づいていてくれたのだと思うと、うれしくてたまらない。その黒いドレスを選んだとき、タイのことを頭に思いうかべていた。鏡の前で試着したときには、自分の姿を見て目をみはるタイの顔を想像した。だが、これほど熱いまなざしを注いでもらえるとは思ってもいなかった。

タイはゆっくりと視線を道路に戻し、曲線を描く長いドライブウェイに入った。

リリーも思考を今夜のパーティのことに向けた。車から降りると、ボーイが出迎えてくれた。

「すごいわ」これだけのパーティを催すだけのお金を、叔父はどうやって調達したのだろう。

叔父にも仕事はあるのだからそこそこの経済力はあるだろうが、リリーの両親が遺《のこ》した遺産には及びもつかないはずだ。父親から引き継いだ事業で稼いだ金はとうになくなっている。この家の維持費は信託財産でカバーされているはずだが、おそらく叔父は、彼女が姿を消したあとは、信託財産からの配当金を自分の懐に入れているのではないかと、リリーは疑いを抱いている。

だが、実際に信託財産にどのような条件と規定がついているのか詳しいことはわからないので、今はまだ、叔父から聞かされていた範囲の情報で推測するしかない。

だが、じきにはっきりしたことがわかる。両親の遺言状を保管している法律事務所で管財人と面会する約束を取りつけてあるからだ。正確な情報こそが力になる。それがもうすぐ手に入るのだ。

タイが手を彼女の背に添えると、リリーは彼と並んで家の中に入っていった。ひと目見て、内装は当時とまったく変わっていないことに気づいた。グレーと白の大理石の床、白い壁、そして花柄のソファもすべて同じだった。だが、リリーが子供のころに味わった温《ぬく》もりはそこにない。当然だ。叔父がここに移り住んできて間もなく、家というものは温かな家庭になるか、さもなくば空っぽの貝殻になるかのどちらかだということを、リリーは学んだ。

「大丈夫かい？」タイが小声で訊いた。

「ええ」リリーは答えた。

気分はとうていいいとは言えない。心臓はどきどきし、こらえきれないほどの吐き気がこみあげてくる。すぐさま逃げだしたい衝動に駆られたが、だからこそ踏みとどまって、一堂に会している面々の顔をしかと見定めなければならないと自分に言い聞かせた。

「リリー、来てくれて本当にうれしいわ」モリーが笑顔であいさつをしてきた。

彼女の好意に満ちた優しい声を聞いて、リリーはとたんに気が楽になった。「ありがとう。ここに自分がいるなんて、なんだか変な気分だわ」思わず引きつった笑い声をあげてしまいそうになるのをこらえた。

モリーが手を差しだした。「大丈夫よ。もう昔とは違うんだから。さあ、母に紹介するわ」

リリーがタイのほうを振り返ると、彼は肩をすくめて一緒に歩きだした。ふたりはモリーについて玄関ホールから広々とした居間に入っていった。そして、これは夢かと思った。そこには叔父と暮らしていたころの重苦しい雰囲気はなく、人々が笑いさざめき、かつて自分をいじめ抜いた当の本人である叔父も、笑顔でグランドピアノを弾いていた。

リリーは二度まばたきをしてみたが、目の前の光景は変わらなかった。もしかしたら、本当に叔父は変わったのかもしれない。

「さあ、リリー、わたしの母のフランシーよ。ママ、こちらはマークの姪御さん」モリーは言った。

シャネルとおぼしきスーツを着た美しいブルネットの女性がリリーの手を握った。「お会いできてとてもうれしいわ。あなたが来てくださったことは、わたしたちにとって大きな喜びだわ」

「わたしもお会いできてうれしいですわ。お幸せを心からお祈りします」リリーは幾分気後れを感じながらも言った。

「ありがとう」

「それから、こちらがタイラー・ベンソン。ハンターの友だちよ。ハンターのことは話してあるでしょう?」モリーは言った。

「リリー、来てくれたのか!」マーク叔父がフィアンセの隣にやってきた。

ありがたいことに、リリーとはほどよい距離を保ってくれていたため、頬にキスをしたり、抱擁を交わしたりせずにすんだ。「わざわざ招待してくださったのだから、出席するべきだろうと思って。どうぞ、フランシーとお幸せに」リリーは硬い口調で言った。

モリーがじっと自分たちを見ているのがわかる。それぞれの反応をうかがっているのだ。

「ありがとう」フランシーが代わって答えた。「シャンパン係のボーイを探してこなきゃ。ドンペリニョンかクリスタルかどちらか選べるよう、ふたつの銘柄を配っているはずなの」モリーの母親はケータリングの係を探しに両開きのドアのほうに向かった。

「ドンペリニョンにクリスタル。彼女は贅沢《ぜいたく》が好きでね」叔父は顔をしかめて言った。

「相変わらずだわ」モリーがぶつぶつ言った。

「それじゃ、これからあなたもたいへんですね」タイがどういう意味でそう言ったのか、誰も気づかなかった。贅沢な新妻を、リリーの金で養うつもりでいるなら、とんでもない話だ。

「幸い、株式仲買人の資格認定試験に合格したし、〈スミス&ジョーンズ〉でも順調に仕事をしているんでね」マークはホーケンズ・コーヴの、とある会社の名前を口にした。

「まあ、それはよかったわ」リリーにはそれ以外に言うべき言葉が見つからなかった。

叔父はうなずいた。「ありがたいことだ。さあ、楽しくやってくれたまえ。親戚《しんせき》もみんな来ているぞ。おまえが帰ってきたと聞いて、みんな驚いている」

「ええ、それじゃ、みんなのところに行ってみるわ」リリーは一刻も早く叔父のそばを離れようと、向きを変えた。

「まずは飲み物をもらおう」タイが言った。リリーの不意を突いて彼女の手を取り、バーに向かって歩きだした。

「あのときわたしたちがどういうことをしたのか、その後わたしがどう過ごしていたか、叔父はすべて知ってるの？」リリーは小声でタイに訊いた。

タイは肩をすくめた。「ハンターがどこまでモリーにしゃべったかはわからないが、たぶんデュモントはそう詳しいことは知らないだろう。どのみち、どっちでもいいことだ。やつに教えてやる必要もないし」

リリーは微笑《ほほえ》んだ。「確かにそうね」

タイはバーテンダーに飲み物を頼み、リリーに白ワインのグラスを手渡した。

彼女は長々とグラスを傾けたが、アルコールも緊張を解いてはくれなかった。「ここにいるということは、想像していたよりも辛《つら》いわ」

タイはリリーのウエストに腕をまわし、しっかりと抱きよせた。だが、それでも彼女は少しも安心した気分になれなかった。なぜなら心地よさと同時に、またあのぞくぞくする感覚と欲望が襲ってきたからだ。タイだけが満たすことのできる、体の芯《しん》から消耗しつくすほどの激しい欲求だ。

「深呼吸して肩の力を抜くことだ。きみはもうひ弱な十代の女の子じゃないし、ぼくがちゃんとここにいる」タイはハスキーな低い声で、リリーの耳元でささやいた。

リリーはごく自然に彼の肩に寄りかかった。「自分が成長して、昔よりも賢くなっていてよかった。そうでなければ、ただただ圧倒されるだけだったわ」気後れを感じる必要などこれっぽっちもないと、どんなに自分に言い聞かせてもだめだっただろう。「あなたが一緒にいてくれて、本当によかった。あなただけが頼りだわ」

「ぼくがきみの期待を裏切ったことがあるかい？」

リリーは首を横に振った。タイはいつでも助けてくれる。救世主を演じるのが好きなのだ。叔父のもとに帰されそうになったときも、学校でいじめられたときも、ことの大小にかかわらず、困ったときにはいつもタイがそばにいてくれた。

「リリー！」

声のするほうを振り向くと、禿《は》げ頭で長身の男がこちらに向かって大股で歩みよってくる。不気味にも、父親と叔父のマークの両方に似ているところからすると、親類であることは容易に察せられる。だが、いずれにせよ、長いあいだ会っていない相手だ。それが誰であるか確信は持てない。「ロバート叔父さん？」リリーは訊いた。

「憶《おぼ》えていてくれたのかい？」その男性はそばに来てリリーの両手を取りながら言った。

リリーはうなずいた。「なんとなく。やっぱり兄弟だから似ているもの」今度はタイのほうを向いて言った。「こちらは父のもうひとりの弟よ」そして叔父にタイを紹介した。「こちらはタイラー・ベンソン。昔からの友人なの」〝友人〟とは、ずいぶんとまた控えめな表現だが。

「よろしく」ロバート叔父は言った。

「こちらこそ」タイは握手をしながら相手をじっくりと観察した。

「ヴィヴィアン叔母さんはどこ？」顔は憶えていないが、ロバート叔父には妻がいたはずだ。

「聞いていないんだね」叔父が表情を曇らせるのを見て、リリーは悲しい話題に触れてしまったことに気づいた。「数年前に発作を起こして、以来、入院生活が続いているんだ。今は実家の近くの病院に入っている」

「お気の毒に」

「しかたない。これも人生だ」叔父は言った。

妻が直面した現実を受け入れるのに苦労したことが、ありありと伝わってきた。

それから数秒のあいだ、ぎこちない沈黙が続いた。

「リリーと新鮮な空気を吸いに行こうとしていたところなんです」タイが沈黙と緊張を破

って口を開き、リリーについてくるようさりげなく促した。

「会えてよかったわ」リリーはちらりとタイに感謝のまなざしを向けてから叔父に言った。実際には他人同然の叔父と一緒にいるのは気づまりなだけだった。

パーティの客たちについても同じことが言える。マーク叔父とフィアンセの友人たちは、リリーの知らない人間ばかりだ。幸い、季節はさわやかな秋とあって、ドアが開放されていたテラスに、タイと一緒に出た。

「母はよくここでお友だちと一緒にブリッジをやっていたわ」リリーは言った。大きく息を吸いこみ、ひんやりとした新鮮な空気を肺に送りこむと、すぐさま気分が落ち着いてきた。「こんなところに来るなんて、わたしったら、いったい何を考えていたのかしら」

タイは手すりに寄りかかった。「この家を見て、みんなに会う必要があったんだ。それもひとつのけじめだ。きみの気持ちはわかる」

リリーは軽く首を傾《かし》げた。「ちょっとバスルームに行ってくるわ。戻ってきたら、もう帰らない？」タイの返事はわかっていたが、いちおう訊いてみた。

「だめだ。ぼくはここに残って、この家を封鎖してやりたいんだ」タイはにやっと笑いながら言った。

「あなたって、本当におかしな人ね」リリーはいたずらっぽくタイの肩を小突いた。「すぐ戻ってくるわ」

「待ってるよ」そう言うと、タイはじっと熱いまなざしを彼女に向けた。

そのまなざしに驚きと喜びを感じながら、リリーはくるりと向きを変え、客たちのあいだを縫うようにしてバスルームへと向かった。階下の化粧室ではなく、二階のバスルームに。そのすぐ隣は、子供のころに彼女が使っていたベッドルームだった。

8

モリーはダイエットコーラが入ったグラスの縁越しに、じっとタイラー・ベンソンを見つめていた。たった今、タイをその場に残してリリーはドアのほうに向かっていった。タイは飲み物を手に、人でこみ合った部屋の中を所在なげにうろついている。どうやらタイもハンター同様、あまり人とのおしゃべりは好きではないらしい。これだけ人勢の人間が集まって騒々しいとなれば、それも責められないが。

リリーにしてもタイにしても、ここに来ることには迷いや抵抗があったことだろう。おそらく過去の思い出が息苦しいほどに迫ってきているはずだ。それでも、ふたりは来てくれた。そのことに感謝したい。

母親に今度こそ金のためでなく愛のために結婚してほしいと祈ったのも、リリーとタイがすべてを水に流して和解するためにここに来てくれるのではないかと期待したのも、どちらも愚かな甘い考えなのかもしれない。だが、とモリーは考えた。ひとつだけ願いを叶《かな》えてくれると言われたら、わたしはどちらを選ぶだろう?

モリーはハンターの親友のそばに歩みより、声をかけた。「タイ？」

タイは振り向いた。「やあ、どうも」愛想よく返事をした。

モリーは人を観察するのが好きだ。濃い茶色の髪、常に細められている目、そして幾分肩をそびやかしぎみの態度からするに、タイは警戒しているのだ。理由はわかっている。

「どう、パーティは？」モリーは軽く皮肉をこめて訊《き》いた。

「なんとか耐えている」だが、今にも笑いだしそうな口調だ。

「そう、よかったわね」

「おかげさまで」タイは空になったグラスを通りかかったウエイターのトレイに置き、両手をポケットに突っこんだ。「先日、ショッピングセンターでちょっとばかりエキサイティングな経験をしたそうだね」

モリーはうなずいた。「いまだに思い出すとぞっとするわ」向かってくる車の姿が脳裏に焼きついている。リリーがすばらしい反射神経の持ち主でよかったと、あれ以来何度もくり返し思う。

「そうだろうね。ちょっと訊きたいことがあるんだが、いいかな？」タイは静かに話ができそうな隅の一画を身ぶりで示した。

「ええ、いいわよ」モリーはそちらのほうに向かって歩きだした。「訊きたいことって、何かしら？」どうやら好奇心をそそられているようだ。

タイはモリーに顔を寄せた。「きみが、リリーが生きていることを伝えたとき、デュモントはどんなようすだった？」

　モリーは危うく表情を引きつらせるところだった。身構えていると思われないよう努めたが、うまくいかなかった。確かにタイがその質問をぶつけてくるのは当然だ。それ以上のことを訊いてきたとしても、いやな顔はできない。だが実のところ、モリーはタイの期待どおりに質問に答えることはできなかった。なぜなら、マークには最小限のことしか訊いていないからだ。ある意味では訊くのが怖かったからでもある。自分を臆病《おくびょう》者とは思わないが、母親と親密な関係を築き、家族を持つというせっかくのチャンスが失われるかもしれないと思うと、慎重にならざるを得ない。

「どうしてそんなことを訊くの？」モリーは警戒しつつ訊いた。

「なぜかといえば、理由がある」タイは言った。

「それでは答えになってないわ。自分でもわかっているでしょう」

　タイは短くうなずいた。「なぜかといえば、以前デュモントの計画を台無しにするようなことが起こったときには、彼ははっきりとした反応を見せたからだ。その結果、何人もの人間の運命が狂わされた。今、彼はリリーをここに招待して、さも悔い改めた善人のふりをしているが、ぼくは騙《だま》されない。彼女が二度と同じ苦しみを味わうことのないよう、万全を期すつもりだ。やつは今、復讐《ふくしゅう》計画を練っている」じっとモリーを見つめたまま、壁に寄りかかって髪を手で梳《す》いた。

リリーを守るというその決然たる意志に、モリーは心を動かされた。果たして自分には、これほどまでに愛し、気遣ってくれる人間がいるだろうかと考えた。少なくともこれまではひとりもいなかった。子供のころですら。だからこそ、今、母親の愛をつなぎとめようと必死になるのだろう。

「これだけは言っておくわ」タイの言葉を思い返しながらモリーは言った。「あなたとハンターは、わたしがマークに取りこまれていると思っているんでしょうけど、それは違うわ。わたしは事実と事実を秤《はかり》にかけたうえで、自分で判断する。それがわたしのやり方よ」ただし今回は、秤にのせているのは片方の事実だけだ。だが、そのことをタイに言う必要はない。

タイはにやっと笑った。「安心したよ」

「何がおかしいの?」

「きみは短気な人だな」

「だから?」

「ハンターといいとこ勝負だ」そう言うと、ほんの一瞬、重い気分から解放された。

モリーはその鋭い指摘にどきっとした。「わたしとハンターのことなんかどうでもいいでしょう」

タイはうなずいた。「しかし、残念だな。そういう話をするほうが、ずっと楽しいのに」

モリーも思わず笑ったが、タイとハンターのあいだではすべての話が通じていることを察して、タイの質問に正直に答えることにした。「確かにわたし、ハンターに言われたとおり、マークのところに行って、リリーが生きていることを伝えたわ」

「で？」タイは続きを促した。

モリーは大きく息を吸った。「愕然《がくぜん》としていたわね。最初は怒りをあらわにしたけど、しばらくすると落ち着きを取りもどしたわ」そのときのことを思い出しながら言った。「で、最後に、ひとりになりたいから帰ってくれと言ったの。だからそのとおりにしたわ。それだけ」モリーはしわなどついていないのに黒いドレスを撫《な》でおろし、鮮やかなラベンダー色のベルトのフリンジをいじりまわした。

あのときのマークとの会話ほど不本意なものはない。なぜなら、訊きたいこと、訊くべきことをほとんど何も口にできなかったからだ。ハンターから聞かされたマーク・デュモントのタイとハンターに対する仕打ちを思うと、タイの顔をまともに見ることもできなくなる。かといって、強い絆《きずな》で結ばれた家族を手に入れる権利を主張する自分を、自己中心的な人間だとは思いたくない。わたしにだって、その権利はあるわよね？

マークはすでにモリーの人生の重要な位置を占めている。父親のような存在とでもいうか、彼女がそばにいることを喜んでくれているようだ。生まれてこの方ずっと大人たちから邪魔者扱いされてきた彼女にとっては、そういうことが大事なのだ。ハンターたちは、マークをかつてはモンスターのような人間だったと言うが、今モリーが知っているマーク・デュモントという男のイメージとはどうしても重ならないのだ。

モリーはタイを見た。「わたしが知り合ったときのマークは、あなたたちが知っているころのマークとは違っていたということをわかってもらいたいの。アルコール依存症を克服するミーティングにも毎週通ったと言っているし、わたしはそれを信じているわ。それに、確かに彼が母にプロポーズしたときには、リリーのお金が入ってくるということが頭にあったかもしれないけど、リリーが生きていることがわかった今、状況が変化したという現実を受け入れているはずよ」

「オーケイ」モリーの話を聞きおえて、タイは言った。

「それだけ？　あっさり納得したというわけ？」

タイはずみをつけて壁から身を離し、姿勢を正した。「きみが本当にそう思っているということはわかった。今のところは、それでじゅうぶんだ。だが、気をつけることだ。特に背後をな」

「ご心配なく。自分の面倒はちゃんと見られるし、身も守れるわ」

タイはちらりと腕時計に目をやった。「リリーはばかに時間を取っているな」

モリーは戸口のほうに目をやり、タイを促した。「捜しに行ってみたら？」

さあ、早く強い酒を一杯やりたいわ。

タイはしつこくモリーにくいさがったことを幾分後悔していたが、デュモントのこと、そして今やみんなが巻きこまれているこの状況をモリーがどう思っているか、本当のところをどうしても聞いておく必要があった。同時にまた、ハンターのために、モリーがどういう人間かを確かめたかったのだ。モリーに思いを寄せている親友のことが気がかりだった。彼女の母親はとんでもない男と結婚しようとしている。そんな家庭に、果たしてモリーの居場所はあるのだろうか。

そこでタイは、ふと自分の本来の目的を思い出した。いったいリリーはこのだだっ広い家のどこに行ったのだろう。こんな家で子供時代を過ごすなど想像もつかない。かつて自分が暮らした家に戻ってきたリリーは、今どんな思いでいるのだろう。とにかく、とてつもない大きさの家だ。庭も果てしなく広がっているように見える。リリーにとってこの家は、叔父と暮らした悲惨な日々ではなく、両親とともに過ごした幸せだったころのよき思い出に満ちたものなのだろうか？　いずれにせよ、この家を訪れたことは、両親はすでにこの世にいないことを改めて思い出させたに違いない。

タイはまず階下のバスルームを捜し、それから玄関ホールから二階へと続いている長い階段を上がり、誰もいない空っぽの部屋を次々にのぞいていった。もう何年も使われていないと思われるベッドルームがいくつもあった。ひと部屋ひと部屋捜していくうちに、廊下の奥に両開きのドアがあるのが目に入り、そちらに向かった。どうやら続き部屋になっている主寝室らしい。

その部屋に向かって廊下を奥へと進んでいくと、大勢の客で賑《にぎ》わっている階下のざわめきも、もうかすかな雑音程度にしか聞こえなくなった。主寝室のそばまで来たとき、その隣にもうひとつ別の部屋があるのに気づいた。中から明かりがもれている。

見つけたぞ。タイはそっとドアを開け、中に足を踏み入れた。

リリーは、かつてこの家を出るときに置いていかざるを得なかった縫いぐるみを手にして、シングルベッドの真ん中に座っていた。パーティ会場を抜けだしてからずっと、二階の部屋部屋を見てまわっていた。どこも当時とさほど変わっていない。ただ主寝室だけは暗い色調の内装が施され、古い木製家具が置かれて、独身男性向けの部屋につくり替えられていた。両親は脱色した木材をライトブルーに塗装した家具を使っていたことを思い出し、リリーはとたんに悲しくなって泣きだした。

しくしくと静かに泣くのではなく、しゃくりあげながら号泣した。自分の家にいながら、そこにいるのは見知らぬ人間ばかりだと思うと、余計に悲しくなった。もう長いこと、思い出にひたって感傷的になったり泣いたりしたことがない。弱音や泣き言など言っている余裕はなかった。気丈な自分でいなければ、前進することも生きていくこともできなかった。いかなる困難も自力で乗り越えなければならなかったのだ。

だが、すっかり昔の面影が消えてしまった両親の部屋を目にしたとき、リリーの胸は張り裂けそうになった。今、かつて自分のものだった部屋のベッドにひとり座り、目を閉じると、失ったものの思い出が洪水のように押しよせてきた。

「リリー？」タイはそっと声をかけた。「こんなところにいたのか。ずいぶん捜したぞ」

リリーが目を開けると、気遣わしげなタイのまなざしと出合った。「なんだかどうしようもなく悲しくなってしまって」つぶやくように言いながら、古ぼけて毛羽立った縫いぐるみをぎゅっとつかんだ。

タイは大股でベッドに近づくと、リリーの隣に腰を下ろした。「ここがきみの部屋だったのか？」

リリーはうなずいた。

「昔のままなんだな」タイはあたりを見まわしながら言った。

「ええ。手を加えるだけのお金がなかったのか、それとも……いえ、わからないわ」

「てんとう虫の壁紙も昔のまま？」

「赤、白、それにロイヤルブルーのてんとう虫よ」リリーは誇らしげに言った。「この壁紙はママと一緒に選んだの」そう言って下唇を噛《か》んだ。「明るい色のほうが気分も明るくなるからとママが言ったから」

タイはもう一度周囲の壁を見まわした。「いかにも子供が楽しく過ごせそうな雰囲気だな。そうだったろう?」

「父と母が亡くなるまではね」そう言うと、リリーはふいにベッドから足を下ろして立ちあがった。「さあ、もう行かない?」

「ああ、ボスはきみだ」タイも立ちあがり、彼女のあとに続いた。

「嘘《うそ》よ。あなたは絶対他人の指図になんか従わない人だわ」

「きみは例外さ」タイはつぶやくように言った。

少なくともリリーの耳にはそう聞こえた。戸口まで来ると明かりを消し、もう二度とふたたびこの部屋に足を踏み入れることはないだろうと思いながら、うしろ手にドアを閉めた。

係のボーイに駐車券を手渡すタイの隣で、リリーはその晩の出来事よりもタイのことを考えていた。やがてグリーンのジャケットを着たボーイが、タイの車を運転して現れた。ごくありふれたアメリカ製の車だ。スポーツカーでもなければトラックでもない、普通の車だ。タイはボーイにチップを渡し、車に乗りこんだ。続いてリリーも助手席におさまった。

長いドライブウェイを進みながら、リリーは、いつどんなときでもクイがその身からオーラのように放っている強さと威厳を感じた。整った顔立ち、笑うと右側に小さなえくぼができるセクシーな口元に、いつもながらうっとり見惚《みほ》れた。もっと頻繁にそのえくぼを見たいものだ。

そうこみ入った状況でないときも、タイはどことなく気むずかしそうな人間に見える。容易に感情を表に出さないせいかもしれないが、それでもそばにいてくれるだけで心強い。いつでも必要なときはそれと察知してそばに駆けつけてきてくれるが、余計なお節介まではしない。離れ離れになっていた十年という歳月を経た今でも、タイはリリーのことを本人以上によく理解しているのだ。

リリーは頭を背もたれにもたせかけ、車が家から遠ざかるにつれて緊張が解けていくのを感じた。「今日、あることに気づいたの」そっと言った。

「なんだい？」

彼女は大きく息を吸いこみ、タイのほうを向いた。

「家庭というものを形づくるのは家ではなく、そこに住む人間なんだってこと。あの大きな家には見知らぬ他人があふれていたし、居間も、わたしが両親と一緒に暖炉のそばでクリスマスを過ごしたときとはもう違っていた。両親がいなければ、あの家はただの抜け殻でしかないわ」そう言うリリーの声は震えていたが、心は静かに和みはじめていた。

タイはちらりと彼女に目をやって、きみの気持ちはわかるよというように微笑《ほほえ》んだ。そんなふうに世界じゅうでいちばん大切なのはきみだと言わんばかりのまなざしを向けられると、リリーの脈は上がり、胸は喜びに震えるのだった。

「それは大発見だな」タイはうなるような声で言った。

リリーはうなずいた。「もうあの家のことは忘れられるわ。両親は常にわたしと一緒にいるということがわかったから。ここにね」そう言って、どきどきしている胸に手をあてた。

「きみがそういう結論にいたって本当によかった。今夜はさぞ辛《つら》い思いをしただろうから」

「控えめに言うとね」そう言ってリリーは笑った。

「さあ、これからどうする？　ぼくのアパートメントに帰りたいかい？」タイは訊いた。

リリーは首を横に振った。狭いアパートメントでタイとふたりきりになることは避けたかった。すでに抑えがたいほどに欲望が高まってきている。「よければ、しばらくドライブしたいわ」

「いいとも」

窓を開けるボタンを押して、リリーは車の中に新鮮な空気を取り入れた。タイも運転席側の窓を開け、ふたりはカーラジオをがんがん鳴らしながら、そよ風の中をスピードを上げて走りだした。リリーは冷たい風にあおられた髪が頬を打つにまかせ、アドレナリンが全身を駆けめぐる感触を楽しんだ。そうして無言のままの三十分が過ぎるころには、車はハイウェイの出口から下り、さらには裏道を抜けて、タイのアパートメントに向かっていた。

「町のようすはほとんど変わっていないのね」メイン通りから角を曲がってアパートメントの入り口があるバーの裏手にたどり着くと、リリーは言った。

タイはうなずいた。「よく言われるとおり、変化するものは多いけど、変わらないもののほうがもっと多いのさ」建物裏手のいつもの場所に駐車して車から降りると、リリーもあとに続き、アパートメントへと続く階段をのぼっていった。

タイが鍵穴《かぎあな》にキーを差しこみ、ふたりは中に入った。哀れっぽく鼻を鳴らしながら出迎えるディガーの姿がないのが奇妙に感じられた。まだ慣れない環境に何時間もひとりきりにしておきたくなかったのもさることながら、硬材の床に傷をつけられたり、敷物を台無しにされたりする危険性を考えて、ハンターにひと晩預けることにしたのだ。

タイはすぐさまベッドルームに向かった。ふたりきりのアパートメントに漂うぎこちないムードを避けるためだと、リリーは感じとった。だが、彼を責めることはできない。ふたりの関係はいまだ曖昧《あいまい》なまま、お互いのあいだにいかなる合意もできていないのだ。リリーにわかっているのはただひとつ、彼と一緒にいたいということだけだった。

タイのそばにいると、自分の家にいるような安心した気分になれる。今も昔も。「タイ？」

タイはベッドルームのドアのところで振り向いた。ドア枠をつかみながらリリーの顔を見た。「どうかしたか？」

リリーは肩をすくめた。「そういうわけじゃないけど」

今夜は両親と暮らした幸せだったころの思い出とともに、叔父にいじめられた痛ましい思い出もよみがえったが、同時にまたこれまでの人生で自分が犯した過ちも思い返すことになった。

「今夜はいろいろ考えさせられたわ。過ちを犯したのはマーク叔父さんだけじゃないと思えてきたの」

タイは身を硬くした。「まさか、やつにだけ非があるわけじゃない、なんて考えているんじゃないだろうね。きみにも――」

「いいえ。そうじゃないの。わたしが犯した過ちというのは、そのあとの話よ」

リリーは気持ちを落ち着かせるために深呼吸をした。自分がこれまでに犯してきた判断ミスの中でも最大のものは、愛する人たちに背を向けてしまったということだ。自分を家族の一員として温かく迎え入れ、危険を冒してまで助けようとしてくれたというのに。

リリーは両手を握り合わせた。「あなたのお母さんはわたしに会いたがると思う？　それとも怒っているかしら。だって、わたしたちは彼女まで騙して——」最後まで言葉をつなぐことができずに声は先細りになったが、事実から目をそむけることはできないと意を決して先を続けた。「わたしが死んだと思いこませたことを、まだフローは怒っているかしら？」罪の意識と胸の痛みに喉がつまった。

タイの心配そうな顔が笑顔に変わった。「間違いなく、おふくろはきみと会いたがっているよ。きみにそんなことを訊かれる前に、どうしてさっさと会わせなかったかといえば、きみの口から会いたいと言いだすのを待っていたからなんだ」

リリーはいぶかしげに目を細めた。「なぜ？」

「なぜって、心の準備ができたら、きみのほうから話を持ちだすとわかっていたからさ」タイがさらりとそう言ったことで、またもや彼が、いかによくリリーのことをわかっているかというのが証明された。

「まず過去の亡霊たちを安らかに眠らせることが必要だという気がしてたの。今夜、それができたわ」そのおかげで、リリーはなくしたことにすら気づいていなかった力を取りもどすことができた。

そう思うと誇らしさでいっぱいになった。だが、そう感じているのは、人間としてはまだ未完の自分だ。自分というひとりの人間を完成させるには、まだ時間がかかりそうだ。リリーは幾分苦い思いでそう考えた。

タイはうなずいた。「正直に言うと、きみがおふくろに会いたがるかどうか、よくわからなかったんだ」

リリーはとんでもないというように首を振った。「わたしがフローに会いたがらないわけがないでしょう?」

タイはまだベッドルームの入り口で立ちどまったままだった。リリーとの距離はごくわずかだ。このまま会話を続ければ、彼女に触れたいという誘惑に抗《あらが》えなくなりそうだ。欲望、あるいは衝動から、いや、仮にたんなるいたわりからであっても、彼女に触れればそれだけではすまなくなる。タイにはそれがはっきりとわかっていた。そしてまた逆に、彼の心に、あるいは体に、リリーのほうから触れられるようなことがあれば、彼女が去ったあとの人生をどう生きていけばいいのかわからなくなる。めったに自らの感情に惑わされることのないタイだが、自分がどれほど彼女に惹《ひ》かれているかということを考えると、とても平静ではいられなかった。

タイはどうにか母親のことに話題を向けた。「きみがおふくろにどういう思いを抱いているか、わからなかったんだ」正直に言った。リリーの寛大さはわかっていたが、ひょっとしたら彼女にとって彼の母親のことは、思い出したくもない忌まわしい思い出になっているのではないかという不安も抱いていた。「なんといっても、きみからすれば、たんなる里親だったわけだし」

母親の裏切り行為に、できるかぎり与《くみ》することのないよう、慎重に言葉を選んで言った。どう考えても、リリーにあの醜悪な事実を知らせる必要はないように思える。ときには事実を隠すことが相手に対する最大の思いやりになることもある。だが、万一事実が明るみに出たときに、リリーがホーケンズ・コーヴに帰ってきたあとも彼がずっと嘘の片棒をかついでいたとは思われたくない。

「あなたのお母さんとのことは、とてもいい思い出になってるわ」リリーの穏やかな笑顔がタイの胸にぐさりときた。「あなたのことと同様にね」

そこまでだった。その晩、タイは精いっぱいリリーとの距離を保とうとしていた。彼女が質素ながらエレガントな黒いドレスを身にまとい、長い脚をいっそう際立たせるハイヒールをはいて客間から出てきたその瞬間から、自分のまわりに高い壁を築いておくのが得策だとタイはわかっていた。しかし、その壁もなんの役にも立たなかった。かつての子供部屋で動物の縫いぐるみを抱きしめているリリーの姿を目にしたあのとき、すぐさま彼女を抱きかかえて、あの家と、あそこに集っている人々から遠ざけたいという衝動に駆られた。

だがそうする代わりに、リリーに内なる力を自分で発見させることを選んだ。そして彼女は見事、過去の悪夢を葬り去り、タイの判断が正しかったことが裏づけられた。実際そのとおり、リリーはたんに自立した大人になっただけでなく、自分という人間と、自分が何を求めているかをはっきりと認識するようになっていたのだ。

リリーが求めているもの、それはタイだ。

タイはごくりと喉を鳴らし、冷たい風にあたってピンク色に染まっている彼女の頬や、セクシーに顔を縁取っている乱れた髪から必死に目をそらし、会話に意識を集中させようとした。

やがて咳払《せきばら》いをして言った。「それなら、もうきみが生きていることはみんなに知れ渡っているんだし、ニューヨーク・シティに帰る前に、いつでも好きなときにおふくろに会いに行くといい」

ほんの少し棘《とげ》のある言い方だったかもしれない。リリーはいずれ、もとの快適な生活に戻っていく。再会を果たしたそのときから、彼女自身がそう言っていた。いかにぼくのことを大切な存在だと言ってくれても、レイシーとなった彼女の人生に、ぼくは組み入れられてはいないのだ。

「ええ、ぜひともフローに会いに行くわ」リリーはうなずいてきっぱりと言った。「今夜わたしと一緒にパーティに行ってくれたお礼を、まだ言ってなかったわね。あなたがそばにいてくれなければ、ただあの家にいることすら耐えがたかったと思うわ」

「それならよかった。礼なんて必要ないさ」

するとふいに、リリーは一歩前に足を踏みだし、タイの首に腕をまわしてぎゅっと抱きしめた。「あなたは最高の人よ」温かな吐息をそっとタイの耳元にかけながら、ささやき声で言った。

その言葉と仕草にタイの欲望はあおられ、それは一秒ごとに高まっていった。リリーの乳房が胸に押しつけられ、互いの頬が軽く触れ合っている。感謝の気持ちを表すための行為は、たちまちのうちにそれ以上のものへと変化していった。

リリーが顔を上げた。その目には物問いたげな表情が浮かんでいる。リリーが身動きすると、ほっそりとしたしなやかな肢体がタイの体にまつわりつくように動く。まるで衣服など何も身につけていないとでもいうように、彼女の乳首が硬くなっているのをタイははっきりと肌で感じた。

タイの喉の奥から欲望に満ちた低いうめき声があがった。

リリーははっと息をのんで目を見開いた。

「タイ?」彼女は落ち着かない気分で自分の唇を舌で湿した。

タイの肉体はあらゆる可能性への期待感に満ち、常に保たれているはずの冷静さもなんの役にも立たなくなった。その場の雰囲気をぶち壊しにするような言葉を口にするか、さもなくばお互いの欲望の前に屈するか、二者択一に心は激しく揺れた。

自分が誘惑に身をまかせると決めた瞬間が、そしてそう決めた理由がわかった。リリーのことを心の中から追いだすことは不可能だということはすでにわかっていたのだから、それなら彼女の誘いに応じてもいいではないか？

〝本当に彼女が誘っているならば〟の話だが。もはやぼくは捨てられても喪失感に苛《さいな》まれるだけの子供ではないし、愛しているからといって相手を深追いするような愚かな若者でもない。ひとつの恋が終わっても、それを乗り越えていくことができる大人の男だ。

そう、そうなのだ。大人の分別があるからといって、自分に抑制をかけすぎて、残りの人生を惨めに後悔とともに生きていかなければならないわけではない。

タイは情熱に熱く燃えているリリーの目を見つめた。彼だけに向けられた情熱だ。「リリー、きみのことが欲しいのは確かだ。でも、ここでその気持ちのままに走りだしたら、もう二度ととまることはできなくなる」それはリリーに対する警告でもあり、自分に対する戒めでもあった。

実際、そのとおりなのだ。

ここで踏みとどまらなければ、二度と引き返すことはできなくなる。

「まあ」

リリーはたったひと言そう言った。タイの心臓は不規則に激しく打っている。

ここでリリーに背を向けられたとしても、彼にとっては昨夜やその前の晩と同じことだ。せいぜいまた氷のようなシャワーを浴びて、幾分寝苦しさを増す夜を過ごせば、明日には気分はよくなっている。どのみち、リリーと愛し合うというのがどんなものなのか想像もつかない。これまで夜になると幾度となく、彼女の体の奥深く、柔らかな潤った場所に身を埋《うず》めることを夢見てきたが。

「たぶん、こんなことしちゃいけないのね」ついにリリーが口を開き、そっと言った。

「そのとおりだ」タイはうなずいた。欲望に疼《うず》く体は、必ずしも彼女の言葉に同意はしていなかったが。

　リリーが大きく息を吸った。タイは彼女の次の言葉を待った。

「でも、ずっと迷って考えてきたことなの」リリーはタイの髪を指で梳いた。戯れるように髪を引っぱり頭皮をマッサージする彼女の手の温《ぬく》もりがじかに伝わってきて、タイは神経をくすぐられているような感覚を覚えた。

　タイの口から長く尾を引くうめき声がもれた。「ぼくもずっと考えていた。こんなふうにぼくがきみを抱きよせたら、きみはどうするだろうかと自分に問いかけつづけてきたんだ」両手をリリーの体にまわしてウエストの曲線を感じとりながら、もし今彼女が裸で、自分の硬くなった下腹部に身をすりつけたなら、どう思うだろうかと考えた。

　リリーは黙ったままだ。長い空白の時を経ても、タイには彼女が何を考えているかがわかる。どうするべきか迷っているのだ。タイもまた無言のまま、リリーに選択を委《ゆだ》ねることにした。後悔や、ああすればよかったという後知恵に歯噛みするのはリリーにまかせよう。こちらは彼女に対する、彼女だけに対する熱い思いに身もだえするばかりの状態なのだから。

ただじっと立っているだけだというのに、タイの欲望と興奮は今にも頂点に達しそうになっていた。ここでリリーがゴーサインを出したとしても、わずか一メートルほど先にあるベッドルームのソファにたどり着くまで、もつかどうかもわからない。もう後悔することなど恐れてはいられない。どのみち、少なからずその感情に悩まされることにはなるのだ。

「リリー?」タイは決心を促すように声をかけた。実際にはゴーサインを求める必死の思いに、声がかすれていた。

「タイ」リリーがそっと言った。真剣な口調だが、たとえようもなくタイの欲望をあおった。

タイの下腹はすぐさま反応し、返事を待ちながらも耐えがたい圧迫感をつのらせてくる。リリーの反応はタイの期待を裏切らなかった。目と目を合わせたまま爪先立つと、タイの唇に唇を重ねてきた。彼女の体は熱く火照っていた。唇の動きは、彼女もまたタイと同じことを望んでいるのをはっきりと伝えてきた。タイは舌を中にすべりこませると、思う存分彼女の甘い口の中を味わった。ふたりの舌は、タイがそれまで経験したこともないほどの貪欲《どんよく》さでからみ合い、重なり合った。

リリーはタイのシャツの裾《すそ》をズボンのウエストから引きだし、彼の背に両手をあてた。

背中を這《は》い、肌を撫でるその小さな手の感触に、タイはうっとりとした。そしてリリーの肌の感触にも。リリーのうなじに顔を埋め、軽く歯を立てた。

「ああ、いいわ。お願い、もう一度」リリーは小さく喉を鳴らすような声でつぶやいた。

言われるままにリリーの肌に歯を立てているうちに、彼女の口から悦《よろこ》びのうめき声があがった。タイの硬くなった下腹部が脈打ち、肌には汗が浮いてきた。

リリーのドレスの前には小さなボタンが縦に並んでいる。タイはそれをひとつひとつはずしにかかった。

「背中にジッパーがついてるの。そっちのほうが簡単だわ」リリーはいたずらっぽく目を輝かせながら言った。

すでに下腹部に痛みすら感じているタイは笑うこともできなかった。リリーが後ろ向きになって背中に垂れている髪を上げると、小さなジッパーとほっそりしたうなじが現れた。

タイはジッパーをそっと下ろしたが、リリーの肩からドレスをはずすことはせず、まず屈《かが》みこんで彼女の剥《む》きだしの肌に唇を押しあて、そのまましばし柔らかい肌の感触を味わった。

リリーは身震いをして、欲情をそそるうめき声をもらした。タイはもう一度その声が聞きたいと思ったが、それはいよいよ自分が彼女の中に身を埋めたときのためにとっておくことにした。あともう少しの辛抱だ。リリーと愛の行為を交わす前に、プレリュードを奏でることがいかに楽しいかがしだいにわかってきた。

「いい気持ちかい？」

「ええ」

その返事を聞いて、タイはふたたびリリーのうなじにキスをして、今度は肌に沿って舌を這わせた。歯を立てたり舌を這わせたりしているうちに、リリーは快感に身もだえしはじめ、やがてよろめくように背をもたせかけてきた。彼女の腰のあたりにタイの下腹部が直接触れた。

いや増す欲望に、タイは目を閉じた。思わず腰を前に突きだすと、そのまま絶頂に達しそうになった。

両手をすべらせて背後からリリーの乳房を包み、触れられることを待っている硬くなった乳首を探りあてた。裸のリリーの姿を実際に見たことはないが、何度も想像し、夢見てきた。今こそ自分のこの目でそれを確かめたい。

リリーを自分のほうに向き直らせると、ドレスを肩からさげ、それが床に落ちていくのをじっと見守った。夢にまで見たものは、想像を超えるすばらしさだった。予想以上に豊満な乳房は、黒いブラジャーに押しあげられて、レースに縁取られたカップからあふれださんばかりだ。リリーの頬は紅潮し、その赤みはうなじから胸へと広がっている。タイの視線は釘《くぎ》づけになった。

リリーの軽い咳払いに、タイははっとして顔を上げた。

「何か言ってちょうだい」愛らしく恥ずかしそうにリリーは言った。

「言葉なんか何も思いつかない。でも、これならできる」タイはそう言うと彼女を抱きあげ、ベッドルームへと向かった。長いあいだ夢見ていたとおりに。

リリーがアパートメントに泊まるようになってからは、ベッドルームはタイにとっての安全な避難場所になっていた。だがもうこれからは、この狭いアパートメントのどこにいようと、リリーから逃れることはできない。どこにいても、彼女の匂《にお》いと感触がつきまとうようになる。

9

タイが大股でベッドルームに入り、リリーをベッドの上に下ろすと、マットレスがふたりの重みで沈んだ。

リリーは身を起こして枕《まくら》に頭をのせられるよう体の位置をずらした。「わたしだけが服を脱いでいるのは、どういうわけかしら?」熱いまなざしをタイの全身に注ぎながら、幾分挑むような口調で言った。

タイはにやりと笑った。「言わせてもらうと、きみはそれでもまだ余計なものを身につけているぞ」そう言って、小さなブラジャーとパンティ姿のリリーをじっくり鑑賞するように眺めた。視線は彼女の平らな腹部から長い脚、そして素足へと移動した。

今や硬く膨れあがった自分の一部はズボンの上からでも隠しようがなく、リリーが不平をもらすのは無理もない。タイはベッドに座って、リリーとのあいだを隔てているシャツのボタンをはずしにかかった。シャツを敷物の上に放《ほう》ると、今度はズボンに取りかかった。ボタンをはずし、親指をウエストの部分にかけてズボンと下着をいっきに下ろし、シャツと同じところに放った。

最後に靴下を脱ぎ、リリーのほうに向き直った。

リリーは大きく目を見開き、彼の下腹部をじっと見つめたまま唇を舐《な》めた。すでにそれはれんがのように硬くなり、リリーに対する欲望にはもはや抑えはきかない。だが、今この瞬間に始まったことは、互いにとって初めての経験なのだ。長いあいだ待ちこがれていたとはいえ、ここまで待ったからには、先を急ぐことはない。

「さあ、余計なものを身につけているのは、どっちだい？」タイは小首を傾《かし》げ、先ほどのリリーの言葉に応戦した。

頬を赤らめながらもリリーはセクシーに微笑《ほほえ》み、ブラジャーのフロントホックに手をのばした。ホックをはずすと、肩を揺すってストラップを腕に沿って下ろした。はずしたブラジャーを指先でつまみあげ、芝居っ気たっぷりの仕草で床に放った。

今やタイの視線と関心はただ一点に注がれている。解き放たれた白くなめらかな乳房からは、リリーの欲望がむんむんと発散されている。だが、タイがパンティを脱がそうと手をのばすと、リリーは笑ってその手を払いのけた。

「わたし、子供じゃないのよ」リリーは言った。

いさめるように突きたてた指を振るリリーを見ながら、確かにそのとおりだとタイは思った。だが、リリーの準備が整っていないのは明らかだ。タイは彼女の脚のあいだにすべりこめるときを今か今かと待ちながらも、ゆっくり見物することにした。

「仕返しはフェアプレイのうちだと思うわ。あなたにはさんざん焦《じ》らされたから、今度はわたしの番よ」リリーはいたずらっぽく言った。

パンティに指先をかけると、もぞもぞと体を動かして脚のほうに引きさげた。するとそれまでシルクの布地におおわれていた部分が現れた。今度は腰を左右に揺すって、ついに最後まで身につけていたものを足先から引き抜いて床に放った。タイはすでに我慢の限界に達していた。

ため息のように長く尾を引くうめき声とともに、リリーを上掛けの下に引きずりこむと、その上にぴたりと自分の体を重ねた。いっさいの障壁が取り払われた今、ふたりは肌と肌をじかに密着させた。長いあいだずっと待ち望んできた瞬間をいよいよ目前にして、タイはなおも自らの欲望の手綱を引いた。

リリーの喉の奥から柔らかいため息がもれた。その音ほどタイを満ち足りた思いにさせてくれたものはない。リリーが今ベッドの中でぼくの腕に抱かれ、ぼくを欲望の極みに誘《いざな》い、そして完全に満たしてくれようとしている。タイは両手でリリーの頭をかき抱き、唇にキスし、ゆっくりと下腹部を彼女の体に擦りつけた。だが、もうそう長くはもたないことはわかっていた。

「ちょっと待って」タイはベッドサイドテーブルのほうに身を乗りだし、避妊具が入っているいちばん上の引き出しに手をのばした。

「準備がいいのね」リリーが言った。その表情は曇っていた。

「リリー――」

リリーは首を横に振った。「こんなこと言うべきじゃなかったわね。もちろん、必要なものだもの。ただ……もし……これが……」リリーは明らかにどう言うべきか迷っている。

「なんだい？　言ってくれ」タイは促した。何を言おうとしているかは、わかっているつもりだった。だが、どのみち本人の口から直接聞きたい。

リリーが顔をそむけると、肩に髪がかかった。タイはその髪をそっと払った。そうすることで、本当のことを言う勇気をリリーに与えられるような気がしたからだ。

「ただ、わたしにとってあなたが最初の男性だったら、どんなにいいかと思って」痛ましげにささやくようにリリーは言った。

タイはその気持ちを察してうなずいた。自分の気持ちを言葉で表現するのは得意とは言えないが、リリーにはぜひとも伝えておかねばならない。「ぼくにとってもきみが初めての女性だったら、どんなにいいだろう」

これまでに幾度となくそう思い、そう願ってきた。だが、リリーも同じ気持ちだったことを知って、どれほどうれしいことか。リリーがいなくなってからすっかり変わってしまった自分。そのあとはずっと、理由はわからないながらも、なぜかこの上なく大切で貴重なものを失ってしまったという喪失感を拭《ぬぐ》えないままに生きてきたのだ。

だが今、ようやくその理由がわかりかけてきた。

タイは身を寄せ、リリーと唇を触れ合わせた。そのとたんに欲望の手綱だけでなく、時間と場所の感覚すら失われてしまった。憶《おぼ》えているのは、片脚でリリーの脚を押しひろげ、そのあいだにある溶岩のような熱をたたえて彼を待っている場所に到達するためのスペースをつくったことだけだった。

指先を彼女の中にすべりこませて愛撫《あいぶ》すると、ふいにリリーが腰を浮かせた。そして、腰がさらに上へ突きあげられ、タイの指はもっと奥へと吸いこまれていった。これでもうリリーの準備も整った。タイの体はすでに、抑えがたい欲望の疼《うず》きに小さくわなないている。

素早く避妊具をつけると、リリーの顔の両わきに手をついて自分の体を支えた。

「きみが上になるかい？」われながら驚いたことに、タイはそう訊《き》いた。

ほかの女性が相手のときには、考えもしなかったことだ。そのときどういう体位を取っているにせよ、相手が本当はどうしたいかなどと訊く気にもならない。なぜなら、それはあくまでただのセックスでしかなかったからだ。予想はついていたことだが、相手がリリーとなると、何もかもがそれまでと違ってくる。

「あなたとなら、どんなふうでもかまわないわ」重いまぶたを上げて、リリーは答えた。

それが彼女の正直な気持ちなのだとはっきりと伝わってきて、タイははっとした。

「それに、今夜が最初で最後というわけじゃないでしょう？　いろいろな経験はあとにとっておけばいいわ」その言葉にまたもやタイは驚かされた。

だが、うれしくもあった。そのとおり、リリーが相手ならただ自然にまかせればいいだけだ。

タイはうなずくと、生まれて初めてリリーの中に入っていった。ゆっくりと、焦れったさに身もだえしそうになるくらいに少しずつ自分自身を彼女の脚のあいだに埋《うず》めていった。さらに奥へと進むうちに、タイの興奮と緊張は高まっていった。リリーの体に埋められた部分は激しく脈打っているが、彼女に存分にその感触を味わわせるために、タイは自分にブレーキをかけた。

それは生まれてこの方味わったことがないほどの強烈な感覚だった。「このままでいいんだね？」

リリーは彼をより深く受け入れようと、さらに膝を高く上げた。「だから、さっき言ったでしょう？」低くかすれた声で答えた。

それでタイも納得した。ゆっくりと身を引くと、リリーはうめき声をあげた。小刻みに身を震わせながら、タイとの結びつきが完全にほどけてしまわないようにと、上になっている彼の体にしがみついた。だが、そんな心配をする必要などなかったのだ。タイはただひたすら彼女の体の核心を探しもとめてきた。そしてそれを探りあてた今、よりいっそうの勢いでそこへ進んでいきたいだけだ。いっそうの激しさと、優しさをこめて。

リリーは腰を浮かせ、タイの体が深く埋まるよう、自らを彼の下腹部に押しつけた。興奮と欲望の頂に押しあげられたタイは、肉体が求めるままに理性をかなぐり捨て、彼女の感触を存分に堪能《たんのう》しながら、もう一度深く身を埋めた。と思うと、荒れ狂う欲望の渦の中で、自分を、そして彼女を焦らすように意図的に身を引き離した。彼女の中に侵入しては逃れ、逃れては侵入しているうちに、ふいにリリーが両脚をしっかりとからませてタイの背中をとらえた。そして、ふたりの体はぴたりと合わさったまま、ベッドの上でともに動きだした。

リリーは激しさを求めた。その望みどおり、タイが彼女の動きに合わせて激しく腰をよじり、ひねるうちに、やがて互いのリズムは完全に一致した。そしてふたりはそのリズムに乗って、快感の頂点、悦楽の極みへと昇りつめていった。

リリーはタイの体の下で焦れて身もだえし、〝お願い、もう我慢できないわ〟と懇願した。どれだけ彼女が焦らされたか、その証《あかし》となる濡れそぼった場所をタイは片手でまさぐった。

「タイ、ああ、タイ、タイ」

リリーはまさしくタイが夢に思い描いていたとおり、あられもなく乱れた。胸に抱いた彼女が何度も自分の名前を呼ぶのを聞きながら、タイもまた体の芯《しん》から突きあげてくる荒れ狂う欲望をついに解き放つときを迎えた。一瞬体を硬直させたかと思うと、次の瞬間、襲いくる快感の大波にのみこまれ、永遠に身を委《ゆだ》ねていたいと思うほどの歓喜の渦に吸いこまれていった。

ようやくわれに返り、ぼんやりと意識が戻ってくると、タイはうわ言のようにリリーの名を呼びながら、力尽きて彼女におおいかぶさったままぐったりとなった。


リリーは幾度も寝返りを打った。隣ではタイがすやすやと眠っている。こんなときに眠ることができるなんて、と羨《うらや》ましくなる。タイと愛を交わしたあと――それも一度ならず二度――リリーはあれこれ考えて眠りにつくことができず、枕に頭をのせたままなんとかリラックスしようと努めていた。

上掛けをつかみ、毛布をしっかりと引きよせ、大きく息を吸った。タイの体臭とセックスの濃厚な残り香がつんと鼻をつく。そのときふいに、タイがひと声いびきをかいた。それを聞いて、リリーは思わず声をあげて笑いそうになった。寝返りを打って向きを変え、タイの寝顔に見入った。十七歳のときに恋した男性が、自分と愛を交わしたあとに安らかに寝入っている姿を眺めることを、どんなに夢見てきたことか。

これからふたりがどうなるのかはわからない。それを知りたいのかどうかもわからない。今はただこの状況を楽しみたいと思うのだが、ニューヨーク・シティに放置したままになっている問題を片づけないことには、それもままならない。

もう遅い時間だ。十一時を少し過ぎている。今夜は例外だが、いつもなら仕事のことで頭がいっぱいになっている時間帯だ。ニューヨーク・シティを離れたあとは、彼女の代わりに〈オッド・ジョブ〉を取り仕切っている女性と毎日連絡を取っている。〈オッド・ジョブ〉の仕事のスケジュールが週単位、あるいは月単位で決まっているのが幸いだった。自分に代わって会社を運営する代理人にとっても、従業員たちがスムーズに業務をこなしていくよう監督しやすい。仕事が順調に運んでいることが確認できれば、リリーとしてもホーケンズ・コーヴにいても余計なことで頭を悩ませずにすむ。

そしてまた、タイのことをじっくり考えることもできる。さらには、彼と愛を交わしたということが何を意味するかということも。すなわち、アレックスに打ち明けなければならないということだ。これまで彼にどんなに世話になったかを考えれば、知らん顔も、嘘《うそ》をつくこともできない。

リリーはベッドから下りると忍び足でそっと客間に入っていき、話し声がもれないよう後ろ手にドアを閉めた。胃がむかつくのを感じながらアレックスの番号に電話をかけると、呼び出し音が聞こえてきた。一回、二回、三回めの呼び出し音でアレックスが電話を取った。

「もしもし？」眠そうな声ではなかったが、幾分迷惑そうな口調ではあった。アレックスは普段も帰宅してから夜中まで仕事をしているので、今電話で目を覚ましたというわけではないはずだ。

リリーは乾ききっている唇を舐めた。「アレックス、わたしよ、レイシー」

「やあ、きみか！」

紙ばさみやら書類が散らばったベッドの上で、ヘッドボードに立てかけたアイボリー色の枕からさっと背中を離したアレックスの姿が目に浮かぶようだ。

「きみの声が聞けて、すごくうれしいよ。そろそろ捜索隊を派遣しなきゃと思っていたところなんだ」本人はジョークを飛ばしたつもりのようだが、声の響きは冗談からはほど遠かった。

リリーはアレックスの不安と苛立《いらだ》ちを感じとった。理由もはっきり告げずにニューヨーク・シティを発《た》ち、その後も一度きりしか連絡していないのだから無理もない。

「そんなことする必要なんか全然ないわ、本当よ」小さな電話を耳にあてているリリーの手に、思わずぎゅっと力が入った。

「いつ帰ってくるんだい?」アレックスが訊いた。

「もうすぐよ。数日後にどうしてもはずせない約束があるの。それがすんだら、もっとはっきり予定が立つわ」両親が遺《のこ》した信託財産の管財人であるポール・ダンの秘書に頼みこんで、やっとのことで彼と会う約束を取りつけてもらったのだ。

最初は、二、三週間先まで面会の約束は受けつけられないと断られたのだが、リリーはこちらには短期間しか滞在しないので、とうていそれまで待てそうもないとくいさがったのだ。すると秘書はしぶしぶながら、どうにか予定を割りこませてくれた。

「それじゃ、週末にはまたきみに会えそうだね」アレックスはそうひとり決めして、うれしそうに言った。

「あの」リリーは口を開いたものの、続いて自分が言わなければならないことを考えると、心臓がとまりそうな思いだった。「また会うということについてなんだけど、ちょっと話しておかなきゃならないことがあるの」

アレックスに電話で別れを告げるなど、そんなひどいことはしたくない。してはならないとも思う。あちらに帰ってから、詳しく事情を話すべきなのだ。だが、タイとの一夜を経て、リリーの心は完全に決まっていた。自分の心が誰のものかはっきりした今、これ以上アレックスを騙《だま》しつづけることはできない。

仮に二度とふたたびタイと愛を交わすことがないとしても、アレックスとの関係には終止符を打つべきだ。彼女の人生にはもうほかの男性が関《かか》わる余地などない。そもそも最初からなかったのだ。

「なんだい？」アレックスは素早く言った。明らかに悪い予兆を感じとったようだ。

「会ったときに詳しく話すけど、今電話で言えるのは、わたしの状況が変わったということ」リリーは膝を折って床に座った。「正確に言うと、変わったというよりも、はっきりとしてきたの」

「そういう持ってまわった言い方はやめて、言いたいことがあるんなら、はっきり言ってほしいね」

リリーは一瞬身を硬くしたが、そのまま先を続けた。「どうしてこれまであなたと決定的な関係を結ぶことができなかったのか、その理由がわかったの。こっちにいる、ある人に対する断ちがたい思いが原因だと思うわ」

「誰でも過去には断ちがたい思いというやつを抱いたことがあるさ」アレックスは大人が子供を諭すような口ぶりで言った。「とにかく、さっさとその原因とやらの片をつけて、早くこっちに帰ってくることだな。ぼくに会えば、きっとまた気持ちは変わる」

リリーは指で髪を梳《す》いた。アレックスはこちらの話をまともに受けとろうとしない。彼女はしだいに苛立ってきた。彼を傷つけたくないからこそ、あからさまに事実を伝えるのを避けたというのに。

だが、こうなったらもう選択の余地はない。「アレックス、電話でこんなことを言うのはとてもいやなんだけど、わたしたち、もう終わったのよ」

アレックスは引きつった声で笑った。「まさか。そんなことあるわけないじゃないか」

リリーはつんと顎を上向けた。「どういう意味？」

「つまり、きみは自分の気持ちをもう一度よく考えてみる必要があるということだ」

「あなたから結婚を申しこまれて以来、ずっとそうしてきたわ。考えに考え抜いたの。でも、結論から言うと、考えたりするのはおかしいのよ。あなたが望むとおりにわたしがあなたを愛していたなら、考えるまでもなく答えは出ていたはずだもの」アレックスとの楽しかった思い出、互いの存在を大切に思って過ごした日々のことを考えると、胸が悲しみでいっぱいになった。だが、こうすることこそが、お互いのためなのだという確信もあった。

「レイシー、いい加減、ばかなことを言うのはやめてくれ。きみの故郷だというその田舎町で何があったか知らないが――」

「ホーケンズ・コーヴよ。ただの田舎町じゃないわ」口をついて出た言葉にわれながら驚くとともに、リリーはかすかな胸の痛みを感じた。

こういう反応が返ってくることはわかっていたはずでしょう？　電話で一方的に別れを

宣言したのよ。彼がすんなりこちらの気持ちを理解してくれて、お幸せにと言ってくれるとでも思っていたの？

だが、アレックスがそれほど意地悪なものの言い方をするのを初めて聞いた。もっとも、彼と言い争ったことなど、今までにない。些細《ささい》なことならともかくも、険悪ムードが漂うようなことは一度もなかった。

「どうやら、そっちの人間がきみの頭の中をめちゃめちゃに引っかきまわしているようだな。でも、こっちに帰ってくれば、きみもすぐに正気に戻るはずだ」

「期待しないほうがいいわ」彼女はきっぱりと言った。

アレックスは舌打ちをした。「ぼく以上にきみを愛する人間なんかいるわけないぞ」だが、アレックスの自信と確信が伝わってくるわけもなく、リリーにはむしろ脅しのように聞こえた。

「アレックス、ごめんなさい。あなたはわたしにとって大事な人だし、わたしにはもったいないくらいの男性だわ。でも、わたしたちがふたりで取り返しのつかない過ちを犯す前に、わたしのほうが正気に戻ったんだということが、いつかあなたにもわかる日がくると思うの。そのときには、きっとあなたはわたしに感謝するはずよ」リリーは彼の傷ついた心の痛みと怒りに直面しながらも、なんとか自らの威厳を保とうとして言った。

「そうは思わないね。何しろ、ぼくたちの関係は終わっちゃいないんだから」

リリーはその言葉に身震いした。「違うわ。もう終わったのよ」もう一度はっきりと、釘《くぎ》を刺すように言った。「さようなら、アレックス」そして、電話を切った。

ずきずきと頭が痛む。リリーはふたたび忍び足でベッドルームに引き返した。ベッドにもぐりこむと枕に鼻を押しつけ、心地いいタイの匂いを吸いこんだ。

これでいいのだと、自分に言い聞かせた。事実に気づくなり、ただちにアレックスに伝えた。こうするしかなかったのだ。アレックスの心の傷は必ず時間が癒《いや》してくれる。ちらりとタイの寝顔を見やり、彼のウエストに腕をまわしてぴたりと身を寄せると、ほっとした気持ちになった。わたしもまた、時の流れに身をまかせればいいのだ。

タイは手抜きのオムレツでもつくろうと、戸棚からフライパンを取りだしてオイルを引き、こんろにのせた。卵を取りだそうと冷蔵庫を開けたが、どこにもない。小声で毒づき、ほかに何か朝食の材料になるものはないかと戸棚をあちこち探したが、何も見つからなかった。シリアルも昨日食べきってしまったし、リリーの主食はミルクとクッキーだが、そのミルクもない。そこで思い出した。卵が残っていないのは、リリーが使ってしまったからだ。仕事が終わったら買って帰ると自分で約束しておいたのだが、すっかり忘れていた。

ひとり暮らしが長くなりすぎて、自分以外のことにかまう習慣がすっかり抜けてしまっている。朝食もほとんど毎日、オフィスの隣のコーヒーショップでコーヒーとベーグルだけですませる。家で食べることなどまれだ。同様に、リリーの隣で目覚め、あまりの心地よさにベッドから出るのがいやだと思うことも。

リリーの背中に腹部を押しつけた格好で隣に横たわっているうちに、またもや欲望が頭をもたげてきた。そそられると同時に、満たされてもいるような感じだった。だが、ふたつのことが頭に思い浮かんで現実に引き戻され、タイはベッドを離れざるを得なくなった。

この気分のよさに慣れてはいけないのだ。リリーがそばにいるという状況に。じきにこの状況が変わることはわかっているし、それがいい方向に変化するわけではないのも確かだ。遠からず、必ずリリーはここからいなくなる。だから、ないものねだりをするよりは、寒いキッチンでひとりごそごそ料理をつくっていたほうがいいのだ。

もう一度念のために冷蔵庫の中をのぞいてみたが、やはり自宅で食事をしようと思うなら、どうしても買い出しが必要だということがわかった。それに、ディガーもじきにここに戻ってくるし、犬用のボウルが空になっているところを見ると、ドッグフードも補充しておいたほうがよさそうだ。タイはこんろにのっているフライパン、床に置かれた犬用のボウルと、キッチンの中を見まわし、それから美しい女性が眠っているベッドルームに目を向けた。

そこで、ジャケットをつかみとると、食べ物と新鮮な空気を求めて、そして願わくは幾分かの正気が戻ることを願いながら外に出た。

ハンターは〈ナイト・アウル〉の前の歩道をディガーを連れて歩いていた。犬は何度も立ちどまっては、くんくんとあたりの匂いを嗅《か》ぎまわる。いったいリリーはこの犬を毎朝散歩させていながら、どうして遅刻することなく出勤できるのだろうと不思議に思った。もう四十分も散歩させているというのに、ディガーはいっこうに用を足そうとしない。

このディガーとやらの臭《にお》いを鼻先に感じて目覚めたときのことを思い出すと、一刻も早く飼い主に引きとってもらいたくなった。

「ハンター?」

名前を呼ばれて振り向くと、〈ナイト・アウル〉の隣に新しくできた〈スターバックス〉からモリーが出てきたところだった。

「やあ、きみか」ぴっちりしたブルージーンズとゴールドの長袖《ながそで》シャツに身を包み、彼女の髪を引きたてる同じくゴールドのスカーフを巻いたモリーの姿を目にして、ハンターの脈拍は上がった。

モリーは早くも自分の脚の匂いを嗅ぎだしたディガーを見おろした。「ペットを飼いはじめたの?」

「まさか。この犬はリリーのなんだ。これからこのじゃじゃ馬娘を彼女に返して、自由の身になるところさ」

モリーはにやっと笑った。「なーるほど、女性たちにがっちり囚《とら》われていたというわけね」

「そんなふうに聞こえたかい？」ハンターは笑いながら言った。

「たんなる女の憶測よ」モリーは手にしたカップのコーヒーをすすった。

「昨夜《ゆうべ》のパーティはどうだった？」ハンターは訊いた。

モリーは昨夜、タイとリリーとともにパーティに出席していたが、そのあいだハンターが相手にしていたのはテイクアウトの中華料理と仕事関係の書類だった。盗んだ車で死亡事故を起こしたとされる男のために弁論を用意するのに遅くまで仕事を続け、危険を冒してでも正直に話して、陪審を納得させたいという依頼人の意向に沿った作戦を、ようやく練りあげることができた。

モリーは肩をすくめた。「つつがなく終わったわ。わたしはあまりパーティは好きじゃないけど、ほかの人たちは楽しんでいたみたい」そう言って、ハンターから目をそらした。

そのようすから、あの大邸宅でのパーティが本当にモリーが言うようなものだったのか、ハンターは疑問に思った。どのみちタイとリリーに訊けばわかることだ。「これからこの犬を返しに行かなきゃならないんだが、もしなんなら――」

「なんなら？」モリーは目を見開いた。

「担当している事件の公判日程が繰りあがったから、今はあまり時間がないんだが、どのみち人間は食事をしなきゃならないし、食事をするならひとりきりじゃないほうがいいと思って」モリーに対して率直にものを言うのはむずかしいのだが、そうしたほうがいいと昨夜決心したのだ。

「それって、遠まわしのデートの誘い？」モリーは訊いた。

「正直に言うと、そのとおりだ。ペディキュアするから忙しいの、なんて理由で断ってもらいたくない類《たぐい》のね」ハンターはこれ以上はないと思うくらいに真剣な口調で言った。

「それに、この前みたいに買ってきた料理をきみのところで食べるというつもりもない。アンナ・マリーに話を盗み聞きされて、メモを取られる危険があるしね。ぼくが言ってるのは、まともな会話が楽しめる本物のデートのことだ」

昨夜は依頼人のための弁論を考えながらも、ハンターの思考はモリーのことと、今抱えている案件と、かつて自分が経験したこととの類似点について、行きつ戻りつした。仮にあのとき、自分が危険を冒したくないと思ったら、ほかの人間に代わってくれるよう頼めただろうか？　モリーと出会って、ぼくは自らの意志で、かねてから避けに避けてきた、他人に拒絶されるという危険を冒してまで、欲するものを追い求めたのだ。

こんなに早く、また同じ思いをするとは想像したこともなかった。だが、リリーの帰還によって、生きるとはいちかばちかの賭《かけ》の連続なのだということに気づかされた。

犬にリードを引っぱられ、おまけにモリーの返事を待たずにその場から逃げだしたいという欲求にもかかわらず、ハンターはさらなる賭に出て、モリーに手を差しだした。「で、返事は？　ディナーをつき合う？」

驚いたことにモリーはうなずいた。「喜んで」

ハンターは握り合わされた自分と彼女の手に目をやった。「よかった」

リードを引っぱるディガーの力が激しくなってきた。明らかに自分が無視されているのが気に入らないようだ。だが、ハンターはディガーをどう納得させればいいかわからなかった。何分にも、モリーのほうがはるかに見た目が美しく、しかも匂いもいいのだからしかたない。

ハンターはディガーを身ぶりで示した。「この犬を飼い主のところに連れていかなきゃならないんだ。今夜、迎えは七時でいいかい？」モリーに訊いた。

「いいわ。でも、カジュアルなデートにしてね。できればドレスアップなんかしたくないから」そう言って、自分のジーンズに目をやった。「これが本来のわたしの姿なのよ」

いつも自信たっぷりのはずのモリーが、普段着姿の彼女を見て、ハンターの気持ちが変わったのではないかと案じているとでもいうように、ためらいがちに言った。そんなモリーのようすを見て、ハンターはますます彼女に魅力を感じた。

「それじゃ……ピザとビールというのはどう？」ハンターは訊いた。「毎日きみが見ているスーツ姿のぼくより本当のぼくらしいのが、そういうスタイルなんだ」モリーに向かってウインクすると、彼女が頬を赤らめたので、なんとなくうれしくなった。

モリーは笑った。「よかった」そう言うと、手を振って通りを歩きだした。ハンターは歩き去るモリーの後ろ姿を見送りながら、しばしその場に立ちつくした。

やがてリードをぐいと引いて、道路に落ちているお菓子の包み紙をくんくんやっているディガーを引きよせると、角を曲がってタイのアパートメントへと向かった。だが、頭の中は、モリーのことと、たとえほんのわずかであっても、ついに彼女との関係が本格路線に入って一歩前進したということでいっぱいだった。

階段をのぼりきると、とたんにディガーはハンターが握っているリードを振りきって勢いよく走りだした。「優しく面倒見てやったぼくに対して、そういう態度はないだろう?」ハンターは走っていく犬を目で追いながら言った。「これでも、何人かの女性からは魅力的だと人気上昇中なんだぞ」

ディガーは後ろ脚で立ちあがって、盛んにドアを引っかいている。そのようすがそれほど哀れっぽくなければ、笑ってしまうところだ。

ドアをノックしてみたが、応答がなかったので、ハンターはポケットからスペアキーを取りだした。「邪魔だろうとなかろうと、中に入らせてもらうぞ」大声でそう呼びかけながら、ふたりの親友がもっともプライバシーを要するような取りこみ中の場面にでくわすはめにならないようにと、心の中で祈った。

キーを差しこもうとして、ドアは閉まっているが、ロックはされていないことに気づいた。

「いったいどうなってるんだ?」

すでにドアは何者かによってこじ開けられていた。ノブをまわすとドアはすっと開き、それと同時にもうもうたる煙が目の前に迫ってきて、ハンターは危うく失神しそうになった。すでにリードを振りきってハンターの手から逃れていたディガーは、とめようとする間もなく煙が立ちこめるアパートメントの中に飛びこんでいった。

「リリー! タイ!」

ハンターも中に飛びこんだが、煙に目を焼かれ、後退せざるを得なかった。喉はひりひりし、心臓は早鐘を打ち、まさにパニック状態だった。

「誰かいないのか?」肺に空気をいっぱいにためてからハンターは叫んだ。

返事はない。ハンターはドアに肘をぶつけた。すさまじい煙の濃さと勢いに、部屋の中に入ることができない。だが、とにかくやってみることにした。そう決心したところで、犬の吠《ほ》える声とともに人が何かにぶつかったような大きな物音がした。

「リリーか?」ハンターは大声で叫んだ。

次にハンターの目に飛びこんできたのは、こちらに向かって走ってくるディガーの姿だった。ふらふらとよろめく足取りのリリーをうしろに従えて。

ハンターはリリーの腕をつかむと、急いで部屋の外に引っぱりだした。ふたりは外の新鮮な空気を求めてディガーとともに走り、アパートメントのほかの住人たちのドアを次々にたたいていった。

リリーが外の草地の上に座って咳《せ》きこんでいるあいだに、ハンターが携帯電話で消防車を呼んだ。

「大丈夫かい？」ディガーに盛んに顔を舐められているリリーに、ハンターは訊いた。

リリーはよろめきながら立ちあがろうとしたが、ハンターはそっと肩を押さえてふたたび彼女を座らせた。

「休んでいたほうがいい」命令するように言った。アパートメントに目をやり、ほかの住人たちがすでに歩道に避難しているのを見てほっとした。

「いったい何があったの？」リリーが訊いた。

ハンターは肩をすくめた。「こっちが訊きたいよ。きみの犬を連れてきて、ドアをノックしても誰も応《こた》えなかったから、スペアキーで中に入ろうとしたら、いきなり煙が襲ってきたんだ。この汚らしい犬を褒めるのも癪《しゃく》だけど、ディガーがきみの命を救ったようなものかもしれない」

「あなたもよ。あなたが来るのが間に合ってよかった」リリーは大きく息を吸いこみ、とたんに激しく咳きこんだ。ふさふさした毛でおおわれたディガーをむんずとつかむと、きつく胸に抱きしめた。

いまだに全身をアドレナリンが激しく駆けめぐっているハンターが、リリーの言葉に応えるより先に、消防車のサイレンの音がけたたましく響き、赤い車体が建物裏手に姿を現した。

いったい何が起こったのか、これで明らかになるだろう。ぜひともそうなってほしい。もしモリーともう一分でも長話をしていたら、リリーの救出には間に合わなかったかもしれないのだ。

10

〈ナイト・アウル〉へと通じる道の角を曲がったとたんに、タイは異変を感じとった。建物の前に消防車がとまり、アパートメントの窓からもくもくと煙が上がっているのが目に飛びこんできてパニックに襲われた。

ミルクも卵もその他の品物も放《ほう》りだし、リリーの名前を叫びながらアパートメントめがけて駆けだした。

「タイ！　落ち着け。彼女はここだ」

ハンターの声にタイのパニック状態が破られた。あたりを見まわし、消防士たちが作業にあたっている建物からは遠く離れた木の下に、ふたりと一匹の姿を見つけた。

ほっと安堵《あんど》したものの、心臓はまだ激しく打ったままだ。「いったい何があったんだ？」

タイもリリーとそっくり同じ質問を口にした。

「それについては、おたくたちとみんなで一緒に考えないとな」消防隊長のトムが帽子を取って、額の汗を手の甲で拭《ぬぐ》いながら言った。

タイは首を横に振った。「まずは、ほかのみんなも無事かどうか、聞かせてほしいね」

「みんな無事」ハンターとリリーが同時に答えた。

それを聞いてタイもほっと胸を撫《な》でおろし、靴にじゃれついてきたアィガーの頭を掻《か》いてやった。

「出火したのはきみの部屋からなんだ、タイ。今朝、部屋で何をしたかを思い返してみてくれないか」消防隊長は言った。

タイは目を細めた。「朝早くに起きて、朝飯をつくろうとキッチンに行った。卵を切らしていたので、買い物に出かけ、帰ってきたらご覧のとおりだ」

「リリー、きみは？」トムが訊《き》いた。「きみは何をしていたんだい？」

「昨夜《ゆうべ》はなかなか寝つけなかったの」リリーはタイと目を合わさずに言った。「ようやく眠れたのはずいぶん時間がたってからだったから、ハンターが犬と一緒にやってくるまでぐっすり眠っていたわ。危ういところで、彼らに起こされたのよ」

「となると、タイ、きみがフライパンを火にかけっぱなしにしていたんじゃないのか？」トムが訊いた。

タイはうなずきながら、朝の自分の行動を思い返してみた。「まずフライパンにオイルを入れ、それから卵を探し、冷蔵庫が空っぽなのがわかった」

「卵料理をつくるのにオイルを使う人なんている？　バターかマーガリンを使うのが普通

よ」リリーが言った。

トムは頭を掻いた。「つまり、きみがこんろの火を消し忘れたというわけだな？」

「いや、違う」タイはうなじの毛が逆立って背筋に悪寒が走るのを感じた。「火なんか最初からつけていなかった」

「よくよくきみという人間を知っていたとしても、この質問はいちおうしなきゃならなかったんだ。これもまた訊くまでもないことだが、きみはよもや自分の部屋の鍵《かぎ》をこじ開けたりはしなかったろうな？」

「こじ開けられていたのか？　それじゃ、誰かがぼくのアパートメントに押し入ったと？」タイは怒りと恐怖に思わず声を荒らげた。

「タイ……」リリーがなだめるようにタイの腕に手を置いた。

消防隊長はうなずいた。「何者かが侵入した形跡がある」

「指紋でも見つかったのか？」タイはすぐさまリリーの叔父のことを思いうかべた。

消防隊長は首を振った。「まだわからんが」

「何かなくなっているものがあるとか？」タイは訊いた。

「見たところはまだわからないが、何か気づいたら連絡してくれ」

タイはうなずいた。おそらく何も盗まれてはいないだろう。鍵をこじ開けて侵入した何者かが狙《ねら》っていたのは、手に持って運びだせるようなものではなかったはずだと、ちらりとリリーに目をやりながら考えた。

警察と消防隊が引きあげていったら、すぐさまデレクに電話で訊いてみよう。だが、デュモントがこのあたりをうろついていたはずはない。やつのことは、デレクが監視しているはずだ。デュモントがこのアパートメントに押し入ろうとしたら、デレクが黙ってはいなかっただろう。

「どうして煙探知器が作動しなかったのかしら？　作動してたら、わたしもちゃんと目が覚めたのに」リリーが訊いた。

「それはわれわれも真っ先に調べてみた。装置は切断されていたよ。つまり、可能性としては、次のふたつのうちのどちらかということになる――きみが以前に料理をしていて、誤って探知器を作動させてしまったときに、短気を起こして電池をはずしてしまったか、さもなくば侵入者がスイッチを切ったかだ。どっちだと思う？」トムは片方の眉をつりあげた。

「ぼくじゃない」タイは歯軋《はぎし》りをしながら言った。

「そう言うと思った」トムは苦々しげに笑った。「消防の仕事がすんだら、今度は警察の出番だ。とりあえず今は、ほかの住人たちからも話を聞かないとな。この近辺からあまり遠くに行かないように。それと、携帯電話の番号も教えておいてくれ」それからリリーに向かって、言った。「リリー、きみは救急車のところに行って、体の具合を診てもらうことだ。何かあったら連絡してくれ」そしてトムは歩きだした。

タイはうなずいて消防隊長が立ち去るのを待ち、それからリリーとハンターのほうを向いた。「リリー、誰かが中にいる気配か物音か、何か気づかなかったか？」

「あなたが出ていったことも知らなかったわ。消防隊長に話したことは本当なの。なかなか寝つけなかったのに、一度眠ったと思ったら、次に気がついたときには、わんわん吠《ほ》えているディガーに頬を舐《な》められていたわ。咳《せき》をしながら目を覚ますと、あたりに煙がもうもうと立ちこめていたから慌てて逃げだしたの」リリーはそう言って膝をしっかりと抱えた。どうやらまだショックから立ち直っていないらしい。

それはタイも同じだった。消防車と煙を目にし、まだリリーが中にいるかもしれないと思ったときには、心臓がとまりそうになった。空にはまだ太陽が輝いているが、少しも暖かくなければ、温《ぬく》もりも感じられない。

「マーク叔父さんだったのかしら？」膝にのっているディガーを撫でながら、リリーが小声で訊いた。

「あり得るな」ハンターが言った。

そこでタイが、ちょっと待て、というように指を一本突きたてた。携帯電話を取りだし、デレクの番号にかけた。デレクと短い会話を交わしただけで、自分の推測が当たっていたことがわかった。デュモントは昨夜から家を一歩も出ていなかった。それを確認できたのは、デレクの双眼鏡のおかげでもある。タイと電話で話しながらも、今デレクが立っている場所から、屋敷の中のキッチンにいるデュモントの姿が見えるという。

「よし、わかった」タイはぱちんと電話を閉じると、友人たちに目をやった。「デュモントがこのアパートメントまできみに会いに来たときから、デレクにやつを監視させているんだ。ショッピングセンターでの事件のときにも、やつにはアリバイがあったし、昨夜から今朝にかけてもずっと家にいたらしい」タイは苛立《いらだ》たしげに首を振った。「誰か人を雇ってやらせた可能性もあるが、証拠をつかむのはむずかしいだろう。やつも間抜けじゃないからな」

「でも、結局リリーに手出しすることはできなかったな」ハンターが言った。

「いや、やつはただぼくに脅しをかけて、震えあがらせようとしただけさ」タイは言った。震えているリリーを抱きよせた。「さあ、しっかりして」彼女の耳元でささやいた。「あの晩のショッピングセンターでの出来事を思い出してほしいんだ。モリーときみが車に轢《ひ》かれそうになったときのことを。その車がきみたちを狙《ねら》って突進してきたという可能性は考えられるかい？」

リリーは顔を上げた。「ええ。少なくとも、わたしたちのほうに向かってきていたわ。だからわたしはモリーを突き飛ばして、一緒に車をよけたの。でも、あのときはたんなる悪ふざけだと思ったわ。若い子が遊び半分で無茶な運転をしたとか、そういう類《たぐい》のことだと」

だが、そうではなかったのだ。デュモントは結局、昔と少しも変わっていない。ただし今は、彼が狙っているのはリリーの信託財産だけではない。その財産を手に入れるために、まず彼女に死んでもらおうとしているのだ。


マークは喉が渇いていた。だが、水では渇きは少しも満たされそうもない。ソーダでもジュースでもコーヒーでも、ほかのどんな飲み物でもだめだ。必要なのは一杯の強い酒だ。だがマークは、その誘惑に屈しまいと必死に抗《あらが》った。

何年たっても、素面《しらふ》の状態を保つのがこんなにむずかしいとは知らなかった。いかなる種類であれアルコールの味はけっして忘れられないものであり、夢の中でも酒を飲みたいと思うとは、それこそ夢にも思わなかった。最悪なのは、そういう気持ちを他人は絶対に理解してくれないということだ。ようやく新たな人生のスタートを切れたと思ったら、ふいに四方八方、行く手をふさがれてしまったのだ。

マークは専用オフィスで留守番電話の前に立ち、その胸が悪くなる機械を睨《にら》みつけていた。再生ボタンを押し、今一度、録音されたメッセージに聞き入った。

〝話がある。いやとは言わせないぞ。そんなことしたらどうなるか、わかっているだろうな〟マークの兄が死んで以来、姪《めい》のリリーの財産を管理しているポール・ダンが、尊大な命令口調で言った。

その言葉の意味するところは、こうだ。〝指揮権を持っているのはわたしだ。あんたじゃない〟かつてリリーと暮らしていたころは、ポールの傲慢《ごうまん》さと、彼が財布のひもを握っているという現実を見せつけられると、一度ならず酒に手を出したものだ。だが今は、トニックウォーターが入ったグラスをきつく握りしめているだけだ。

〝やあ、ロバートだ〟もうひとりの兄の声だ。〝ヴィヴィアンの容態が悪化した。あの病院でも二十四時間看護が必要なんだ。もう家を担保に借りられるだけ借りた。金が必要なんだ。リリーが生きて帰ってこなければ、あの金はぼくたちのものになると言ってたはずだ。もう絶望だ。経営も苦しくなってきているし、医療過誤保険の掛け金も払えなくなって――〟ぴーっという大きな音がロバートの言葉を遮った。

マークの喉に大きなかたまりがつかえた。兄の気持ちはわかる。絶望というのがどういうものか、よくわかっている。次のメッセージを聞いて、マークも同じ気持ちを味わうはめになった。

〝愛《いと》しいマーク、フランシーよ。今ニューヨークにいるの。ウエディングドレスを探しに来てるのよ。ものすごくすてきなのを見つけたわ。値段なんか気にしないで好きなのを選んでいいと言ってたわよね？　本当にいい？〟そこでわざとらしく間があいた。その沈黙にマークは鳥肌が立った。〝あとでまた電話するわね、ダーリン〟

再生が終わって電話がかちっと音をたて、マークは文字どおりオフィスでひとりきりになった。この場所で、これから先永遠に金もなく、ひとりぼっちになるのだ。皮肉なことに、マークはもはや金を欲しいとも必要とも思っていない。アルコールを断つと同時に、それまで自分を駆りたてていた欲と嫉妬《しっと》とも縁を切ることができたのだ。だが問題は、まわりにいるほかの人間たちはそうではないということだ。

そんな必要はないとわかっていたものの、いちおう救急隊員による簡単な診察を受けているあいだ、リリーは頭の中で状況を整理した。酸素吸入だけの処置で解放されたときにはほっとした。ハンターはあとからまた連絡すると約束して、自分のオフィスに引きあげていった。荷物を取りにアパートメントの中に入っていいと消防隊から許可が出たものの、中に入ると、案の定、何もかも煙の臭《にお》いが染みついていた。回収して使えそうな品物はひとつも見あたらず、すべてをあきらめなければならないとわかってリリーはショックを受けた。だが、持ち物のほとんどは、まだちゃんと〝自宅〟に残っているのだからと自分を慰めた。

だが考えてみると、自分の家とはどこなのだろう。帰りたいと思う場所はどこなのか？

タイがいるこの町？　わたしが愛する人たち、大切に思う人たちが暮らしているこの場所？　ここはまた、わたしの死を待ち望んでいる肉親が住んでいる町でもある。

それとも、大好きな仕事でひと旗揚げることができたニューヨーク・シティこそが、自分の帰るべき場所なのだろうか？　けれど、あの街では自分は誰に対しても、何に対しても無感情のまま生きてきたような気がする。

ホーケンズ・コーヴに帰ってきて初めて、〝感情〟というものがふたたび湧《わ》いてくるようになった。タイと愛を交わし、昔の友人と旧交を温め、新たな友人をつくるといった喜びの感情だけでなく、叔父に対する恐怖心、両親を失った悲しみといったマイナスの感情もよみがえってきた。たった今はこんなふうに動転してはいるものの、少なくとも生きているという実感がある。

タイと一緒に〈ターゲット〉でとりあえず必要な日用品を見繕いながら、リリーはなんとか平静さを取りもどした。そして、無言のままタイの母親の家に向かう車の中でも落ち着いていられた。アパートメントの掃除や修理がすむまで、フローの家に厄介になることにしたのだ。

車が縁石に寄ってとまるころになると、またもや不安と恐怖がよみがえってきた。危うく殺されるところだったのだ。叔父は彼女の死を望んでいる。その現実にリリーは心身ともに疲れ果て、泣きたくなった。

フロー・ベンソンが玄関ドアを開けて外に迎えに出てくると、リリーはタイを置き去りにして車から飛びだし、芝生の上を走って、助けてくれと言わんばかりの勢いでフローの腕の中に飛びこんでいった。

それから一時間後には、ふたりはシャワーを浴び――残念ながら別々に――フローが用意してくれた食事に取りかかっていた。まるで昔に戻ったような気がした。

最後に残ったチキンスープを飲みおえると、リリーは皿洗いを手伝おうと立ちあがった。

「さあ、さあ」フローが言った。「いいから、わたしにまかせてちょうだい。あなたのお世話をするなんて、本当に久しぶりだもの」そう言うと、かつてと同じようにてきぱきと皿を洗いはじめた。

数年前に心臓手術を受けたとタイから聞いていたが、フローはとても元気そうに見える。

リリーがちらりとタイを見ると、目が合った。タイはセクシーに微笑《ほほえ》んだ。「ほら、ぼくが言ったとおりだろう。おふくろはきみに会いたがっていたのさ」小首を傾《かし》げて、母親のほうを身ぶりで示した。

「そうね。わたしも恋しかったわ」リリーはそっと言った。それはフローのことでもあり、タイのことでもあり、この家のことでもあった。

リリーはあたりを見まわし、ようやく周囲のようすに注意を向けられるようになった。キッチンに並んでいる調理器具の類は昔と違っていた。どれもモダンなステンレス製だ。かつては胸の悪くなるような黄色だったが、それでもリリーには昔の雰囲気が懐かしく思える。

だが確かに、新たな装いのキッチンは広々として居心地がよさそうに見える。「この家、すてきになったわ」リリーはフローに言った。

シャワーを浴びているときも、バスルームがリフォームされているのに気づいた。一緒に暮らしていたころは、フローにはそれほど経済的余裕はなかったはずだが、おそらく状況が変わったのだろう。あるいはタイが援助しているのかもしれない。いかにもタイのやりそうなことだ。

「そう？　ありがとう」フローはちらりと息子に目をやって、それからリリーに向かって微笑んだ。

三人は食後のコーヒーを飲みながらおしゃべりをしたが、昔の失踪《しっそう》事件については、誰も触れなかった。いつかは話さなければならないときがくるとリリーも覚悟はしているが、今日のところはこの家に帰ってきた喜びだけにひたりたい。

時間はあっという間に過ぎていき、夜になると、フローはリリーに、ぜひともタイの昔のベッドルームを使ってくれと言った。タイも別段異議を唱えなかったので、リリーもふたりの言うことには逆らわないほうがいいと判断した。無駄な抵抗というものだ。リリーは荷物の一部を荷ほどきし、それから居間に戻ってフローとタイと一緒にしばらくテレビを見ていたが、いつもより早く疲労感が襲ってきた。

両手を上げて伸びをし、あくびをすると思わず一緒に声が出て、素早く口元を手でおおった。「失礼」笑いをこらえながら言った。「今日はくたくたなの」

「今日一日のことを考えれば、無理もない」タイが言った。

タイがたんに火事のことだけを指して言っているのではないことは、リリーにはわかっている。どちらもマーク・デュモントの話題は出さなかったが、どのみちその話をしなければならなくなる。冷静に考えて判断をくだすためにも、疲れを取って頭をすっきりさせておかなければならない。「わたしはもう休ませてもらうわ」リリーはそう言ってソファから立ちあがった。

タイの視線が彼女の動きを追う。フローの前では、お互いにいかにも昔からの友人どうしのように振る舞い、どちらも相手に触れることもなく、ふたりの関係をフローに気づかれないようにしていた。昨夜、ふたりは結ばれた。リリーはふたたびタイと結ばれたいと願っている。彼との関係をフローに隠しておくのも、恥ずかしいからでも後悔しているからでもなく、私生活は母親に対してであろうとオープンにしたくないというタイの意向を知っているからにほかならない。

だが本当は、リリーはタイに抱きしめられたくてしかたない。自分が愛されていることを確かめたい。これっぽっちでも、彼が後悔してはいないということを。

「タオルなり毛布なり、もっと必要なら、遠慮なく言ってちょうだい」フローが言った。

リリーは微笑んだ。「ええ、そうするわ」向きを変え、複雑な心境のままタイの昔のべッドルームへと向かった。

フロー・ベンソンは美しい女性に成長したリリーが廊下に出ていく姿を見守り、ベッドルームのドアが閉まる音を確認してから、息子のほうに向き直った。

「で、あの子を二度と失わないようにするために、あなたはどうするつもりなの？」フローは訊いた。

タイは驚いたように両方の眉をつりあげた。「いったいなんの話だい？　こうして再会したんだから、リリーとはこの先もずっとつき合っていけるじゃないか」外交官並みのそつのなさで答えた。

フローはリモコンを手に取ると、お気に入りの番組の最中だというのにテレビを消した。「母さんが言ってるのは、友だちどうしが連絡を取り合う云々《うんぬん》の話じゃないわ。そんなことはよくわかっているはずよ。リリーがこの家に初めてやってきたその日から、あの子に夢中だったくせに。だから母さんは訊いてるの。さあ、どうするつもりなの？」

タイは椅子から立ちあがって伸びをした。「ぼくがするつもりがないことなら、はっきり言えるな——自分の恋愛問題を母親に相談することさ」

「それじゃ、あの子を愛していることは認めるのね？」

タイは子供のころによくやったように、うんざり顔で目玉をぐるりとまわした。「ぼくが言うことを深読みするのはやめてもらいたいね」釘《くぎ》を刺すように言った。「さて、ぼくもそろそろ寝るとするか」

フローはうなずいた。「どうぞ、ご自由に。でも、ひとつだけ言っておくことがあるわ。人生二度のチャンスに恵まれる人はそうはいないのよ。だから、チャンスは逃さないことね」

「ご忠告はありがたくちょうだいしておくよ」タイは茶化すように言った。

明らかに、はぐらかすつもりだ。「で、アパートメントが住める状態になるまで、どのくらいかかるの?」フローは訊いた。

タイは両手をポケットに突っこんだ。「いい質問だな。長くても四、五日だと思うよ。空気を入れ換えて、ハウスクリーニングをしてもらうだけだから」そう言って肩をすくめた。「あまり長く厄介はかけないさ」

フローはにっこり笑った。「そういう意味で訊いたわけじゃないわ。わかっているはずよ。ここにいたければ、いつまでもいてかまわないわ。でも、ソファで眠るのはせいぜい一日か二日くらいが限度じゃないかと思って」すべてお見とおしと言いたげな表情で息子を見た。

「誘導尋問には乗らないよ」タイはやれやれとばかりに首を振りながら、ぶつぶつ言った。屈《かが》みこんで母親におやすみのキスをして大股でドアを出ていくと、かつてリリーのベッドが置かれていたキッチンの隅の小さなスペースに向かった。だが、そのベッドはもうだいぶ前にフローがソファベッドに置き換えていた。

タイとリリーを揃《そろ》ってこの家に迎え、フローはすっかり昔に戻ったような気分だった。これこそが自分の生活だと思える。だが、申し分のない幸せというものは、あまり長くは続かないと経験からよくわかっている。そう考えて小さく身震いをし、今回だけは例外でありますようにと祈りながら、自分のベッドルームへと階段を上がっていった。

ハンターは七時にモリーを迎えに行き、ふたりはメイン通りのピザ屋に向かった。出てくるとき、ポーチにアンナ・マリーの姿はなかった。運よく彼女は留守で、モリーと連れだって出かけるところを見られずにすみますようにと、ハンターは心の中で祈った。モリーがジーンズに長袖《ながそで》の黒いVネックのシャツ姿で現れただけでも、ハンターはうれしかったのだが、さらに加えて赤いカウボーイブーツをはいているのを見て、思わず鼻息が荒くなった。

少しでもモリーに触れていたくて、ハンターは彼女の背に手をあて、その昔風のレストランに入っていった。〝どうぞ、ご自由にお座りください〟というサインの前を通りすぎ、ハンターは奥のボックス席に向かった。長いつき合いだというのに、モリーとふたりきりのデートはこれが初めてだ。誰にも邪魔されたくない。

　まずモリーを先にシートに座らせると、ハンターは向かい側ではなく彼女の隣にすべりこんだ。

「窮屈じゃないの？」モリーは不思議そうな顔で言った。

「いいんだ」せっかくのチャンスを最大限有効に使いたいのはもちろんだが、彼女にはこちらの意図を正確にわかってもらいたい。そこでいちかばちかモリーの反応に賭《か》けることにして、中途半端なアピールのしかたはしないことにしたのだ。

「飲み物はなんにしましょう？」ウエイターがメモとペンを手にして訊いた。

「何がいい？」ハンターはモリーを見て訊いた。

　モリーは鼻にしわを寄せて考えこんだ。「ライトビール。銘柄はなんでもいいわ」ウエイターに向かって言った。

「ぼくは普通のビールだ。銘柄はなんでもいい」気がつくと、ハンターは迷いもなくそう答えていた。

　このところにしてはめずらしく、マティーニや上等なウォッカを注文しようとは考えもしなかった。そういった類の酒を最近飲みだしたのだが、いかにも成功した弁護士が注文するのにふさわしいように思えたからだ。だが、モリーに対しては、きみを大切に思っているということ以外、何もアピールする必要はない。それを伝えるのが肝心なのだ。

「今日タイのアパートメントで何があったか聞いたわ」モリーはシートの上でもぞもぞ身

じろぎしながら言った。腿と腿が触れ合うくらいに、ハンターに隣にぴたりと並ばれて、落ち着かない気分だ。

ハンターは少し首を傾げてモリーのほうを向いた。「危ないところだった。ぼくはぎりぎりのところで間に合ったんだ」

モリーはハンターの手に手を重ねた。「たいへんだったわね。考えるだけでも、ぞっとするわ。もし、運悪くあなたの友だちが……」それ以上口に出す気にもなれず、モリーは身震いした。

そこにウエイターがビールを運んできて、使い古された木製のテーブルの上にグラスを置いて、ふたりにメニューを手渡した。「あとから注文をうかがいに来ます」ウエイターは言った。

「ピザが大好きなんだ」ハンターはメニューの最後のページまで目を通し、モリーではなくピザに意識を集中させた。「トッピングはきみと同じのにしよう。なんでも好きなものを選んでくれ」

「火事の話はしたくないのね」モリーはふたたびハンターの手に手を重ねた。「でも、あなたのお友だちが無事でよかったわ」

「そう、ぼくの家族は無事だった」

その言葉はモリーの胸にずしりと響いた。ほかのどんな表現よりも、ハンターのリリーに対する思いがはっきりと伝わってくる。だがそれは、けっして自分にとって脅威になるものではない。モリーはそう悟ってほっとすると同時にうれしくもなった。

話題を変えようというハンターからの合図を受けて、モリーもメニューを手に取った。

「それじゃ、マッシュルームはどうかしら？　それにオニオンとペパローニは？」

「うまそうだな」ハンターはモリーからメニューを受けとり、テーブルの上に置いた。

そこからは、ハンターはひたすらモリーに注意を傾けた。ふたりはラージサイズのピザをはさんで、ロースクール時代の思い出話に花を咲かせた。モリーがすっかり忘れてしまっていた教授たちの話にふたりで大笑いして、ハンターが支払いをするころになると、モリーはこれほど心から楽しく過ごせたのは本当に久しぶりだということに気づいた。

ハンターはモリーを車で送っていき、家の玄関先まで彼女と一緒に歩いていった。そのときのモリーは、まるで初めてのデートを経験したティーンエイジャーのように、自分がどぎまぎしているのを感じた。

「ちょっと寄っていく？　コーヒーを淹《い》れるか、でなかったら軽く食後の一杯でもどうかしら？」モリーは誘ってみた。ハンターの過去やマーク・デュモントの話題に触れなければ、ふたりには共通の話題がたくさんある。モリーはまだハンターに帰ってほしくなかった。

ハンターはドア枠に手をあて、モリーの目をじっと見つめた。「いいね。でも……」

「でも？」

ハンターは指先でモリーの頬をそっと撫でた。「でも、あんまり調子に乗りすぎないほうがいいと思うんだ」ハンターは口元にセクシーな笑みを浮かべた。「今夜はお互いに楽しい時間を過ごせた。また近いうちにこうして会おう」

モリーは微笑んだ。「楽しみだわ」とっても、と心の中でつぶやいた。

彼女がバッグに手を入れてキーを取りだし、顔を上げるのとちょうど同じタイミングで、ハンターが身を屈め、キスをしてきた。

温かい彼の唇、優しいキスに、モリーの情熱はくすぶりだした。両手でハンターの頬をはさみ、もっと濃厚なキスができるよう姿勢を変えた。舌と舌が触れ合ったと思うと、ハンターは小さなうめき声をあげ、そこから先は完全に主導権を握って激しく舌をからませてきた。ハンターにとっては夢見てきたとおりのキスであり、モリーにとってはこれまで経験したこともないようなキスだった。

そのとき、何かが擦れるような音がして、アンナ・マリーの声が聞こえてきた。「そういうことは、公衆の面前でするには不適切な愛情表現ではないかしら？」年配の女性は言った。

ハンターは驚いて飛びあがった。モリーは慌てて身を引いて壁にぶつかった。

「公衆の面前というのは、見物する人間がたくさんいる場合に使う言葉だ。でも、ここにはいない」

アンナ・マリーはぴしゃりと窓を閉めた。

「わたし、いよいよ引っ越ししなきゃ」モリーはそう言って笑った。

ハンターもにやっとした。「それはちょっとやりすぎだ。今度は、きみがぼくを送ってくれるというのはどうかな?」

モリーは顔を上げてハンターの目を見た。「オルバニーまで?」

「車でたったの二十分だけど、のぞき見するには遠すぎる」ハンターはアンナ・マリーの部屋のほうを身ぶりで示した。

モリーはドアにキーを差しこんだが、先ほどのキスの衝撃にまだ手が震えていた。「いいわ、考えておく」

「約束だぞ」ハンターは言った。そして小さく手を振って立ち去った。あとに残されたモリーは、やっぱりコーヒーを飲んでいってほしかったと、なおも考えていた。

11

タイは一度だけドアをノックすると、リリーの返事も待たずに部屋の中に入った。話があったから、というよりは、ただそばにいて、彼女が無事だということを確かめたかっただけなのかもしれない。だが中に入ってうしろ手にドアを閉めるなり、目に飛びこんできたのは、かつて彼が使っていたダブルベッドで早くもぐっすり眠りこんでいるリリーの姿だった。

タイは微笑《ほほえ》んで、寝ているリリーの隣に腰を下ろすと、胸を上下させて規則正しく寝息をたてている彼女に見入った。なんと安らかで美しい寝顔なのだろう。見ているだけで胸が苦しくなってくる。結ばれたことによって少しは気持ちが楽になるかと思ったら、それどころか彼女への思いはますますつのるばかりだ。タイはリリーの頬にかかった髪をそっとのけると、その柔らかな肌をしばし撫《な》でつづけた。

リリーは昨夜のことをどう思っているのだろう。それに、ぼくとこうなった今、ニューヨーク・シティにいるボーイフレンドのことはどうするつもりなのか。そうした疑問に対する答えを知りたいと思うものの、知ってどうなるという気もする。それによって、自分の未来が変わるわけでもあるまい。

　恋人とのあいだがどうなるかは別として、ニューヨーク・シティにはリリーにとって何よりも大事な仕事がある。彼女が自力で築きあげたものだ。だが、この町に彼女にとって大事なものが何かあるだろうか？　ここにあるのは、痛ましい思い出と、おそらくは姪《めい》の死を望んでいる叔父だけだ。自分という存在が、彼女にそうした障害物を乗り越えさせるほどの力を持っているかどうか、タイには自信がない。

　だがとりあえず今は、〝自分たち〟のことより、もっとほかに考えるべき重要なことがある。まずは、リリーの命が狙《ねら》われたふたつの事件を仕組んだのは叔父のデュモントだという証拠を見つけることが先決だ。

　すでにかかってきた数本の電話での連絡によって、何者かが押し入ったにせよ、指紋は残されていないことが確認された。手がかりはないということだ。だが、何者かがリリーの動きを見張り、襲いかかるチャンスをうかがっているのは間違いない。今朝、タイは買い物に出かけたが、たまたまその必要があったからであって、いつもの習慣というわけではない。アパートメントの外で見張ってでもいなければ、部屋に残っているのはリリーだけと知るすべはなかったはずだ。警察も捜査を進めているが、犯人がまだ野放しになっている以上、安心するわけにはいかない。

唯一の安心材料は、幸いにもリリーの叔父が殺人者としては無能だということだ。

タイはそこまで考えて、アシスタントのデレクにすぐさま電話して、当分のあいだ自分が抱えている仕事を代行してもらう人物を探すよう彼に頼んだ。リリーをめぐる不穏な事態が一件落着となるまでは、かたときも彼女のそばを離れるわけにはいかない。

今この瞬間から。タイはベッドの上に上がって頭を枕《まくら》にのせた。そしてリリーに腕をまわすと、彼女にぴたりと身を寄せて目を閉じた。

次に気づいたときには、窓のブラインドを通して部屋の中に陽《ひ》の光が射《さ》しこんでいた。すぐ隣でこちらに顔を向けて眠っているリリーがもぞもぞと身動きすると、タイの太腿に彼女の膝があたった。

リリーが目を開け、まっすぐタイの目を見た。そして口元に温かい笑みを浮かべた。

「まあ、驚いた」まだ眠たげな声で言った。

「ミルクとクッキーの夜食をとりながら、おしゃべりでもどうかと思って誘いに来たら、きみはもうぐっすり眠っていたもんだから」

「で、そのままここに居座ることにしたのね」明らかに喜んでいるらしく、リリーは愉快そうに茶色の瞳を生き生きと輝かせた。

それを見て、タイもまたほのぼのとした幸せな気分になった。「ここはぼくの部屋だぞ」

リリーは笑った。「わかった。だからこんなにぐっすり眠れたんだわ」

「それは褒め言葉と取らせてもらうよ」タイは手の甲でリリーの頬を撫でた。実は二十四時間勤務のボディガードを務めるつもりだなどと言って、わざわざリリーを怖がらせる必要はない。「真面目《まじめ》な質問なんだけど、もう大丈夫なのか？」

リリーはうなずいた。「手当てをしてくれた救急隊の人もたいしたことないと言ってたし、フローの手料理を食べさせてもらったあとは、もうほとんどなんともなくなっていたのよ」

あのときの詳しい状況については触れたくなさそうだったが、いずれにせよ、避けては通れない大事な点だ。「体のことを訊《き》いたわけじゃないんだ」

リリーははっとしたように喉をごくりとさせた。「わかってるわ。でも、あまりそのことについては考えたくないの」正直に答えた。

「それですむならいいんだが」タイはひと呼吸置いてから言葉を続けた。「きみは遺言を用意しているかい？」

リリーは一瞬、きょとんとした顔をした。「ええ、いちおう。最近書いたの。事業主たるもの、あらゆる可能性に備えておくべきだと、アレックスに言われて」

アレックス。それもまたふたりにとって避けては通れない問題だった。そしてその話題を避けたがっているのは、今度はタイだ。リリーの口からその男の名前を聞くと、彼女には別の人生があるということを痛いほどに思い知らされ、タイの心は凍りつくのだった。

タイは咳払《せきばら》いをした。「遺言というのは、誰かが死んだあと、遺産が故人の意向どおりに相続されるようにするためのものだ。そこでつまり、きみはまず信託財産に対する自分の権利を申し立てる必要がある。それさえすませれば、もう叔父さんには手も足も出せなくなる。金を手に入れるためにきみを殺しても無駄だということだ」ビジネスライクに淡々とした口調で言った。

そしてベッドから出ようと身を起こした。このままでは、そばにいて心地いいという限度を超えてリリーと接近しすぎている。

リリーが背中に触れてきた。シャツを通して彼女の手の温《ぬく》もりが伝わってくる。

「ねえ、タイ――」

「午前中に面会の約束があるんだろう？」タイは質問を発してリリーの言葉を遮った。

「ええ。信託財産のことでもっと詳しい説明を聞いて、それから叔父についても話をしてみるつもり。でも今この瞬間は、あなたにわたしの話を聞いてほしいの」リリーはいったん言葉を切り、哀願するような口調でさらに言いそえた。「お願い」

リリーにお願いと言われて拒絶できるはずもない。タイはふたたびベッドに身を横たえ、自分の両腕を枕にしてじっと天井を仰ぎ見た。「わかった、聞くよ」

リリーは深呼吸をした。「先日の晩、あなたが眠ってしまったあとで、アレックスに電話したの」

タイはリリーのほうを見た。〈ターゲット〉のフランネル製パジャマのズボンと男物のTシャツを着た彼女はなんとも頼りなげに見え、その分愛《いと》おしく感じられる。リリーから話とやらを聞かされるはめになったタイは、窮地に追いこまれた。

「彼と別れたの」タイにとってはまったく予想外の言葉だった。

だが、その決断を過大に受けとめるわけにはいかない。それが必ずしも自分の人生に喜ばしい影響を及ぼすわけではないのだから。そう思いつつも、タイは淡い期待が湧《わ》いてくるのを抑えることはできなかった。

リリーは頬を赤らめながら話の先を続けた。「もうすでにあなたとあんなことがあったあとだけど、わたしは不実をはたらいて、そのまま平気な顔をしてるなんてことはできないわ」

「そうだな」リリーにそう言われて、ふいにタイは、このところずっとグロリアに連絡していないことに気づいた。リリーが帰ってきてからは、ただの一度もだ。自分のガールフレンドのことはなおざりにしておいて、リリーの交際相手のことで気を揉《も》むとは、いささかずうずうしい。

リリーは下唇を噛《か》んでしばし考えこみ、ふたたび口を開いた。「あなたとこうなったからといって、アレックスなんか存在しないというふりはできないし、かといってこれまでどおりに彼とつき合いつづけることもできないと思ったの」

「つまりどういうこと?」タイは訊いた。

「実はわたし、アレックスから結婚を申しこまれながら、ずっと返事をするのを避けていたの。今、自分でもその理由がわかったわ」

結婚。その言葉を聞いて、タイの胃がぎゅっと縮まった。「そこまで本気で考えていたとは知らなかった」

リリーは真剣そのものの表情で、おもむろにうなずいた。「わたしの人生にとって、とても大切な関係だった。それは否定できないわ」しきりに上掛けをいじりまわしながら言った。「ニューヨーク・シティには親しい友だちはあまりいないの。仕事の関係上、なかなか人と知り合うチャンスもないし、わたしはバー通いをするタイプの人間でもないから。そんな中で、アレックスとのあいだにはいろいろ共通点が見いだせたの。少なくとも表面的にはね」

タイはアレックスの名前を聞くのもいやだったが、リリーの気持ちの変化を知るためには、どうしても彼女の話に耳を傾けねばならない。「それじゃ、ぼくがきみを訪ねていく前に、どうして彼のプロポーズを受け入れなかったんだ?」

リリーは苦い顔で微笑んだ。「確かに彼はいい人だし、わたしを愛してくれてたわ。それに、温もりに満ちた安全な生活をわたしに与えてくれることもできたでしょうね。でもわたしはいつも、完全には満足できないという気がしてしかたなかったの」

次の質問を口にしたら、果たして後悔するはめになるだろうかと自問しながらも、タイは訊いた。「何が不満だったんだ？」

「彼があなたではないということ」リリーは手をのばし、タイの頬に触れた。その何げない仕草が、タイのまわりに張りめぐらされていた壁を崩壊させた。

よせ、と自らの持てるありとあらゆる本能が告げた。自分の直感には常に自信を持っているタイだが、その自信をリリーに揺るがされたとしても驚きはしない。喉の奥から振り絞るようにひと声小さくうめきながら、タイは素早く姿勢を変えてリリーを胸に抱きよせ、彼女の唇を唇でおおった。

リリーがそのキスに情熱的に応《こた》え、もどかしげに服を脱がせようとするさまを見て、彼女の欲望もまた彼と同じくらいに高まっていることがわかった。ともに一糸まとわぬ姿になり、熱い肌と肌を合わせたとき、タイはようやく多少の冷静さを取りもどした。その正気の一瞬に、これから始まる彼女との愛の交歓をじっくりと堪能《たんのう》するよう自分に言い聞かせた。

そしてそのとおり、ふたりは愛の行為をプレリュードから存分に味わいつくし、やがてタイはリリーの潤った体に包みこまれ、リリーは快感のあまりにタイの背中に爪を立てながらクライマックスに達した。それからしばし静かに横たわったまま悦《よろこ》びの余韻にひたった。やがて、タイはいったん起きあがってバスルームに向かったが、すぐにまた温かいベッドの中に戻ってきた。

すかさずリリーがぴたりと身を寄せてきた。「あなたがちゃんと避妊具を持ってきていたなんて驚きだわ」笑いながらそう言った。

タイはにやっと笑った。「しばらくアパートメントには戻れないから、大事なものは持っていくようにと消防士に言われたんだ」肩をすくめてさらりと言った。「だからちゃんと持ってきたというわけさ」

「悪い人」リリーが寝返りを打ってタイの下腹部に自分の下半身を押しつけると、彼の体はまたもや反応しはじめた。

「いいや、ぼくは善人さ。それに賢い」タイはリリーの頭にキスをした。

「そしてエゴイスト」リリーはからかうように言った。「でも、もうそろそろ出かけないと」

せっかく第二ラウンドを楽しもうと思っていたのにと、タイは内心がっかりした。

「あなたも一緒に管財人に会いに行く？」

「仕事はすでにデレクにすべてまかせてあるし、きみの命を狙っているのが何者か、それがわかるまでは、ぼくはきみのそばを離れるわけにはいかないからね」

それをリリーがいやがらなければいいのだが。

「あなたには感謝してるわ」リリーはつぶやくように言った。

タイはふたたびうとうとしはじめたリリーを腕に抱きながら、感謝の言葉だけでは物足りなく感じるのはなぜだろうと考えた。

リリーは手早くシャワーを浴びて身支度を調えた。そして今、タイとともに、遺産の管財人たるポール・ダンのオフィスに通され、身震いしそうになるのを抑えることができずにいた。

亡き両親から信頼されていたからこそ、遺産の管理をまかされたのだろうと推測する以外、ポール・ダンに関しては何も知らない。今の今まで一面識もなかった相手なのだ。かつて少女時代にはどうでもよかったその事実が、今となってはそうはいかない。ポール・ダンは相続人たるリリーを叔父の保護下に置き、そのまま知らん顔をしていたのだ。仮にようすを確かめたことがあったにせよ、遠くからちらりとのぞいた程度のものだったろう。そしておそらく、姪は問題児だという叔父の言葉をそのまま鵜《う》呑《の》みにしたに違いない。そう考えると、一度も会ったことがない相手とはいえ、とうていポール・ダンを好きになれそうもなかった。

オフィスの前まで来ると、受付係の女性が立ちどまり、閉ざされたドアをノックした。その女性はリリーとタイをしばし廊下に待たせて部屋の中に入ると、ふたたび姿を現した。

「ミスター・ダンが中でお待ちです」

「ありがとう」リリーが部屋の中に足を踏み入れると、タイもあとに続いた。

灰色の髪に、いかにも上等そうな濃紺のスーツを身につけた年配の男性が立ちあがってふたりを迎えた。「リリー、ようやくきみに会えたね」デスクの向こうから前にまわってきて、リリーの手を握った。「あれから何年もたって、きみが生きていることがわかって、本当にほっとしたよ。これまでどこでどんなふうに過ごしていたのか、ぜひとも話を聞かせてもらいたいものだな」

リリーは無理やり笑顔をつくった。「過去は過去。わたしはそれよりも未来を見つめていきたいんです。こうしてお会いしているのも、そのためでしょう？　わたしの両親が何を望んでいたのか、そしてふたりの遺志に沿って、これからどうなるのかを聞かせていただけると思っておりますが？」

ポール・ダンはうなずいた。

それを合図と見て、リリーは古めかしいダンのデスクと向き合うように置かれたふたつの大きな椅子の一方に腰を下ろした。タイもまた、あとに続いてもう一方の椅子に腰を下ろした。リリーは両手を膝の上で組み、管財人が話しはじめるのを待った。

リリーの不安を察したかのように、タイが温かく大きな手を彼女の手に重ねた。それはタイの意図をはるかに超えて、リリーにとっては大きな励ましとなった。

ポール・ダンは咳払いをした。「もちろんだとも。しかし、それを聞かせるのは、できればきみだけにしたいのだが」

ダンは明らかにタイに席をはずしてもらいたがっているようだが、リリーは譲るつもりはなかった。緊張のあまり、部屋に入ってきてから交わされた会話もほとんど憶《おぼ》えていないくらいだ。そばにいて冷静に話を聞いていてくれる人間がほしい。それに、ポール・ダンが放つ冷たいオーラには鳥肌が立ちそうになっている。さらに加えて、このところ自分の身のまわりで立てつづけに不審な出来事が起こっていることを思うと、ぜひともタイに一緒にいてほしい。よく知らない、信用できるかどうかもわからない人間とふたりきりになるなど論外だ。

「タイも一緒に話をうかがいます」リリーはきっぱりと言った。

ダンはうなずいた。「いいだろう」自分の椅子に腰を下ろすと、綴《と》じられたぶ厚い書類を取りだした。「これがご両親が最後に書かれた遺言だ」

ダンが読みあげた遺言の基本条項を聞いて、リリーは両親が遺《のこ》したのは多額のお金だけではないことを知った。あの屋敷もまた、娘であるリリーを相続人に指定していたのだ。

驚きのあまり、リリーはもう残りの条項など耳に入らなくなった。

ようやくダンが遺言の全文を読みおえた。「今、読みあげた内容はおわかりになったかな？」

リリーは首を振った。「すみません。もう一度読んでいただけます？」

「要するに、きみの二十七歳の誕生日をもって、あるいはそれ以降いかなるときでも、遺産を手にする権利を有するということだ。きみが二十七歳に達する前に死亡した場合には、遺産は二等分されて、お父さんのふたりの弟ロバートとマークのものとなる」

リリーは呆然《ぼうぜん》とした思いで左右に首を振った。「そんなはずないわ。お金はわたしが二十一歳になったら相続できると、マーク叔父はいつもそう言っていたもの」事実、叔父はリリーが二十一歳になるまでに、遺産を管理する権利をなんとかわがものにしようと画策していた。叔父が誰かと電話で交わしていた会話を、リリーは今でもはっきり憶えている。

隣では、タイが無言のままじっと話を聞いていた。

ポール・ダンは手のひらを合わせて、リリーを見つめた。「これがご両親の遺言であることは間違いない。きみの叔父さんがどうして事実と違うことを言ったのか、わたしにはわからない」

「おそらく、彼女がまだ大人にならないうちに、さっさと金を管理する権限を自分のものにしてしまおうと思ったんだろう」タイがいまいましげにつぶやいた。

リリーもその意見に同意してうなずいた。いかにもあの叔父が考えそうなことだ。だが、ポール・ダンは首を横に振った。

「いいかね、リリー。きみが当時、問題を抱えた子供だったという点を見落としてはならんぞ。叔父さんがきみに事実とは違うことを言ったのも、それはきみが、その……なんというか、成長の遅い子供だったから、叔父さんとしては先々のことを心配して、今のうちから自分がしっかり財産の管理を引きうけようと思ったからに違いない」

リリーは憤然として椅子から立ちあがった。「あなたは嘘《うそ》をついた叔父の肩を持つのね？」やはりポール・ダンは思ったとおりの人物のようだ。昔も今もリリーのことを親身に考えてくれる気などさらさらない、ただ事務的に仕事を処理するだけの人間だ。

「とんでもない。わたしはただ、おそらくそうなんじゃないかと、あくまでひとつの可能性を示しただけだ。そもそも叔父さんが嘘をついていたとしたら、いったい何が目的だったのかね？　その後、事態がどう運んだかを見れば、叔父さんには何も利するところはなかったと、きみにもわかるはずだ。ご両親を亡くしたことがトラウマになっていて、当時のきみは頭が混乱していたんじゃないかね？」

リリーが一歩前に踏みだすと同時に、タイが立ちあがって彼女の腰に腕をまわし、自分のほうに引きもどした。「過去のことをあれこれ推測しても無駄というものだ。リリーがあなたに訊きたいのは、遺産を相続する権利を申し立てるには、どうすればいいかということだ。彼女の二十七歳の誕生日といえば――」

「来月よ」リリーは両親の遺言に定められている条件に注意を向けた。「どうして二十七歳なのかしら？　半端な数字だと思わない？」

ポールは書類を揃《そろ》え直した。「親や養育者が、子供がじゅうぶん成長するまで遺産の相続を遅らせようと考えるのはめずらしいことじゃない。今回のケースでは、きみが遺言に定められた相続年齢に達するまで、毎年遺産から生じる利子があの屋敷の維持管理と、きみの後見人であるマーク・デュモントへの支払いにあてられている。そしてまた後見人は、管財人の了承を得て、きみの養育に必要な金を遺産から受けとる権利を有している」

それを聞いて、リリーは思わずふんと鼻を鳴らしそうになった。

「そこで、きみの質問に答えよう。なぜきみが二十七歳になるまで遺産を自由に使えないよう遺言に定められているかといえば、きみがきちんとした生活を送り、カレッジに進学するか、あるいはヨーロッパに留学することを、ご両親が望んでいたからだ。くり返すが、遺産から生じた利子は、遺言の定めるところに従って、そうしたことのために使われるはずだった。ご両親は、きみがじゅうぶんな知識と経験を身につけてから遺産を相続してほしいと考えていた。さもないと、せっかくの遺産が愚かな使われ方をしてしまうかもしれないからね」

「両親もまさかこんなことになるとは思っていなかったでしょうね」リリーはタイに言った。

リリーは両手で腕をさすりながら考えた。両親はわたしに貴重な人生経験を積んでほしいと望み、実際のわたしは両親が想像もしなかったような人生を歩んできた。後見人だとかいうあの叔父のおかげで、カレッジ進学どころか、ひとりニューヨーク・シティで必死の思いで生きのびてきたのだ。

タイがリリーをしっかりと抱きよせた。今この瞬間のリリーを支えているのは彼の存在だけだ。

「やっぱり、どう考えても二十七歳というのは半端な数字だな。二十五歳というなら、まだわかる。あるいは三十歳とか」タイが言った。

「きみのお母さんはセンチメンタルな女性だったんだ。彼女がきみのお父さんと知り合ったのが二十七歳のときで、結婚したのが四月二十七日だったからね」ポール・ダンは肩をすくめた。「きみのお父さんはなんでもお母さんの言いなりだったし」

「なるほど。納得できなくもないな」タイは言った。

両親の話を聞かされてリリーは胸がいっぱいになり、ただうなずくだけだった。

「それじゃ、二十七歳の誕生日を迎えたら、リリーはここに来て書類にサインすればいいというわけだな?」リリーがまともに質問などできる状態ではないのを見てとって、タイが訊いた。

「それよりはもう少し手間がかかるんだが、要はそういうことだ。サインした書類は銀行に提出しなければならないが、それをすませれば財産は彼女のものだ」ポール・ダンはまたもや咳払いをした。「さてと、これでよろしいかな? まだこのあとに、人に会う約束があるものでね」

リリーにはまだ訊きたいことがあった。「ところで、わたしに遺されたお金のことですけど、それは実際にどのくらいの額なんでしょう？」

「そうだな、この数年、金利もだいぶ上がっているし」ポール・ダンはネクタイをいじりまわした。「しかしまあ、だいたい二千五百万ドルといったところだろう」

なるほど、それだけの額を相続するとなれば、来月の誕生日まで自分が生きていられるかどうか怪しいものだ。

ポール・ダンのオフィスをあとにすると、タイはリリーを支えるようにして通りに出た。ポール・ダンから伝えられた遺言の内容に彼女がショックを受けているのがよくわかる。特に、まさかあの屋敷も彼女に遺されていたとは夢にも思っていなかったのだろう。新たに知った事実をリリーがじゅうぶんに消化するまで時間が必要だ。

タイは法律事務所の隣のドラッグストアに立ちよって、リリーのためにミネラルウォーターを買ってから車に戻った。

「大丈夫かい？」ミネラルウォーターのボトルのふたを開けながら、タイは訊いた。

リリーはうなずいて、水を少し喉に流しこんだ。「まさかとしか言いようがないと思わない？」

「確かに」

リリーはボトルを持つ手にぎゅっと力をこめた。「遺言に定められた条件が証拠になるわ。叔父は、わたしが二十七歳の誕生日を迎えるのを、なんとしても阻止しようとしているのよ」

その言葉にすんなりうなずくわけにもいかず、タイはうめいた。だが、事実は事実だ。

「それ以外に考えられないな。しかし、あいつにはきみに指一本触れさせないぞ」

リリーはポール・ダンのオフィスに入っていったとき以来、初めて笑顔を見せた。「あなたがいてくれなかったら、わたし、どうしたらいいのかわからなかったわ」思わずタイのほうに身を乗りだし、彼の頬にキスをした。

タイもまた、もし自分がいなかったらと考えるとぞっとしたが、リリーが無事誕生日を迎えることには自信がある。これまでも、リリーはちゃんと生きのびてきたのだから。

タイは車を運転することに注意を向けた。「とりあえず、おふくろの家に戻ろう。ディガーの世話をして、午後は少し体を休め、そのあとはぼくと一緒に〈ナイト・アウル〉に行く。今日は夜勤で仕事をしなきゃならないんだ。きみも人がたくさんいるところにいたほうが安全だし」

「まあ、夜のお出かけね。楽しみだわ!」リリーは幾分元気を取りもどしたらしく、背筋をしゃんとのばした。「わたしも仕事を手伝っていい？　何もしないでいるなんて、もううんざりだわ」

リリーのその言葉もまた、ふたりのロマンスがつかの間のものでしかないことを暗示しているようにタイには思えた。「きみが頼めば、きっと今夜のチーフが何か仕事をさせてくれるさ」

〝夜のチーフ〟というのはこの自分だ。リリーの望みなら、どんなことでも叶《かな》えてやりたい。たとえそれが、彼女の愛する仕事があるニューヨーク・シティに帰ることだとしても。

その日の午前中、マークは来月の第一週に予定されている結婚式で着るタキシードの仮縫いのため、仕事は休みを取っていた。もちろん、間もなく妻となる相手の女性には、結婚式の数日前にやってくるリリーの誕生日をもって、自分には遺産を受けとる権利のみならず、住む家すらなくなってしまうということは告げていない。屋敷はしかるべくリリーが相続し、彼は追いだされることになるのだ。リリーがこのまま自分を家に住まわせてくれるとは思えないし、そうさせてくれと頼むつもりもない。もともと彼にはなんの権利もないのだから。

すでにオルバニー近くの贅沢《ぜいたく》な賃貸し物件をいくつか下見してある。幸い、今の収入があれば、かなり上等な住まいにも手が届く。だが、たとえ上等な住まいでも、果たしてフランシーが気に入ってくれるかどうかはわからない。何事につけ、満足するということを知らない女だ。そういう女を、なぜか愛してしまった。欠点も何もかも含めて。もし彼女を失うようなことになれば、それは自分が過去に犯した罪の報いというものだろう。マークは改めてそう考えた。フランシーの娘のモリーにも愛情を抱いているが、リリーに対してかつて彼がいかにひどいことをしたかを知れば、モリーもまた彼のもとから去っていくのは間違いない。

屋敷へと通じる長いドライブウェイに車を乗り入れると、すぐさま客が来ていることに気づいた。不吉な予感のする黒いキャデラックがとまっている。話があるというメッセージをもらって以来、無視しつづけてきた相手だ。ポール・ダンと話すことなど何もない。わたしに言わせれば、あの男は長年にわたってリリーの財産をくすねつづけ、それで墓穴を掘ったというだけのことだ。

マークはキャデラックの隣に車をとめて、ひんやりとした秋の空気が漂う車外に降りたった。

「あんた、わたしのことを避けてたろう」相手の男が言った。

「あんたとは話すことなんか何もないからだ」マークは答えた。

男は片方の眉をつりあげた。「どうやら現実から顔をそむけて生きてるようだな。これから、わたしがあんたの目を覚まさせてやろう」

マークは車のキーをポケットにすべりこませた。「言っておくが、あんたにつき合ってる時間はないんだ」向きを変え、屋敷のほうに向かって歩きだした。

「なら、つくれ」ポールはマークの腕に手を置いて引きとめた。「リリーは生きて二十七も歳の誕生日を迎えることはできないぞ」

マークはゆっくりとポールのほうに向き直った。「気は確かか？　金を横領するだけでもじゅうぶん罪深いことだぞ。自分の罪状リストに、今度は殺人を加えようというのか？」

ポールは狂気にも似た思いつめたような表情で、声をあげて笑った。「もちろん違うさ。わたしのではなく、あんたの罪状リストに加わるんだから」

「とうとう頭がおかしくなったな」マークは相手の言葉を聞いて内心パニックを起こしそうになるのを必死に押し隠した。ここはひとつ冷静に、なんとしても相手を言葉でねじ伏せなければならないが、まずはポール・ダンが何を企《たくら》んでいるかを探るのが先だ。

マークはあえてそのまま無言を通し、ポールが話の先を続けるのを待った。

「あの娘に遺産を相続させるわけにはいかん。それだけは確かだ」

「なぜだ？　そんなことになったら、すぐに金がなくなっているのに気づかれて、あんたは刑務所送りになるからか？」マークにしてみれば、それほど喜ばしいことはないのだが。

「いいや、違う。あの目減りした財産を相続するのはあんたであってほしいからだ。あんたもわたしも、脛《すね》に傷を持つ身だという点ではお互いさまだ。つまりあんたは、わたしを告発するなんてことをするわけがない」ポールはさしてうれしそうな顔もせずに言った。盛んに両手を擦り合わせている。寒いからではない。自分の優位に自信があるからだ。マークにはそれがよくわかった。

マークは緊張にごくりと喉を鳴らした。相手が握っている切り札をすべて見てみたい。何を見せられても驚きはしない。「このわたしの脛の傷とは、いったいなんのことだ?」

ポールはにやっと邪悪な笑みを浮かべた。「あんたがリリーに、遺産が相続可能になる年齢を偽って教えていたのはわかっている。親切な叔父面をしてあの娘を丸めこみ、遺産を自由に使う権利を自分のものにするつもりだったんだろう。それがうまくいかなかったもんだから、そこであんたは本性を剥《む》きだしにした。あの哀れな娘をいびりだしたんだ。簡単に言えば、あんたはあの娘をフロー・ベンソンに売ったということだ」

マークは体を支えるために車のトランクに寄りかかった。

ポールは何やら考えこむような顔で澄み渡った空を見あげた。

何を考える必要があるというのだ。それがたんに時間稼ぎのためのポーズであることは、マークには手に取るようにわかった。

「そうそう、もしかしたら言い忘れていたかもしれないが、里親制度に携わる職員たちを賄賂《わいろ》で釣って、ダニエル・ハンターをベンソン家から追いだしたのもあんただということはわかっているんだぞ。基本的に、わたしはあんたのことならなんでも知っているということだ」

仕事、これまで築いてきた評判、そしてフィアンセ。失うかもしれないもののことを考えて、マークは背筋を冷たいものが伝っていくのを感じた。最初はゆっくりと、だがやがてそれは頭のてっぺんに達して完全に凍りついた。「わかった」マークは吐きだすように言った。「要するに、われわれはひとつ穴の狢《むじな》だ。わたしはあんたを売ったりしない。だからあんたもわたしを売るな」

「よし。さてとそれじゃ、どうすればリリーに代わってあんたが遺産を相続できるか話し合おう。あんたは彼女を片づけなけりゃならない。永遠に目の届かないところにな」

「冗談じゃない」マークは吐き気がこみあげてくるのを感じた。「そんな汚い仕事を引きうけるくらいなら、いっそあんたがわたしに関して知っているということを、洗いざらいぶちまけてもらってかまわない。どのみち、証拠があるかどうかもわからないことだろう」

　ポールは肩をそびやかした。マークの恐怖心を察知したのか、自分の存在感で相手を窒息させてしまおうとでもいうように、一歩前に足を踏みだし、マークに迫った。「代わりに仕事をやらせる人間がいないかどうか、すでに探してみたさ。しかし、人を雇うとなると、こっちが相手の弱みを握っているか、さもなくば――」

「ショッピングヤンターでリリーを轢《ひ》こうとしたのは、あんたが雇った人間だったのか？　タイラー・ベンソンのアパートメントに火をつけたのも、あんたの指示だったと？」マークはようやく事態がのみこめてきた。

ポールは否定も肯定もしなかったが、マークは自分の言ったことがまさに図星だったことを悟った。

「なんという卑劣な」マークはつぶやくように言った。

「抜け目ないと言ってもらいたいね。かつてのあんたと同じさ。酒っ気が抜けると毒気も抜けるようだな」

マークは首を横に振った。「人間らしさを取りもどしたんだ」

ポールは肩をすくめた。「あんたはただ、リリーが不幸にも事故に遭うよう仕向ければいいんだ。あんたがやらなきゃ、わたしがやる。それで、もし彼女が死んだら、真っ先に疑われるのは誰だと思う？　もちろん、叔父のあんただ」さらにたたみかけるように続けた。「しょせん、あんたの〝改心〟は見せかけだけだ。本当は最初からずっと遺産を狙っていたんだ。わたしはみんなにそう言えばいい。あんたはあの欲深な女房を養うために金を必要としている。立派な動機だ。おっと、あんたのもうひとりの兄貴のことなら心配いらないぞ。彼にはちゃんと、ある程度の金は相続させてやるからな。そうすれば、何もうるさいことを訊いてきたりもしない。ロバートは昔から注意散漫でいい加減な男だ。実際に信託財産がどのくらいの額になるかも知らないんだから」

ポールとの長きにわたるつき合いを思い出し、そのときそのときに抱いた怒りがマークの脳裏によみがえってきた。金が必要になれば、ポールを通さなければ手に入らない。かって用立てを頼んだとき、ポールはリリーの信託財産から生じる利子分から金を融通してくれた。フロー・ベンソンへの支払いにはその金をあてたのだ。当時のマークがなんのために金を必要としていたかを、ポール・ダンが探りたがるのも当然だろう。

　マークは着ているスーツの下に大汗をかきながら、不安と緊張から解き放たれるために一杯やりたいという強烈な欲求に襲われた。

「さあ、もう行かないと。何も今ここで決めろとは言わんよ。あとで返事をくれればいい。リリーの誕生日まではまだ二、三週間あるからな」ポールは余裕たっぷりの態度でマークの背中を軽くたたいた。

　ポールに触れられて、マークは思わず首をすくめた。

「おとなしくこっちの言うことを聞くなら、刑務所でアルコールの禁断症状と闘わなくてもすむんだぞ。その逆だったらどうなるか、想像してみることだな」ポールはくるりと向きを変えてキャデラックに向かい、中に乗りこむとエンジンをかけた。

　儀礼的な訪問をすませたとでもいうように手を振りながら、ポールは長いドライブウェイを走りだした。あとにひとり残されたマークは、刻一刻と厳しさを増していく自分の運命を思いながら、その場に立ちつくした。

　わたしは完全に追いつめられた。あの男はそれを知っている。もはやいかなる道を選ぼうと、行き着く先は同じだ。ポール・ダンの言いなりになって、二度と鏡に映る自分の顔をまともに見られなくなるか、あるいはあの男がちらつかせていた証拠とやらと、彼の社会的名士としての地位と信用によって刑務所に送りこまれるかの、どちらかなのだ。

「くそ」マークは悔しまぎれに車のタイヤを蹴飛《けと》ばしたが、爪先を痛めただけだった。

ずきっとする痛みに一瞬たじろぎ、それからゆっくりと屋敷に向かった。かつてはわがものとして、あれほどまでに喜びを覚えた家だが、今はただ、亡き兄に対する嫉妬《しっと》心がいかなる結果を招いたかを彼に思い知らせるいまいましい証《あかし》としか思えない。皮肉なことに、あれほどまでに手に入れることを望んだ家を、もはや正視することもできなくなり、じきに失うことになるのだ。家だけでなく、そのほかにもたくさんのものを。

そうならないためには、あのポール・ダンを出し抜く方法を見つけなければならない。それができなければ、彼の要求に屈するしかない。なんとも情けない選択肢だ。だが、不幸にして、それほど自分にふさわしいものもない。

12

その晩も更けたころ、息子の学校の保護者懇親会に出席しているルーファスの代わりに、タイは〈ナイト・アウル〉のカウンターに立っていた。店はあっという間に客で埋まっていた。町の住人がたくさん店に顔を出し、リリーに声をかけて彼女をくつろがせてくれることが、タイにとってはありがたかった。おかげでリリーは少なくとも数時間のあいだは、信託財産のことも叔父のことも、自分の命を狙《ねら》っている何者かのことも考えずにいられるのだ。

携帯電話が鳴ってタイが画面に目をやると、デレクの番号が表示されていた。通話ボタンを押して、デレクに少し待つよう伝え、それからもうひとりいる常勤のバーテンダーに声をかけた。「おい、マイク。ちょっとのあいだ代わってくれないか?」

マイクがうなずいてくれたので、ゆっくり電話で話をする時間が確保された。ちらりとリリーのほうに目をやると、モリーと何やら熱心に話しこんでいた。これならしばらく目を離しても大丈夫だろうと判断し、タイは廊下に出て、店の裏手にある静かなオフィスに向かった。

「何かあったのか？」タイはデレクに訊《き》いた。

「どうやら、つきがまわってきたらしい」電話の向こうから、デレクが興奮ぎみに言った。

「今朝十一時半ごろ、デュモントのところに客があった」

タイはデレクが使っている古いデスクに腰を下ろした。「ついにか。で、その客は？」

タイも全身をアドレナリンが駆けめぐるのを感じた。

「顔を見ただけではわからなかったから、フランクに連絡してその男が乗っていた車のナンバー・プレートの照合を頼んだんだ。車の持ち主は〈ダン＆ダン〉のポール・ダンだった。〈ダン＆ダン〉というのは――」

「法律事務所だ」デレクに代わってタイが言った。「その男のことならよく知っている」

だが、リリーの信託財産に関すること以外で、いったいなんの用があってポール・ダンがデュモントを訪ねたというのだろう？　もちろん、たんにふたりが友人どうしということもあり得るが、それよりはおそらく、ポール・ダンはリリーと会ったということをデュモントに伝えに行ったと考えるほうが正解だろう。

「よくやった。その調子で続けてくれ」

「了解、ボス。ほかに何かやることは？」

タイはしばらく考えてから言った。「実はひとつあるんだ。フランクに頼んで、ポール・ダンがデュモント家の資産の管財人であるという以外に、彼とデュモントのあいだに何かつながりがあるかどうか調べてもらってくれ」

　そうだ。ハンターに言って、アンナ・マリーが何か知っているかどうかモリーに訊いてもらってもいい。もっとも、モリーがうんと言えばの話だが。彼女がハンターに気があるのは間違いないが、家族よりロマンスを優先させるかどうかはわからない。それよりも、またいつリリーが襲われるかもわからないのだから、もたもたしている時間はない。

「わかった、すぐにやる」デレクは言った。

「頼む」これで、いずれどこからか情報は入ってくるだろう。

　デレクのほうが先に電話を切った。

　今度はタイは、オフィスで仕事をしているハンターに電話をかけ、〝話があるから、どんなに大事な用があろうとそれを放《ほう》りだして、すぐさま来てくれ〟と告げた。それからふたたびバーへと引き返しながら、内心かすかな苛立《いらだ》ちを覚えた。なぜなら、自分自身で情報を集めることができないからだ。私立探偵という仕事が好きなのもさることながら、ぜひとも自分の手で、あの悪党デュモントを追いつめる情報を探しだしたい。だが今は、リリーの身の安全を図ることが最優先だ。彼女のそばを離れるわけにはいかない。

　騒々しいバーに戻ると、すぐさま視線をリリーに向けた。だが、ポール・ダンがデュモントのもとを訪れていたことは、まだ伝えないことにした。今夜のリリーは、一緒にバーに来られて大喜びしている。ここでのぼくの仕事ぶりを見たり、友人たちに会ったりして、すっかりご機嫌だ。いやなことを考えないでいられる貴重な時間を台無しにすることはない。どのみちハンターがやってきたら、デュモントとポール・ダンのことは彼女にも話さざるを得なくなる。

タイはそんなことを考えながら濡《ぬ》れ布巾《ぶきん》でカウンターを拭《ふ》き、客の飲み物をつくり、合間にちらちらとリリーのようすを見ていた。

そのうちに、聞き覚えのある声がしてきた。「シーブリーズを一杯お願いするわ、バーテンダーさん」

顔を上げると、そこにグロリアがいた。リリーが自分の世界に戻ってくるまで、デートをしていた――つまりベッドをともにしていた相手だ。

今朝、リリーとアレックスの話をしてから、ずっとグロリアのことを考えていた。そして、リリーがまだ母親の家で寝泊まりしているあいだに、一度グロリアと会っておかなければならないと考えた。そこで、リリーがシャワーを浴びているあいだに電話をかけてみたのだが、グロリアは留守だった。留守番電話にメッセージを吹きこむのはどうにも気が進まなかった。リリーがそばにいるときにグロリアから折り返しの電話がかかってくるのも困るが、グロリアは電話で簡単に話をつけていい相手ではないのだから。

どんなに計画立てて行動しているつもりでも、ときに物事がどんどんおかしな方向に進んでいってしまうこともあるものなのだ。

「まあ、おめずらしい」カウンターにいるふたりの客のあいだにグロリアが割りこんできた。

「そっちこそ」タイは温かい笑顔でグロリアを迎え、飲み物をつくってグラスを彼女のほうにすべらせた。「どうぞ」

「ありがとう。できればちょっと抜けられない？　話があるんだけど」グロリアはほつれた髪を耳にかけながら訊いた。

濃い茶色の髪をアップにしているグロリアのヘアスタイルを常々セクシーだと思っていたが、今は見ているだけで胃がむかついてくる。かくなる上は、互いに束縛しないというこれまでの自由なつき合い方からして、たとえここで別れ話を持ちだしても、そのあとでグロリアがやけ酒をあおるようなことはないだろうという読みが正しいことを祈るばかりだ。

タイはうなずいてカウンターの外に出た。それとなくリリーのようすをうかがったが、幸い、彼女はおしゃべりに夢中のようだ。

タイはグロリアの肘に手をかけ、他人に話を聞かれる心配がなさそうな部屋の隅へと誘導した。「ずっと電話しようと思ってはいたんだ」その言葉はわれながら白々しく聞こえた。

「わたしたち、これまでお互い正直につき合ってきたはずだけど」グロリアは明らかに傷ついたような表情をしていたが、冗談っぽく咎《とが》めるような口調で言った。

タイは肯定の意味で、軽く首を傾《かし》げた。

グロリアは大きく息を吐きだしてからふたたび話しだした。「わたしはホーケンズ・コーヴの生まれじゃないけど、ここで長年ウエイトレスをやっているから、町の噂《うわさ》はいろいろ耳に入ってくるの。だからリリー・デュモントが帰ってきたことも知ってるわ」

タイは何か言おうと開きかけた口をすぐに閉じた。グロリアが続けて何を言おうとしているのかよくわからなかった。グロリアにリリーの話をしたことはないし、つき合いはじめて数年になるが、その間、彼女とほかの人間の話をしたことなど一度もない。タイの心臓はどきどきしはじめた。これまでいつも気持ちよく接してくれたグロリアを傷つけたくないのはもちろんだが、かといってこれ以上関係を続けるわけにもいかない。リリーはいずれニューヨーク・シティに帰ってしまうにせよ、彼女がホーケンズ・コーヴに戻ってきてからは、もうほかの女性のことなど考えられなくなっている。

「しかも、事実上、リリーはあなたと一緒に暮らしているんですってね。少なくとも、火事が起きるまでは」グロリアは手をのばしてタイの腕に触れた。「あなたが無事でよかった」そっと言った。「首を絞めてやりたい気持ちもあるんだけど」

「グロリア、本当にすまない」

「でも、わたしたちのあいだに何か約束があったというわけじゃないもの」そう言いながらもグロリアは悲しげな笑みを浮かべた。「わたし、少し前からここに来ていて、しばらくあなたのことを見てたのよ」

「気づかなかったよ」

グロリアは首を横に振った。「そうでしょうとも。ずっと彼女にばかり気を取られていたものね。それを見ていて、ふいにわかったの。どうしてわたしにはあなたの心をしっかりつかむことができなかったのかって」疲れたような表情を浮かべて、壁に肩をもたせかけた。「あなたの心はすでにほかの誰かさんのものだったんだわ」

タイはグロリアの勘の鋭さに驚いた。「これまで楽しかったよ」今さら言ってもむなしいことかもしれないが、事実だった。「きみが求めているものもぼくと同じだとばかり思っていた」だからこそ、グロリアが傷つくということが驚きだったのだ。タイはてっきり、グロリアもまた束縛のない自由なつき合いを望んでいるものと思っていた。

「そこが男の人の困ったところね」グロリアはけだるそうに笑った。「なんでも言葉どおりにしか受けとらない。もちろん、口ではわたしもそう言っていたわ。あなたがそう望んでいるとわかっていたから。でも本当は、あなたがまわりに張りめぐらせている壁を、この自分が壊せたらと思っていたの。わかる？　この気持ち」

「問題はそこだな。きみがそんなふうに思っているなんて、全然知らなかったよ」本当のことを言うべきではないとわかってはいるものの、タイは偽りの返事に幾分うしろめたさを覚えた。グロリアがもっと早くに本音を口にしていたなら、その時点で彼は彼女のもとを去っていただろう。

グロリアは肩をすくめた。「元気でね、タイ。心からそう思ってるわ」向きを変え、ドアに向かって歩きだした。

彼女の目にきらりと光るものがあるのに気づいて、タイはあえて黙って見送った。引きとめることには、なんの意味もない。誤った期待を抱かせかねない。

グロリアの言うとおり、ぼくの心はリリーのものなのだ。

リリーは顔に笑みを貼《は》りつけ、来週ショッピングセンターでバーゲンがあるとかいうモリーの話に熱心に聞き入っているふりをした。だが、果たして明日わが身がどうなっているかもわからないというのに、一週間後のことなど考えられるわけがない。今より先のことを考えると、とたんに不安で胸がいっぱいになる。だが、もういつまでも仕事を人まかせにしておくことはできない。すでにホーケンズ・コーヴに滞在する予定期限は過ぎているのだ。

滞在期間が長引いたがゆえに、タイに対して自分が抱いている感情がはっきりわかってしまった。それは、これまでどおりの生き方をするのに差しさわりとなる。これまでもその感情を否定していたわけではない。ただ、タイと過ごしている今このときを大切にしたいという気持ちから、しいてじっと見つめることはしなかった。たった今のことだけを考えるほうが、未来のためにむずかしい選択をするよりもずっと楽だ。その選択如何《いかん》によっては、タイと離れ離れになってしまうかもしれないのだ。しかも永遠に。

だがあいにくと、今この瞬間、タイは店の奥の隅っこで見知らぬ女性と何やらしきりに話しこんでいる。リリーはふたりから目をそらすことができなかった。その濃い茶色の髪をしたきれいな女性がカウンターに歩みより、タイに話しかけるところから、横目でじっと見ていたのだ。タイはその女性に飲み物をつくって差しだし、それからすぐにカウンターの中から出てきて彼女の手を取り、部屋の隅の人目につかない場所へと連れていった。

その光景を目にして、リリーは吐き気に喉がつまりそうになった。だが、モリーの話に意識を集中させようとすればするほど、視線はタイと見知らぬ女性のほうに引きつけられていった。

「なるほど、あなたが気もそぞろな理由がわかったわ」モリーがリリーの日の前でぱちんと指を鳴らして言った。

「え？　あら、ごめんなさい。ちょっとよそ見をしていたわ」リリーは素直に認めた。タイとその女性がなんの話をしていようと関係ないと自らに言い聞かせ、モリーの話に注意を戻した。

だが、関係ないなどとは大嘘《おおうそ》だ。自分でもそれはよくわかっていた。

「さっきからわたしの話なんか聞いてないじゃない」モリーはおおらかに笑って言った。いかにも彼女の性格のよさが表れている。

「どうしてそんなことがわかるの？」

「あなたのしかめっ面を見れば一目瞭然《りょうぜん》よ。すてきなお洋服のバーゲン情報を聞いて、そんな顔する人いないわ！」モリーはまたもや笑ったが、すぐさま真顔に戻って、部屋の隅で話しこんでいるふたりに視線を向けた。「大丈夫よ、あなたのライバルなんかじゃないから」

リリーは恥ずかしさに顔を赤らめた。「いやだ、気づいていたのね」

「そりゃ、人間だもの。当然好奇心を抱くわ」モリーはカウンターにのっている皿からピーナッツをつかみとり、口に放りこんだ。「でも、彼女があなたのライバルなんかじゃないというのは確かだと思うわ。だって、あなたを見るときのタイの目は、あんなじゃないもの！」そう言って、小さな紙ナプキンで顔をあおいだ。

確かに、わたしに対するタイのまなざしは熱い。リリーはそう思ったものの、部屋の隅で話しこんでいるふたりからは、穏やかならぬものが感じられる。男と女の親密さだ。

「あのふたり、ベッドをともにしたことがあるはずよ」

「どうしてそんなことがわかるの？」モリーは目を丸くして訊いた。

「女の勘よ」リリーは両腕を胸の前で交差させ、ぶるっと身を震わせた。

「仮にそれが当たっているとしても、もう過去の話だ」リリーの背後でタイの声がした。

「いやだ、また」リリーは両手で顔をおおって、うめくように言った。

モリーがくすっと笑った。「どうやらわたしはお邪魔のようね。職場の仲間もここに来ているようだから、わたしはそっちに合流するわ」そう言って手を振ると、さっさと行ってしまった。

いよいよリリーはタイと面と向き合わなければならなくなった。

「ごめんなさい。あなたのことをこっそり見てたの」リリーは頬の内側を噛《か》んだ。

「謝ることなんかない。どのみち、きみにはいずれ話しただろうし」タイはモリーが座っていたスツールを引きよせ、リリーの隣に腰かけた。

リリーはごくりと喉を鳴らした。「でも、まだ聞いてなかったわ。わたしはアレックスのことをすべて話したのに、あなたは彼女のことなんかひと言も言わなかった」

これだけタイと親密な間柄になっても、いまだにお互いに関して知らないことがあるのだとリリーは思い知った。ふたりのあいだには、まだ秘密がある。

「何も言わなかったのは、きみの耳に入れておく必要はなかったからだ。きみにとってアレックスがそうだったように、グロリアはぼくが必要としていたものを与えてくれていただけだ」手をのばし、リリーの頬にかかった髪を耳のうしろにかけてやった。

タイの手の温《ぬく》もりを感じて、リリーはぞくっとした。ここが困ったところだわ。こんなさりげない仕草にあっさり気をそらされ、すべてどうでもよくなってしまう。

だが、今度ばかりはそう簡単にごまかされるわけにはいかない。もう過去の話だとタイは言ったが、どうしても訊いておきたいことがある。「彼女を愛していたの？」

そう口に出したとたん、自分とアレックスの関係を知ったときに、タイがどんな気持ちだったかをリリーははっきりと理解できた。質問することすら辛《つら》いのだ。そして、答えを聞くのはもっと辛い。

タイは首を振った。それを見て、リリーは胸のつかえが取れたような気がした。

「グロリアに関してなら、ひとつだけきみに伝えておきたいことがある」タイはセクシーな渋い声で言った。

リリーの心臓の鼓動が速まり、下腹部が心地よく疼《うず》いた。「なんなの？」

「彼女はきみとは違う。きみはぼくにとって特別な存在なんだ」

リリーの目に涙があふれてきた。感情的になっていた自分を恥ずかしく思う一方、安堵《あんど》と喜びを感じずにはいられなかった。どう返事をすればいいのか言葉も見つからず、晴れ晴れとした笑みを浮かべて、タイに自分の気持ちを伝えた。

タイは両手でリリーの頬をはさみ、顔を上向かせた。じっとリリーを見つめたままゆっくりと顔を近づけ、お互いの思いをそこに封じこめるように唇を重ねた。言葉などいらない。慈しむような甘いキスを受けて、リリーはうっとりとそう考えた。

だが残念なことに、そこでタイは身を引いた。「さあ、もう仕事に戻らないと」

リリーはうなずくと、ちゃめっぽく手を振った。

この続きはまたあとで。ふたりとも心の中でそうつぶやいていた。

タイから電話がかかってきたとき、ハンターは証人尋問の案を練っていた。ただならぬ口調の友人の頼みにノーと言ったことはないのもさることながら、ちょうど休憩を取りたいと思っていたところだった。用がすんだらまたオフィスに戻って仕事を片づけなければならなかったので、ハンターは知り合いと目が合って無駄なおしゃべりをするはめにならないよう、よそ見をせず、まっすぐタイのいるカウンターに向かった。

五分後、ハンターはタイとリリーとともに奥の小さなテーブルを囲んで座っていた。ちょうどそのとき四人の大学生たちが大声で笑い、しゃべりながら、千鳥足で店を出ていくところだった。学生時代、あれほど屈託なく自由に遊んだことは一度もなかったと、ハンターは思った。当時の彼は、〝成功する〟という目的を達成することだけを、ただひたすら考えていた。

「ハンターを呼んだなんて知らなかったわ。いったい何事なの？」リリーが訊いた。

ハンターは片方の眉をつりあげた。タイが知っていることを、リリーが知らないわけはないはずだが？

「さっきデレクから電話があったんだ。今日、きみの叔父さんのところに、興味深い客があったようだ」タイが言った。

「興味深い客って？」ハンターとリリーが同時に訊いた。

タイは椅子に座ったまま身を乗りだした。「今朝、ぼくらと会ったあと間もなく、ポール・ダンがデュモントに会いに行っている。どうやらまだ見つかっていないパズルのかけらがあるらしい。リリーの信託財産に関すること以外で、ポール・ダンがデュモントに会う理由なんかないはずだ」

「なんとまあ」ハンターは髪に手を差し入れた。

タイの話を聞くうちにしだいに青ざめてきたリリーは、無言のままだ。

「何かぼくの知らないことで、きみたちが知ってることはないか？　デュモントとポール・ダンはつき合いがあるんだろうか？　たとえばゴルフ仲間だとか？」タイが訊いた。

「この点がはっきりしないと――」

「そんなことを詮索《せんさく》しても、なんにもならないんじゃない？」ついにリリーが言った。

「マーク叔父さんが十年前にわたしの信託財産を狙っていたことは、わたしたちみんなが知ってることだし、今でもそれは変わってないわ。何が変わったかといえば、今では叔父はわたしの命を狙っているということ」

その言葉は、彼らのあいだに反響した。

「そのとおりだ」タイが言った。

「ぼくもそう思う。つまり問題は、ぼくたちはどうすればいいのかということだ」ハンターが言った。

「わたしは逃げ隠れする気はさらさらないわ」ハンターかタイがそうしろと言いだすのではないかと感じて、リリーは先手を打った。実際、ハンターは内心では、それもひとつの方法だが、と思っていた。

「どうして？　さあ、わたしはここにいますよと言わんばかりに、そこらをうろついているほうがいいというのか？　いいかい、今度こそ本当に危ないんだぞ。やつももう同じ過ちはくり返さない」タイは身震いをした。

リリーは顔をしかめた。「でも、わたし、もう叔父から逃げるのはやめたの。そもそも、わたしがここに帰ってきた目的はなんなの？　叔父と対決することでしょう。過去ときちんと向き合うこと。その目的は果たすつもりよ」

ハンターは、そろそろふたりのあいだに仲裁に入る頃合《ころあい》だと判断した。タイの肩を持ってリリーを怒らせたくはなかったが、分はタイにあると思える。

その日の午後に、信託財産の相続規定に関して電話で問い合わせをしてきたリリーのほうに向き直った。「きみが気づいているかどうかわからないが、遺言状に定められている規定からすると、きみはまだ三週間――あまり露骨な表現はしたくないんだが――そう、三週間は生きていないと、財産を相続する権利を申し立てることはできない。叔父さんを挑発するような真似《まね》をするのは賢明とは言えないな」ハンターは告げた。

「そのとおりだ」タイはテーブルに拳《こぶし》を打ちつけ、勢いこんで言った。

だから言ったろうと言わんばかりのタイの態度が、リリーの反感を買うのではないかと、ハンターは内心首をすくめた。

リリーは憤然とした顔で立ちあがったが、冷静な口調で言った。「それなら、選択肢はふたつね。これから三週間、わたしはニューヨーク・シティに帰ってそこで過ごし、誕生日がきたらここに戻ってきて相続の権利を申し立てるか――」

「そんなことをしたら、デュモントのことを知る人間や、彼の行動を監視する人間がひとりもいない大都会で、きみは無防備に危険に身をさらすことになるぞ」タイが反論した。

「それじゃ、同じく危険を覚悟の上で、ここに残るという方法もあるわ。といっても、次の襲撃に対して警戒を怠らず、叔父より常に一歩先まわりするよう努めるけど」

今度はタイが憤然として立ちあがった。「とんでもない」

ハンターがうなった。「いいから座れよ、ふたりとも。みんなに何事かと思われるぞ。それこそ、いらぬ人の関心を集めることになる」

驚いたことに、ふたりともおとなしく腰を下ろした。

「ぼくはリリーの言うとおりだと思う」ハンターはタイに言った。「こっちからやつをおびきよせる、さもなくばやつの不意打ちをくらう――このどちらかなんだから」

　タイは顔をしかめた。

　ハンターはタイという人間をよく知っている。いずれタイも自分たちの考えを受け入れるはずだ。それは争うのがいやだからではない。こちらの言い分が正しいことを理解するからだ。

「ぼくの言うことが正しいと、おまえだってわかるだろう。デュモントはどのみちリリーを狙ってくる。だったら、彼女の好きなようにさせて、ぼくらはいつ何があっても大丈夫なように準備を整えておくほうがいい」ハンターは返事を促すようにタイを見た。「どうだ？」

「それもそうだな」いささかばつが悪そうな顔でタイが答えた。

　リリーはタイの手に手を重ねた。「賛成してくれてありがとう」静かに言った。

　タイは軽く肩をすくめただけで、何も言わなかった。リリーには同意の言葉も、きみの言うことは正しいという明確な支持も不要だ。ハンターにはわかった。それが自分たちの固い絆《きずな》の証《あかし》だ。リリーは勝ち誇った顔も見せなければ、タイに向かって説教がましいことも言わない。意見ははっきり主張するが、タイの考えにもきちんと耳を傾ける。この一件が片づいたあとには、ふたりが揃《そろ》って幸せな未来に向かって歩みだすことを祈りたい。

そしてできれば、自分とモリーも。

ハンターは立ちあがった。「ぼくは仕事に戻らないと。きみたちと一緒に何かできるといいんだが、今回の裁判の準備で手いっぱいなもんでね」

リリーは椅子を引いて立ちあがった。

タイも同じように立ちあがった。

「あなたがここに来て、話を聞いてくれただけでうれしいわ」リリーはハンターに歩みよってハグをした。

「おまえはいつだって必要なときには手を貸してくれるんだな」タイは感謝の気持ちをこめて言った。

「ねえ、わたし、ちょっと化粧室に行ってくる。すぐに戻ってくるわ」リリーは一メートルほど離れたところにあるドアに向かった。

タイはハンターのほうに向き直った。「もうひとつ話がある。頼みがあるんだ」

「なんだ?」ハンターは訊いた。

「デュモントとポール・ダンの関係について何か知っているか、モリーに訊いてみてくれ。どうにもあの男が気にくわない。もしあのふたりに何かしらつながりがあるとしたら、気にくわないどころの騒ぎじゃない」

ハンターはうなずいた。「わかった」

タイが咳払《せきばら》いをした。

「モリーがあんな男と縁ができてしまったとはな」ハンターは言った。「デュモントとあの火事の関《かか》わりを示すような証拠を、警察は見つけたか？」

「いいえ。だって証拠なんかあるわけないもの」いつの間にかハンターの背後にモリーが立っていた。体にぴっちりした真っ赤なスパンデックスのトップを着ている。

ハンターは思わず息をのんだ。まずい。

タイはちらりとモリーに目をやって苦い顔をした。「それ以上言うなと合図しようとしたんだが」ハンターに言った。

「あら、そんな必要はないわ」モリーが言った。「もうすぐわたしの義理の父になる人について、ハンターがどう思っているか、知っておいたほうがいいもの」両手を胸にあてて、ハンターを睨《にら》みつけた。

「じゃ、ぼくはこれで」タイはばつの悪そうな顔であとじさり、モリーのことをハンターまかせにしてその場を立ち去った。

タイの取った行動は正しかった。モリーの怒りはその場に残っているハンターにもろに向けられた。ハンターはそれにひとりで対処しなければならなくなった。だがあいにくと、モリーの怒りを鎮める言葉は何ひとつ思いうかばない。

今度ばかりは。

昨日の晩、ようやく新たなスタートが切れたというのに、これではまた逆戻りだ。ハンターは胸を突き刺される思いだった。モリーにどう思われたかが問題だが、間違いなく自分は彼女の信頼と評価を失ったのだ。

ハンターはモリーに歩みよって静かに話しはじめた。「わかっているだろうけど、率直に言って、ぼくはどうしてもあの男を好きになれないんだ」

モリーは肩をそびやかし、ガードを固めた。「でも、まさか人殺しの疑いをかけるほどとは思っていなかったわ。わたしの母は彼と結婚することになっているのよ。彼を愛しているの。わたしも、彼にはあなたが言うのとは別の一面がちゃんとあるのを知っているわ。いいこと、過去にマークがどんなことをしたにせよ、今はもう人を殺すなんてことをするはずもなければ、考えるはずもないわ」

ハンターはただうなずくだけだった。必ずしもモリーの言ったことに同意したわけではないが、意見は意見として尊重しなければならない。

「ショッピングセンターではわたしもリリーと一緒にいたのよ。もしわたしを車で轢《ひ》いたりしたら、母との関係がどうなるか、それくらいマークだってよくわかっているわ」

「ぼくたちの考えが何もかも正しいとは言っていない。しかし、もし彼が人を雇ってやらせたのだとしたら、その人物はきみが誰であるかを知らなかったということもあり得る」

この問題に関するかぎり、モリーとは決して意見が一致することはないと、もうわかっている。だがこれは、お互いに絶対に譲れない問題なのだ。

埒《らち》の明かない言い争いをするのも無駄だと判断し、ハンターは話題を変えることにした。

「デュモントとポール・ダンとはどういう関係なのか、きみは何か知ってるかい？」

モリーは小首を傾《かし》げた。「ポール・ダンはリリーが相続する財産の管理人でしょう？

そんなことはわかりきってると思うけど」

ハンターははっきりとモリーの怒りを感じとった。「それじゃ、わかりきったこと以外で、何か知らないかな？」そういう言い方をすれば、モリーの気持ちを和らげるどころか、いっそう苛立たせるとわかっていながら、つい言ってしまった。

モリーは眉をひそめた。明らかに気分を害したのだ。「ポール・ダンは管財人なの」おつむの弱い人間を相手に言って聞かせるように、一語一語ゆっくりと明瞭に言った。「つまり彼は、リリーの両親の遺言に従って遺産を分配する役目を負っているということ。だから、彼とマークはもう十年以上のつき合いがあるわ。あなたはそれ以外にもふたりのあいだに何かしら関係があると思いたいらしいけど、考えても無駄だからやめなさい」

少なくともモリーはきちんと質問には答えてくれた。そこでハンターはさらにもうひと押しすることにした。「それじゃ、アンナ・マリーに訊いてみたらどうだろう？」

「アンナ・マリーに？」ばかなことをと言わんばかりに、モリーはますますうさんくさそうな顔で言った。

「アンナ・マリーが何か噂話《うわさばなし》を仕入れたら、誰にそれを話す？」

モリーは目玉をぐるりとまわした。「ほとんどみんなにだわ。それがどうかした？」

ハンターはモリーに明確な答えを言わなかった。まだ、その段階では。「アンナ・マリーが立場上、裁判所内で何かしらの情報に触れたとき、その話をきみにしゃべったことはあるかい？」

「さあ、どうかしら。たとえば、どういうこと？」モリーはまだしばらくはハンターの話につき合うつもりらしく、椅子に腰を下ろした。

ガードを突き崩したとまではいかないが、少なくともモリーの関心を引きつけられたようだ。あるいはたんに、話題をマークからアンナ・マリーに移したからなのかもしれないが。いずれにせよ、モリーは身を乗りだし、好奇心にきらきらと目を輝かせている。

ハンターはモリーの質問に、慎重に言葉を選んで答えた。「たとえば、ぼくが今抱えている事件の裁判を担当するのは、どの判事かといったようなこと」

そう言いながら、あまり近づきすぎてさらにモリーを刺激しないよう間隔をあけて、ハンターも椅子に腰を下ろした。彼女との距離を縮めたいのはやまやまだが、相手の意向に反していれば元も子もない。

ふたたび話しはじめる前に、しばし鼻のつけ根をつまんでよく考えた。モリーを信頼して自分が抱いている疑惑を打ち明けるか、さもなくばこのまま話を打ち切るか。リリーのため、そして何よりもモリーとの関係を修復するために、ハンターは彼女への信頼に賭《か》けることにした。

「ぼくが思うに、おそらくアンナ・マリーは兄のポール・ダンに、ぼくが抱えている裁判の話をしたんだと思う。だからポール・ダンは、ぼくがリリーに手を貸したり、信託財産の詳しい内容を調べたりする時間をつくれないようにするため、アンナ・マリーに裁判の日程を変更させたんだ」

モリーは鼻にしわを寄せて考えこんだ。「でも、アンナ・マリーにとっては信託財産なんてどうでもいいことじゃない？」

「いいや、どうでもよくないんだ。アンナ・マリーのことはきみもよく知っているだろうが、彼女はあと先のことなど何も考えずに、とにかくなんでもしゃべってしまう人間だ。だが今回は違う。彼女の兄がどういう立場にいるか、リリーの信託財産とどう関わっているかを考えれば、へたをすれば彼女にも二次的被害が及ぶことになる」ハンターは胡椒《こしょう》の容器を手に取り、それを逆さに振って中身をテーブルの上にばらまいた。「裏にどういう事情が隠されていて、それが明らかにされたとき、被害をこうむるのはいったい誰なのか」

モリーは話に耳を傾けながら頬杖《ほおづえ》をつき、ハンターの推理が正しいかどうか考えているようだ。

彼女のセクシーな脳がフル回転しているのを見て、ハンターはうれしくなった。外見と同様、モリーはすばらしい思考力の持ち主なのだ。

ついにモリーは顔を下げて、ハンターの目を見た。「オーケイ。それじゃ、アンナ・マリーがポール・ダンにあなたの裁判の話をしたとして――」

「あるいは、ぼくが今どんな事件を抱えているか、ポール・ダンのほうから彼女に尋ねたのかもしれない」アンナ・マリーが罪のない、たんなるゴシップ好きだとすれば、その可能性も考えられる。「いずれにせよ、ぼくは第一線から退けられた。残るはタイとリリーだ」

「誰が信託財産を相続するか、ポール・ダンにとって、どうしてそれが問題になるの？彼はたんなる管財人よ。遺言のとおりに財産を分配するだけの人間だわ」

「そこなんだ、問題は」モリーの関心をこの問題にしっかり引きつけ、さらには、彼女には家主であるアンナ・マリーに探りを入れるチャンスがあると踏んで、ハンターはこう提案した。「どうだろう、彼女とポーチでお茶でも飲みながらおしゃべりするというのは？」

「できないことじゃないわね」モリーはゆっくりと答えた。「でも、その前にはっきりさせておきたいことがあるわ。何もあなたのためにやろうとしているわけじゃないの。マークの名誉にかけて、真実を明らかにしたいだけ」

ハンターはうなずいた。「もっともな話だ」

これでタイとリリーに必要な情報が手に入り、なおかつ、ぼくの言うとおりだったということが、じきにモリーにもわかってもらえる。モリーはデュモントを見誤っている。彼女が傷つくところを見たくはないが、事実は事実だ。それを知ることは、彼女のためにもなる。

そのとき、ふいにモリーが椅子を引いて立ちあがった。「もう行かないと」

「ちょっと待って」ハンターは立ちあがるとすぐさまモリーに歩みより、身をかわす隙《すき》も与えずに彼女の手をつかんだ。「今はお互いの意見はくい違っているかもしれないが、ぼくはきみの味方だ。ぼくはただ、きみにとって何がベストかを考えているだけだし、きみが傷つくところは見たくない」

モリーは目をうるませ、まばたきをして涙をこらえた。「ごめんなさい。たった今はそう言われても感謝する気にはなれないわ。あなたには正直な気持ちを話したつもりよ。わたしにとってどんなに家族というものが大切か、わかっているでしょう。母と気持ちを通じ合わせることができたのも、これが初めてと言っていいくらいなのよ」

ハンターは現実をモリーに説こうとした。「そのお母さんとの関係が、仲介者を通して成りたつものであってもいいのか？　その仲介者というのが、お母さんのためにならないような人間であっても？」そう問いかけた。

「それについて言い争うつもりはないわ。でも、わたしもあなたが思っているほどばかじゃないわ。ただ、もしマークのことであなたが言ったことが正しかったらどうなるんだろうと思うと、何も考えたくなくなるの。またひとりぼっちに戻る自分なんて想像するのもいや」モリーはハンターの手を振りほどき、あとじさった。危うく椅子にぶつかってつまずきそうになったが、ハンターが手を差しのべるより先に体勢を整えた。

ハンターにはモリーの痛みが、わがことのように感じられた。「モリー、すまない」

モリーは首を横に振った。「あなたが悪いのかどうかわからないわ。でも、あなたにとって大事なのは、わたしが何を求めているかより、何が正しいかということなのね。わかったわ。とにかく、何かわかったら連絡するわね」それだけ言うと、モリーは素早くハンターのわきをすり抜け、店内にあふれ返る人々をかき分け、あっという間に視界から消えていった。

13

翌朝、リリーはディガーを横にはべらせて、タイが昔使っていた部屋のベッドの上に座っていた。スケジュール帳と電話帳を手に全クライアントに次々に電話を入れ、自社の提供するサービスに不満はないか、留守のあいだに何か問題が起きていないかを確認した。それからローラに電話して、従業員たちの仕事ぶりを尋ねた。すべて順調に運んでいることがわかって安堵《あんど》するとともに、自分の存在なしでも何ひとつ支障が生じていないことが、幾分寂しく感じられた。ニューヨーク・シティを離れてもうだいぶたつというのに、これまであれほど全身全霊で打ちこんできた仕事が、どうしても自分を必要としているわけではないのだ。

タイのアパートメントの空気を入れ換えて清掃する仕事はプロのクリーニング・サービスにまかせることになって、少なくともタイに言わせれば、リリーには何もすることがない。しかもタイは、彼と一緒でなければ散歩すらもさせてくれない。だがそのタイは母親の家の書斎でクライアントからの電話相談に忙しく、フローはフローで、先日リリーも紹介された彼女の新しいボーイフレンドのドクター・サンフォードとデートに出かけている。リリーはフローのことを考えて、思わずにっこり微笑《ほほえ》んだ。幸せというのは伝染するものなのだ。

やがて何もせずにじっとしているのに耐えられなくなり、リリーはタイの手を借りずに自力で叔父に関する情報収集をしてみようと思いたった。バッグの中を引っかきまわして、前夜モリーから教えてもらった電話番号を書いたメモを探しだした。だが、まず仕事場の番号にかけてみると、秘書が電話に出て、モリーは今日は一日休みを取っていると返事が返ってきた。そこで自宅の番号を試してみることにした。

「もしもし?」モリーが応《こた》えた。

「もしもし、リリーよ」枕《まくら》にもたれていた背筋をのばした。「てっきり出勤してると思ったわ」

「仕事をする気になれなくて」

リリーは顔をしかめた。「気分でも悪いの?」

「ええ、気分だけでなく何もかも」モリーはつぶやくように言った。

「何かあったの? それが何か叔父に関係したことなら、わたし、絶対誰にも言わないから、よかったら聞かせて」リリーはそう言いながら、こっそり舌を出した。なんとしても、この新しい友人を怒らせるようなことを口にするわけにはいかない。

　モリーが深々と息を吸う音が電話の向こう側からリリーの耳に伝わってきた。「昨夜《ゆうべ》ハンターが、マークがあなたの命を狙《ねら》っていると言って彼を非難したの」

「まあ、なんということを」リリーは思わず目をつむった。そのときふたりがどんな気持ちだったかと思うと胸がつまる。

「だから、わたし、マークに直接訊《き》いてみたの」

　リリーは文字どおりベッドの上で飛び起きた。「わたしたちが疑っていると、叔父にそう言ったの？」

　モリーはしばし返事をためらった。「もし事実なら、いくら疑われているとわかっても、彼はあきらめないんじゃないかしら。あなたたちだって、直接手をくだしたのが彼だとは思っていないでしょう？」

「ええ、おそらくはね」リリーは認めた。「で、叔父はなんて言ってた？」電話のコードを手に巻きつけ、指先の血流がとまるくらいぎりぎりとよじった。そして手を離すと、コードはくるくるともとどおりに戻った。

「疑いをかけるあなたたちの気持ちは理解できるけど、自分は何もやっていないと言っていたわ」

「あなたはそれを信じたわけ？」

　リリーの呆《あき》れたような口調に気づいたが、モリーにはリリーを責める気はなかった。

「要するに、わたしは彼を信じたいの」静かに言った。「信じなきゃならないのよ。母は四回も結婚したわ。最初がわたしの父との結婚で、別居期間も入れて、もったのは五年くらいだった。次はわたしが八歳のとき。わたしは子守りと一緒に家に残されたままだった。続く二度の結婚では、わたしは寄宿学校に入れられ、その後カレッジに進んだ。つまり母は、一度たりともわたしを自分の家庭に招き入れなかったし、結婚式にすら参加させてくれなかったということ。でも今回、マークと式を挙げるときには、わたしに花嫁のつき添いをやってくれと頼んできたの」母親の養育者としての失格ぶりについて語るときはいつもそうだが、モリーは喉に大きなかたまりがつまったような気分になって、それ以上話をすることができなくなった。

できなくなったというよりは、したくないのだ。知り合ってまだ間もない、事実上赤の他人に聞かせる打ち明け話としては、もうそれでじゅうぶんだろう。とはいえ、なぜかリリーのことは他人とは思えない。ハンターの言ったとおりだ。リリーは好感の持てる相手だ。

「わかったわ」リリーは電話の向こうで言った。「あなたとお母さんとの距離を広げるのではなく、縮めてくれた最初の人物がマークなのね」

「そのとおりよ」リリーが自分の気持ちをわかってくれたことが、モリーにはうれしかった。「このことはハンターも知っていて、わたしの気持ちを理解しようとはしてくれているけど、でもこの問題に関しては、彼と話をする気にはなれないわ」

「でも、わたしとなら話ができるというの？」リリーは信じがたい思いで訊いた。「存在そのものがみんなの迷惑になっているこのわたしと？」

リリーがどういう意味でそう言ったのかを完璧《かんぺき》に理解して、モリーは顔をのけぞらせて笑った。洗濯機のふたを閉じ、キッチンに移って椅子に腰を下ろした。「ねえ、つまりこういうことなの。あなたがもしこの町に住んでいるなら、わたしたちきっといい友だちになれるでしょうね。でも、わたしは別にあなたと感情的になれ合うつもりはないの。わたしが自分の考えを正直に話して、それであなたと意見がくい違うことがあっても、わたしは裏切られたとも思わなければ、傷つきもしないということ。それにあなたが常にわたしに味方してくれるなんてことは期待しないし、そうしてくれなかったからといって、がっかりしたりもしないわ」

ことマーク・デュモントに関するかぎり、ハンターとの関係はこれからますますそれとは反対の方向に向かっていきそうだ。

「わたしが言ってること、理解できる？　それとも、ばかげたことだと思う？」モリーは訊いた。

「理解できるわ」リリーはくすっと笑った。「ハンターとあなたもそんなふうだったらいいのにね」

モリーは微笑んだ。「そう思ってくれてありがとう。さあ、これでわたしの悩み事の話はすんだから、今度はあなたが話したらどう？」

リリーはそこで長々と黙りこんだ。リリーがどんな話を持ちだすか予想はつく。モリーは身構えた。

「あまり気が進まないけど」リリーがようやく口を開いた。やはり勘は当たっていたようだ。「でも、さっきあなたが言ったとおり、わたしもあなたとは話がしやすいみたい。それじゃ、話すわね。実は、叔父と信託財産のことで、いくつか訊きたいことがあるの。もしよければ、答えてちょうだい」

「できるだけやってみるわ」モリーは緊張が高まってくるのを感じながらも、そう答えた。

「わたしが二十七歳になったら信託財産を相続できることになっていることは、あなたも知っているわね？」

「実際に遺言状の内容を読んだわけではないけど。マークがその財産を相続できる確率について彼から相談を受けたから、知ってるだけよ。詳しく調べはじめる前に、あなたがこの町に帰ってきて、生きていることがわかったから」

「要するに、わたしは今度の誕生日がきたら遺産を相続できるということ。そしてその誕生日まで、あとわずか数週間。だから、わたしの命を狙っているのが何者であれ、その人物はわたしが相続権を主張できる誕生日を迎える前に、目的を遂げたがっているの。誕生日を過ぎてしまったら、意味がないから」

リリーはあえてマークの名前は出さずに、あたりさわりなく〝何者であれ〟という表現を使った。フェアなやり方だ。「で、わたしにどうしろと？」モリーは訊いた。

「現在のマーク叔父とポール・ダンの関係がどうなっているのか、それを知りたいの。わたしの知るかぎりでは、昨日わたしとタイがポール・ダンのオフィスで彼と面会したあと間もなく、マークとポールは会っているの。どうしてあのふたりが？　たんなる偶然？それとも、ふたりして何かよからぬことを企《たくら》んでいるのかしら？」

「ハンターも昨夜同じことを訊いてきたけど、わたしは取り合わなかった」モリーはぎゅっと目を閉じた。「調べてみるわ」きっぱりと言った。

どのみち、真実に目をふさいでいるわけにはいかない。

「ありがとう。どんなに感謝してもしきれないわ」リリーの言葉からは心からの感謝の気持ちが伝わってきた。

モリーは覚悟を決めて、ごくりと喉を鳴らした。「もうひとつ話しておきたいことがあるんだけど」

「ええ、いいわよ」リリーが言った。

「ハンターに伝えてほしいの。今朝、アンナ・マリーと一緒にコーヒーを飲みながら、フレッド・マーサーが現在抱えている事案のことを訊いてみたら、あっさり答えてくれたと。

わたしはフレッドとはなんの関《かか》わりもないし、彼が担当している事件に興味を抱く理由もないのに、アンナ・マリーは詳細にいたるまですべて教えてくれたわ」

ハンターの提案に従って、モリーは自分にはまったく面識もない赤の他人に関する情報をアンナ・マリーから引きだせるかどうか試してみたのだ。

「そういう情報すらなんの疑いも抱かずにあっさりわたしに教えてくれたということは、アンナ・マリーがハンターの仕事に関する情報を彼女のお兄さんに話したとしても不思議はないということだわ」モリーは思わず電話を持つ手に力をこめた。こうしてひとつひとつ探っていくうちにしだいに明らかになってくる事実は、いずれは、初めてモリーを家族として受け入れてくれようとしている男性の身の潔白を証明してくれるか、はたまた彼に対してモリーが抱いている希望を粉みじんに打ち砕くかのどちらかなのだ。

「モリー?」リリーが電話の向こうから呼びかけた。

「ええ、ちゃんと聞いてるわ」

「あなたって最高の人よ」リリーは言った。「ハンターもそう思っているわ」

モリーはどう言葉を返せばいいのかわからず、ただそっと、「じゃ、またね」と言って電話を切った。

必死に涙をこらえていたせいで喉が痛んだ。リリーが欲しがっている情報を手に入れてあげると約束したということは、わたしはハンターよりもリリーに対して、より寛大に好意を示したということになる。これではハンターに見かぎられてもしかたない。そう考えると胸が痛んだ。自分のしようとしていることが自己の利益に反するということはわかっているが、たった今はそうせざるを得ないのだ。

タイは今日初めて会ったクライアントをドアのところまで送った。何年も前に養子に出した娘を捜してほしいと依頼してきた年配の女性だ。タイは彼女に、少なくとも事前調査にはさっそく取りかかり、手がかりがつかめしだいすぐに連絡すると約束した。だが、今のところ通常どおりの業務をこなす時間は取れないので、仕事の一部はフランク・モスカに肩代わりしてもらわなければならない。リリーの相続権申し立てが無事すむまでは、自分の人生もリリーの人生も一時的に凍結されることになる。すべてが片づいたあと、どうなるかは、まったくわからない。

皮肉なことに、凍結状態のあいだは、お互いに親密に接することができるのだ。それはタイにとって大いに喜ぶべきことでもあり、また警戒すべきことでもある。リリーがホーケンズ・コーヴにいるあいだは、タイとともに生きていると言える。だが、その先はどうなるのか、リリーがどうするつもりでいるのかはわからない。かといって、今、人生の厳しい局面に立たされている彼女に問いただすのは酷というものだ。

いずれふたりがこの話題に触れる時がくるとすれば、それは互いに対する気持ちだけをじっくり見つめられるようになったときだけだ。つまり、ほかに何も案じることのない状況――相続問題、命を脅かされる危険、そしてアレックスのことも。リリーにとってアレックスは本当に過去の存在になっているのだろうか、それともまたニューヨーク・シティに帰れば、彼への思いがぶり返すのか。だが、リリーがまだそばにいる今は、それについては考えまい。

タイは昔自分が使っていたベッドルームの前まで来ると、開いているドアから中をのぞいた。ベッドの上では、そこらじゅうに書類を広げてリリーが何やら考えこんでいた。そのすぐそばで寝そべっていたディガーがのそっと顔を上げてこちらを見たが、すぐにまた、つまらなそうな表情で顔をそむけた。もうタイを見てもめずらしくもなんともないのか、愛想を振りまくこともない。リリーにはこんなふうに飽きられたくないものだ。

リリーは火事で避難したのちに身のまわりの品とともに購入した白いバスローブを着ていた。彼女がパイル地のバスローブ姿でくつろぐのが好きだということをタイが知ったのは、母親の家に仮住まいするようになってからだ。はだけた裾《すそ》からのぞく長い脚、ひもできゅっと絞られたウエスト、深いV字形にあいた胸元を見ると、タイの頭にかっと血がのぼる。その姿をだんだん見慣れてはきたものの、タイの反応は相変わらずだ。

ふわふわしたバスローブ姿でセクシーな雰囲気に包まれたリリーを目にすると、彼の下半身はたちまちのうちに硬くなる。どうしてこれほどまでに欲望をそそられるのかと、われながら驚く。欲望だけでなく、ずっと封印してきた心の奥底に眠る感情までがかきたてられるのだ。

「やあ、ここにいたのか」タイは自分がそこにいることを知らせるために声をかけた。

リリーは顔を上げてこちらを見ると、うれしそうに微笑んだ。「あら、そこにいたの。うまくいった？」

タイは中に入るとうしろ手にドアを閉めた。「ああ、そうだな。新しいクライアントを獲得できたから」

リリーはうなずいた。「まあ、よかった！」そう言ってうれしそうに目を輝かせたが、すぐに表情を曇らせた。「でも、いつもいつもわたしの身の安全に気を使っていたら、あなたは新しいお仕事に専念できないわね。こんなに長くホーケンズ・コーヴに滞在することになるとは思っていなかったし、わたしのせいであなたのアパートメントがめちゃめちゃになるなんて、夢にも思っていなかったわ」そう言うと、ふいに慌ただしく書類をかき集めだした。「わたし、誕生日がくるまでニューヨーク・シティに戻っているわ。叔父もあそこまで追ってはこないと思うの。あの火事が事故ではなく放火と断定されたからには、自分に警察の監視の目が向けられていると彼もわかっているはずだもの」

タイはリリーをどこにも行かせるつもりはなかったが、まずは彼女を落ち着かせるのが先だ。「いいからちょっとぼくの話を聞いてくれ」リリーの隣に腰を下ろし、彼女の手をつかんで動きを制止した。

リリーはゆっくりと顔を上げてタイと目を合わせた。

「まず第一に、警察はぼくたちの供述を取ったが、この件に叔父さんがからんでいるという証拠は何もつかんでいない。ぼくらはデュモントの動きを見張っているが、警察はまた何か起こるかもしれないと、関心を持って状況を静観しているという程度だ。二十四時間の監視態勢を敷いているわけじゃない。ぼくの言う意味はわかるね?」

リリーはうなずいた。「つまり、ひとりでニューヨーク・シティに戻るのは危険だということね」

「そうだ。第二に、この問題はぼくたちが共有しているものだ。昔からずっと。きみひとりで対処すべきことだと、ぼくは考えたこともなければ、きみにそう言った覚えもない」

「それはそうだけど――」

タイはリリーの唇を唇でふさいで彼女の言葉を遮った。そのままじっと、歯磨き粉のミントの香りが残っているリリーの唇を味わっているうちに、めらめらと欲望の炎が燃えあがってくるのを感じた。

「でも、はなしだ」身を離しながらタイは言った。「さっきぼくが入ってきたとき、何をしていたんだい?」話をそらそうと質問を投げかけた。

「仕事よ。今のところすべて順調に運んでいるようだけど、来週からはこれまでと少しスケジュールが変わってくるから、人手が足りるかどうか確認作業をしていたの」リリーは書類をまとめてナイトテーブルの上に置いた。「ほかにもあなたに伝えておくことがあるわ」

「なんだい？」リリーがニューヨーク・シティに帰る話以外なら、なんでも歓迎だ。

「今朝モリーに電話したの。で、長話をするうちに、いくつか興味深い話が聞けたわ。まず、あなたとハンターが言っていたとおり、やっぱりアンナ・マリーがお兄さんのポール・ダンに情報をもらしていた可能性は高そうよ。おそらく、わたしたちの邪魔をしようと意図的にやったわけじゃないでしょうけど。でも、彼女の噂《うわさ》好きをポール・ダンがうまく利用したということは考えられるわ。問題は、なんのために、ということ」

タイはしばし考えこんだ。「デュモントのためかもしれない。ポール・ダンがハンターを第一線から退けたがっていたとしたら、それ以外に理由は考えられない」

「つまり、たどっていくと、すべてが叔父のマークに行き着くということね」リリーは悲しそうに言った。

「やつが昔とは違う真人間になったと、きみはわずかでも信じていたのか？」タイは訊いた。

リリーは、誕生日のプレゼントに架空の動物が欲しいと言って笑われた子供のように、肩をすくめた。「そんなことあり得ないとわかっていても、血のつながった人間がわたしの命を狙っていると考えると、やっぱり悲しくなるもの」

「気持ちはわかるよ」タイが両腕を広げると、リリーはすぐさまその胸に抱かれた。何よりもタイの理解が欲しい。

だが次の瞬間ふいに、理解してもらうだけでは満足できないという気持ちになった。ただそばにいるだけでは満たされない。リリーは顔を上げてタイを見た。「もっと真ん中に行って」

タイは目をしばたたかせた。「オーケイ……」腰を下ろしていたベッドの裾のあたりから上に向かってずりあがり、途中の場所で寝そべっていた犬を追いだして、ヘッドボードに背をもたせかけた。

追いだされたディガーは立ちあがって伸びをすると、ベッドから飛びおりて今度は床の上で丸くなった。

「次は?」タイはまばたきもせずにじっとリリーを見つめた。あたりの空気が電気を帯びて、ふいにぱちぱちと音をたてはじめたように感じられてきた。

リリーはこらえきれずに、にやっと笑った。「服を脱いで」

タイは笑った。「どうやらぼくたちは、いつもどっちかが服を着すぎているようだな」

「裸になってくれと頼むくらい、わたしには苦労でもなんでもないから、別にかまわないわ」リリーはベッドの上を這《は》ってタイににじりより、彼がクライアントとの面談のために選んだシャツのボタンをはずしはじめた。

「そうだろうとも」リリーがひとつずつボタンをはずしているあいだに、タイはバスローブのひもに手をのばし、結び目をほどいた。

リリーがタイのシャツの前を開いた。タイが彼女のバスローブの襟元を広げる。リリーも彼のセクシーな胸元をあらわにさせた。するとタイがリリーの肩から腕にかけてローブをはがしとり、それをリリーが自分でするりと脱ぎ去った。一糸まとわぬ姿となったリリーの上半身にタイが熱いまなざしを注いだ。

タイはあえぐように息を吸いこむと、手早くズボンのボタンをはずした。するとリリーがズボンのウエスト部分に指先を引っかけ、下着もろともはぎとった。

「さあ、これで対等になったわ」リリーが言った。

「とんでもない」タイはそう言って、彼自身の欲望の証《あかし》にちらりと目をやった。リリーも視線をそこに向けると、自分の中ではっきりと欲望が高まってくるのを感じた。

タイと一緒にいると安心感を抱けると同時に、大胆にもなれる。「それをどうするつもり？」わざとらしく訊いた。

「さあ、横になって。そしたら教えてあげるよ」

リリーの脈拍が上がり、腿のあいだが潤ってきた。ベッドの中央に体の位置をずらし、彼女は仰向けに横たわった。

タイは首を横に振った。「うつぶせになって」かすれた声で言った。

リリーの興奮は高まった。タイに言われたとおりベッドにうつぶせになった。そこには彼に対する絶対的な信頼感がある。

タイは膝をついてリリーにまたがると身を屈《かが》め、彼女のうなじをおおっている髪をかき分け、首から背中へとくすぐるように唇を這わせた。

「すてき」リリーは肌を撫《な》でるタイの唇の感触が好きだ。

タイは両手でリリーの肩を撫でながら、なおも湿った唇を背中にすべらせた。リリーは目を閉じ、全身をタイの手に委《ゆだ》ねた。期待は裏切られなかった。肌を這う舌が通りすぎたあとのひんやりとした感触を味わっているうちに、次に何が起きるのか、しだいに明確な予感が湧《わ》いてきて、リリーはぞくっとした。

タイはリリーの背におおいかぶさった。リリーは腰にタイの硬くなった部分の感触をはっきりと感じながら、彼の体とベッドにぴたりとはさまれた。骨盤がマットレスに押しつけられる妖《あや》しくも甘美な感覚が、ふいに嵐《あらし》のような欲望を呼び起こした。

リリーの背が弓なりにそるのを感じとって欲望の高まりを察したのだろう、タイはそっと体をずらしてリリーの下に手を差し入れ、彼女の濡《ぬ》れた場所を探りあてた。彼の指が中にすべりこんでくる瞬間、それを迎えるようにリリーは腰を沈めた。

喉の奥から低いうめき声がもれたが、彼の体の一部分とつながった今、もうそんなことはどうでもよかった。タイはゆっくりと一定したリズムで手を動かした。その優しい動きに誘《いざな》われ、リリーは徐々に悦《よろこ》びの頂点へと近づいていった。そしてついに、視界に映る何もかもがまばゆい光に包まれたかと思うと、リリーはかつて極めたこともないほどの快感の高みに達した――タイ自身をまだ自分の中に迎え入れていないというのに。

やがてふたたび地上に舞いおりると、はっとわれに返った。仰向けになってタイと向き合った。「すごい?」尻上がりで言葉を口にした。

「それは質問かい?」タイは笑いながら手をのばしてきた。

「違うわ。ただの〝すごい〟よ」にっこり笑って言ったかと思うと、次の瞬間にはタイの体の上に引きあげられていた。

タイはナイトテーブルに手をのばした。「この前、いくつかしまっておいたんだ」そう言って、手早く避妊具をつけた。

「賢いこと」

タイはその言葉に長く熱いキスで応え、それからリリーの腰を持ちあげて、奥深く彼女の中に侵入した。

リリーは両手ではさんだタイの顔をのぞきこむようにして、唇を彼の唇に重ねた。ゆっくりと突きあげてくるタイの動きはリリーの動きとぴたりと調和し、彼女を解放の瞬間へと誘った。

タイの口からもれる低いうめき声を聞き、彼もまた襲いくる快感の波に身を委ねているのを感じながらリリーが迎えた二度めのクライマックスは、一度めよりもさらにドラマティックな感動を持って迫ってきた。そしてついにリリーは絶頂に達したが、今度はひとりでではなかった。タイと下腹部を密着させ、背中をしっかりとタイの両腕で支えられたリリーは、まわりで白い光が炸裂《さくれつ》するのを見て、彼もまた同じ頂に達したことを悟った。するとと思いがけず、リリーにさらなる絶頂の時が訪れた。「愛しているわ、タイ」ふと気づくと、言葉が口からもれていた。

それに気づいてリリーははっとしてタイの上から下り、顔をそむけた。隣では、タイが避妊具の始末をしている気配がしている。リリーはそのあいだに、昔に思いを馳《は》せた。

ふたりとも一度もその言葉を口にしたことはなかった。リリーは何度も口をついて出てきそうになったが、そのたびに抑えこんだ。果たしてタイからも期待どおりの言葉が返ってくるかどうかわからなかったからだ。彼が自分のことを恋しく思ってくれるかどうか、いやそれどころか二度とふたたび彼に会えるかどうかもわからないというのに、愛しているなどと言えるわけがない。そしてそれから何年もの歳月が過ぎ、リリーはその思いを封印した。生きのびていくために、そうしなければならなかったのだ。

だが今、タイに対する自分の気持ちは、いまだに変わっていないということがわかって、目に涙があふれてきた。今なんと言ったのかと、タイに問いただされないうちにと、リリーはベッドから下りようとした。

だが、身を起こすより先に、タイに腕をつかまれた。「だめだ」

「だめって、何が？」

「行くな。逃げちゃだめだ。きみが今言った言葉をもう一度ちゃんと言ってくれなければ、どこにも行かせない」

リリーは振り向き、やっとの思いでタイと目を合わせた。今日一日分の無精髭《ひげ》を生やした顔は、いっそうセクシーだ。

「愛してるわ」リリーはそう言って、思わず喉をごくりとさせた。「言わなくてもわかっているはずなのに」

タイは首を横に振った。「ちゃんと声に出して言わなきゃならない言葉もあるんだ。信じてもらおうと思ったら、相手にはっきりと伝えるべき言葉が」

わたしが彼に対してどういう気持ちを抱いているか、このタイラー・ベンソンには自信がなかったと？　リリーは信じられなかった。「わからなかったの？」

「そうであってほしいとは思っていた」

リリーはまたもや驚いて目をしばたたかせた。「そうであってほしいと思っていた？　どうして？」

「決まってるじゃないか」タイは熱っぽいまなざしでじっとリリーを見つめた。

り?」リリーはタイの乾いた唇を舌でなぞった。「教えてくれないの? わたしを焦《じ》らすつもり?」リリーは落ち着かない気持ちで訊いた。

「ぼくだってきみを愛しているからさ」タイはリリーを抱きよせ、最初のときと同じように長く熱いキスをした。

二度も愛し合ったあととあって、リリーのお腹《なか》が鳴り、ふたりの甘い抱擁も中断された。

「お腹が空《す》いているんだね」タイが言った。

リリーは笑った。「ええ。フローはランチと映画のデートからもうそろそろ帰ってくるのかしら? それまでにちゃんと服を着てないと」

「ぼくたちは大人なんだぞ」タイは言った。

「でも、ここはあなたのお母さんの家だもの」

タイはうなった。「ああ、ああ、そうとも」

リリーはにやっと笑った。この家でベッドをともにするのは初めてではないが、やはりタイは、母親のフローにまずいときに部屋に入ってこられて、ばつの悪い思いをさせることのないよう、じゅうぶん気を使っていたのだ。もちろんリリーも同様だ。

「シャワーを浴びないと」リリーはそう言ったものの、本当はタイと一緒にベッドにいる安心感と温《ぬく》もりをいつまでも感じていたかった。

「先にバスルームに行っててくれ。ぼくはベッドを整えて、あとから一緒に入れてもらうよ。それから外に出かけて、たらふく食べよう」

「タイラー・ベンソン、あなたがベッドメイクをするですって？　ぞっとするわね」リリーはいつも部屋を散らかしほうだいのタイの性格をからかって、笑いながら言った。

タイはうなずきながら、セクシーににやっとした。「ちゃんと自分に合った女性を選べば、ぼくがバック転するだけで相手を幸せにできると、いつもおふくろはそう言ってたな」

リリーはその言葉にしみじみと納得して、しつこくつきまとう恐怖や不安に負けてなるものかと勇気が湧いてきた。ニューヨーク・シティ、そこでのもうひとつの生活、〈オッド・ジョブ〉、信託財産、どれもまだこれから片づけなければならない問題だが、十年も待ってようやく手に入れたこの幸せを、しばし存分に味わうことにしよう。

もう一時間もすれば、また現実を直視し、それと対峙《たいじ》しなければならなくなるが、今はまだその必要はない。今しばしの時は、タイと自分だけのものだ。

リリーはうなずいて、ようやくベッドを下り、廊下の先のバスルームに向かった。そして熱いシャワーを浴びながらタイを待った。

愛してる、か。ああ、そうとも。彼女を愛していることに気づいていなかったわけではない。ただ、その言葉を口にすることができなかっただけだ。では、ずっと昔から彼女もぼくを愛していたということには気づいていたのだろうか？　気づくも気づかないも、そういうことは考えまいとしていた。なぜなら、愛があればすべての問題が解決するわけではないとわかっていたからだ。彼女とぼくを隔てる距離はまだまだ大きい。ニューヨーク・シティでの仕事、そこで築きあげてきた彼女の生活。現実を忘れて一瞬いい気分になるのもいいが、ぼくの人生は安定したわけでも完成したわけでもないのだ。

男にしては上出来という程度にはベッドを整えたつもりだったが、まだ完全にしわがのびていないシーツや毛布、無造作に置かれた枕を目にして、きっと母親に気づかれるだろうと考えた。だが、とりあえず着替えを持ってリリーのいるバスルームに向かおうとしたところで、携帯電話が鳴った。タイははっとしてジーンズのポケットを探りながら、慌てて服を身につけ、電話に出てみると、母親のデートの相手からだった。

それから一分とたたないうちに、タイはすでにバスルームにいた。髪までぐっしょり濡らしてシャワーを浴びているリリーに話しかけた。「おふくろが入院した」その言葉でふたりののどかな午後のひとときは終わった。

タイの心臓は早鐘を打っていた。ドクター・アンドリュー・サンフォードからの電話を切ったその瞬間から、恐怖が全身を駆けめぐっていた。

リリーは手にしていた石鹸《せっけん》を取り落とした。「何があったの？」

「ドクター・サンフォードの話では、おふくろは映画館でめまいがすると言いだして、直後に気を失ったそうだ。ドクターはそのまま一緒に救急車で病院に行って、そこから電話してきたんだ」

「あなたも行かなきゃ。わたしはタクシーを呼ぶから、先に行ってて」

タイは片方の眉をつりあげた。「きみがひとりになるときを、チャンスとばかりに待っている人間がいることを忘れたのか？　もうデレクに電話してある。十五分でここに着くはずだから、ぼくは外で待っている。彼が到着ししだい、ぼくは病院に向かう。きみは支度をすませて、デレクと一緒に病院に来てくれ」

リリーは顔をしかめて訊いた。「フローの意識はあるの？」

タイは首を横に振った。言葉で返事をすることはできなかった。

「それじゃ、とにかく早く行って。デレクがやってくるまでの十五分くらいのあいだなら、わたしひとりでも大丈夫よ。ちゃんと彼を待っているわ。約束する」

どうするべきか、タイは迷った。だが、ドクター・サンフォードの話では、母親の血圧、脈拍などの生命徴候は安定していないという。

「さあ、早く」リリーはすでにシャワーを止めてタオルに手をのばしていた。

タイはうなずいた。シャワールームのガラスの引き戸を開けて素早くリリーにキスをすると、どうか間に合いますようにと祈りながら、廊下を走り自分の車へと向かった。

14

タイは救急病棟の待合室の中を行ったり来たりしていた。救急隊員たちの適切な処置のおかげで、母親は病院に到着する前に意識を取りもどしていたが、いまだ医師たちの手当ては続いている。息子のタイといえども、まだ面会は許されていない。ドクター・サンフォードの話を聞いたかぎりでは、おそらく心臓発作に間違いないだろうが、なんといっても精神科医の言うことだ。百パーセント確かかどうかはわからない。タイは一刻も早く母親のはっきりした病状が知りたかった。

目をこすり、腕時計に目をやった。もうそろそろリリーがデレクと一緒にやってくるだろう。そうすれば、不安のひとつは解消することになる。

目を上げると、母親が手当てを受けている奥の部屋から、ちょうどドクター・サンフォードが出てくるところだった。「どんな具合です?」

「容態は落ち着いたところだ」ドクターはそう言って、タイの肩に手を置いた。「危険な状態からは脱したが、このまま入院して経過を見なければならない」

タイはうなずいた。「会えますか?」

「じきにな」ドクターは言った。「今は医師であるわたしだってそばにいさせてはもらえないんだから、しかたないんだ」実の息子に言い聞かせるような口調だった。

タイは焦《じ》れったさや苛立《いらだ》ちを顔に出さないように努めた。「そう言っていただくと気が楽になります。とにかくあなたが一緒のときでよかった。さもなければ母は……」

ドクター・サンフォードはうなずいた。「また何か報告できるようなことがあれば、伝えに来るから」そう言ってドクターは奥の部屋へと続く両開きのドアの向こうに消えていった。タイは外に出てひんやりとした秋の空気にあたり、携帯電話を取りだして電源を入れた。本当は病院の中にいるときも受信可能な状態にしておきたかったのだが、看護師からはバイブレーション・モードに設定してあっても携帯電話の電源は切っておくようにと注意された。

画面を確認すると、デレクから電話がかかってきていた。タイはすぐさまデレクに電話した。「何かあったのか?」相手が電話に出るなり訊《き》いた。

「警官たちにつかまって尋問されたんだ。家の外に不審者がいると、デュモントに通報されたらしい」そこでデレクはいったん言葉を切った。「たぶん警察内部に知り合いがいるんだと思う。だから、ぼくに足どめをくわせたんだ」

「それじゃ、まだリリーを迎えに行ってないのか?」

「ああ。でも、デュモントが出かけたのは間違いない」

「すぐ行く」タイは手荒く電話を閉じると病院の中に戻り、急用ができて出かけるので、母親の容態は電話で知らせてくれとドクター・サンフォードに頼んだ。

そして急ぎ、リリーがいる母親の家へと向かった。


リリーは部屋の中をそわそわと行ったり来たりしながら、デレクの車が見えないかとときどき窓から外をのぞいた。タイからは十五分ほどでやってくるはずだと聞かされていた。それなのに車で五分のところにある病院にタイが出かけていってからもう二十五分になる。マーク叔父の家からここまで十分ほどのはずだ。とうにデレクはやってきていいはずだ。あと五分待って、それでもデレクがやってこなければ、キッチンカウンターにのっているフローの車のキーを持って、自分で運転して病院に向かおう。

リリーはしばし床に足をとんとんと打ちつけ、やがてもうこれ以上は待てないと意を決し、ディガーを呼んだ。犬はすぐさまソファから飛びおりて、尻尾《しっぽ》を振りながらリリーに駆けよってきた。

「さあ、来るのよ。キッチンに入っててちょうだい」リリーはケージが用意されているキッチンに向かい、犬を中に入れて鍵《かぎ》をかけ、それからフローの車のキーを手に取った。

最後にもう一度ディガーの頭を撫《な》で、バッグを手にして玄関のドアを開けると、なんとそこに叔父のマークが立っていた。喉元に恐怖がこみあげ、リリーは叔父の鼻先めがけてたたきつけるようにドアを閉めようとしたが、一瞬早く叔父の足がドアの隙間《すきま》にすべりこんだ。

「帰って」リリーは必死にドアを押さえつけたが、叔父のほうが力では勝っていた。

「リリー、話があるんだ。どうしても話しておきたいことがある。大事な用なんだ」

リリーは首を横に振った。「叔父さんの用というのはもうわかってるわ。轢《ひ》き逃げして、放火することでしょう。もうたくさんよ」心臓が激しく打ち、叔父の顔を見るだけでも吐き気がしてきた。

「あれはわたしじゃない」

「それじゃ、ほかに誰がわたしの信託財産を横取りしたがっているというの？　わたしを里子に出して、惨めな思いをさせ、財産の相続権を譲るように仕向けたのは叔父さんだわ。わたしが死んだら、財産を自分のものにすることができるのは叔父さんでしょう？」リリーはドアの隙間からのぞいている叔父の足をなんとか撃退しようと、必死に蹴飛《けと》ばしたり踏んづけたりしたが、無駄だった。

〝いったいデレクはどこにいるの？〟パニックに襲われながら、心の中で叫んだ。

叔父は今度は隙間に肩をくいこませようとしている。「リリー、お願いだ、聞いてくれ。わたしがおまえに死んでもらいたがっているように思えるかもしれないし、事故や火事もわたしが裏で糸を引いているように見えるかもしれないが、そうじゃないんだ。納得してもらえるようちゃんと説明できる。とにかく中に入れてくれれば——」

「そうすれば、人目を気にせず家の中でわたしを殺せると言いたいんでしょう？」

叔父は首を振った。「相変わらずの頑固さだな」つぶやくように言った。「わかった。それなら、このまま話をしよう」

そのとき、タイヤの音を軋《きし》ませながら一台の車が猛スピードで走ってきた。何事かと叔父が振り向いた次の瞬間、車のバックファイアのような轟音《ごうおん》がとどろいた。

「いったいこれは——」

いきなり叔父が背中から倒れこんできて、リリーは危うく下敷きになるところだった。

「叔父さん？」声をかけた。

そして血が目に入った。

リリーは悲鳴をあげ、開いている車のドアを見た。ぐずぐずしていると、車から誰かが降りてくるかもしれない。だが、安全な家の中に閉じこもろうとしても、倒れた叔父の体が邪魔をして、ドアを完全に閉めることができない。リリーは叔父をその場に放置したまま、家の奥に向かって駆けだした。

キッチンからディガーの吠《ほ》え声が聞こえる。リリーはそちらに向かって走った。勢いあまってケージに衝突しそうになりながら、扉を開けてディガーを解放した。キッチンの隅には裏庭に通じるドアがある。リリーがそこからディガーを外に出したまさにその瞬間、家の中で足音がした。外に逃げだせば、簡単に相手の標的にされてしまうかもしれないが、勝手知ったる家の中でなら生きのびるチャンスがある。

かつて自分のベッドが置かれていたちょっとしたスペースの奥には食料庫がある。当時はクロゼットとして使われていたその空間は、ウォークイン式ほどの広さはないが、人ひとりが身を隠すにはじゅうぶんだ。リリーはすぐさま食料庫のドアの前に置かれているソファのうしろにまわって、ドアから中に忍びこんだ。

このまま見つからずにすむかどうかはわからないが。

リリーは狭くて暗い場所が嫌いだ。ニューヨーク・シティにたどり着いた当初、寝起きしていた場所を思い出す。虫や鼠《ねずみ》がうろちょろし、悪臭が漂っていた。リリーは身震いをして、両腕で膝を抱きよせ、じっと待った。

ドアをたたく大きな音、続いてどさっという鈍い物音が聞こえてきた。叔父を撃った何者かが、今リリーを捜しているのだ。彼女はさらにきつく膝を抱きよせた。首にかけたロケットを片手で探り、それをプレゼントしてくれたタイのことを考えた。どうか見つからずにすみますようにと、必死に祈った。

身を丸めてじっとしていると、またもや昔のことが思い出されてきた。今度はニューヨーク・シティで初めて借りたアパートメントのことだ。あのアパートメントはドアの鍵が壊れていた。隣の部屋に住む酔っぱらいが勝手に押しかけてくるのを、ドアの前にドレッサーを置いて阻止したものだ。その男が酔って暴れる物音を、リリーはベッドの上で小さくなって聞いていた。男がついに酔いつぶれると、ようやくあたりは静かになって数時間ほど眠ることができた。

あのときと同じ、いや、あのときを上まわる恐怖と吐き気がリリーを襲った。今、ドアの向こうにいるのは、不躾《ぶしつけ》な質問を投げかけてくる酔っぱらいではなく、拳銃《けんじゅう》を手に彼女の命を狙《ねら》っている何者かなのだ。しかも、その理由はわからないのだ。

足音が大きくなってきた。すでにキッチンのスペースを通過し、ドアの前に置かれているソファのほうに向かってきているのは間違いない。

リリーは震えながら、近づいてくる足音に息を殺して聞き入った。

もうすぐそこに来ている。

ドアが軋みながら開きはじめたその瞬間、リリーは目を閉じ、相手に一撃を加えることができますようにと祈りながら思いきって足を蹴りだし、そして悲鳴をあげた。

脛《すね》に不意打ちをくらってタイは息をのんだ。「リリー！」思わず大声で名前を呼んだ。

だが、リリーには通じなかったらしい。うつろな目を大きく見開き、攻撃心を剥《む》きだしにして、今にも飛びかかってきそうな気配だ。ブーツをはいた足で蹴られた脛がずきずき疼《うず》く。この上、腹や急所をひと蹴りされてはかなわない。

「リリー！」もう一度声をかけ、両肩をつかんでリリーの体を揺さぶると、ようやく彼女の目の焦点が定まってきた。この自分に。

「タイ？　あなただったの？　ああ、なんてこと」リリーはタイの腕の中に身を投げ、激しく震えて泣きだした。「まさかあなただとは思わなかった。ドアが開いたときには、てっきり例の相手かと思ったわ」

「さあ、落ち着いて」タイもまたリリー同様に震えながら彼女の後頭部を撫でた。

「たいへん、マーク叔父さんが！」リリーはタイから身を引き離すと、玄関に向かって走りだそうとした。

するとタイが手をつかんでリリーを引きとめた。「大丈夫、生きている。ぼくがここに着いたときにちゃんと確かめた。警察と救急もじきにやってくる」

「それじゃ、彼は？　犯人はどこに行ったの？　叔父さんを撃った男は？」あのときのことを思い出して、恐怖にあえぐような声で言ったが、すぐに落ち着きを取りもどした。

タイは長々と息を吐きだした。「デレクもぼくと同時にここに着いたんだ。まさに犯人が逃げだしたところだった。おそらく車の音に気づいて、慌てて飛びだしていったんだろう」

「まさかあなたが帰ってくるとは思わなかったわ」

「病院にいるときに、デレクから連絡があったんだ。デュモントから不審者呼ばわりされて警察に通報されたとね。デュモント自身がここに来るために、デレクに足どめをくわせたんだろう」

デレクから電話を受けたときの衝撃もさることながら、急ぎ家に戻り、開いている玄関のドアのそばで、デュモントが血の海の中に倒れているのを見つけ、しかもリリーの姿がどこにも見あたらなかったときに感じた、あの胃がよじれるような恐怖は一生忘れられないだろう。

「まんまと逃げられた」デレクがキッチンの裏口から中に入ってきて言った。息をはずませ、表情からははっきりと苛立ちが感じとれる。「ぼくが追いかけようと外に出たときには、もう裏の茂みの中に逃げこんでいた」

「ディガーは？」リリーはパニックに襲われた。「あの子はどこなの？」

「ちゃんとここにいるよ」デレクが答えた。

リリーは安堵《あんど》のあまりぐったりとタイにもたれかかった。

「車に乗っていた男の顔を見たのか？　どんな車だった？」タイが訊いた。

リリーは首を横に振った。「顔を見るチャンスは全然なかったわ。車は褐色のセダンだったと思うけど。すぐに叔父が撃たれてしまったから」

タイはうなずいた。「そういえば、似たような色の車が近所にとまっているのを見かけたな。ただそれだけのことだが。デレク、きみはどうだ？」

「確かに見たような気がする」

犯人は何者か、それを探る唯一の手がかりすらとぎれそうになって、タイの焦りはつのった。

そこでふいにリリーがタイの手をつかみ、玄関のほうに引っぱっていった。

デレクもふたりのあとを追った。

リリーは背中を撃たれてうつぶせに倒れている叔父のそばにひざまずいた。

タイはもう一度デュモントの脈を確かめた。「脈は弱いが、生きていることは確かだ」

サイレンの音が鳴りひびき、どんどん近づいてくるのがわかる。

「マーク叔父さん？」リリーが顔を近づけて呼びかけた。

タイがリリーの背に手をあてると、恐怖の汗で湿っていた。「意識はないんだ」

「誰に撃たれたの？」リリーはなおも叔父に話しかけた。「叔父さんを殺そうとしたのは、いったい誰なの？　わたしの命を狙った企《たくら》みには叔父さんはいっさい関《かか》わりはないと言ったのは、本当だったのね？　そうでしょう？」どうしても訊かずにいられなかった。

タイがリリーの肩を抱いてデュモントから引き離したちょうどそのとき、救急隊が庭を駆け抜けてきて、応急処置を開始した。

続いて警察も到着した。救急隊はデュモントを車に乗せ、タイの母親が入院しているのと同じ病院に搬送していった。フローの容態も気になったが、それからの一時間、三人は居間で警察の事情聴取に応じなければならなかった。主としてリリーが質問に答え、タイとデレクが足りないところを補ってくれた。やがて、ようやく警察の質問も種が尽きたようだった。

「わたしたち、もう病院に行かなきゃならないんです」リリーはまだ震えながらも、ついに言った。

メモを取っていた警官はぱたんと手帳を閉じた。「あとから署まで来てもらって、調書にサインしてもらうことになるが、とりあえずもう好きにしていい」

「おたくの仲間のひとりがぼくに足どめをくわせなければ、デュモントがここに来て撃たれるなんてことにならなかっただろうし、こんな事情聴取も必要なかったんだがな」デレクがぶつぶつ言った。「ぼくはちゃんと探偵の免許を持ってるし、それを見せたんだから、あの警官はすぐにぼくを解放するべきだったんだ」

タイともデレクとも顔見知りの、事情聴取を担当した警官は、デレクの言葉に同意するようにうなずいた。「何があったのか、すぐに捜査に取りかかる。現場捜査班が何か有効な手がかりを見つけてくれるまでは、リリーのそばに張りついていたほうがいい」あたりを見まわし、家の内外で指紋採取、あるいは証拠品の収集に取りかかっている鑑識チームや、近隣住人たちの聞きこみにあたっている警官たちがいることを身ぶりで示した。

リリーをひとりきりにしてしまったという後悔の念がタイを襲った。だが、デレクにバトンタッチして、自分はひと足先に病院に向かうという判断は、あの状況では間違っていなかったはずなのだ。

「ああ、もう二度とそばを離れない」タイはそう言ってリリーの手を取り、自分のほうに引きよせた。「とりあえず、彼女をこの家から連れだすことにする」リリーとしても、あれほど恐ろしい思いを味わった場所に、これ以上用はない。

「デレク、犬はあなたが預かってくれる?」リリーは訊いた。「知らない人がたくさん出入りするところに、ひとりで置いておきたくないの」

その家は犯罪現場の指定を受けたのだ。フローが知ったら病状が悪化することは間違いない。タイは母親には何も告げないことにした。いずれ快復したら、すべて話そう。そう、必ず快復する。母親はきっと元気になる。タイはそう自分に言い聞かせた。

「いいとも。もうデュモントを見張っている必要はないからね」

「そうだな。狙撃《そげき》した犯人が逮捕されるまで、彼には警察の警護がつくはずだ」タイが言った。

「でも、いったい誰が叔父を殺そうとしたのかしら?」リリーが疑問を口にした。「それに、わたしの命を狙ったのも、叔父でないとしたら、いったい誰なの?」

タイはわからないというように首を振った。リリーから今回の事件の詳しい状況を聞いて以来、ずっとさまざまな可能性を頭の中で探っていたが、答えは見つからない。「きみを殺そうともくろんだのは自分じゃないと、叔父さんはそう言ったんだね？」

リリーはうなずいた。「でも、わたしは恐怖のあまりに、ただもう叔父を中に入れまいと必死だった。叔父が撃たれて初めて、叔父がここに来たのは、本当にわたしに警告するためだったのかもしれないと思えてきたけど」

タイは両手の甲で目をこすった。「とにかく病院に行こう。おふくろの容態が心配だ。それにきみの叔父さんの具合も気になる」

「犬のことなら心配しなくていいからね」デレクがリードにつないだディガーを連れてもどってきた。ディガーはデレクの足元でうれしそうに飛び跳ねている。

「新しいガールフレンドができたな」タイが笑いながら言った。ディガーの人懐っこさは誰が相手でも変わらないようだ。

「この犬、くさいな」デレクが顔をしかめて言った。「口臭防止のミント・キャンディをやったほうがいいんじゃないか？　リードにつなぐときに顔を舐《な》められて、危うく失神しそうになったよ」

リリーはにやっと笑った。「それもディガーの魅力のひとつなのよ。その子をよろしくね」

リリーと一緒にドアに向かいながら、タイはデレクを振り返って言った。「彼女、きみと一緒に寝たがるぞ。しかも上に乗りたがる」

「そりゃ楽しみだ」デレクはつぶやいた。

リリーは数時間ぶりに声をあげて笑った。

事件のことはタイからハンターに電話で伝えられた。それをハンターがモリーに伝えた。当然モリーはすぐに、デュモントが運ばれた病院に向かうだろう。会議が終わりしだい、自分も病院に駆けつけるから、あちらで落ち合おうとハンターが言うと、モリーはこちらのことなら心配いらないから急がなくても大丈夫だと答えた。

実際そのとおりだわ。知らせを聞いても、わたしはしっかりしていられた。そしてハンターとの電話を切るなり、母親に電話をかけた。

「わたし、どうしても病院って苦手なの」母親のフランシーは言った。

モリーはむっとして電話をたたき切ると、ひとりで病院に向かった。

母親はどことなくうわの空といったようすだ。モリーはこのところずっとそう感じていた。あのパーティのときからだ。リリーが無事生存していることが明らかになり、マークが信託財産を相続し、その彼との結婚によって財産は同時に自分のものにもなるという見とおしに暗雲が立ちこめだしたあのときから。

今回はもうこれまでとは違う展開になるだろうと、モリーは期待していた。潮の流れが変わったと気づいたあとも、母親はマークとの関係を解消しはしなかったからだ。だが、病院に行くことを母親が拒んだことによって、いよいよ現実を見つめざるを得なくなった。母親はたんに時間稼ぎをしているだけなのだ。次のターゲットとなる裕福な男をつかまえるまで、あるいは少なくともどこに行けばそういう男を見つけられるか算段がつくまで。これまでのフランシーの行動パターンを考えれば、おそらく次の獲物を探すために、船あるいは飛行機で、ヨーロッパへの旅に出かけることになるだろう。もちろん、迷うことなく娘はあとに残していく。それどころか、行ってきますのあいさつがあれば御の字だろう。何分にも今に始まったことではないのだから。

何が家族だ。娘を愛している、過去の自分の過ちに気づいた、ですって？　あの母親が変わるわけがない。

モリーは病院の自動ドアを通り抜け、つかつかと入院受付カウンターに歩みよった。

「マーク・デュモントに面会したいんですが」目の前に座っている疲れた顔をした女性に声をかけた。

「ご家族の方ですか？」

モリーはごくりと喉を鳴らした。「いいえ」

女性はデスクの上の書類に目を落とした。「ミスター・デュモントにはまだ面会が許可されていません。お座りになってお待ちください。いつ面会できるか訊いてまいります」

モリーはうなずいた。「わかりました。お願いします」向きを変え、あいている椅子のところに行った。

だが、待っているうちに、しだいに居心地が悪くなってきた。じっとしていられずに椅子の上でもぞもぞ体を動かした。自分はここにいるべき人間ではない。マークの身内というわけではないし、永遠にそうはならないだろう。それでも彼は、自分によくしてくれた唯一の人間だ。せめて彼が無事だということを確かめたい。

モリーは床に足を、肘掛けに指先を打ちつけて音を鳴らし、じっと待った。

「モリー？」

顔を上げると、目の前にリリーとタイがいた。モリーは立ちあがった。「いつの間に？　気づかなかったわ」

「じっと考えこんでいるようすだったわね」リリーは言った。

「ええ。あまり居心地のいい場所でもないし。リリー、あなた、大丈夫なの？　ハンターから話は聞いたわ。あなたの目の前でマークが撃たれるなんて、とんでもないことになったわね。でも、そもそもマークはどうしてあなたに会いに行ったのかしら？」事件の核心がつかめないまま訊いた。

リリーは肩をすくめた。「わたしたちにもまだよくわからないの。叔父の具合はどうなのかしら？」

「ごめんなさいね」タイが言った
「それもまだわからないわね」

「ぼくはおふくろのようすを見に行かないと」リリーはモリーの肩に手を置いた。「わたしも行くわ」

「いいのよ。行ってちょうだい。わたしなら大丈夫」

リリーはモリーを軽くハグして、タイと一緒に歩きだした。

モリーはため息をついた。遠ざかっていくふたりが救急治療室のドアの向こうに姿を消すまで、じっと見送った。やがてたくさんの人の話し声がしている待合室の中を見まわした。ほとんどの人に同伴者がいる。友人、あるいは家族だろう。愛する人、愛してくれる人が誰にでもいるのだ。だが、彼女にはいない。

マークの容態を確かめるためにじっと待っているうちに、モリーはあることに気づいた。自分はこれまでただマークの肩を持つ一方で、事実を見極める努力をじゅうぶんにしてこなかった。そして結局のところ、待ちうけていたのは恐れていたとおりの事態だ。

ひとりぼっち。

これまでも、そしてこれからもずっと変わらない自分の現実が、それなのだ。

タイはしっかりとリリーに手を握られたまま、母親が眠っている部屋に入っていった。先ほどまでは彼がリリーを支え、今は自分が彼女に支えられている。ベッドサイドに椅子を引きよせて母親の手を握りながら、こんなにも弱々しく頼りなげな母の姿を見るのは久しぶりだと改めて気づいた。

母親が最初の発作を起こして手術を受けたあと、タイはカレッジを中退して家に戻ってきた。あのときも母親は今と同じように、消毒の行きとどいた部屋でたくさんの器械につながれていた。その姿をひと目見るなり、自分には母親しかいないのだと思い知らされた。その大事な母親を失うことには、とうてい耐えられそうもないと考えた。

今もあのときと同じ気持ちだ。リリーが戻ってきて、お互いに愛し合っているとはいえ、なんの約束も交わしてはいないし、将来を誓い合っているわけでもない。信託財産の件が片づくまでにまだ時間があることはわかっているが、その時がきてもリリーとぼくのあいだになんの約束も誓いも交わされていないとしたら？

ぼくの人生における唯一確かな存在と言えるのは、ぼくにその華奢《きゃしゃ》な手を握られて横たわっているこの女性だけなのだ。

「タイ?」名前を呼ばれてタイは顔を上げた。

ドクター・サンフォードが、見知らぬもうひとりの男性と一緒に近づいてきていた。

「こちらはドクター・ミラーだ。最新の医療技術を身につけていらっしゃる心臓専門のドクターだ。きみに話があるそうだ」

外科医でもあるその若い医師は、血管造影撮影をした結果、フローのつまった動脈に血流を取りもどすために、ただちに手術が必要だとタイに告げた。さらに専門用語での説明が続いたかと思うと、次に気づいたときにはタイは手術の同意書にサインをし、母親はストレッチャーで部屋の外に運ばれていくところだった。

リリーがタイの肩に手を置いた。「大丈夫よ。フローは元気になるわ。ドクターもそう言ってたし」

顔を上げると、リリーの優しいまなざしに出合った。「本当に？　どんな話だったか、ほとんど憶《おぼ》えていないんだ」

リリーは微笑《ほほえ》んだ。「そんなことだろうと思って、わたしがちゃんと聞いていたわ。せいぜい一時間で手術は終わり、フローが回復室に運ばれたら、そこでもう会えるそうよ」そう言ってタイの首に両腕で抱きつき頬ずりをした。「そしたら、自分の目でちゃんと確かめられるわ」

タイは首にまわされたリリーの手を握った。「きみがいてくれてよかった」

「あなたがあの食料庫のドアを開けたときには、わたしも同じように感じたわ。わたしがあそこにいると、どうしてわかったの？」

タイは顔を離してリリーを見つめた。「あそこが隠れる場所にいいってことをきみに教えたのはぼくだし、本当に安全な場所はあそこ以外にはないからね」玄関のところで血まみれになって倒れているデュモントを見つけたときも、だからといってリリーの身にも恐ろしいことが起こったとは頑として考えたくなかった。

あたりを静寂が包み、その静けさにタイは耐えられなくなった。手術が始まり、そして終わるのを待つあいだ、どうしても何か気晴らしが必要だ。

時計にちらりと目をやった。「時間をつぶさなきゃ。きみの叔父さんのようすを見に行って、ついでに警察の調べで何かわかったかどうか、確かめてくることにしよう」

リリーはタイから身を離して言った。「それがいいわね」

だが、番犬のように受付に陣取っている看護師にも、叔父に関する情報は何も入っていないようだった。リリーが血縁者だと告げても、何も教えてはくれなかった。そこでリリーとタイ、そしてモリーは、じっと待つことにした。

15

二十四時間後、手術を無事終えたフローは快方に向かっていた。一方、肺に弾丸を受けたマークは、まだ意識が戻らなかった。ドクターたちは回復の見とおしを立てていたが、面会はまだしばらくは許可されなかった。

リリー、タイ、ハンターそしてモリーの居場所も、救急病棟から一般病棟の控え室に変わっていた。警察が話をしにやってくることになっている。新たにつかんだ情報を伝えるために、関係者全員を集めるのに最適な場所が病院というわけだ。

モリーは顔色も悪く、前日に顔を合わせて以降、リリーともタイともろくに話もしていない。ハンターは研修生に調査をまかせ、一日休暇を取ってモリーにつき添っているが、その彼ともほとんど話をしない。モリーの沈んだようすが、マークの容態を案じているせいなのか、それとも彼がタイの母親の家で撃たれたということは、何かしらよからぬことに関《かか》わっている証拠だと考えているからなのか、リリーには判断がつきかねた。

警察署長のドン・オターが控え室に入ってきたことでその場の沈黙が破られ、リリーはほっとした。

「みんな全員揃《そろ》ったようで、よかった」署長は言った。

「やあ、ドン」タイが立ちあがってあいさつをした。

大柄な署長はうなずいた。

「あなたがこんな朝早くからお出ましとは、いったい何事ですか？」タイが訊《き》いた。

ドンが腰を下ろし、その大きな体で前に乗りだすと、シャツがはち切れそうになった。

「昨日からずっと部下たちが現場一帯を捜索している。家の外についていた足跡は間違いなく男のものだ。マーク・デュモントがはいていた靴と一致するものもあったが、誰の足跡かわからないものもある。フロー、リリー、タイのもの以外ははっきりした指紋は検出されていない。手術でデュモントの体から摘出された弾丸は科学捜査研究所に送られ、じきに分析結果が出ることになっている」

署長の言葉に、リリーは喉をつまらせた。

そのリリーの手をモリーが励ますようにぎゅっと握った。

マーク・デュモントに対して自分とはまるで正反対の感情を抱いているモリーのそんな反応を見て、リリーはいつの間に自分たちのあいだにこうした絆《きずな》が生まれたのだろうと不思議な気分になった。

「近所の聞きこみも行った」署長は続けた。

「犯人や車について、ぼくら以外の目撃証言が何か得られたんですか？」タイが訊いた。

「わたしたちの証言なんか、なんの役にも立たなかったでしょうけど」リリーが苛立《いらだ》たしそうに言った。

「きみは危うく命を落とすところだったんだ。細かいところまで見ていなかったとしても、誰も責めないさ」ハンターが言った。「だいいち、車の色ははっきり憶《おぼ》えていたじゃないか。その証言はじゅうぶん役に立つ」同意を促すように署長を見た。

署長はうなずいた。「近隣住人のひとりから同じ色の車の目撃情報と、それ以外にもいくつか新しい情報が寄せられている」

「新しい情報？」全員が声を揃えて訊いた。

署長はおかしそうにくすっと笑った。「タイ、きみのお母さんのいちばんの仲良しで、道路を隔てたお向かいさんの——」

「ミセス・ドネリーがどうかしたんですか？」タイが言った。

署長はうなずいた。

「ヴィオラ・ドネリーが通りを見渡せる書斎でジョン・グリシャムの最新作を読んでいるときに、褐色の車が現れて、彼女の家の前にとまったそうだ」

「その車から人が降りてくるのを見たんですか？　マークを撃った人物を？」モリーが訊いた。

「残念ながらそうではない」署長は言った。「しかし、ナンバー・プレートの最初の二、三桁《けた》の番号を憶えていた」うれしそうに言った。「それを手がかりに調べを進めて判明した車の持ち主は、なんとアンナ・マリー・コンスタンザだった」

モリーははっと息をのんでハンターに目をやった。

ハンターは自分が担当している事件に関する情報を、アンナ・マリーが兄であり信託財産の管財人であるポール・ダンにもらし、判事が公判日程を変更するよう仕向けて、自分を財産相続に関する問題に関わらせないようにしたと主張していた。さらに、リリーと面会したあと、ポール・ダンはマーク・デュモントに会いに行っている。それからさほど時を置かずして、マークは招かれざる客としてリリーのもとを訪れて、何者かに狙撃《そげき》されたのだ。

モリーだけでなく、リリーもまた同じことを考えていた。だが、それを警察にうまく説明できるかどうか思案しているあいだに、タイが代わって簡潔かつ詳細に署長に伝えてくれた。

署長は頭を掻《か》いた。「それじゃ、ポール・ダンがあの銃撃に関係しているというのか？」

驚き顔で訊いた。

「それからリリーの命を狙《ねら》った事件にも」タイが言った。

モリーは勢いよく椅子から立ちあがった。ようやく元気を取りもどしたようだ。「アンナ・マリーはお兄さんのポールに車を貸したことがあると言ってませんでした？」

署長はズボンの前ポケットに両手を突っこんだ。「どういうことかね？」

「彼女はしょっちゅうそうしているからです。アンナ・マリーは通勤に使う以外、あまり車は運転しません。でも、いつもエンジンがスムーズにかかるようにしておきたいからと、週に一度くらいポールに乗ってもらっているんです」

つまり、叔父のマークを車で尾けてきたのはポールかもしれないということだとリリーは考えた。だが、管財人のポール・ダンがどうして叔父を殺さなければならないのだろう。

署長は首を横に振った。「彼女は車は盗まれたと言っていた」

ハンターは疑わしそうに目を細めた。「警察に届けてましたか？」

「いいや」

「それをおかしいと思わないんですか？」タイがさらにひと押しした。

「確かに、おかしいとは思った。しかし、肝心の車が見つかっていないんだ。指紋を調べることもできん。それに、仮に調べることができたとしても、今や彼女の車からポールの指紋が検出されても当然だということがわかった。何しろ普段からしょっちゅう借りているんだからな」署長は肩をすくめた。「なるほど、きみたちの推論は筋が通っている。それにタイ、きみの判断力には信頼を置いている。お世辞ではなく本当に。しかし今回の件では、確たる証拠もないのにきみが犯人だと名指ししているのは、この町の名士だ。つまり、ことは慎重を要するということになる」

「それじゃ、彼の家かオフィスの家宅捜索をしてください。必ず〝何か〟が見つかりますᅟ」リリーは自信ありげに腿を拳《こぶし》でたたいた。「叔父のマークとポール・ダンのあいだにどんなつながりがあるのかはわかりませんけど、必ず何かあるはずです。断言できます」興奮のあまりに声が裏返り、恥ずかしさに思わず顔をそむけた。

タイが椅子の背後にまわって、励ますようにリリーの肩に手を置いた。

「すまんが、捜索令状を取る根拠がない。検討はしてみるが、まずはマーク・デュモントが意識を取りもどすのを待つのが先だ。彼が意識を回復したら、すぐに病院から連絡をもらえることになっている。きっとデュモントの口から興味深い話が聞けるだろう」

「わたしはじっと待っているなんてできないわ」リリーはつぶやくように言った。

肩に置かれたタイの手にぎゅっと力がこめられた。今の状況では捜索令状などとても下りないことが、彼にはよくわかっているに違いない。

署長がもう一度マーク・デュモントのようすを確かめてくると言って席を立つと、控え室には四人が残された。

リリーも立ちあがり、部屋を出ていこうとした。苛立ちがつのり、何かしゃべろうとすれば大声でわめき散らしそうだった。壁に突きあたったとは思いたくない。だが、三つも立てつづけに事件が起こっていながら、彼女の命を奪おうとし、さらには叔父まで亡き者にしようとしたのが何者なのかいっこうにわからないのだ。

「いい考えがあるわ」モリーがリリーを呼びとめるように口を開いた。リリーはくるりと向きを変えた。

「聞かせて」

「アンナ・マリーは警察には何もしゃべらないでしょうけど、わたしたちが相手なら何か話してくれるんじゃないかしら」モリーは自分とリリーのことを交互に指差しながら言った。「彼女は善良な人よ。だからお兄さんをかばっているだけなのかもしれない。でも、その結果としてほかの人たちを傷つけていることに気づいていないのよ。わたしたちが誠意をこめて訴えれば、彼女の心を動かして、何か手がかりになることを教えてくれるかもしれないわ」

リリーはうなずいた。モリーの話を聞いているうちに、しだいにいい考えのように思えてきた。「そのアイディア、気に入ったわ」

「ぼくは気に入らないな」タイが言った。「きみたちのどちらにも、アンナ・マリーに率直な質問をぶつけてほしくない。もし彼女のお兄さんが事件に関わっているとしたら、きみたちは自分の身を危険にさらすことになるかもしれない」

「それじゃ、あなたがその場に立ち会ってもいいわ。とにかくいい考えだと思うから、わたしたちふたりでアンナ・マリーと話をしてみる」リリーは異論を唱える隙《すき》も与えずに、きっぱりと言った。

タイが口にした不安、あるいはひそかに自分が抱いている不安に、屈服するわけにはいかない。なんとしても、事件の真相を究明しなければならないのだから。


アンナ・マリーとの話し合い決行の前に、タイはしばらく母親につき添っていたかった。アンナ・マリーが仕事から帰ってくるまでまだ時間があるのだから、午後はずっと病院で過ごせる。ハンターはいったん仕事に戻ったが、ディナーを一緒にとろうとモリーに約束していった。モリーはその日はもうハンターと会わずにおきたかったのだが、ハンターがどうしてもと言いはったのだ。モリーの消極的な態度からするに、ふたりの関係は見た目ほどうまくいっていないのかもしれない。タイはそう考えて友人の行く末を憂えた。自分もそう遠くないうちに、ハンターと同じ境遇に陥ったりしないことを祈った。

いつまた命を狙われるかわからないリリーのために、タイは署長に頼んで、病院内で彼女の警護をしてくれる私服警官をひとり割りあててもらった。リリーに顔を見られたかもしれないと考えた犯人が、自分の身を守るために行動を起こす可能性は大きい。リリーの身に危険が及ばないようにするためには、わずかな油断も許されない。モリーと一緒にカフェテリアに出かけたリリーにさっそく護衛がつけられた。

そのあいだにタイは廊下にとまっている給食カートのところに寄って、母親のトレイを選びとり、病室のドアを一度ノックして中に入った。

母親がすでに枕《まくら》を背にあてて身を起こしているのを見て、タイはほっとした。まだ腕には点滴の管がつけられているが、頰に赤みが戻り、口元には笑みが浮かんでいた。見舞い客用の椅子にちらりと目をやって、すぐにその理由がわかった。

「こんにちは、ドクター・サンフォード」タイはトレイをベッドわきに置かれたキャスターつきテーブルの上に置いた。

「アンドリューと呼んでくれたまえ」ドクターは立ちあがって手を差しだした。

タイはドクターと握手をしながら、母親はもうひとりきりではなく、幸せにしてくれる存在を見つけたのだと確信してうれしくなった。母親がひとりで生きる人生がようやく終わってくれるのだ。

「アンドリュー、ちょっと息子とふたりだけで話がしたいの」フローが言った。

ドクターはベッドに歩みよると、母親の頰にキスをした。「これから患者の回診があるから、またあとで来るとしよう」

タイはドクターが立ち去るのを待って、椅子をベッドのそばに引きよせた。「母さんのおかげで、えらい恐怖を味わったよ」

「わたしだって怖かったのよ」フローは枕に身をもたせかけた。「でも、またもとどおりの生活に戻れると、ドクターたちがおっしゃってくれたわ。後遺症はないだろうって」

タイはうなずき、しばし考えこんだ。いろいろ話すべきことはあるが、まずはドクター・サンフォードとの関係についてきちんと話を聞いておくべきだろう。

「彼のこと、ぼくは好きだな」タイはようやく口を開いて言った。

「アンドリューのこと?」

タイはうなずいた。「なぜって、何よりも母さんのことを大切に思ってくれているようだから」アンドリューが母親と息子の絆を尊重してくれたことからも、それがはっきりわかる。

フローはまたもやにっこり微笑《ほほえ》み、きらきらと目を輝かせている。母親はようやく彼女にふさわしい幸せを手に入れたのだ。

「ほかにもまだ母さんに言いたいことがあるんだ」タイは立ちあがると、駐車場を見おろす窓辺に歩みよった。「この部屋は眺めがいいな」つぶやくように言った。

フローは笑った。「その分費用がかさむのよ」

タイはにやっとした。母親はユーモアのセンスも取りもどしている。それもまた喜ぶべき兆候だ。「母さん……」

「誰かを愛しているなら、その人が昔どうしたこうしたなんてことに、いつまでもこだわらないものよ」フローは息子に助け船を出した。

だが、それではタイの気がすまない。「そのときそのとき、はっきり批判したり、疑問があればそれをぶつけたりしていたなら、確かにそうかもしれない。でも、ぼくと母さんはそういうことはしなかった。ぼくがさせなかったんだ。そうさ、母さんはマーク・デュモントから金を受けとっていたことを話してくれた。ぼくのためにそうしたんだと。なのにぼくは怒りのままに、それ以上いっさい聞こうとしなかった」

　タイは手で自分の髪を梳《す》きながら、母親がリリーを預かる代わりに金を受けとっていたことを初めて知った日のことを思い出した。いまだに、鮮明な記憶が残っている。

「子供というのは、自分の親は聖人だと思っているものよ。ただの人間だとわかると、傷ついてしまうの」フローは言った。

　タイは窓からの眺めに見入った。「本当のことを言うと、母さんより自分に対して腹が立ったんだ」そう認めるのはやさしいことではなかった。

「いったいまたどうして？」フローは訊いた。

　タイは振り向かなかった。母親と面と向き合って、長年自分を悩ませてきた問題を直視するのが怖かったのだ。だが、母が手術室に入っているあいだも、ずっと考えていた。肩に頭をのせて寄りかかってくるリリーの隣で、もし愛する母親を失うことになったらどうなるだろうと考えるうちに、母親がデュモントから金を受けとっていたと知ったとき、その事実のどこがいちばん自分を苦しめたのかを突きつめて考えずにいられなくなった。

　実際のところ、母親が現金を受けとっていたことの恩恵は、リリーにも与えられていたとも言えるのだ。金と引き換えにリリーによい家庭環境を与えたからといって、母親に腹を立てるというのはばかげている。要するに、タイが自分自身に対して抱いている怒りを直視するよりは、母親に八つあたりしているほうが楽だったのだ。

「ひと言では説明できないな」タイは言った。「リリーが本当の意味での里子じゃなかったということを、母さんが教えてくれなかったことで、ぼくは気分を害したし、ひそかに金を受けとっていたことに怒りを覚えたのは事実だけど、その一方でぼくだって重大な隠し事をしていたんだ」そこで言葉を切って深呼吸をした。「ぼくはリリーが生きていることを知っていながら、何年ものあいだ、母さんに悲しい思いをさせたまま知らん顔をしていた」話しているうちに、こめかみの血管が脈打ってきた。

「わたしたちはお互いに過ちを犯したのね」フローは言った。「というよりも、そのときはそうすべきだと思って決断したことを、あとになって、もしかしたら間違いだったかもしれないと、後悔の念で自分を責めるようになってしまっただけなのかもしれないわ。たぶん、決断をくだした時点では、それはそれで正しい道を選んでいたんじゃないかしら？」またもや、タイの先まわりをして言った。

ぼくは、おそらくあれでよかったのだと、今はまだじゅうぶんに自分を納得させられてはいない。いつの日か、心からそう思えるようになりたいとは思う。だから今、言葉にして母親に伝えたいのは、自分が感じていること、考えていることのすべてだ。

「そのほかに、何があなたを苦しめているのかしら、タイ？　まだ何か胸にしまったままになっていることがあるの？」フローは訊いた。

「十年間も母さんを悲しませたままだったということ以外に？」タイはフローのほうに向き直った。母親の顔をしっかりと見つめて、自らの過ちを告白するのだ。

自分の欠点。

それが招いた過ち。

「ぼくが何をしたと思う？　リリーをひとりきりでニューヨーク・シティに行かせたんだ。まだ十七歳だったというのに。ぼくはあとを追っていくこともしなかった。それどころか、その後何年ものあいだ、彼女が無事に過ごしているかどうかを確かめることもしなかったんだ」タイは自己嫌悪にまみれながら言った。

そして、あの晩のことは二度と口にしないというばかげた約束を口実に、知らんぷりを続ける自分を正当化したのだ。その後も、リリーがマンハッタンで元気に暮らしていることがわかっても、会いに行こうとしなかった。そこでもまた、会いに行かない自分ではなく、自分のもとに帰ってこないリリーを責めた。なんという傲慢《ごうまん》さ。こうしてリリーがホークンズ・コーヴに帰ってきて、危うく殺されかけ、さらには母親が心臓発作に見舞われるという事態に次々に遭遇して、ようやく目が覚めた。

本当はぼくは臆病《おくびょう》者なのだ。

「死亡事故を偽装するという計画を立てたとき、あなたはいくつだった？」

　母親のベッドのわきに立っていたタイは、驚いてうしろを振り向いた。病室の戸口にリリーが立っていた。足先で床をとんとんと打ち鳴らし、呆《あき》れたような顔でじっとこちらを見つめている。

「ほら、彼女があなたに訊いてるわよ、タイ」フローが微笑みながら言った。

　タイは咳払《せきばら》いをした。「十八だった」

「その十八歳のあなたが、わたしよりもずっと大人で賢かったと思っているの？　もっと分別があって当然だったと？」リリーはそう言いながら部屋の中に入ってきた。「お話し中申しわけないけど、お邪魔させていただくわ」

「ええ、どうぞどうぞ」フローはリリーを招き入れた。「リリーの言うとおりよ」息子に向かって言った。

　タイは顔をしかめた。「ふたりがかりでぼくをつるしあげる気だな」ぶつぶつ言った。

「誰があなたに、みんなの守護者であり救世主たる役目を命じたのかしら？」リリーが訊いた。「誤解しないで聞いてね。わたしのために精いっぱい尽くしてくれるあなたには、いつも感謝しているわ。でも、わたしがあなたたちの家で里子として暮らす代わりに、マーク叔父のもとに帰されていたとしたら、どうなっていたかわからないのよ。あなたは誰に対してもなんの責任も負っていないし、何事もうまくいくようすべてを取り計らうのがあなたの務めというわけでもないわ。少し肩の力を抜いたらどう？　こんなことを言いながら、いつもあなたに負担をかけているのはわたしだから、申しわけなく思っているわ。でも、あなたは何もかもすべてを完璧《かんぺき》にこなせるわけじゃないのよ」うんざりしたような顔で、両手を宙に投げだした。

タイは大きく息を吐きだした。リリー自身は気づいていないだろうが、今の言葉で彼女はある不安を解消してくれた。母親がデュモントから金を受けとっていた話は、リリーに聞かれていなかったのだ。とはいえ、〝あの〟秘密もまた、そのほかの秘密同様、いずれは打ち明けなければならない。それもまた母親が手術台にのっているあいだに、タイが考えたことだった。

「すべてを完璧にこなせないだと？」リリーが言ったことの中で、いちばんどうでもいいことに嚙《か》みついてみせた。「ぼくの母の前で、よくもそんなことが言えたものだな」冗談めかして言った。

リリーは顔をしかめた。明らかにタイに言い返されたことがおもしろくないのだ。

「ねえ、こんなこと言い合っていてもしかたないでしょう」フローが言った。「母さんは少し休みたいわ。でも、いいこと、タイ。リリーの言うことにはちゃんと耳を傾けないとだめよ。彼女はそのかわいらしい頭の中に、わたしたちふたり分を合わせたよりもずっとたくさんの知恵を蓄えているんだから」そう言って枕にもたれた。先ほどよりも幾分顔色が悪くなっているようだ。

母親の秘密を暴露するのはまた別の機会にということになりそうだ。できれば、リリーと言い争うのも、もうここで打ち切りたい。

ふたりはドアに向かった。部屋の外に出たときには、もうフローはうとうとしはじめているようだった。タイはナースステーションに立ちより、母親が目を覚ましたら食事をとらせてくれるよう頼み、それからリリーを控え室のそばにある奥まったスペースに連れていった。

タイはすぐさまリリーを抱きよせ、唇を重ねた。リリーもタイの首に腕をまわして柔らかな唇でキスに応《こた》え、小さなうめき声をあげたかと思うと、もう一度、今度は自ら唇を寄せてきた。

「うーん」タイはリリーの頭を両手で抱えるようにして、自分のほうに引きよせた。

「まさに〝うーん〟ね」リリーは顔を上げると、小首を傾《かし》げて言った。「残念だけど、今はここまで。これからアンナ・マリーに会いに行かないと」

タイはうめいた。「本当にやるのか？」

「そうよ、やるの」背後からモリーが笑いながら答えた。「だいたい、ここはいちゃつく場所じゃないわ。人に見られるわよ」

「もう見られたよ」タイは足にかけた体重を移動させながら、下腹部の興奮状態が早くおさまってくれないだろうかと考えた。「きみたちふたりがアンナ・マリーと話をするという案はいただけないと、言わなかったか？」

「あなたはただ、わたしのことが心配なだけよ」リリーが言った。「でも、彼女の協力が得られたら、これがいかに名案かということがわかるわ」

リリーはそう言うと、それ以上反論させる隙を与えずタイの頬にキスをした。

「さあ、あなたの家主さんとお話しに行きましょう」モリーに向かって言った。

一対二ではかなわないとタイは悟った。ましてや、相手は鉄の意志を持った女性ふたりだ。こうなったからには、ふたりの護衛役としておとなしくつき従うしかない。

アンナ・マリー・コンスタンザがすべての問題を解く鍵《かぎ》を与えてくれると期待するのは甘い。リリーにもそれはわかっている。とはいえ、〝お願い、教えて、教えて〟という言葉が、頭の中でエンドレステープのように流れるのをどうしても、とめることができなかった。

アンナ・マリーの家に着いて最初の十五分間は、リリーにとっては拷問だった。どうぞおかまいなくと三人がいくら言っても、お客さまをおもてなししなければと、アンナ・マリーは防虫剤の臭《にお》いがぷんぷんしている家の中で、のんびりとした動作でお茶を淹《い》れはじめた。

「あなたのお母さまにお見舞いの花を送っておいたわ、タイ」扱いには細心の注意を要しそうな花柄のティーカップをテーブルに並べながら、アンナ・マリーが言った。

「それはご丁寧に。母もきっと喜ぶと思います」タイは礼を言った。

リリーはタイの気遣いに感心した。フローが入院している病棟では、花の持ちこみは禁じられているのだ。届けられた花はおそらく小児科病棟にでもプレゼントされることになるだろうが、それはそれでなかなか気のきいたやり方だ。

モリーはミルクと角砂糖をカップに入れ、ゆっくりとかき混ぜた。さあ、あなたもわたしと同じようにするのよと、リリーに目配せしてきた。どうやらモリーは以前にもこのスタイルの接待を受けたことがあるらしい。アンナ・マリーから話を聞きだすためには、まずはお茶を飲み、世間話から始めて、やがて核心に迫るという手順を踏まねばならないようだ。

リリーは焦《じ》れったさのあまり、今にもすっくと立ちあがって、アンナ・マリーのフリルのついた襟を引っつかみ、彼女を揺さぶって、さっさと話を聞かせてとわめきそうになるのをじっとこらえた。

タイはゆったりと椅子に座り、じっと待っている。さわるだけで割れてしまいそうなカップに手も触れないところを見るに、明らかに自分は正しい手順を踏む義務からは免除されていると判断したようだ。

「もちろん、あなたの叔父さまにもお花を送ったわ、リリー。ああ、モリー、お母さまはさぞやお嘆きでしょうね」アンナ・マリーは言った。

モリーは何やらもごもごと返事をしたが、なんと言ったかは聞きとれなかった。

「ビスケットはいかが?」アンナ・マリーは素早く話題を変えて、アーモンド・クッキーが盛られた皿を身ぶりで示しながら言った。

「では、遠慮なく」タイはクッキーを一枚つまんで口に入れ、にっこり微笑んだ。「おいしいですね」

「わたしが焼いたのよ」アンナ・マリーはうれしそうに言った。「昔、母から教わったの。わたしはひとり娘だったから、兄弟たちは父と外でいろいろなことをして遊んでいたけれど、わたしは母と過ごす時間が多かったの」

「そのご兄弟のことなんですが」リリーが言うと、タイがストップをかけるようにそっと腿に手をのばしてきた。ゆっくり時間をかけて話を本題に近づけていくというのが、三人で打ち合わせた作戦だった。「たくさんのご兄弟に囲まれて成長するというのも、楽しい経験でしょうね」アンナ・マリーの兄の糾弾にさっさと取りかかりたい気持ちを抑えて、リリーは言った。

するとアンナ・マリーは子供のころの思い出話の数々を披露しはじめた。「……というわけで、うちの父はあなたのお父さまとは知り合いだったのよ」リリーに向かって言った。

「あなたのお父さま同様、うちの父もクラシックカーが大好きだったから。というより、要するに車好きだったのね。わたしにも車の手入れの仕方を教えてくれたわ。だから、わたしは一台の車を長年ずっと乗りつづけることができるの。車を愛し、定期的に乗ってやること、それが父の教えだったわ」

「それじゃ、車が盗まれたときには、さぞやショックだったでしょうね」エリーがついに話の核心に通じる道に踏みこんだ。

見事にさりげない最初の一歩だ。リリーは感心した。自分なら、大股でずかずかと入りこんでいっただろう。

「あら、ええ、もちろんとてもショックだったわ」アンナ・マリーは立ちあがってカップとソーサーをシンクに運んだ。

明らかに誰とも視線を合わせたくないらしい。やはり思ったとおり、謎《なぞ》を解く鍵はここにある。アンナ・マリーのあの落ち着きのなさ。彼女がシンクにカップを落としたのを見て、リリーの確信はいっそう強まった。アンナ・マリーは何かに怯《おび》えている。だが、彼女から悪意や邪悪な意図は感じられない。

アンナ・マリーを見ているうちに、リリーは自分の中で何かが溶けていくのを感じた。これほど穏やかで優しそうな女性が、他人を傷つけるようなことをするはずがない。少なくとも、そうなるとわかっていたとしたら。

せっかくモリーが盗まれた車に話題を向けたというのに、リリーはふいに、アンナ・マリーの心を動かし、良心に訴えるために、別のアプローチを試してみようという気になった。「ご兄弟たちからは、さぞや大切にされていたんでしょうね。わたしも子供のころは、タイとハンターに本当の妹のように面倒を見てもらったんですよ」

アンナ・マリーはシンクからこちらに顔を向けた。「ええ、そうね。でも、わたしも昔からずっと、兄や弟たちの面倒を見なければならなかったのよ。うちの兄弟たちときたら、本当に信じられないようなことばかりやってくれるものだから。そのたびに、わたしがみんなの母親代わり、父親代わりになって、救出に駆けつけたものよ」アンナ・マリーはそんなおりの出来事を思い出したのか、笑いながら言った。

モリーが立ちあがってアンナ・マリーのそばに行った。「みんなが大人になった今でも、兄弟を保護するのがあなたの役目だと思っているのね？」

「いいえ、もうみんな、わたしの助けなど必要としていないわ。よくわたしの相手をしてくれて、職場の話でもなんでもちゃんと聞いてくれるのよ。今はもう彼らも自分の面倒は自分で見られるようになっているわ。必要なときには力になってくれる奥さんもいるし」

「でも、〝血は水よりも濃し〟だと、義理の父のひとりがよく言ってたわ。たとえば、ポールが誰かに頼み事をしたいと思ったら、きっと真っ先にあなたのところにやってくるでしょうね」モリーはアンナ・マリーの肩に優しく腕をまわした。「さあ、こっちに来て、座りましょう」アンナ・マリーをテーブルのそばの椅子まで誘導した。「車を盗んだ人物がマーク・デュモントを撃った犯人だということは、警察から聞いている？」モリーは静かに訊いた。

アンナ・マリーは指の関節がごつごつした両手を、膝の上でぎゅっと握りしめ、顔を上げようとしなかった。「警察がここにやってきて、わたしの車のことをあれこれ訊いてきたわ。だから、わたしは車は盗まれたと答えたのよ」震える声でそう言った。「あれだけしつこくわたしの車のことを訊いておきながら、わたしが〝車は盗まれた〟と言うまで、理由を言わなかったわ」

モリーはアンナ・マリーのそばにひざまずいた。「それは、あなたのほうが先にお兄さんのポールをかばうために嘘《うそ》をついていたからじゃないかしら？　これまでもときどきそうしていたように、あなたはお兄さんに車を貸したんでしょう？　お父さんがおっしゃっていたように、車を愛し、適度に乗ってやるために」

タイとリリーはじっと黙ったまま、アンナ・マリーといちばん親しい関係にあるモリーに話を続けさせた。

アンナ・マリーはうなずいた。「ポールは心安らかに過ごせたことがない人なの。長男だということで、いつも完璧を求められ、家族の期待を一身に負っていた。兄にはそんな現実から逃避する必要があったのよ。わたしたちはサラトガの近くに住んでいたものだから、競馬が兄の気晴らしになってしまって。シーズンのあいだは競馬場に通って、お金を賭《か》けていたわ。でもじきに、馬に賭けるだけでは満足できなくなってしまったらしいの」

「ポールはギャンブル依存症なんですか？」タイが訊いた。

「依存症かどうかはわからないけれど、わたしの車を使うときには、ほかの町の競馬場に行ったり、場外馬券場で馬券を買ったりしているんじゃないかしら」アンナ・マリーはため息をついた。「以前は車を使ってくれとわたしが頼んでいたのに、最近では兄のほうから貸してくれと言うようになって。だから、おそらくそんなことだと思うわ。車が盗まれたことにしてくれと兄に言われたとき、たぶん誰か見られてはまずい人に競馬場で車を見られたのだろうと思ったの。車が盗まれたのだとしたら、そこにとめたのはわたしでもなければ、兄でもないと言えるでしょう？」

「だからお兄さんをかばうために、車は盗まれたと言ったのね？」モリーが言った。

アンナ・マリーは肩にかけていたセーターをしっかりと体に巻きつけた。「兄はどんなことでも必ず対処法と解決策を見いだす人よ。だから、今度も自分でなんとかするだろうと思っていたわ」

「ところが警察がやってきて、銃撃事件の話を聞かされた」モリーは言った。「そして、パニックに陥った」

「ええ、もちろんですとも。それ以来、食べることも眠ることもできなくなったわ。嘘をついたと認めれば、わたしは共犯者ということになるのよ」さすがに裁判所勤めをしているだけあって、法律を知っている。「かといって、兄が車を使っていたと警察に言えば、兄はマーク・デュモントを撃った犯人として逮捕されてしまうわ。本当に兄がやったかどうかもわからないというのに！」

モリーは慰めるようにアンナ・マリーの手を軽くたたいた。「でも、車は盗まれたことにしてくれと言われたとき、銃撃事件にかぎらず、彼が何かよからぬことに関わっていると感じたはずよ」

アンナ・マリーは大きく何度もうなずいた。「そして兄はこのわたしを巻きこんだ。妹を！　たったひとりの妹だというのに！　でも、気づいたときには、もう本当のことを言うには遅すぎた。少なくとも、わたしはそう思ったの。まず兄と話をして、それから警察に通報しようと」

「あれからお兄さんとは話をしたんですか？」タイが訊いた。

アンナ・マリーは首を横に振った。「車が盗まれたと言ってくれと、電話で頼んできてからは一度も」

「で、今、車はどこにあるの？」リリーが訊いた。

アンナ・マリーは肩をすくめた。「わからないわ。それに兄がどこにいるのかも。たくさんの疑問と嘘と一緒にわたしをここに置き去りにして、どこかに行ってしまったのよ」

両手で顔をおおい、肩を震わせて泣きだした。

モリーがアンナ・マリーの手を取って慰めているあいだに、タイはリリーを部屋の隅に連れていき、小声で言った。「これでアンナ・マリーがポールに車を貸したことがはっきりした。つまり、警察がやつの家のガレージを捜索する正当な理由ができたということになる」

リリーはうなずいた。明らかになった事実と、いまだ答えが見つかっていない謎が、頭の中で渦巻いている。アンナ・マリーから聞いた話とこれまでに起こった出来事を、タイと一緒に整理して、じっくり分析してみたい。「それ以外に、何か新たに思いついたことはある?」

リリーは、無精髭《ひげ》がのびてきている顔を撫《な》でまわすタイを観察した。入院した母親につき添ってひと晩じゅう起きていたのだから、さぞや疲れているはずだ。その上、こうして自分の問題にまでつき合わせている。リリーは申しわけなさでいっぱいになったが、家に帰って少し休んだらどうかとは、どうしても言えない。

「今の時点では、絶対確実と断定できることはひとつもないな。しかし、ギャンブルに溺《おぼ》れた人間は、金をどこかから捻出《ねんしゅつ》してこなけりゃならない」タイは言った。

「ギャンブルでつくった借金を埋め合わせるくらいのお金は持っていたのかもしれないわ」リリーは言った。

「いいえ、お金なんかなかったわ」アンナ・マリーが椅子から立ちあがった。「もう何年も前から破産状態ですもの。お金に関しては、わたしからじゅうぶんな援助は引きだせないし、ほかの兄弟たちからは去年絶縁されたわ。でも、セイフティネットがあると、いつも言っていた」

タイは目を細めた。「そのセイフティネットというのは、なんのことなのかわかりますか？　借金を埋める金を、お兄さんはどこから調達していたんでしょう？」

アンナ・マリーは首を横に振った。

「そうか、そういうことだったのか」ふいにタイが言った。「この十年のあいだ、彼は信託財産の管理と運用をまかされていた。リリー・デュモントの死亡が法的に確定されて、マーク・デュモントが代わって財産を相続する権利を申し立てないかぎり、誰もその財産の中身を調べたり、確かめたりすることはできない」

「でも、わたしは生きているわ」リリーが言った。

「しかしポール・ダンにとっては、二十七歳の誕生日がくるまで、きみに生きていられたらえらいことだ。きみが相続権を申し立てたら、自分がその一部をくすねていたことがばれてしまう」タイは自信ありげにきっぱりと言った。

「あり得ないわ！　兄が人殺しをするなんて考えられません。暴力を振るうことすらしない人ですもの」アンナ・マリーはほとんど叫ぶように言った。

モリーは彼女の手を離さなかった。「何かの虜《とりこ》になると、人は変わるものよ」そっと言った。

リリーはタイの推論をもう一度、頭の中でさらった。「もし彼がわたしの殺害に成功していたとしたら、遺産を相続するのはマーク叔父になっていた。つまり、お金が使いこまれていたことを発見するのは、叔父だったはずね」

タイはうなずいた。「そのとおり」

「それじゃ、わたしを殺そうと企てたのがマーク叔父であるはずはないわ」そう気づいて心から安堵《あんど》し、喜んでいる自分が意外に思えた。

モリーが一歩前に踏みだした。「おそらくポールは、リリーにもマークにも死んでもらいたかったのね」

「ところが、デレクとぼくにそれを阻止された」

リリーは頭がくらくらしてめまいがした。「それでもやっぱり、あの日なぜマーク叔父がわたしに会いに来たのかがわからないわ」

タイは肩をすくめた。「その疑問には本人に直接答えてもらわないとな。差しあたって今は……」携帯電話を開いて、番号のボタンを押した。「署長？」電話に向かって言った。「タイ・ベンソンです」

十分後、アンナ・マリーの家に警察署長が地方検事とともにやってきた。銃撃現場で目撃された車は自分が兄に貸したものだと、幾分落ち着きを取りもどしたとはいえ泣きながら語るアンナ・マリーの話にじっと耳を傾けた。

警察と地方検事は、マーク・デュモントに対する殺人未遂と、妹に嘘の証言をさせた司法妨害などの罪で、ポール・ダンを逮捕するじゅうぶんな証拠が揃ったと判断した。そしてポール・ダンを全国に指名手配することを決定した。

さらに、地方検事はアンナ・マリーの車の捜索を目的として、容疑者のガレージに対する捜索令状を裁判所に申請した。さらに信託財産の運用状況を調べるために、彼の自宅とオフィスに対する捜索令状も申請された。ポール・ダンがギャンブルでつくった借金穴埋めのためにリリーの信託財産を横領していた事実が確認されれば、マーク・デュモント銃撃事件とタイの住居への放火事件の動機が明らかになる。

アンナ・マリーに対しては訴追は行われないこととなった。彼女が自ら警察に真実を語ったからだ。アンナ・マリーがいかに兄を愛していたかを考えれば、その兄を警察に引き渡す手助けをしただけで、彼女はじゅうぶんな罰を受けたことになる。ゴシップと同様に、彼女が最初に警察に話した嘘に悪意はなかったのだ。

だが、ポール・ダンが逮捕され、彼と並んで叔父のマークの口から、それぞれの行為における動機と役割が明らかにされるまでは、リリーにとってまだ暗中模索の状態は続く。

自分の人生と未来の展望もまた、今しばし見とおせぬままだ。

16

マークは警察による事情聴取を終えた。もうこれ以上何ひとつ語ることもなければ、隠すこともない。

病室で速記者を前にして、ローナに恋をして、彼女をみんなの人気者の兄エリックに奪われ、ふたりのあいだに生まれたリリーの後見人となり、やがて狙撃《そげき》されるにいたる人生をすべて語りつくした。

姪《めい》を里子に出すという企《たくら》みについても語った。その動機が、リリーに恐怖を味わわせて、叔父のもとに帰してもらえるなら信託財産を叔父に譲るという書面にサインさせることだったということも。だがもちろん、酒を断って正気を取りもどした最近になって、姪が二十七歳になって遺産を相続したあとでなければ、それを法にのっとって自分に譲渡させることはおそらく不可能だったのだろうと気づいた。アルコールによって思考力が鈍っていた彼は、金を手に入れるという夢にのめりこんでいたのだ。ポール・ダンが財産を横領していることに気づいていたこと、しかし、それがどれほどの額に達していたかは知らなかったことも語った。

　そしてまた、リリーを里子として預かってもらうためにフロー・ベンソンに支払う金を、ポール・ダンを通して信託財産からくすねていたことも認めた。事情聴取に立ち会っていたリリーは、その話を聞いたとき、はっと息をのんだ。タイ・ベンソンはひと声うなった。リリーの〝死後〟、州当局に働きかけてハンターをベンソン家から引き離して矯正施設に送らせたというくだりの告白は、タイとハンターを喜ばせた。マークは、彼らがリリーの死を偽装するにあたって、どのような役割を果たしたかについては――モリーから情報は仕入れていたが――詳細は語らなかった。あの数年のあいだに自分がいかに彼らに苦しみを与えていたかを考えれば、当然の配慮だ。かくして、リリーは自分の判断で町から逃げだしたというのが、みなの共通見解となった。実際、姪の目的は叔父である自分のもとから逃げだすことだったのだから、その見解は正しいのだ。姪は見事、目的を達成した。

　アルコール依存症の更生プログラムでは、自分のしたことを反省し、謝罪して責任を取るということを学ばされた。どうやら今日は、見事にその成果を発揮できたようだ。リリーが危うく車に轢《ひ》かれそうになった事故も、タイのアパートメントが火事になったことも、裏で工作したのはポール・ダンだということを警察に告げた。この白分に脅しをかけて、そうした汚い仕事を引きうけさせようとしたポール・ダンの手の内も暴露した。彼に携帯から電話して、きっぱり断ったその日に、マークは銃撃されたのだ。

マークはポール・ダンの脅しに屈する代わりに、自ら姪のもとに出向き、洗いざらい真実を告げるという決断をくだした。まずいことに、ポール・ダンは自分の背任行為がすべて暴露されてしまうと死ぬほど震えあがった。世間の人々から尊敬される弁護士という、これまでに築きあげてきた地位を失うかもしれないという恐怖に圧倒されてしまったのだ。そして、タイ・ベンソンの命を受けた探偵の監視の目をようやくかいくぐって、やっとの思いで姪のところに出かけていったマークのあとをポール・ダンが尾《つ》けてきた。姪にどう話を切りだすかを考えて頭がいっぱいになっていたマークは、背中に焼けるような痛みを感じるまで、ポール・ダンに尾行されていたことにまったく気づかなかった。

マークが自分の恥をさらけだし、事実上警察の犯人逮捕に協力しているというのに、これから結婚するはずの相手の女性は、いささかも感動しているようすはない。フランシーのしかめっ面と冷ややかな態度はその場の空気を凍りつかせている。彼女の顔を見なくても、それくらいちゃんとわかる。いずれ彼女との直接対決は避けられないだろう。それがすんだら、おそらくマーク・デュモント名義のクレジットカードの、来月分の請求書に載っているはずのジミー・チューの靴をはいて、彼女はあとも振り返らずに去っていくことだろう。この次は、愛情さえ与えればほかには多くを求めない貧しい女性を探すことにしよう。

ここにはモリーもいる。母親が座っている椅子のうしろに立っている。善良なる女性だ。

この現実はモリーにとってさぞや辛《つら》いものだろう。なぜなら彼女は、このわたしに家族の一員として受け入れてもらうという期待を抱いていたからだ。哀れなモリーは、そんな夢をこんな男に託してしまったのだ。わたしは人生で出会ったすべての人に失望を与えてしまった。この生き生きとした目をした弁護士の女性も例外ではない。だがわたしは、彼女を娘と呼べることを誇りに思っていた。そのことはぜひとも彼女に伝えておきたい。それが少しでも慰めになればいいのだが。

それにしても、見事に何もかも台無しになったものだ。

警察はようやく引きあげていった。タイ、ハンター、リリーも。誰からもひと言もなかった。おもしろくもない見せ物に、いつまでもつき合っている気はないのだろう。だが、リリーとのあいだには、まだ片づけておかなければならない問題が残っている。フランシーにお払い箱にされたあとでも、まだ正気を保っていられたらの話だが。この期に及んで、よくもまだユーモアのセンスなど発揮できるものだと、われながら思う。だが、それこそがたったひとつ自分に残された財産、持てるすべて、誇れる唯一のものなのだ。

入院して以来、今日初めて病室を訪れたフランシーは、つかつかとベッドに近づいてきた。「やっぱりもうだめね」そう言った。

マークはとてつもない疲労感を覚えながら、枕《まくら》に頭をもたせかけた。「なんとまあ、〝気分はどう？〟でもなければ、〝お見舞いに来られなくてごめんなさい〟でもないのか?」

「よしてちょうだい、被害者面をするのは」フランシーは言った。

マークは体の自由がきくほうの側の眉をつりあげた。「きみが被害を受けた唯一の場所は財布だな、フランシー。悲しいことに、わたしは心からきみを愛していたんだ。だから、自分のことなどどうでもよかった」

フランシーはそばに来て、ベッドに両手をついて体重をのせた。その位置と姿勢から、彼女が着ている、体にぴったりした白いジャケットと深い胸の谷間が目についた。よかった、このジャケットは買ってやった覚えはないぞ。

「それって、あなた流の自己憐憫《れんびん》の表現?」

「われわれはお互いに求めるものが違っていたという、わたし流の表現だ」

モリーが顔をそむけて咳《せき》をした。

フランシーはベッドから手を離して体を起こすと、肩をそびやかした。「わたしは自分のお金の使い方について嘘《うそ》をついたことはないわ。でも、今やあなたにはもう――」

「きみは何も気にすることはない」マークは言った。われながら驚いたことに、本気でそう思っていた。リリーが生きているとわかったときから、いつかこうなると覚悟はしていたのだ。「元気でな」

フランシーは軽く首を傾《かし》げた。「あなたもね。今夜八時のロンドン行きの便に乗るの」

モリーがはっと息をのんだ。マークは初めて、痛いほどの後悔の念に襲われた。自分のためにではなく、モリーのために。「たぶん、そのチケット代もこっち持ちなんだろうな?」マークは皮肉をこめて訊《き》いた。

さすがのフランシーも顔を赤らめた。

マークは呆《あき》れたように首を横に振った。「金持ちを探すことだな、フランシー。きみに必要なのはそれだ」

フランシーはマークの頬にキスをすると、そそくさとドアに向かった。だが、マークの視線はじっとモリーの青ざめた顔に注がれていた。

フランシーは戸口で足をとめた。「モリー?」

マークは息を殺した。

「え?」モリーは指の関節が白くなるくらいにきつく椅子の背をつかんだままだ。目には、切ないほどの期待が浮かんでいた。だがまた、必ずやその期待が裏切られ、今日一日の中でも最大の痛手をこうむることになると、モリーが覚悟していることもはっきりとわかった。

「マークの家に荷物が残っているの。落ち着いたら、住所を教えるわ。だからそれを送ってちょうだいね」

「それはわたしがやろう」マークが言った。返事を迫られればモリーが泣きたすのは目に見えている。

フランシーは、娘にとも、マークにとも取れる投げキスをすると、あとも振り返らずに部屋を出ていった。ふたりのうちどちらをどれだけ傷つけたかなど、フランシーにはどうでもいいことなのだ。そもそもどうしてこんな女を愛したのだろうと、マークは首を傾げたくなったが、実はちゃんとわかっていた。美しい女性が自分になびいてきたことに、すっかり舞いあがってしまったのだ。何しろそれまでの彼の人生に、いいことなどひとつもなかった。

マークが両腕を広げると、モリーはすぐさまそこに身をあずけた。マークの傷に響かないように注意しながら。一瞬のハグののち、すぐに身を引いた。

「きみが本当の娘だったらと思うよ」マークは言った。モリーが愛情に飢えていることはよくわかっている。

モリーは微笑《ほほえ》んだ。その悲しげな笑みに、マークの胸は痛んだ。「それはそれとして、わたしはあなたを信じていたのよ。あなたがリリーを殺そうとするわけがないと。そのとおりだったわ」ベッドの足元のほうにさがった。

「それはありがたい」マークは激しい疲労とまぶたが重くなるのを感じた。「わたしが退院したら、一緒にピザでも食べながら話をしようじゃないか」

モリーはベッドの柵《さく》に寄りかかった。「喜んでと言いたいところだけれど、そう長くはこの町にいないわ。あなたのことは気になるけれど、完全によくなるとわかったからには、もうよそに行かないと」

「どこに？」答えを聞いたら悲しくなるかもしれないが、訊かずにはいられない。

モリーは肩をすくめた。「どこか遠くに」

「どこででも弁護士ができるわけじゃないぞ」マークは言った。

「わかってるわ。でも、いろいろなことが起こって、これからもずっと、ああすればよかったとか、こうすればよかったとか、つい考えてしまうこの町にはいられないわ」

「ハンターのことはどうするんだね？」マークは訊いた。ふたりのあいだに漂う雰囲気には気づいていた。ハンターがモリーに好意を抱いていることも。彼のモリーを見る目を見れば、それがわかる。少々妬《や》ける気もするが、ハンターならモリーを幸せにしてくれるだろう。

「ハンターにはもっと落ち着いた女性がふさわしいわ。わたしなんか全然だめ」モリーはそっけなく言った。

マークはうなずいた。モリーがそう感じるのも無理はないかもしれない。「焦らないことだ。人生、先に何が起きるかわからないからな。連絡は絶やさないようにしてくれるね？」マークは期待をこめて訊いた。

モリーはうなずいた。「町を出る前に、またここに寄るわ」

だが、マークにとって、モリーはもうすでに遠くに行ったも同然だった。彼を信じてくれる人間を失ってしまったのだ。だが、それはいい。自分に自信の持てる人間になることを考えるのだ。担当医師のひとりから、アルコール依存症のプライベート・セラピーを受けてはどうかと言われている。懐の余裕があるなら、それもいいだろう。だが、リリーが遺産を相続して、あの家から追いだされたら、家賃や住宅総合保険の掛け金、その他これまでリリーの信託財産でカバーしてきた費用をすべて捻出《ねんしゅつ》しなければならなくなる。

自立した男として生計を立てていくのだ。どうしてそこに考えがいたらなかったのだろう。酒に対する欲求と闘うだけで精いっぱいだと思っていた。だが、警察にも、これまで傷つけてきた人々にもすべてを告白した今は、もう自分を哀れむ気持ちはない。ただひたすら自らの進む道を考えている。

これぞ進歩というものだ。

今朝、ハンターはマーク・デュモントの供述を聞いたが、その内容よりもモリーのうつろな表情に気を取られた。ハンターにとっては、デュモントはすでに過去の一部なのだ。だがモリーはハンターにとっての未来だ。少なくともそう思いたい。表向きいくらそっけないとはいえ、彼女にそう簡単に自分を過去の一部として退けてほしくない。

マークの告白に、いかに彼女が傷ついたかはよくわかる。だがまた、あの男に関して彼女が言っていたことは正しかったのだ。マークはリリーを亡き者にしようなどと企ててはいなかった。彼に対するモリーの信頼は裏切られなかったということだ。それでいくらかでもモリーにとって慰めになればいいのだが。

今、彼女がどんな思いでいるのかを知りたい。自分たちの関係がどうなっているのかを。そして彼女に会いたい……なんとしても。ハンターは書類をわきに押しやると、立ちあがってジャケットを手に取った。

三十分後、ハンターはモリーの下宿の前に車をとめた。アンナ・マリーの姿が見あたらないが、無理もない。タイから聞いた話からすると、彼女も相当辛い思いをしたようだ。おそらく家の中に引きこもっているのだろう。

ハンターがポーチに上がってモリーの部屋のベルを押したときも、幸い、あたりに人気はなかった。やがて階段を下りてくる足音が聞こえ、モリーがドアを開けた。

モリーはグレーのスエットに胸のあたりに染みがついている白いTシャツ姿だった。どうやら掃除をしている最中だったようだ。

「やあ」ハンターは言った。気のきいた言葉のひとつでもと考えていたが、ふいにそんなことはどうでもよくなってしまった。モリーに会えたのが、ただうれしかった。

モリーは軽く首を傾げた。「ハイ」

「午前中はたいへんだったね」ハンターは言った。

モリーは肩をすくめた。「今はもっとたいへんよ。あの、実はわたし今、忙しくて――」

「どうしてもちょっと話がしたいんだ。手間は取らせないよ」

モリーはしばし考えこみ、意外にもドアを大きく開けてくれた。「いいわ。入って」

ハンターはどちらかといえば、そこで押し問答になることを予想していた。モリーのあとについて階段を上がりながら、もしかしたらついに彼女の琴線に触れることができたのかもしれないと考えた。そしていざ彼女の書斎に入ってみると、そこらじゅうにスーツケースが置かれているのが目に飛びこんできた。その光景にみぞおちを強打されたような衝撃を受けた。

ハンターはあたりを見まわした。スーツケースに入っているのは衣類だけではなかった。その他の所持品までが箱につめられておさめられていたのだ。「どうやら休暇旅行のための荷造りというわけではなさそうだな」

モリーはしぶしぶ彼と目を合わせた。「ええ」

その言葉にハンターの恐怖はあおられた。「それじゃ、きみが出ていく前に、言っておきたいことがある」

モリーはうなずいた。「どうぞ」そっと言った。

「デュモントに関してはきみの言ったとおりだった。きみを信じることができなかったことを、すまなく思っている」

　モリーはハンターのハンサムな顔を見つめ、その表情から彼が心からそう思っていることを感じとった。ハンターは慎重に言葉を選んで話す。彼はモリーの言ったことを信じなかったのではなく、信じることができなかったのだ。それだけかつてはマークにひどい目に遭わされたからだ。今日、マークの口から最初に聞かされたのがその話だった。

　だが、マークを擁護する発言をしたとき、ハンターはそれを信じることができなかったにせよ、頭から否定するようなこともしなかった。彼の誠実さはおそらく本人が思っている以上に評価に値するものだ。

「謝ることはないわ。あなたの気持ちは理解できるもの」

　ハンターは、モリーが大急ぎで荷造りをしたスーツケースやら段ボール箱などにつまずきながら、部屋の中を歩きまわった。

と思うと、ふいにこちらを振り返った。「なんてことだ、モリー。こんなことはしないでくれ」

　モリーは喉のつかえをごくりとのみくだした。「やらなきゃならないのよ」

「ぼくたちのことをこのままにして、行ってしまうというのか？」問いつめるような口調でハンターは言った。

　モリーは目を閉じた。ハンターを傷つけたくはなかった。こんなことにならないよう、何年ものあいだ彼を避けてきたというのに、結局のところ結果は同じだったのだ。「自分をもっとよく見つめて、人生に何を求めているかを見極めたいの。ここにいたら、それができないわ。どこを見まわしてみても、わたしが子供のころから憧《あこが》れ、夢見てきた家族というものが目につくんですもの」

「ぼくだって家族なんかいなかった。きみがどんな思いで過ごしてきたかはよくわかるよ。だったら、ぼくたちふたりで一緒に家族をつくってみないか？　もっとも、きみもぼくのことを大切に思ってくれているというのが、ぼくの誤解でなければの話だが」ハンターは頬を赤らめて、照れ隠しにズボンのポケットに両手を突っこんだ。

大きな痛手をこうむる可能性を承知の上で、これほど率直な言葉を口にするのは、ハンターにとっていかにむずかしい決断だったことだろう。そんな彼を拒絶しなければならないかと思うと、モリーの胸は痛んだ。だがいつの日か、彼もきっとわたしの選択に感謝してくれるはずだ。

「あなたを大切に思っているからこそ、ここを出ていくのよ」モリーはじっとハンターを見つめ、どうかわかってほしいと目で訴えた。「わたしはもっと成長しなきゃならないの」

そのためには、ひとりでいなければならないのだ。

自分を癒《いや》し、母親を過去に葬り去る時間が必要だ。昔のままの希望と期待に手足を縛られることなく、自らの二本の足でしっかりと大地を踏みしめることを学ばなければならない。

ハンターがそばにやってきた。モリーが息を吸うと、彼のセクシーなコロンの匂《にお》いがした。これからどこでどう生きていくかはわからないが、いつまでも彼のことを懐かしく思うことだろう。機知に富んだ、あきらめの悪い男、ハンターを。だが、鏡をのぞいて、そこに映る人間を好きになれるようにならないかぎり、もうここを立ち去るしかないのだ。

「ぼくとこの町のあいだに特別な絆《きずな》なんかないし、いつ出ていってもかまわないんだ。きみについていきたい。ふたりでどこかよそに行って、何もかも最初からやり直そう」

つい心が動きそうになる。あまりに魅力的なアイディアだ。

モリーはハンターの顔を両手ではさんだ。「あなたはとてもいい人だわ。イエスと言えたらどんなにいいかしら。でも、自分探しはわたしの最優先事項なの」

ハンターの顎の筋肉が引きつった。「誰だって荷を負っている」

「わたしの荷物はほかの人のより重いのよ。というか、今のわたしにはすごく重く感じられるの」

「それじゃ、ぼくにはきみを引きとめるすべはないということか?」

モリーはうなずいた。「わたしだって楽に決断をくだせたわけじゃないわ」思わず声をつまらせた。

わずか十センチほど離れたところにハンターの顔がある。あまりに近すぎる。その唇にキスをして、いっそ彼の言うとおり、計画を放棄してしまいたくなる。そう思っていたからこそ、モリーは身を乗りだして素早く一瞬、彼の唇に触れた。だが、ハンターに反応する隙《すき》を与えないまま、すぐに身を引いた。

ハンターは自分の下唇を指でなぞった。「幸運を祈ってるよ、モリー。きみが探しているものがちゃんと見つかるといいな」

モリーもそう思う。なぜなら、たった今ほど最悪の気分は味わったことがないからだ。


あと一日か二日後には退院となるフローの病室にタイを残し、リリーはひとり部屋を出た。護衛がつけられたあとは、ひとりで病院内を散歩するときも、タイはそううるさいことは言わなくなっていた。というわけで、今日の散歩の目的が叔父のマークと腹を割って話し合うことだということは、タイには黙っていた。

裕福な後援者から病院に寄付された全面ガラス張りのサンルームで、叔父は車椅子に座っていた。

「ちょっとお話がしたいんだけど、大丈夫かしら?」リリーは戸口から声をかけた。自分の命を狙《ねら》っていたのは叔父ではなかったとはっきりした今も、叔父とふたりきりになるのはあまりいい気分ではない。

叔父は顔を上げ、姪の姿を目にして明らかに驚いたようすだ。「わたしなら大丈夫だ。看護師がやってきて、部屋に連れもどされるまではな。外の眺めを楽しんでいたところだ。

おまえもこっちに来るといい」

リリーはサンルームの中に足を踏み入れたが、念のため、ドアのそばの椅子に腰を下ろした。わたしったらばかね、こんなどこからも丸見えの部屋の中だというのに。叔父はわたしに危害を加えることなどできないし、したいとも思っていない。だが、なかなか心からそう信じることができないのだ。

「で、話というのは？」叔父が訊いた。

「本当はよくわからないの。たぶん、ポール・ダンの件でわたしに警告しに来てくれたことで、お礼を言いたかったのかもしれないわ」

マークはとんでもないと言いたげに首を横に振った。「もしわたしがいなければ、そもそもこんなことにはならなかったんだ。ポールはギャンブル依存症。わたしはアルコール依存症だ」そう言いながら膝掛けをかけ直した。「わたしがしたことは法には触れていなかったとしても、倫理的、道徳的には道に反することだった。だからこそ、ポールは遺産を、おまえではなくわたしに相続させようと考えついたんだ。わたしの恥ずかしい所業をねたに脅しをかければ、自分が金を横領していることを警察に通報されずにすむと考えたというわけだ。おまえが相続していれば、きっとやつを警察に突きだしただろうからな。ポールはおまえに死んでもらいたかった。そしてその仕事を、わたしにやらせようとしたんだ」

叔父は警察にしたのと同じ話をくり返した。だがリリーは、最初に聞いたときは恐怖と驚きばかりが先に立って、話の中身をじゅうぶん咀嚼《そしやく》することができなかった。もう一度聞いて、今度こそ冷静に理解することができた。

「わたしを殺すことを拒絶したから、叔父さんはあの男に撃たれたのね」口に出して言ってみると、恐ろしさに喉がつまりそうになった。

「それもあるが、きっとわたしがおまえに警告すると思ったからでもあるんだろう。確かにやつの読みは当たっていた」

リリーは自分の震える両手に目をやった。「いつ退院できるの?」

「たぶん明日だろう。だが、心配はいらない。荷造りする体力が戻ったら、すぐにあの家から出ていく。ロバート兄貴に電話して、しばらく置いてもらえるかどうか訊いてみた」

リリーは口を開きかけたが、すぐに閉じた。確かに、自分が相続するのはお金だけでなく、子供時代を過ごした家でもあるのだという意識は持っていた。ポール・ダンと面会したときにそう聞かされたからだ。しかしあのあと、それについて深く考えることもなかった。

今、その現実と正面から向き合ってみて、リリーはあることに気づいた。「わたし、あの家はいらないわ」気づいたときには、叔父にそう言っていた。

「おまえの両親はあの家をおまえに遺《のこ》したんだ」

「あそこには叔父さんがこのまま住んでほしいの。あれは叔父さんの家よ。わたしのじゃないわ」

叔父は車椅子でリリーに近づいてきた。「それはまた太っ腹な」

果たしてこれを寛大な処置と言えるのかどうかわからない。それよりも、こうすることが必要だからなのだろう。叔父の婚約披露パーティに出席したときに、リリーはあの家もまた人生の過去の部分に封じこめたのだ。

「今のわたしの人生に、あの家は似合わないというだけのことよ。叔父さんはずっとあそこで暮らしてきたんだもの、わざわざ引っ越す理由はないわ」

「いや、こっちには理由がある。あの家を維持する経済力がないんだ」

「マーク叔父さん、そんな……」

「いいんだ。何もおまえに気まずい思いをさせるつもりはない。わたしはただ事実を言ったまでだ。実は生まれて初めて、自分ひとりでなんとか生きていけると自信が湧《わ》いてきたんだ」叔父は笑いながらやれやれとばかりに首を横に振り、次の瞬間、痛みに顔をしかめた。「惨めな出直しとは違うんだぞ。人生のステップアップだ」

リリーは立ちあがった。「信託財産がどのくらい残っているかわからないけど、あの家の維持費を賄うのは無理なの？」

「おまえがあそこに住むなら、もちろん可能さ。あれはおまえの金だ。じきにおまえのものになるんだ」

リリーは両腕をさすった。将来どうなるかはわからないが、今の彼女にとって肉親と呼べるのはマーク叔父以外にはほとんどいない。叔父のせいで子供時代にトラウマを負ったが、叔父のおかげで命拾いもできたのだ。叔父とのあいだに肉親の情を通わせることができるかどうかわからないが、少なくとも叔父はさっそくその努力を始めているようだ。

リリーは顔を上げ、叔父と目を合わせた。「叔父さんがあの家に住んでちょうだい。言ったでしょう？　あの家は叔父さんのもので、わたしのじゃないわ。信託財産から維持費としてどのくらい計上されていたかは知らないけれど、今後も同じ額を割りあててかまわないわ。両親もきっとそれを望むと思うの」

「わたしのおまえに対する仕打ちを知ったら、そうは思わないだろうよ」叔父は窓の向こうに広がる景色に目を向けた。その姿から、叔父が自分のしたことを後悔し、恥じているのがはっきりと伝わってきた。

「それよりも、きっと父は叔父さんがわたしの命を救ってくれたことに感謝すると思うわ。だから、これでおあいこよ、わかった？　見たところ、叔父さんもわたしと同じでほかに家族はいないようだしね」

叔父は目をしばたたかせた。「おまえの両親がこんなふうに立派に成長したおまえを見たら、さぞや誇りに思うことだろう。おまえの成長にわたしはいっさい貢献していないがな。それだけは自信を持って言える」

　叔父の目が涙でうるんでいるように見えたが、確信はない。リリーが何か応《こた》えようとしたところで、ドアにノックの音がした。はっとして振り向くと、戸口にタイと警察署長が立っていた。

「邪魔してすまないが、あんたたちが揃《そろ》ってここにいてよかった」署長が言った。

　その隣でタイが顔をしかめているが、何も言わない。

　おそらく叔父との会話の一部をもれ聞き、その内容が気にくわないのだろう。だが、遺産をどう使おうと自由だ。あのお金はわたしのものよ。いえ、じきにわたしのものになるのよ。

「何かあったのかね？」マークが訊いた。

「ポール・ダンが空港で逮捕された。南米に高飛びする直前に」署長はいかにもしてやったりとばかりに、満面の笑みを浮かべて言った。容疑者逮捕がよほどうれしいのだ。「ふたりとも、もう安全だ。心配することは何もないし、すぐにもとどおりの生活に戻れる」

「とりあえず、そういうことだな」タイはそう言って署長と握手し、労をねぎらった。

　リリーは自分の愛する男性をじっと見つめた。さあ、これからどうすればいいのだろう？　もうこれ以上ニューヨーク・シティに帰るのを先延ばしにできないが、果たしてわたしは本当にそうしたいのだろうか？

リリーとタイは、病院を出て車に向かった。ひんやりとしたさわやかな風が吹き抜け、空には太陽が明るく輝いている。

いやなことを避け、ぐずぐずと先延ばしにする。これまで、自分にそんなことができるとは思ってもみなかった。ニューヨーク・シティにはわたしの帰りを待っている仕事がある。それなのに、どうしてもその話題を持ちだせないし、ニューヨーク・シティに帰らなければならないと、タイに言うことができないのだ。

もちろん、タイにもそれはわかっていた。いずれリリーは帰らなければならないという現実を、ふたりとも頭から追い払えたためしがなかった。その現実から目をそむけようとすればするほど、ますますしつこくつきまとってくる。こうしてリリーがホーケンズ・コーヴに帰ってくる原因となった問題が解決したからには、仕事に戻るという責任を彼女はこれ以上回避するわけにはいかないのだ。

タイは車のわきで立ちどまり、助手席のドアに寄りかかった。そしてあの真剣なまなざしでじっとこちらを見つめてくる。彼が何を考えているのか、リリーにはわからない。

「アパートメントの片づけも掃除もすっかりすんだ。いつでもあそこに帰れる」明らかにタイはあたりさわりのない話題を選んだようだ。

「そこで、〝でも〟が続くんじゃないの?」リリーは訊いた。

タイは声をあげて笑った。「きみはぼくという人間をよくわかっているな。〝でも〟まだしばらくはおふくろのところにいようと思うんだ。せめて、おふくろが完全に元気になるまでは」

「それはとてもいい考えだと思うわ」フローのためだけでなく。こうして話の突破口が開かれたからには、あとは深呼吸をして、思いきってそこに飛びこむまでだ。「フローだけでなく、あなたにとっても。だって、じきにわたしは――」

「ニューヨーク・シティに帰る？」タイは訊いた。

リリーは大きく息を吐きだした。「ええ。もう問題は片づいたんだし……」リリーの声は先細りになった。自分たちの問題は片づいたとは、とうてい言えない。「つまり、もう叔父のことは何も心配する必要はなくなったから、あちらに帰っても大丈夫ということ」

「でもきみは、〝家に帰る〟という表現は使わなかったな」タイは腕組みをして、いつにも増して澄まし顔をした。

リリーはタイに歩みよった。「ニューヨーク・シティはわたしが暮らしている街よ。仕事もあっちにあるし」そこが問題なのだ。生活と仕事はニューヨーク・シティにありながら、彼女の心はタイにあるのだ。

「そうか、わかった」タイはうなずいた。あっさりそう言われて、リリーは呆気《あっけ》に取られた。

リリーは目をぱちくりさせた。「それだけ？　バイバイ、元気でねって、それでおしまい？」

「だって、きみはそうしてほしいんだろう？」タイはすでに自己防衛のための壁をまわりに張りめぐらせている。

「どうしてほしいのかなんて、わからないわ」失望もあらわにリリーは言った。「たぶん、わたしをふたつに引き裂いてもらいたいのかもしれない。それがいちばんいい解決策なんじゃないかしら」片方の自分はニューヨーク・シティで仕事をしながら生活し、もう一方の自分はこの町でタイと一緒にいるのだ。苛立《いらだ》ち、そして困惑しながら、リリーは風で乱れた髪を手で梳《す》いた。

するとタイがその手をつかんで強引に下に下ろさせた。「きみはあちらに帰るべきだ。とにかくもとの生活に戻って、しばらくようすを見て、それから自分が本当にどうしたいかを決めればいい。決めるのはきみだ。ぼくじゃない」うなるような声で言った。

確かにタイの言うとおりだ。そうすべきだということは、自分でも本当はわかっていたのかもしれない。リリーは自らに笑顔を強いて、タイの手を握り返した。「わたしは十年間ひとりで生きてきたわ。仕事を生き甲斐《がい》にしてね。なのにここに帰ってきてさほど時間もたたないうちに、仕事のことなんかほとんど考えなくなってしまった。どうしてこんなふうになってしまったのか、自分でもわからない」

こんなふうになってしまった自分が怖くもある。なぜなら、このホーケンズ・コーヴにはほとんどいやな思い出しかないはずなのだ。いい思い出を無視するわけではないが、いまだに過去にしつこく苛《さいな》まれている。

「だからこそ帰るべきなんだ。もともとそうするつもりだったんだから。きみは帰るべきなんだ」

リリーは喉をごくりとさせた。「そのとおりね。わたしは帰るべきなんだわ」

タイがニューヨーク・シティのアパートメントの戸口に姿を現したあのときから、息つく間もなくさまざまなことが起こった。そのあまりの目まぐるしさに、何がどうなっているのかじゅうぶん把握することもできないほどだった。しばらくここを離れて、ゆっくり落ち着いて考える必要がある。だが、だからといってタイのそばを離れたくないというのが本音だ。

「おふくろが退院したら、ぼくが車で送っていこう」タイは言った。

リリーは首を横に振った。「ありがとう。でも、レンタカーを借りて自分で運転して帰るつもりよ」

「もうそこまで考えていたのか」幾分非難がましくタイは言った。

「そういうわけじゃないの。ただ迷惑をかけたくないだけ。マンハッタンまで片道三時間の道のりを往復するなんて、今のあなたがわざわざそんなことをする必要はないわ」リリーは涙を見られないようにとタイに背を向けた。

確かにニューヨーク・シティには一度帰らなければならない。帰ったほうがいい。わかってはいても、やはり辛い。「まだ時間も早いから、これから車の手配をして、そのあとしばらくフローと一緒に過ごせるし、ハンターやモリーにあいさつするゆとりもあるわ」

「実は、モリーはもうここにはいないんだ」

リリーは驚いた。

「さっきハンターから電話があった。モリーは荷造りをして出ていったそうだ」タイは施錠を解いて車のドアを開け、リリーに乗るように促した。

「出ていった、ですって?」リリーは言った。呆気に取られたように、視線をあたりに一巡させた。「モリーはここで弁護士として開業したんでしょう? お母さまはどうなるの? 自分のキャリアは?」

タイは肩をすくめた。「どうやら彼女の母親もどこかよそに行ったらしい。次から次に、よくもまあみんな出ていくものだ」タイは皮肉っぽく言った。

だが、口で言っているほどタイが冷静に状況を受けとめているわけではない。リリーにはそれがわかる。「かわいそうなハンター」そうつぶやいて、車に乗りこんだ。

タイは無言のままドアを閉めた。もうすぐ自分もハンターと相哀れむ仲になると言いそうになるのを、ぐっとこらえた。哀れっぽく愚痴をこぼしているとリリーに思われたくない。

先ほどリリーと一緒にサンルームから出てくるときには、もれ聞いた彼女と叔父の会話が耳の奥でがんがん鳴りひびき、かろうじて平静さを保つので精いっぱいだった。両親から相続する家を数少ない肉親である叔父に譲ると、リリーは言っていた。つまり、ぼくがひそかに抱いていた希望がついえるということを意味する。彼女は故郷の町との絆を断とうとしている。つまりは、ぼくとの絆も。

もちろん、あのとき聞いたのはふたりの会話のごく一部でしかない。リリーが叔父にああ言ったからといって、それで彼女のぼくに対する気持ちがはっきりしたとも言いきれないのはわかっている。命を狙われるという危機的状況が続いているあいだはリリーに答えを迫るまいと自制していたが、ずっと心に引っかかっていた疑問、それは彼女がぼくのことをどう思っているのかということだった。

今、こうして危機は去り、リリーに疑問を問いただす機は熟した。かつてリリーはホーケンズ・コーヴには帰らないという選択をした。つまり、ぼくは過去の一部としてあっさり葬り去られていたのだ。ぼくがリリーのもとを訪れ、財産の相続権を申し立てるよう説得しなければ、彼女は今もまだニューヨーク・シティで暮らしていただろう。ぼくのいない世界で。

今、リリーがニューヨーク・シティに帰りたいというのなら、それを邪魔立てする権利はぼくにはない。ふたりのあいだでいかなる約束も交わされているわけではないのだから。

こうなる可能性を常に忘れずにいて、心からよかったと思う。

それでも、覚悟をしていたからといって、対処しやすいというわけではない。だが、リリーがいなくなってもなんとか生きていけるだろう。これまでもそうしてきたのだから。

17

　フロー・ベンソンが退院してから一週間になる。心臓の機能は完全にもとどおり回復するだろうと、医師たちからは言われている。わたしはもう大丈夫なのだとフローは思った。残念ながら、彼女の息子は大丈夫とは言えないようだ。フローが家に帰ってきてから二日後には、タイは仕事に戻ったが、その後もずっと実家で暮らしつづけている。とはいえ昼間はオフィス、夜は調査のために外に出ているから、フローがアンドリューとふたりだけで過ごせる時間はじゅうぶんにある。

　だが、息子が昼も夜もなく忙しく働いているのは、リリーのことを考えずにいられるからなのだ。またもや彼女を手放してしまった頑固でへそ曲がりの息子。そうした生活を続けることによって息子は自分自身を苛《さいな》み、母親のフローも彼を持てあましぎみになる。

「母さん、グリーンティーを淹《い》れたよ。抗酸化作用があるから、心臓のためにいいんだ」

　フローがベッドルームでくつろいで深夜のニュースを見ていると、タイが部屋に入ってきた。

「今夜は仕事はないの？」フローは訊《き》いた。

「デレクがやってくれてるんだ」タイはベッドサイドのテーブルにカップとソーサーを置いた。

「タイ、ちょっと訊きたいことがあるの。気を悪くしないで聞いてちょうだい。あなた、いつここを出ていくつもり？」

タイは軽く首を傾《かし》げた。「なんなら今すぐだって出ていけるけど。アパートメントのほうは、しばらく前に片づけはすんでるし。ただ、母さんが家に帰ってきたときに、誰か一緒にいたほうがいいんじゃないかと思ったんだ」

フローは首を横に振った。敬愛するドクター・サンフォードも含めて男性というものは、ときにどうしようもなく鈍感な一面を見せる。「母さんが訊いているのは、いつこのホーケンズ・コーヴを出てリリーのところに行くのかということよ」

タイはどさっとベッドに腰を下ろしたが、母親がずけずけと訊いたことには答えなかった。

「母さんはあなたを愛してるし、あなたが母さんのことを心配してくれるのをありがたく思ってるわ。でも、本当はそんな必要はないの。母さんのことならもう大丈夫。ドクターたちもあなたにそう言ったはずよ。あなたがいまだにこの家に残っているのは、母さんのためというより自分のためだわ。ひとりきりのアパートメントに帰って、リリーを黙って行かせてしまうなんて自分はどうしようもないばかだなんてことを考えたくないからよ」

フローは反論は許さないという意思表示に、胸の前で腕組みをした。

タイは返事代わりに顔をしかめた。「恋愛問題を母さんに相談する気はないね」

「恋愛問題ですって？　母さんに言わせれば、そもそもあなたは恋愛なんかしてないし、これからも一生できないでしょうね。どうして彼女に行かないでくれと言わなかったの？　理由を聞かせてほしいものだわ」

「荷物をまとめて出ていったのは彼女のほうなのに、どうしてぼくが母さんに責められなきゃならないんだ？」

「どうしてって、結果として惨めな思いを味わっているのはあなただし、あなたが悩んでいるのをそばで見てなきゃならないのは母さんだからよ」

フローは上体を起こして枕《まくら》に背をもたせかけ、姿勢を整えた。かすかに胸に引きつるような感覚を覚えたが、それは正常な反応だとドクターからは言われている。

「あなたが悩んでいるのは、そのことでしょう？　彼女が行ってしまったから。しかも心のどこかで、十年前に彼女はニューヨーク・シティに行ったきり戻ってこなかったという事実に、いまだに傷ついている。だから、今度は彼女のほうから歩みよってきてほしいと思っているんでしょう？　母さんの言うこと、違ってる？」

タイは母親の率直な質問に図星を指されて、もぞもぞと身じろぎした。「ぼくが過去の人生から何を学んだか、母さんはわかるかい?」

フローは両方の眉をつりあげた。「なんなの?」

「人は去っていくもんだってこと。父さんがいなくなり、リリーもニューヨーク・シティに行ってしまい、続いてハンターも矯正施設送りになった。リリーには今、ニューヨーク・シティで築きあげた人生がある。そこに戻らないでくれなんて、言えるわけないだろう?」

タイは本音を語るタイプの人間ではない。だが母親のフローには、いつもは頑《かたく》なに閉ざしたままの息子の心を開くには、どこをどう刺激すればいいのかがわかっている。

フローは首を振った。「こんなこと言うのは本当にいやなんだけど、あなたもそろそろ大人にならなきゃ。あなたのお父さんはどうしようもない酒飲みでギャンブル好きだったのよ。お父さんがいなくなったことは、わたしたちにとって人生最大の幸運だったと言えるわ。それ以外のことについては、言い方は悪いけど、人生そりゃ、いろいろなことが起きるものよ」

タイはまじまじと母親の顔を見つめた。これほどあけすけにものを言う母親を初めて見た。

「過去を乗り越えなきゃ。リリーにはちゃんとできたわ。マーク・デュモントが母さんにお金を払って彼女を引きとらせたと聞いても、顔色ひとつ変えなかったそうね。自分が純然たる意味での里子ではなかったことがわかっても、平然としていたと聞いたわ。あなた、そのときの彼女の反応に気づいてた？」

タイは筋肉が緊張しているうなじを手でさすった。「ああ、気づいてたよ」ほとんど見ず知らずの他人の家に、叔父が金を支払って自分を預けたと聞いても、リリーが傷ついたり、怒ったりしなかったことに、タイはむしろショックを受けた。言うなれば、フローはデュモントと結託して、過分の報酬を受けとっていたわけだが、リリーはそれを知っても裏切られたという気持ちにはならなかったようだ。

「彼女の反応にショックを受けたんでしょう？　あなたは彼女を傷つけまいと、必死に秘密を守ろうとしていたけれど、そんな必要はなかったということね。おまけに、彼女が生きのびるために必死になっていたころ、自分は何不自由なく暮らしていたと、罪の意識に苛まれていた。でも、リリーはちゃんとすべてを乗り越えられたのよ、タイ。いまだに苦しんでいるのはあなただけだわ」

タイは立ちあがって窓辺に寄った。あたりを影がおおい、夜空を見あげても、そこにあるのは闇《やみ》だけだ。タイは部屋の反対側にいる母親をちらりと振り返った。「どうしてまた急に、なんでもお見とおしになったんだい？」

「一度死にかけると、そうなることがあるのよ。あなたを愛してるわ。だからあなたには、感情にふたをしたまま終わってほしくないの。あなたは傷つくことを恐れているんでしょうけど、考えてもごらんなさい。今ほど苦しいときはないでしょう？」

タイは左右に首を振りながら笑った。「母さんはなんでも知っているってわけだな」

「これくらいはっきり言わなければ、あなたは絶対に出ていかないだろうと思って」

「ぼくが母さんの社交生活の邪魔だから？」タイは冗談のつもりで言った。ところが、フローは顔を赤らめた。「なんと、ぼくはお邪魔虫だったというわけか」タイは自分の迂闊《うかつ》さに愕然《がくぜん》とした。「だったら、さっさと出ていってくれと言えばよかったのに」

「今言ったつもりよ」フローはさらに頬を赤く染めながら、にやっと笑った。

母親はボーフレンドと過ごすためのプライバシーが欲しくて、タイを追いだそうとしているのだ。「朝になったら、すぐに出ていくよ」彼はやれやれとばかりに首を振った。なんとも皮肉な展開になったものだ。

「リリーと話し合いに行くつもり？」フローは期待をこめて訊いた。

タイはにやっとした。「言ったろう？　母さんに自分の恋愛問題の話なんかするつもりはないって」母親のそばに行って頬にキスをした。「ぼくのお尻を蹴飛《けと》ばしてくれてありがとう」くすっと笑いながら言った。「母さんに言われたことは、すべてよく考えてみるよ」

考えてみよう。そうすれば、自分が欲しいものを追いかける勇気が湧《わ》いてくるかもしれない。

ニューヨーク・シティに帰って一週間がたち、リリーはいかに自分が仕事を愛しているかということを思い出した。従業員たちも彼女が帰ってきたことを喜び、〝おかえりなさい〟と文字が書かれたケーキを持ってアパートメントに来てくれた。さらにうれしい驚きだったのは、彼女たちのひとりがマリーナを捜しだして一緒に連れてきてくれたことだ。ニューヨーク・シティに来たばかりのころ、いかに彼女に世話になったかということを、リリーは常々従業員たちに話して聞かせていたからだ。マリーナはリリーのお手本とも言うべき人物だ。

クライアントたちはといえば、中にはタオルがきちんとたたまれていなかったとか、犬が家の中で粗相をしたとか、頼んだ品物の買い忘れがあったとか、延々文句を言う人もいる一方、家庭内の雑用をすっかり引きうけてもらえるので、安心して仕事に専念できると感謝してくれる人もいる。いずれにせよ、気がつけばリリーはまた大忙しの日々に戻って、仕事をしている一分一秒を楽しんでいた。

タイがそばにいない寂しさはある。毎日、一日じゅう、切ないほどに彼を恋しく思う。だが、自分が愛している人生とはいかなるものだったかを思い出すことができたのだから、やはりこちらに帰ってくるというのは正しい選択だったのだ。どうしてもタイのそばにいたいのなら、ホーケンズ・コーヴでこの生活を実現させるしかない。

ニューヨーク・シティに帰ってきてもうひとつ気づいたのは、〝家〟というのはたんに場所を表す言葉ではないということだ。その場所にはいくつかの感情が結びついていなければならない。いい日、悪い日、そのどちらでも、一日が終わったときに帰りたくなる場所。そこには自分の帰りを待っている人がいて、その人がそこで待っていると思うと、ちょっぴり胸がどきどきしてくる場所、それが〝家〟なのだ。そういった意味では、両親と暮らした家や叔父の存在は、もはや〝家〟というものを連想させない。何よりも誰よりも〝家〟に深く結びついているのはタイなのだ。

誕生日まであと数日。その日がきたらホーケンズ・コーヴに帰って、財産の相続権を申し立てることになる。そして、あの家を正式に叔父に譲る書類にサインをする。もうあの家は自分にとってなんの意味もないものだ。

遺産に関していえば、すでに逮捕されたポール・ダンに代わって裁判所から任命された新しい管財人から、ポールが長年にわたって相当額を着服していたことを知らされた。残っている資産は家と敷地をのぞいて総額百七十万ドルだという。リリーにはおよそぴんとこない金額だ。

損失があったとはいえ、叔父に譲る家の維持費とホーケンズ・コーヴで〈オッド・ジョブ〉を立ちあげる資金を賄うのにじゅうぶんなお金が残っているということだ。マリーナはすでに引退した身だが、リリーの依頼を受けてニューヨーク・シティでの会社運営を引きうけてくれることになった。いずれは会社そのものをマリーナか、あるいは従業員たちの誰かに売却してもいい。

もっとも、こうした計画はすべて、彼女がホーケンズ・コーヴに戻ることをタイが歓迎してくれることが前提になっている。タイが残りの人生を彼女とともに歩み、やがて子供をもうけ、その子供たちにフローの愛情をたっぷり注いでもらうことに同意してくれればの話だ。

タイが何を考えているのかがわからない。何度か電話したときも、いつも留守番電話が応答するだけだった。おそらく〈ナイト・アウル〉で夜勤を務めているか、あるいは探偵の仕事で外に出ていたのだろう。留守番電話に向かって自分の気持ちを語る気にはなれないので、メッセージは残さなかった。そして、タイから折り返しの電話がかかってくることもなかったし、留守番電話にメッセージが残されることもなかった。

リリーは首にかけたロケットをいじりまわした。いまだにその思い出の品を手放すことができないし、手放すつもりもない。タイから永遠に退散を命じられないかぎりは。そう考えてリリーは喉をごくりとさせ、前向きで建設的なことだけに思考を集中させようとした。

たとえば、ありあまる信託財産の使い道だ。お金をそのまま寝かせておくのはもったいない。いくつかアイディアはあるのだが、まだ結論を出すにはいたっていない。

そのとき大きなノックの音にリリーははっとした。ディガーがさっそくわんわん吠《ほ》えだし、誰が来たのかもわからないというのに、ドアの前で跳びはねている。

のぞき穴をのぞいたリリーは、危うく失神しそうになった。急いでドアを開け放った。

「タイ？　こんなところでいったい何をしてるの？」期待と興奮に胸をときめかせ、同時にフローに何かあったのではないかと怯《おび》えながら訊いた。「フローは元気なの？」

「元気という言葉の定義にもよるな。信じないかもしれないけど、おふくろに追いだされてきたんだ」タイはリリーが目をみはるような、ばかでかいダッフルバッグを下に置いた。

「追いだされたって、どういうこと？」

タイはリリーが好きな、あの意味ありげでセクシーな笑みを浮かべた。「ぼくがいると苛々《いらいら》するし、邪魔だと言うんだ。で、出ていけって」

「まさか！」

タイは笑った。「まあ、そこまではっきりと言ったわけじゃないけど。でも、要するにそういうことさ」

リリーはもう一度バッグに目をやり、それからタイの顔を見た。その目は過度の負担から解放されて、晴れやかに輝いていた。何があったのかはわからないが、歓迎すべき状況だということは勘でわかる。すばらしい展開だ。

リリーは爪先に体重をかけて前のめりになり、それから背筋をのばした。「じゃ、またアパートメントに戻ったのね？」

「いいや。あそこはしばらくのあいだハンターに貸してやることにしたんだ」

「ハンターはオルバニーにアパートメントを借りてるでしょう？」

「〈ナイト・アウル〉の夜勤を代わってもらうときには、帰りが遅くなるからね。それにあのゴージャスなアパートメントだが、ハンターのやつ、本当は大嫌いなんだ。ただ、自分が成功した人間だということをアピールするために借りてただけだから。でももう、そんなことはどうでもよくなったんだ」

「やっぱりあのことが原因？」リリーは訊いた。

タイはうなずいた。「モリーにあれだけ手ひどくふられたからね。ハンターは彼女に、どこでもきみが行きたいところに一緒についていくとまで言ったのに」

リリーは当惑した。「かわいそうなハンター。でも少なくとも、自分も一緒に行くと口に出して言う勇気はあったのね」ことさらに語調を強めて言った。タイはそんなことは言わなかった。だが、それは自分も同じだ。

「しかし、残念ながら、うまくいかなかった」

「でも、とにかくやれるところまでやったわ」

タイはうなずいた。「確かに」

ふたりは次に言うべき言葉も思いつかず、しばらく無言のままその場に立ちつくした。

そのときになって初めて、リリーはタイの姿にじっくり目をやった。数日分の無精髭《ひげ》を生やし、相変わらず長めの髪、かなりくたびれた革のジャケット。タイはリリーにとってセクシーな反逆児といったところだ。彼は今、ここにいる。それがどれほどうれしいことか。

「で、お母さんに追いだされたからといって、あなたはアパートメントだけでなく〈ナイト・アウル〉の仕事まで放棄しちゃったのね」リリーはそれ以上の内心の緊張に耐えきれず、タイから聞いた話を自分なりに整理して言った。「探偵の仕事はどうしたの?」

「デレクに譲ったよ」タイは肩をすくめてジャケットを脱ぎ、玄関ホールのフックにかけた。「ぼくはニューヨーク州の営業許可証を持ってるから、やり直すのもそうむずかしいことじゃない」

リリーの口の中がからからに乾いてきた。「やり直すって、どこで?」

「ここさ」タイは手で髪を梳《す》いた。「眠らない街、ニューヨーク・シティで。失業した私立探偵が再スタートを切るにはもってこいの場所だと思うな」

リリーがふたたびタイに目をやると、そこにいたのはもう自分が十七歳のときに恋した生意気な若者でもなければ、周囲に高い高い壁をめぐらせた男でもなく、相手からどう思われようと素直に自分の気持ちを訴えようとしている、純粋で一途《いちず》な人間だった。

だが、リリーにはひとつだけどうしても訊きたいことがあった。「なぜなの? なぜ、愛するものを何もかも捨てて故郷を出てきたの？」

「それは、賢く美しいある女性から、家というのは建物ではなく、自分が住みたいと思った場所を意味するのだと、かつて言われたからさ」タイはきらきらと目を輝かせながら言った。「それに、愛するものを何もかも捨てたわけじゃない。ぼくは自分が世界でいちばん愛しているものを手に入れるためにここに来たんだ。きみだよ」

「やっとその言葉が聞けたわ」リリーは晴れ晴れとした笑みを浮かべて一歩前に進みでると、ジャンプすると同時にタイに抱きついて両脚をウエストにからませ、もう二度と離れないとばかりにキスの雨を降らせた。

「会いたかったよ」タイはさも愛《いと》おしそうにリリーの背をさすり、髪を撫《な》でた。

「じゃ、どうしてもっと早く来てくれなかったの？」リリーはなおもタイの頬にキスをくり返しながら訊いた。

タイは彼女を下に下ろし、しっかり抱きよせたまま居間のソファに向かった。「いくつか考えなきゃならないことがあってね」そう言った。

「考えなきゃならなかったのはわたしのほうよ。だから距離を置くために、こっちに帰ってきたんじゃない」リリーはいたずらっぽく言った。

タイは肩をすくめた。「ふたりとも同じだったということさ。きみはずっとニューヨーク・シティに行ったきりだった。帰ってこないきみを、ぼくは心の中で非難していた。ロに出しては言わなかったたし、実際、きみと再会するまでは自分自身気づいてもいなかったくらいだ。でも、いざその気持ちに気づいてみると、あっさり水に流すことができなくなってしまったんだ」

「わたしがまた、あなたのそばからいなくなってしまうのが怖かったのね」リリーはこれまでもずっとそうだったように、すぐさまタイの気持ちを理解して言った。「それなのに、わたしったらなんてことをしたのかしら。あなたが思っていたとおり、くるりと向きを変えてニューヨーク・シティに帰ってきてしまったんだわ」タイとしっかり握り合った手を自分の胸元に引きよせた。「ごめんなさい」

「謝ることなんかないさ。きみは生きのびるために、人に頼らずに自立の道を歩まなきゃならなかった。そしてぼくは、無意識のうちに抱いていたこだわりを捨てなけりゃならなかった」タイはこみあげる思いに喉をつまらせそうになった。「ちゃんと捨てられたよ。きみを愛しているからだ。きみなしでは生きていけない」

「わたしも愛しているわ。だから、ここを離れてホーケンズ・コーヴに帰る計画を立てていたの」二度とあなたから離れないという意思表示をこめて、リリーはタイの頬にキスをした。「どのみち、わたしたちは一緒になる運命だったのよ。もう二度とあなたから離れない。神にかけて誓うわ」厳かな誓いの言葉だった。

リリーが肌身離さず身につけているロケットに目をやって、タイは確信した。リリーの約束は、必ず守られると。

「ぼくも二度ときみから離れない」タイは言った。「神にかけて誓うよ」そして、その誓いを熱いキスで封印した。

エピローグ

「〈オッド・ジョブ〉を拡張するというのはどう?」リリーはタイに訊《き》いた。「とても自分では手がまわらない用事を人に頼みたいという需要は、郊外でもあると思うの。家事のほかにも犬の散歩とか、買い物、お料理……」

夫は広げた朝刊越しに妻を見た。

財産の相続権申し立て後間もなく、ふたりは結婚し、フローとドクター・アンドリュー・サンフォード、ハンター、そしてマークとともに、ベンソン家でささやかな祝いのテーブルを囲んだ。ユニークな顔ぶれの、幾分ぎこちない雰囲気漂う親類縁者の集まりだったが、誰もが祝いの席にふさわしいマナーを守って行儀よく振る舞った。だがそこに、モリーの姿はなかった。リリーのもとにカリフォルニアから葉書が届き、モリーが旅行に出ていることはわかっていたが、旅はなおも続いていて、いまだ落ち着く先は未定のようだった。

かくして哀れなハンターは仕事と女性——それも、たくさんの女性——とのつき合いに没頭することになった。

「それじゃ、この街を離れるというのかい？」けっして自分の意向が無視されているわけではないとわかってはいるが、タイは妻の関心を自分に引きもどし、注意を促すように訊いた。

リリーは今でも朝の夫の姿を見るのが好きだ。セクシーな髭《ひげ》の剃《そ》りあと、まだ眠たそうな笑顔はぞくぞくするくらい魅力的だ。自分たちは運命の導きによってふたたび結ばれたの。この二度めのチャンスを最大限に生かしたい。

「もっと広い家や新鮮な空気が欲しくない？　もちろん、もう一匹犬を飼うスペースもね」リリーはからかい半分に、タイの反応をうかがった。

「このミス・口臭ぷんぷんはライバルの出現を歓迎しないんじゃないかな」タイは犬の頭を撫《な》でながら言った。いつものようにタイの膝にのって、ディガーはご機嫌なようすだ。

相変わらず、リリーよりもタイを選ぶことが多い。

リリーは笑った。「ねえ、どう思う？　ウエストチェスター郡でも探偵事務所は開けるわ。このアパートメントはこのまま出張所として使って、こっちでも営業を続ければいいじゃない。鉄道や車で通勤するより楽よ」

タイは新聞をテーブルに置いた。「前から考えていたんだな？」

リリーはにっこり笑った。「いきなり計画を発表するより、現実のひとつひとつをまな板にのせてからのほうが説得力があると思ったから。いろいろな可能性を検討してみた結果、ロング・アイランドの交通渋滞はすさまじいから、車で通勤となるとたいへんすぎるわ。もちろん、鉄道を利用するという手もあるわね。いずれにせよ、学校も、住む町も、いろいろ選べるわ。もしあなたが――」

「どうして今なんだ？　急に引っ越したくなったというのか？　この街とここの環境をきみは気に入ってるものと思ってたけど。このアパートメントだって文句ない住み心地だと言ってたじゃないか」

「確かに、わたしたちふたりと犬一匹が住むにはね」リリーは立ちあがってタイのそばに来ると、彼の膝からそっと犬を追いだした。犬が床に下りると、今度は自分が膝にのって夫の首に両腕をまわした。「でも、家族を増やそうとするなら、ここじゃ狭すぎると思わない？」

〝ほら、ほら、まだわからないの？〟リリーは夫のうなじに鼻を擦りつけながら心の中でつぶやいた。

「まさか、きみ、妊娠したなんて言うんじゃないだろうね？」タイは明らかに驚いたように言った。幾分声を荒らげたところからすると、不安を感じたのかもしれない。

リリーは首を横に振った。「だから、そうなりたいと言ってるだけよ。あなたにその気があればの話だけど」

タイはリリーのウエストをつかんで軽く抱きあげ、膝の上に座り直らせた。「もちろん、あるとも」その夢を叶《かな》えるために協力する準備はすっかりできていると、自分の下腹部の状態を感触で伝えたのだ。

リリーは笑った。「こっちのほうの準備はどう？」軽くタイの胸をたたいて訊いた。「家族を増やすことについて、考えたことはある？」

タイはうなずいた。「でも、これまではずっとそうならないための処置を取っていたのに……」

「大丈夫よ、サプライズはないから」リリーはそう言ってタイを安心させた。彼がどうして不安そうな反応を見せたかがわかってきた。

タイは何事もじっくり考えて計画を練ってから実行に移すタイプなのだ。リリーにも、しだいにそれがわかってきた。だからこそ有能な私立探偵たり得るのだ。さまざまな手がかりを寄せ集め、普通の人が見逃すような可能性までしっかりと見極めずにいられない。

「心配しないで。このプロジェクトはたった今始まったばかりよ」リリーは硬くなった彼自身をはっきり感じながら身じろぎし、欲望の波が襲ってくるにまかせた。

いや、欲望だけではない。愛情の大波でもある。タイを心から愛している。

「いつでもきみの好きなときに家を探しに行こう」タイは妻の頬にキスをした。「これで満足かい？」

リリーはうなずいた。「完璧《かんぺき》。ハンターのことを考えると、こんなに恵まれているのがうしろめたくなるくらい」

タイは少し顔を離すと、じっとリリーの目を見つめて言った。「でも、ぼくたちにできることはほとんど何もないからね。ハンターが立ち直って、きっぱりモリーをあきらめ、そして忘れる以外にどうしようもないんだ」

リリーは両眉をつりあげた。「あなただったら、わたしのことをそんなふうに簡単にあきらめられるの？」

タイは下唇を突きだして顔をしかめた。「それとこれは別の話さ」

「あなたにはわかってないのよ。わたしはあのふたりのことをちゃんと見ていたわ。ハンターは彼女のことを愛してるのよ」

「でも、彼女はハンターの気持ちを裏切った。彼が差しだした真心を踏みにじったんだ」

タイはひたすら友人の肩を持った。「間違った相手を選んでしまったら、結局うまくいかない。きみとアレックスだってそうだったじゃないか」

タイがニューヨーク・シティに来てから間もなく、アレックスから電話がかかってきた。

タイが応答して、ひと声うなるように何やらつぶやきながらリリーに電話を手渡した。ふたりはそこで短い会話を交わしたのだが、驚いたことにアレックスは、以前リリーに電話で別れを告げられたときの彼自身の振る舞いを詫《わ》びてきた。〝きみが別の男と一緒にいる〟

という想像に苦しまなくなるまで、ずっとプライドの痛みに耐えていたのだとアレックスは言った。この先アレックスがよき友人になることはないだろうが、少なくとも苦い思い出にならなかったことを、リリーはありがたく思っている。アレックスはある意味で、自分の人生に対する目を開かせてくれた。だからこそ、タイをいまだ愛している自分に気づくこともできたのだ。

リリーはため息をついた。「アレックスとのつき合いはそれなりに意味深いものだったわ」慎重に言葉を選んで言った。「でも、わたしはけっして彼を愛していなかったし、彼もわたしを愛していたというより、ただたんに結婚がしたかったのだと認めているわ」

「ということは、彼は大間抜けで、ぼくはラッキーな男というわけだな」タイは言った。「ハンターのことは、本人に解決させるしかない。きみがどうこうできることじゃないから」

リリーは不満げに唇を尖《とが》らせた。「でも――」

「でもも何もない。学生ローンの返済に始まって、きみはもうハンターのためにできるかぎりのことはしたんだから」

ローンを一括返済すると申し出ると、ハンターは長々と怒りの抗議をしてきたが、傷ついたプライドの陰で感謝もしていた。ローンの返済は、自分のためにあれだけ尽くしてくれた人間に、リリーがせめてもできることだった。「ハンターは相変わらず猛烈に働いているわ。でも、あんなふうに次から次に女性を渡り歩いていたら――」

「きみには関係ないことだろう」タイはそう言いながら、リリーのTシャツの下に手をすべりこませた。

タイの熱い手のひらの感触と、腿に押しつけられる彼の欲望の証《あかし》に、リリーは気をそらされた。タイの思惑どおりに。リリーは思わずうめき声をあげそうになるのをこらえ、そばで走りまわっているディガーを追い払った。

「ハンターの未来は彼自身がどうにかするさ」タイはきっぱりと言って、それ以上リリーが口を差しはさむ余地を与えなかった。「さあ、ぼくらはぼくらで、自分たちの未来のためにひと頑張りしようじゃないか」

もちろん、リリーも望むところだ。

訳者あとがき

ニューヨーク州北西部の小さな町ホーケンズ・コーヴ。月も星も出ていない漆黒の闇《やみ》におおわれたある晩、一台の車が絶壁から湖に転落する。車に乗っていたと思われる十七歳の少女、リリー・デュモントの遺体は発見されなかった。〝リリーは死んだ〟町の人々の誰もがそう信じるようになった。だが、リリーは生きていた。一定の年齢に達したときに、亡き両親から多額の遺産を相続することになっていた彼女は、あの手この手で財産を横取りしようと画策する叔父から逃れるため、死亡事故を偽装してニューヨーク・シティに逃れていったのだ。

その計画を立てたのはリリーにとって兄も同然のタイラー・ベンソンとダニエル・ハンター。年若い彼らには、リリーを救うための逃亡作戦がのちにいかなる事態を招くことになるか、そのときは知る由もなかったのだ。

十年後、レイシー・キンケイドという新しい名前のもとにニューヨーク・シティでひとりたくましく生き抜いてきたリリーは、家事代行会社の経営者として成功をおさめていた。

そこにふいにタイが訪ねてくる。故郷の町で、叔父のマークが姪《めい》の死を法的に確定させ、遺産をわがものにしようと動きだしたというのだ。なんとしてもそれを阻止しなければならない。私立探偵のタイ、そして弁護士となったハンターは、ふたたび一致協力してリリーの手に遺産を取りもどすべく奮闘を開始する。

と、こんな幕開けで始まる本書『あの夜に想《おも》いを封じて』は、かつて淡い恋心を抱き合っていたリリーとタイが、思いまどい、そしてためらいながらも、別々の人生を歩んできた十年という空白の時を乗り越え、いっきに恋の炎を燃えあがらせていく熱いロマンスと、遺産を取りもどすべく故郷に帰ったリリーの身辺で起こる不可解な出来事の謎《なぞ》を、タイとハンターが解き明かしていくというサスペンスの要素もたっぷり盛りこんだ、実に読み応《ごた》えのある一冊と言えるでしょう。

十代から二十代にかけての十年は、誰にとっても心身ともに目覚ましい成長を遂げ、子供から大人へと大きく変貌《へんぼう》していく時期です。ほとんどの人たちがそのころに初恋を経験し、そしておそらくは悲しい、あるいは苦い別れも経験することでしょう。本書のヒーローとヒロインであるタイとリリーは、幸せなことに、初恋、別れ、そして再会を経て、見事に愛を結実させていきます。リリーにはマンハッタンに恋人と呼べる男性の存在もありました。当然のこと、タイへの変わらぬ思いに気づいても、そのまま彼の胸に抱かれることにはためらいとうしろめたさがつきまといます。一方タイも、別れから十年ものあいだ、リリーに会いに行こうともしなかった自分、そしてまた一度も故郷に帰ってくることのなかった彼女に対し、怒りにも似た感情を抱いています。

でも、タイとリリーはやはり赤い糸で結ばれていたのでしょう。迷い、ためらい、誤解、意地の張り合いと、さまざまな障害物に足を取られながらも、ふたりはまっしぐらに恋のゴールを目指していきます。

ことわざに〝初恋は結ばれない〟とありますが、タイとリリーにとっては〝初恋に勝る恋はない〟そのひと言に尽きるのでしょう。

さて、カーリー・フィリップスのファンの皆さまには朗報です。本書の姉妹編とも言うべき次回作『この胸に愛を刻んで』がすぐこのあとに控えています。ヒーローは本書にもタイとリリーの親友として登場する弁護士のハンター、そしてヒロインも本書に登場するモリー・ギフォード（本書中ではハンターはモリーにふられっぱなしですが）です。どうぞお楽しみに！

二〇〇九年二月

飛田野裕子

訳者　飛田野裕子

慶應義塾大学文学部卒。主な訳書に、カーラ・ネガーズ『霧にひそむ影』『川面に揺れる罠』、ノーラ・ロバーツ『聖なる罪』『傲慢な花』『蒼い薔薇』、クリスティアーヌ・ヘガン『まどろむ夜の香り』『殺意はやさしく誘う』（以上、MIRA文庫）などがある。

あの夜に想いを封じて

2009年2月15日発行　第1刷

著　　者／カーリー・フィリップス

訳　　者／飛田野裕子（ひだの　ゆうこ）

発 行 人／立山昭彦

発 行 所／株式会社 ハーレクイン

東京都千代田区内神田 1-14-6

電話／03-3292-8091（営業）

03-3292-8457（読者サービス係）

印刷・製本／凸版印刷株式会社

装 幀 者／伊藤雅美

ISBN978-4-596-91340-1

理想の恋の作りかた
ジェニファー・クルージー
岡 聖子 訳
キャリアウーマンのケイトは35歳独身。3年間で3回の婚約破棄を経験した彼女は、親友の勧めで有望な独身男性が集まるリゾートホテルを訪れる。

ハッピーエンドのその先に
ジェニファー・クルージー
やまのまや 訳
自由を愛するテスと上昇志向の高い保守的なニック。価値観の違う二人に将来などなかったが、ニックの仕事上やむを得ず、婚約を偽装することになり…。

レディの願い
ジェニファー・クルージー
仁嶋いずる 訳
大おじの消えた日記を取り戻す作戦として、垢抜けない探偵事務所に偽りの依頼をしに行ったメイだったが、現れたのは、予想外に鋭く、魅力的な探偵で…。

この賭の行方
スーザン・アンダーセン
立石ゆかり 訳
ギャンブラーのジャックスは、ある目的のため、偶然を装いダンサーのトリーナに近づくが…。ラスベガスを舞台に、熱く激しい恋のゲームが始まる!

氷のハートが燃えるまで
スーザン・アンダーセン
立石ゆかり 訳
愛犬たちとシングルライフを楽しむカーリーの生活に異変が! 隣の部屋に、セクシーなのに性格は最悪の同僚が越してきたのだ。『この賭の行方』関連作。

危険なパラダイス
レベッカ・ヨーク
水月 遙 訳
誘拐事件解決のため、犯罪界の大物が所有するカリブの孤島に恋人同士を装って潜入したマディとジャック。敵を欺くための、命がけの演技だったはずが…。

愛の還る風景
エリザベス・ローウェル
みき 遙 訳

世界各地を転々として育ったシェリーは普通の結婚生活に憧れていた。そしてついに理想の男性と出会うものの、彼は平穏な暮らしとは無縁のタイプで…。

快楽の園
キャンディス・キャンプ
鹿沼まさみ 訳

未亡人になって1年半、ステファニーは夫の親友ネイルに惹かれはじめたことに罪の意識を感じていた。彼がずっと彼女を一途に愛してきたとも知らずに。

過ぎ去った日は遠く
サンドラ・ブラウン
富永佐知子 訳

シングルマザーのマーニーの前に、17年ぶりに会う初恋の人、宇宙飛行士のロウが現れた。彼はマーニーを覚えていなかったが、あることで激怒していて…。

ゲームの終わり
マロリー・ラッシュ
岡 聖子 訳

休暇が終わればそれぞれの日常へ戻る。期間限定ではじめた初恋の人とのアバンチュールの行方は――人気ロマンス作家が描く、大人の恋の駆け引き。

記憶をベッドに閉じこめて
M・J・ローズ
平江まゆみ 訳

恋人に捧げるラブレターやセクシーな物語を代筆している〝私〟が綴るのは、人が心の奥に隠した情熱。ロマンス小説界の異端児が贈る、大人の愛の物語。

明日、天使の住む街で
ジョアン・ロス
岡 聖子 訳

子供時代のクリスマス。あの日の悲劇を境に3姉妹の生活は一変した。十数年後、3つの人生が再び交差したとき、切なすぎる愛の物語が生まれる…。